U06391254

林希自选集

桃儿杏儿

林希 著

天津出版传媒集团

天津人民出版社

图书在版编目(CIP)数据

桃儿杏儿 / 林希著. -- 天津：天津人民出版社，
2019.1(2020.12 重印)
（林希自选集）
ISBN 978-7-201-14275-3

Ⅰ.①桃… Ⅱ.①林… Ⅲ.①长篇小说-中国-当代
Ⅳ.①I247.5

中国版本图书馆 CIP 数据核字(2018)第 266610 号

桃儿杏儿

TAO'ER XING'ER

出　　版	天津人民出版社
出 版 人	刘　庆
地　　址	天津市和平区西康路 35 号康岳大厦
邮政编码	300051
邮购电话	(022)23332469
电子信箱	reader@tjrmcbs.com
责任编辑	伍绍东
装帧设计	汤　磊
印　　刷	山东德州新华印务有限责任公司
经　　销	新华书店
开　　本	880 毫米×1230 毫米　1/32
印　　张	11.875
插　　页	6
字　　数	215 千字
版次印次	2019 年 1 月第 1 版　2020 年 12 月第 2 次印刷
定　　价	58.00 元

前　言

　　桃儿和杏儿的故事,出在侯家大院,而老天津卫的侯家大院,又坐落在有名的府佑大街上;所以,说桃儿和杏儿的故事之前,第一先要说说侯家大院的情形,第二还要说说府佑大街的来历。

　　侯家大院,顾名思义,自然就是我们侯姓人家住的大院子了。在我们的上辈,几辈子人也不知道分家,从一位开山老祖自立门户开始,他下边所有的儿子全住在一个大院子里,一个儿子娶了媳妇儿,自己就有了一道院,他再生下儿子来,他的儿子再娶媳妇儿,就在他的那道院里再分出一个跨院来。如此,一道院连着一道院,到了最后,侯家大院就成了一个大迷宫,房连房,院套院,而且各房各院还有各房各院的名号,什么南院如何如何,北院又如何如何,二爷院里如何如何,五爷院里又如何如何,简直就成了黑话。

　　侯家大院再大,对外,一律称之为侯家大院,里面的各房各院,只是一个支系,有自主权,没有外交权,长门长子,就是这个大院的全权代表。我爷爷在他们那一辈上排行第三,可是他上面的两个哥哥都没立住,所以我爷爷就是侯家大院的最高领导,是侯家大院里的权威,我爷爷说的话,就是法律。

为什么我爷爷就这么横？经济是基础。我们侯家大院的财权，掌握在我爷爷的手里。我爷爷的父亲，也就是我的曾祖父，只活到62岁就去世了，他当年在日本三井洋行做中国掌柜，留下了不知道多少财产，笼统地全在一个大账房里管着。各房各院无论花多少钱都可以，就是不许把钱支出去自立门户。到后来，我爷爷到美国的美孚油行上任做大写，也就是当总账，类如后来的总会计师，管理着美孚油行天津分行的经济大权，我们老侯家的家底儿，就更厚了。那个时候没有人想到日后会有一天没有钱花，谁也没有想过把大账房账下的钱支一点到自己的名下来。自己管钱多麻烦呀，几时用钱对账房一说，立即就把事情办了，这不比自己掌握钱财要方便多了吗？

　　当然，天津卫不只是我们一户人家姓侯，我们这个侯家大院和别的侯家大院有什么区别呢？有的，我们这个侯家大院是天津卫最大的侯家大院，别的侯家大院和我们比起来，只能说是侯家小院。而且我们这个侯家大院还有另外的标志，我们这处侯家大院，人们还称之为善人坊六块匾侯家。怎么就是善人坊六块匾侯家了呢？因为我们侯家大院正门外有一道善人牌坊，那是我曾祖父在世时，天津卫七十二沽黎民为表彰我们家行善举而恭立的。过了善人牌坊，就能看见我们家的大门了，红漆铜钉的大门门槛上，挂着六块匾。

　　这六块匾，有来历。第一块匾，据说是我们老祖宗从江南北迁时带过来的，那是一块功名匾，类如后来的"功臣之家"。第二块匾，叫"千顷匾"，其实我们家的家业没有那么大，而且我们在乡下也没有田产。没有田产怎么也挂了千顷匾了呢？象征。也就是说，我们家的钱财，可以买上良田千顷。那个时候，良田一亩是大洋二元，良田一顷，是大洋二千元，相当于后来我写的一部中篇小说。而千顷良田，也就是相当于二百万元。小意思了，现如今好歹一个款爷，手里也有个几百万的，那时候把千顷匾看得如此高不可攀，小家子气了。第三块匾，叫"诗书传家"，不值钱了，凡是够份儿的人家，差不多家家都有这么一块匾。这块匾的用处，就在于在读书人家和老百姓人家之间画出一道鸿沟，表示这户人家属于知识分子之列。第四块匾，叫"正名"，是一种儒门子弟的标志。第五块匾，叫"一人有庆"，取义于"一人有庆，万民赖之"的典故，是说我们家行善举，为老百姓做过好事。第六块匾，叫"佑我黎民"，拍马屁的一块匾，因为我们家吃洋饭，怕我们家仰仗洋人势力横行乡里，所以先给我们家戴上一顶高帽，保佑着点邻里乡亲，别做那种没德行的事。

这六块匾不仅仅是一种社会地位的象征，它还从几个方面给我们这户人家做了界定。这种界定就是：有钱、人多、读书、行善、不做缺德事。

我生也晚。到我记事的时候，这六块匾早从前边大门门槛上摘下来，扔到后院的过道里去了。我记得这种匾很重，要想移个地方，要好多人才能移得动，移到一处新地方之后，就再也没有人动它了。我们小哥儿们就在上面胡写乱画，小弟兄们之间打了架，大家就在那上面写带有侮辱性的淘气文字，譬如"×××是小狗""×××不是好人"之类，以表示彼此间的咬牙切齿。

说过了侯家大院的情形，还要说说府佑大街的来历。

"文化大革命"交代"罪行"的时候，我曾经向"革命"群众交代过，府佑大街为什么叫府佑大街？就是因为这条大街中间的那个大宅院，是原来直隶总督的总督府，相当于现在的河北省省政府大院。那时候，直隶府设在天津，人们把直隶总督府所在的这条大街，称为府署街，而府佑大街就是总督府右边的这条大街。但是，对于我的交代，"革命"群众很不满意，他们不仅说我狡猾，还说我放屁，幸亏那时候我脾气好，若是换了现在，我非得和他们打起来不可。

那么，为什么这条大街就叫作府佑大街了呢？据"革命"群众内查外调之后回来说，这条大街之所以叫作府佑大街，就是因为在这条大街的中间，有我们侯姓人家的一处大宅院，那时候我们侯姓人家是天津卫的一霸，于是人们就把我们老侯家右边的这条大街，叫作府佑大街。

府佑大街上的侯家大院里，出了许许多多的故事，至今，连真事带假事，我已经写出了几百万字的小说，好歹也从编辑部、出版社鼓捣出了一点儿钱。用这点钱，我把房子换了一下，虽然还是在贫民区，可是屋子比过去宽敞了，电脑也有地方放了，写作时也听不到老伴烧菜炝锅的声音了。说到这里，我倒想起了一个小故事。我们家的一位亲戚，花好多钱买了一只画眉，在家里调教了一年多。有一天，我们家的这位亲戚觉得可以把他养的这只画眉拿出去和别人养的画眉比试比试了，于是，打点整齐，到了时候，他提着画眉笼子，就走到遛鸟儿的地方来了。把鸟笼子往树枝上一挂，他的画眉立即就"哨"了起来，从春燕南来，到洞箫清月，整整"哨"了大半天时间，这只画眉"哨"得养鸟的爷们儿全都听傻了。"服！"异口同声，众人一齐称赞这只画眉是神鸟。

可是，就在这只画眉把它看家的本领全"哨"过一轮之后，这时，众人又听见"嚓——嚓——"两声鸣唱，画眉鸟在结束它的表演之前，又"哨"了一套怪调。

"这是什么路数？"养鸟的爷们儿自然要问。

"不知道。"我们家的这位爷回答不上来了。

就在大家听不出来这是哪一套"活"的时候，人圈里走出来一位爷。这位爷养了一辈子的鸟，什么"活"全听见过，他走到人圈当中对众人说："这是炝锅时葱花爆锅的声音。不用问，你一定是把鸟笼子挂在厨房近处了，日久天长，厨房里炝锅时爆葱花的声音，它也就学会了。你瞧，这只鸟的嘴，臭了。"

不容分说，我们家这位亲戚拉开鸟笼的门，就把这只臭嘴画眉放跑了。

所以，君子远庖厨，我把电脑放在远离厨房的地方，就是怕我写的小说里，有炝锅时爆葱花儿的声音。

一笑。如是，我就开始说故事了。

　　每到下午 3 点,准时不误,卖芭蓝花的小贩胳膊上挎着一只棕褐色的提盒,走进胡同里来。他把提盒往谁家的高台阶上一放,然后把一条白毛巾往肩膀上一搭,一只手拢住嘴巴,一只手叉在腰间,挺直胸背,放开喉咙,他就吆喝了一声:"芭蓝花儿——买呀——"这声音一唱三转,悠扬深远,听得真是令人心旷神怡。吆喝声在满胡同里回荡出来,又回荡出去,把一条长长的胡同搅得神魂摇荡,这时,无论是多安分的女子,也不会不为这一声吆喝动心,忍不住地就要出来买上一朵芭蓝花。

　　芭蓝花,我也不知道它于植物学上是属于哪科哪目哪种,至今我也没有看见过这种芭蓝花是开在什么样的根枝上。我就是看见过一朵一朵的芭蓝花,每一朵约有一寸长,肥肥的,和女孩子的小手指一样,嫩白的颜色,看着像是百合瓣儿,紧紧地拢着,给人一种素朴大方的感觉。这种花极香,一朵花可以维持三四天的香味,一般的女孩子,买那种两朵花一束的芭蓝花,插在鬓边,走到哪里,人还没有到,香味就飘过来了。虽然那时候我只有七八岁,根本就没有一点性意识,可是那时候我也极容易被这种花的香味陶醉,到后来上了小学,下学回家做功课的时候，只要一嗅到这种花香，我就一定要把算题算错，我小学时的算术不及格，现在追究起来，就是这个原因。

穿街走巷卖芭蓝花的小贩，全都是40岁上下的男人，年轻的男人卖芭蓝花，女人不会和一个年轻的粗男人打交道，女人卖芭蓝花，好的、香的、嫩的，她给自己的女儿留下了，人们也不会出来买她的剩货，只有老实巴交的中年汉子出来卖芭蓝花，才会有人出来买，生意也做得红火。

就是这样，走出家门来买芭蓝花的女子，也都是普通人家的女子，类如我们侯家大院这样的大户，是不会有人出来买花儿的。那么，侯家大院里上上下下戴的芭蓝花又是从哪里买来的呢？侯家大院里的芭蓝花，是有人按时送到府里来的。

给侯家大院每天按时送芭蓝花的人，自然不会是那种粗男人了，他们怎么会有资格进入侯家大院呢？往侯家大院里送芭蓝花的人，是一个老婆子，这位婆婆姓冯，大家都叫她是冯婆子。而天津人说那种疯疯癫癫的女子是疯女人，冯婆子的"冯"和"疯"同音，府里的人们就管这位冯婆子叫疯婆子。正院里一说疯婆子来了，各房各院的人们，就纷纷地出来找冯婆子挑花儿来了。

怎么就说是"挑"花儿呢？因为往侯家大院送花儿，要按季节算钱，一年三大节，五月端午，八月中秋，春节，疯婆子来结三次账。据我母亲后来对我们说，疯婆子每一季从我们家结算走的钱，少说也要在上百元左右，那时候两元钱一袋白面，这也就是说，我们家一季用的芭蓝花，就可以买五十袋白面，这样的人家该是多大的开销，人们也就不难想象了。

买花的事小，花钱的事更小，这里面要说的是，疯婆子到侯家大院里送花，见到了大世面，她在外面述说关于侯家大院的一切，简直就和刘姥姥进大观园一样，可是神乎其神了。

据疯婆子在外面对人们说，她头一次进侯家大院送花，就出了大笑话。

那天早晨，疯婆子的提盒里放好了四十束芭蓝花，她知道侯家大院里的女人多，而且按人的不同身价，她还做好了花束，两朵一束的上好芭蓝花，是给老太太戴的，四朵一束上好的芭蓝花，是给大少奶奶戴的，还有一束点缀着一朵小红花的花束，是给我芸姑妈戴的。那时候芸姑妈还没有出嫁，正在家里养病，疯婆子知道芸姑妈有小脾气，就把顶尖儿的好花儿特意给她留了出来。此外，你一束、我一束，连做粗活的婆子们，她都想到了，正好四十束，一束也不少。

老管家吴三代把疯婆子领到正院门口，立在二门之外，吴三代喊了一声："送花的婆婆来了。"然后，他就回身走回前院去了。

疯婆子自然不必等人出来迎接，迈过高高的门槛，她走进了正院。绕过回廊，走过方砖间的碎石小路，她才看见正房的房门，这时就见从房里走出来了一对女孩儿，这两个女孩儿，一样的长相，一样的年纪，一样的穿戴，看着就像是一对孪生的姐妹一样。

疯婆子后来对人们说，好歹这两个女孩儿有点区别，她也不会闹出笑话，只是这两个女孩儿太金贵，也太娇嫩了。看长相，眉清目秀，细白的皮肤，疯婆子说，那肉皮儿细白得像"粉儿"，就是人们吃的那种凉粉，白里透红，手背上，连肉皮儿下边的筋脉都透过来了，看着就没沾过粗活儿，明明是养出来的一双纤手。再看那容貌，红红的脸颊，弯弯的眉毛，水汪汪的一对大眼睛，透着聪明伶俐的神色。最最让人看着喜爱的，是这一对女孩儿的穿戴，疯婆子说不清她两个人穿的是些什么，反正就是绸呀缎呀的呗，还梳着刘海头，头上戴着鲜花，手腕上一对玉镯。"哎呀，宝贝儿，我自己进来就是了，怎么劳累你们出来迎我呢？"说着，疯婆子快走了几步，就领着这一对千金小姐走进我奶奶的房里来了。

我奶奶是一位具有平民意识的好老太太，对于像疯婆子这样的"粗人"，历来是把她们当作姐妹看待的。疯婆子走进屋来，我奶奶正坐在太师椅上哄她心爱的小猫玩着呢。见到疯婆子进来，我奶奶就说，她的小猫最近眼屎特多，是不是也该给它吃点"败火"的小药。疯婆子一听，立即双手一拍，就对我奶奶说道："哎哟，我的老祖宗，猫儿狗儿生在府里都是前生做下了善事的，我们家的孩子三天不吃饭都没有人上心的，怎么老祖宗的猫儿多了一点眼屎，也就要用药呢？"

疯婆子正感叹着，刚才和她一起走进屋里来的那两个小女孩儿，已经一个送来了茶，一个送上来了毛巾。这一下，可是把疯婆子吓坏了，她险些没把这两个小女孩儿抱起来："哎哟，我的祖宗，我还没给两位千金请安呢，怎么你们倒先给我送上茶来了。这不是折我的寿吗？"说着，疯婆子就把茶盅和毛巾接了过来。

疯婆子接过茶盅、毛巾，还觉着自己不该享受这种待遇，便对我奶奶说道："有老祖宗敬奉着我，我已经于心不安了，还让小姐给我送茶，我就更担当不起了，万一茶水烫着孩子，就是把我一个疯婆子搭上，那也是赔不起的。"

"若说呢，她们都这么大了，也应该学着做点活儿了。"我奶奶回答着说。

"老祖宗虽然是这样说呀，这若是在我们这样的人家里，这么大的孩子早就派她们到井边担水去了，可是这不是侯府里的人吗？"

"所以，这侯家大院里的人才没规矩。"我奶奶一面哄着她的小猫，一面对疯婆子说着，"早以先，我就对她们说过，你们每天只知道玩玩乐乐的，将来到了把你们送回家的时候，看你们可如何找人家吧。"

疯婆子一听，这话不对，侯家大院里的千金小姐，怎么会送回家找人家呢？当即，她就向我奶奶问道："这二位千金……"

"你可不要称她们是千金了，再这样就更宠得她们不知道天高地厚了。她两个是我房里的丫头，一个叫桃儿，一个叫杏儿，也不是我给她们起的名字。我们侯姓人家还有这么个老规矩，无论是怎么领到府里来的婆子、姑娘，人家原来叫什么名字，到了我们府里还叫什么名字。这桃儿姓袁，在家里就叫袁桃儿，到了侯家大院，也还是叫桃儿。杏儿家姓常，在家里叫常杏儿，到了侯家大院，也还是叫杏儿，我们可是不给孩子改名的。"

我奶奶说的就是这样，我们家不许给用人改名。有的人家就不这样，只要是一进到院里来，男的叫高升、福来，女的叫翠玉、海棠，我爷爷说那是对人的最大侮辱，家里用人帮工可以，但不是买家奴，不能给人家改名字。

听着我奶奶说了桃儿和杏儿的来历，疯婆子万分感动地对我奶奶说道：

"哎哟，我的老祖宗，这是你老的使唤丫头呀？我还当是府里的小姐呢，莫怪侯府这样兴旺呢，真是积善人家，拿着猫儿狗儿都当着人敬重，佛呀，你可要护佑着侯姓人家世世代代福禄双全呀。"说着，疯婆子已经感动得热泪盈眶了。

……

疯婆子是一个穿街走巷进千家门的人，从此她无论走到谁家，头一句话，她就对人们说："我可是长了见识了，一进了侯家大院，我就看见两位小姐迎着我走了出来，身上穿着绫罗绸缎，头上戴着鲜花，手上戴着玉镯，手指细得真是像玉葱一般呀，看着就招人心疼，你猜这两个小姐是什么人？"

随之，大家就是一通胡猜乱猜，有人说这两个女孩儿是侯老太太的孙女，有人说这两个女孩儿是侯家的远亲，猜来猜去，自然都没有猜对，这时，疯婆子就对众人说道："就是说给你们听，你们也不会相信，原来这两个金枝玉叶般的妞儿，是侯老太太房里的丫鬟。"

"哦！"众人一起倒吸了一口长气。

"瞧瞧人家这两个孩子是多大的造化，怎么就进了侯家大院，这不是就一步登天了吗？"说着，众人更是一番唏嘘。

当然，一阵唏嘘之后，也有人发了一番议论，有人就说，莫看这两个女孩儿如今在侯家大院里享着荣华富贵，只是不知道来日这两个女孩儿会遭遇到什么命运？平民百姓人家的孩子，平安就是福，跟着他们大户人家一荣俱荣，一损俱损，也未必就是福分。

　　读过我的小说的读者一定记得，我奶奶有两大爱好，第一大爱好是看戏，第二大爱好就是爱认干女儿。因为爱看戏，满天津卫的角儿们都争着请我奶奶去看他们的戏，天津各家大戏院，常年有我们老侯家的包厢。我还记得那时候一到晚上，家里人就忙着梳洗打扮，各房各院里的奶奶、婶婶们都在一件一件试衣服，一直到车子停到门口，也就是早到了开戏的时间了，奶奶、婶婶们才一个个地走出来，再一个个地登车，随着我奶奶到戏院看戏去了。可是家里人多，有人爱看文戏，有人爱看武戏，而我们几个小哥儿，就只爱看孙悟空、黄天霸的戏。这样奶奶就发下话来说，凡是爱看"苦戏"的，就跟着她到中国大戏院去掉眼泪，男人们去大舞台，今天报来的戏码是《二进宫》，几个小哥儿，由吴三代把他们送到天华景，那里今天演《大闹天宫》。

　　呼啦啦，侯家大院立马就空下来了，我奶奶带着我的芸姑妈到中国大戏院去了，东院、南院里的几个叔叔，说是去大舞台看《二进宫》，其实他们另有二进宫的地方好去。我们几个小哥儿，就被我们的吴三代爷爷送到天华景去了。待我们来到天华景戏院的时候，天华景戏院的经理正在戏院门口等着我奶奶呢,远远地就听见车里叽叽咯咯地又喊又叫,天华景的经理就知道今天的事麻烦了,立马,他吩咐一个伙计专门把我们几个看住了,还送来了好多的瓜子、水果,唯恐我们在包厢里来个大闹天华景。

除了爱看戏、爱认干女儿之外,我奶奶还有一种爱好不为外人知道,那就是她宠爱着两个丫头,一个是桃儿,另一个就是杏儿。

自然,桃儿、杏儿两个人都是有来路的,我们家的规矩,不收不知底细的丫鬟。诸位看过不少揭发罪行的小说,说那些大户人家只要花几个小钱,就能买下一个女孩儿,带到家里,就做使女。自然,这样的使女都受尽了折磨、羞辱,有的死在了主子的手上,有的就反抗,一把火,把主子的罪恶之家给烧了。我们家的老祖宗怕出这种事,所以从多少辈之前,就立下了规矩,各房各院里的丫鬟,只能有两个来处:一种是从娘家带过来的,就是人们常说的那种陪房丫头;第二种则是本宅本院老用人的孩子,她们或是老爹出府了,或者是老娘一起带进府里来的,这样才有资格做各房里的丫头。

桃儿的奶奶,是我奶奶嫁到侯姓人家来的时候,从她的娘家带过来的陪房丫头,桃儿的奶奶自然早就过世了,她母亲不在我们家做帮工,后来,过了好多年,桃儿的母亲到我们家来看我奶奶,说到她如今有一个女儿,也是在家里吃闲饭。"乡下的情形,老祖宗是不知道,多一张嘴,也是养活不起的。"自然她说的有些夸大,乡下人从女孩儿一生下来,就不把她们看作是自家人,总说是白养着女孩儿,来日总要做外姓人的。家里的那些粮食，是只给男人们吃的。所以，桃儿她娘就想把桃儿送到我们家来做活。

这样，我奶奶就把桃儿收下了。

杏儿据说是我们家一位老表亲家的孩子，她的父亲不上进，染了一身的坏毛病，吃喝嫖赌，无恶不作，杏儿的母亲怕她的男人在孩子身上打不是人的主意，一天，就把杏儿带到我们家来，央求我奶奶把她的女儿收下。"老祖宗，您老就当是收下一只猫儿、狗儿，吃剩下、穿剩下的给她，就是她的福分了。"说着，杏儿的母亲就给我奶奶跪下了。我奶奶是一个佛心老奶奶，看着这样的情形，你说她能再让杏儿她娘把杏儿领走吗？

杏儿进了侯家大院，没多久时间，她老爹就去世了，多少年的时光过去，她母亲也没了消息，有人说是跟上人家改嫁走了。这样，杏儿除了侯家大院之外，就再也没有依靠了。

说到这里，摸摸屁股，我已经不知道自己是坐在哪家的板凳上了。怎么人家的女孩儿，都是买来的、抢来的、霸占来的，怎么你就往你们家的脸上贴金呢？这叫涂脂抹粉，果然是孝子贤孙。不过，你若说我是孝子贤孙，那可是大错特错了。侯姓人家的男子，除了那几个没出息的之外，还真没有人把祖上留下来的财产看得有多么重要，不光没有想分家，而且还一个个地往外"跑"，只留下了几个孽障守着家产坐吃山空。到最后树倒猢狲散的时候，各房各院的爷们儿倒是也分了点房产，不过，那时侯家大院早已经只剩下一个空架子了，就是分到一所宅院，也就是一处破房子罢了，连修房的钱都没有，南院的那所大宅院，只卖了五千元，没过两年，也花光了。

所以，我如实地把桃儿、杏儿的来历做些交代，绝不是我要涂脂抹粉。读者诸君不妨设想一下，如果桃儿、杏儿两个女孩儿，一个是我爷爷带兵打仗时抢来的，一个是我老爸和人家赌钱时赢来的，你说说，我还写这篇小说做什么呢？那就写《罪恶之家》好了。

为什么我奶奶要把桃儿、杏儿收下来，还当作是金枝玉叶女儿般地养起来，这里面有分教：

像侯家大院这样的地方，如何就看出日月兴旺了呢？男孩子们学规矩、上学，他们整天整日地在书房里待着，而且一群秃小子，那是不能拿他们当花儿朵儿般地养着的。各房各院里的女儿们呢？也要学女红，家里也有学馆，更不能在院里玩耍，所以，一户人家的兴旺，看的就是各房各院里的丫鬟。这样，各房各院里的奶奶们就都比着宠爱丫鬟，看着丫鬟们一个个花儿一般地在院里出来进去，就像演戏一样，显得日月就红火。至于丫鬟们自己，她们也知道自己在院里的地位，于是也就使出全身的解数来打扮自己。当然，这里面有许多规矩。先说穿衣，可以穿绸，不可穿缎，穿绸求的是鲜丽，穿缎是一种尊贵。头上可以戴花，耳上可以戴耳环，但不可以戴链，不可以戴锁。项链，那是主人家的小姐才可以戴的首饰；锁，更是一种身价的象征，丫鬟戴锁，那就是奴欺主了。还有，丫鬟们可以戴镯，不许戴戒，手镯，也只许戴玉手镯，最多可以戴银手镯，不许戴金手镯。除此之外，没有其他的区别，如此，也就难怪疯婆子进到侯家大院来，错把两个丫鬟当作是小姐了。

桃儿、杏儿在我奶奶房里，没有多少事情好做，主要的任务,就是在我奶奶出来进去的时候,她两个一左一右地搀扶。其实我奶奶硬朗着呢,用不着她们搀扶,要的就是一个气派,有两个如花似玉的丫鬟走在身边,自己就觉着赛驾云似的,老祖宗么,不就是活神仙吗?

说到做活,那实在是轻体力,比我在农场干活的时候,绝对不一样。本来,我奶奶房里就没有多少活好做:洗衣服,有院里的婆子;烧饭,有大厨房;送水,也有贴身的女佣。她们两个就是一对摆设。桃儿负责给我奶奶看茶,我奶奶用茶,和我爷爷用的茶不一样,我爷爷喝碧螺春,我奶奶喝乌龙,乌龙茶头一冲没有味道,汤陈了就变黑,喝着也没有味道,所以,侍候我奶奶用茶,是一门功夫。到后来,我奶奶把桃儿、杏儿派到我母亲房里去的时候,好长时间觉得不方便,就是因为身边侍候她用茶的人走了。

杏儿呢,她倒是一个重劳力了,她负责给我奶奶捶腿,我奶奶看戏回来腰酸背疼,这时候杏儿就给我奶奶捶腿捶背。看过《红楼梦》里金钏给王夫人捶腿的那一章吗?我奶奶躺在床上,杏儿坐在她的身边,给她捶腿。金钏太放肆,给王夫人捶腿的时候和贾宝玉找乐,结果挨了王夫人一记耳光,为此,她一口气没出,就跳井寻了短见。杏儿给我奶奶捶腿不和我们说话,见我们进到奶奶房里来了,她还远远地向我们做着手势,告诉我们奶奶睡下了,别来捣乱。

桃儿、杏儿很得我奶奶的宠爱,我们也不把她俩当用人看,现在回想起来,我好像从来也没歧视过她们,相反,倒是我从心里早就把她俩看作是朋友和亲人了。小时候,我最笨,我记得桃儿的毽子踢得好，一连能踢到四五百，而且还会转着身子踢，看得真让人生气。我呢，生性愚顽，连两个都踢不来，这样，一生气，就把桃儿的毽子扔到房顶上去了。好在人家桃儿不理我，过几天，桃儿又做成了一只新毽子，踢得更是好看，当然，一不小心，又被我扔到房顶上去了。杏儿会"捡子儿"，把十几颗杏核儿撒在地上，又一只只抛到半空，再把地上的杏核儿捡起来，看她一双小手飞也似的又抛又捡，实在也是让人生气，当然，过不了多久，这十几颗杏核儿，也被我抛到房顶上去了。有时，我爷爷就站在院里问："这房顶上都是些什么乱七八糟的东西呀？"吴三代自然不会说我的坏话，他让人爬上房去扫干净也就是了。

本来，桃儿、杏儿在我奶奶房里过的日子蛮好，只是后来侯家大院里进行了一次人事调整，这一下，桃儿、杏儿的清闲日子就过不成了。

我母亲嫁到侯姓人家来的时候，是21岁，她从马家带过来一个陪房大丫头，名字叫勤姑，勤姑比我母亲小5岁，那一年她只有16岁。勤姑是一个心灵手巧的好姑娘，我母亲把她看得和自己的亲姐妹一样，我母亲在马家书馆里读书，勤姑就在书馆里做些杂活，所以，我母亲有多大的学问，勤姑也有多大的学问。只是勤姑随着我母亲进到我们家来不久，我母亲就把她送到芸姑妈房里去了。这里面有一段过程，不说说，读者就不明白。

我外婆家，在天津卫算得上是大户人家了，家里专门为女孩子立了学馆，请来老师给家里的女儿上课。可是马家只有两个女儿，请一位先生来讲课，有许多不方便的地方，于是马家的老太太就找到我们家来，请我的芸姑妈到马家学馆去陪我母亲一起读书，从此，我的芸姑妈就做了我母亲的同学。我母亲的名字叫马景福，我芸姑妈的名字叫侯芸之，那时候，还没给我母亲提亲，我母亲和我的芸姑妈就成了最要好的朋友。

我的芸姑妈身体不好，到我母亲嫁到我们家来的时候，芸姑妈已经是久病不起了。芸姑妈得病之后，我母亲常到我们家来看芸姑妈，每到马家有人从南边回来的时候，无论马家的人从南方带回来什么东西，我母亲都要给芸姑妈送一份过来。就是在这时候，我母亲在芸姑妈的房里认识了我老爸，那时候我老爸很可爱，我母亲就悄悄地对我老爸有了一点好感。据勤姑后来对我们说，我母亲在马家的时候，无论谁来提亲，她都是回答一句话："你们谁看着这个人好，自己就嫁给他好了，干嘛要来问我？"只有在有人提到要和侯家的大公子做亲的时候，我母亲没说这句话。这样，我母亲才嫁到了侯姓人家来，做了侯姓人家的长门长媳。

我母亲和我老爸既是青梅竹马，也是一见钟情。

自然，这些事全都是后来芸姑妈对我和我哥哥说的，芸姑妈极是骄傲地告诉哥哥和我："你父亲年轻的时候，那才是才貌出众呢，否则凭人家马家的二小姐，怎么会嫁到咱们家来呢？"

把马家的二小姐娶过门来做自己的大儿媳妇，我奶奶早就有这种想法，可是和我爷爷一说，我爷爷当即就对我奶奶说："那怎么说得出呢？门不当户不对，人家马家会说咱们是想高攀人家的。"确确实实，马家虽然到了我外公这一辈上经商做了商贾，可是马家祖辈上出过大官，那是在朝廷里有过功名的人家，直到如今，马家的大门外，还有停轿的石坪，拴马有石桩；而我们家再有钱，也没有马家的那种势派，马家何以会和一个暴发户人家的小哥成亲呢？

也是千里姻缘一线牵，合该我老爸有这等造化。

和每年一样，每到年头将近，我们家就忙了起来。过年有什么好忙的，一切都由大账房操持，不就是一个花钱吗？该买什么东西，他们自然知道，连一句话也不用说，到时候用什么东西，只要一伸手就行了，你就只等着过年吧。确确实实，过年对于侯家大院来说，是没有什么事情好做的，男人们准备放灯、放炮；女人们准备戴花、走亲戚。侯家大院里的人，过年就是一个玩字。那么又是什么事情要侯家大院里的男人们忙碌呢？说出来诸君也许想不到，年头将近，侯家大院里的男人们忙得不可开交，就只是为了一件事，受礼。

从腊月二十三那一天开始，到侯家大院来送礼的人就排满了街，侯家大院门外总停着车子、轿子，侯家大院门洞里的长板凳上，总坐着随主家送礼来的用人。为什么他们不进到院里来呢？规矩。内宅不得擅入，无论谁家、也无论是什么地方来人送礼，东西自然要由用人担着，但到了侯家大院，送礼来的主人进到内宅，而担东西的用人，就只能坐在门洞里的长板凳上，等着主人出来。送礼的人走进院子，看身份高低，有头有脸的，由我爷爷出来接待，辈分低些的，由我老爸出来接待，等而下之的人，就由我的叔叔出来接见了。也就是说上几句客套话，然后送人出去的时候，再说上一句："感谢府上一片厚意，过年之后，我等自会到府上叩拜令尊大人去的。"然后把东西收下，进到后院来，告诉我爷爷什么什么人送什么什么东西来了，我爷爷说声"知道了"，这件事就算了结了。

为什么那时候家家户户都要给我们家送礼？不知道。一定有原因呗，怎么现在就没有人给我送礼呢？每到过年，连葱呀蒜呀的都要自己花钱买。而那时候的侯家大院却不是这样，几乎所有过年的东西都是人家送来的，有时候看见什么新鲜东西，全家上下还要好想一阵，才能想起来这东西是谁送来的。你说说，你送的东西，人家根本就没记住，这份心意不就算是泡汤了吗？可是许他把你忘了，不许你不送，万一到了年关，侯老太爷想看看礼簿，一看这个哥们儿今年没送礼，侯老太爷一生气，你说说下一年他的日子能好过得了吗？

只是话又说回来了，给你们老侯家送这么多的礼，你们用得了吗？当然用不了，光是送来的暹罗国大米，就够我们全家吃一年的，至于其他东西，那就更不计其数了。用不了怎么办？那就再送给别人吧。有的地方，派上个人送去就是了，这一切就全由吴三代操持，全都是些远亲，把东西送到就行，没有什么规矩礼法的。但也有的地方，送礼的时候要跟上一个人，有时候还要跟上一号人物。什么地方要跟人，又什么地方要跟上一号人物？马家。给马家送东西，就是我老爸亲自出马的。

据母亲说，那一年，我老爸给马家送去的年礼，只有两样东西，一样是日本北海道的大螃蟹，另一样是爪哇国出产的南洋木瓜。日本北海道的大螃蟹，比咱们中国的螃蟹大两倍，每一只就有一斤重，就和天上的月亮一样大。因为螃蟹这东西一离开海水就要死，所以北海道的螃蟹送到我们家来的时候，全要带着海水，一只大铁箱，里面有海水，还有泥巴，几只活螃蟹养在里面。从日本到中国，轮船要走三天三夜，螃蟹在里面一点委屈没受，平平安安地到了中国后，这才到了它的大限之期，随之，它就要改变颜色，煮熟给人下酒了。

再说南洋木瓜，那就更是一种稀罕物什了。这种瓜产于爪哇国，吃起来有一股淡淡的甜味，实在也没有什么味道；但是这种瓜极香，放在屋里，那才是满室生香呢。过去这是爪哇国给朝廷进贡的，如今不是皇上没有了吗？再有人把这种东西从爪哇国带到中国来，自然就要送到足以代替皇上的人家去了。在这些足以要代替皇上的人家之中，就有我们侯姓人家。所以，就是到了现在，知道有南洋木瓜这种东西的人家也不多，而知道用南洋木瓜熏屋子的人家，那就更少了。

到了年关将近的时候，我们受了这许多礼，自然我们家也要想到我们欠着谁家的情。想来想去，不欠任何人的情，这天底下的人全都是欠着我们家的情，全是天下人负我，而我，是不负天下人的。这点和曹阿瞒就不一样，他是宁负天下人，而不许天下人负他，要不他怎么就留下了千古的骂名呢？

只是，难道我们家就谁的情也不欠吗，又想了一阵子，说是欠着一户人家的情。欠着谁家的情？欠着马家的情。我们家的芸姑娘在人家马家的书馆里读书，说是陪着人家的小姐读书，可也是咱们家的孩子涨知识呀。人家马家请我们家的女孩子到人家那里去读书，茶呀水呀地照应着，一年一个钱也不要，赶上天气不好，人家还留下我们姑娘用饭，马家二小姐有了什么稀罕物件，还给我们芸姑娘送过来，人家凭什么就对我们这样好？不就是一份情意吗？这样，我们侯姓人家就欠着马家的情意了。欠着情意好办，到了年关送上一份厚礼也就是了。于是我奶奶从人家给我们送来的礼品中，选了日本北海道螃蟹和南洋木瓜两样礼品，由我老爸护着，送到了马家。

这样，选中了四个用人，两个人一抬礼，由我老爸亲自护送，赫赫然地就到了马家，这时马二爷已经亲自站到了大门外，只等着迎接我老爸来了。马二爷怎么知道我老爸会到他们府上来送礼？事前就知会了，先送来了帖子，由我爷爷出面具名："年关将近，诸事缠身，不得亲自到府上拜谢，如是，只得派我家长子茹之于明日午时到府上问安，等等等等。"下面的署名是侯晋泰，也就是我爷爷的大名。

车子到了马家门口，我老爸从车子上走下来，那劲头子可就是不一般了。别看我老爸那年只有 20 岁，可是他老先生见过的世面，是那时候的年青人谁也比不了的。我老爸到过日本，还和他的教习们到英国去考察过英国海军，那种大场面，一般的人见了是要腿肚子转筋的。可是我老爸见过，还没转筋。你就说说他是何等的人物吧。

未登上马家大院的高台阶之前，我老爸走下车来，先正了正长衫，再正了正礼帽，然后挺起胸，抬起头，高抬腿，走戏步，一步三摇地就向着马家大院走过来了。站在自家的大门口，正在看着我老爸的马家老太爷，一看见我老爸的劲头子，当即就暗自吃了一惊，果然是富贵子弟，你瞅瞅人家这个做派，满天津卫找不出第二个人来。上前迎接，马二爷走下台阶来；这时我老爸更是一步走上前去，向着马二爷就是一个鞠躬礼："晚生侯茹之，恭问马老太爷安好。"一板一眼，吐字清楚，一点害羞的神色也没有，就和在自己家里一样。"哎哟，这位是侯府上的大公子吧？老朽我恭候多时了。"说着，马二爷就把我老爸迎到院里去了。

听说三井侯家的大公子送年礼来了，马二奶奶也从内宅里走了出来，由丫鬟们搀着。走进大花厅，马二奶奶看见我老爸和马二爷说话，一下，马二奶奶就怔住了，哎呀，这小哥好俊呀！这几年光看见侯家的大小姐侯芸之到马家来，这位小姐容如花来貌如月，人人全说侯家的大小姐长得好看，可是谁也没有想到侯家的大公子长得比他妹妹还要好看。侯家的大公子今天穿着一件杏色的长衫，外罩一件褐色马褂，足蹬礼服呢布鞋，那才真是一品的容貌、一品的打扮，看着就像是一朵花一般。再加上侯家大公子今天满脸的精神，细细的皮肤，一双大眼睛乌亮溜圆，越看越是一个小俊哥，就是宋玉、张君瑞，也不过如此罢了。

"这位是伯母大人吧。"见到马二奶奶走进大花厅，我老爸当即站起身来，向着马二奶奶又行了一个大礼，然后这才向着马二奶奶说道："家慈吩咐一定要到伯母面前致谢的，我家小妹在府上读书，真不知给府上添了多少麻烦呢，承蒙伯母错爱，我家小妹已是多有长进了。"

"哎呀，侯公子这是说到什么地方去了，侯家大小姐，那是我们请都请不到的呀，府上老人肯屈尊让女儿到我们这样的平常人家来陪我们二女儿读书，我们才不知应该如何感谢才是呢。"说着，马二奶奶就向着我老爸还了一个礼。

本来像这类送年礼的事，也就是进到府里说上两句话，就应该告辞出来的，可是也不知道是怎么一回事，今天我老爸兴致极好，他竟一屁股坐下来，不肯走了。天南海北，他就向着马二爷吹了起来。从日本国的樱花到英国人的绅士风度，所见所闻，他说了个天花乱坠。一直听得马二爷和马二奶奶忘了是什么时间。说着说着，已经是快到吃饭的时间了，这时候我老爸才想起要告辞回家，你想想，人家马家能放我老爸回家吗？

马二奶奶吩咐，给赏钱，打发侯府上随来的人回府，侯家大公子就留下用饭了，酒席摆好，马家就把自己家里的人请出来，陪着侯家大公子用餐。

马家还是一个维新的人家，有客人来，也不分什么男宾女宾，家里人一律出来用餐。这样，马二爷和马二奶奶坐正座，我老爸坐在他们两位的下手，再下面，就是我未来的母亲和她的弟弟妹妹们了。看见我母亲在座，我老爸一点也不觉难为情，大大方方地又是说话，又是吃饭，那种自然神态，就和在自己家里和我芸姑妈说话一样。就为这一点，据我母亲后来对我们说，我外公简直就被我老爸征服了。因为就在我老爸到我外婆家送礼之前不久，我的大姨夫也到马家送年礼来了，已经是成家的人了，又是姐丈，见到我母亲应该不至于再害羞了吧，可是，当我母亲出来和这位姨夫说话的时候，人家这位小哥竟羞得几乎无地自容。你羞个什么劲呢？不是女孩子才害羞吗？其实不是，中国的男人比女人还害羞，大多数中国男人看见女人就和看见老虎一样，活赛是女人会吃他们似的。

我老爸就不这样，和我母亲坐在餐桌上，人家是泰然自若，一点也不觉得拘束。看着我母亲不好意思说话，我老爸还先和我母亲说话："听我家小妹说，二小姐于诗词上很有造诣，更是对律诗独有喜爱。"

"快别说了，还不全都是自己写给自己看的？也就是一种消磨罢了。"我母亲自然不好意思说自己的学问比我老爸大，所以她也就不想和我老爸探讨什么律诗呀绝句呀什么的。

"中国的女才子，可惜全被埋没了，也只有到了李清照，才算是留下了诗名，如果她也只是说自己是写着消磨时间的，那岂不也是要付之东流了吗？为什么男人们无论写的什么破诗、破文章，都可以拿出去刻书传世，而女才子们写的那些美文却只能藏在深闺里呢？可惜我家小妹不谙诗词，如果她也像马二小姐这样写下了许多诗词，我一定要把这些诗词拿到外面刻成书的，我想那一定会使世人为之震惊的呢。"

"侯公子快不要夸她了，就是如此她也是自以为不可一世了呢。"听我老爸说到这里，我的外婆插言对我老爸说着，"平时，无论说起谁的文章，景福都说是平庸之作，这天下真是没有她看中的人了。"

"娘！"我母亲听着，嗔怪地打断了我外婆的话，到这时，我外婆也发觉自己说的话有不当之处了，于是立即又给我老爸夹菜、让酒，这才打破了尴尬局面。

据我母亲后来对我们说，我老爸一走，马二爷就大声地说了起来："这才是才子呢！你瞧瞧人家有多大方，我就看不起那种扭捏作态的人，男子汉大丈夫，没有一点男子气概，说话莺声细语，走路慢慢悠悠，看着就没出息。你瞧瞧人家侯府里的大公子，学识、见地、谈吐、神态，样样都是大人物的样子，满天津卫，我也没有见过第二个这样的人。景福，这门亲事，不管你愿意不愿意，我可是替你定下来了。"

话题一转，马二爷说到了女儿的婚事，这次我母亲没说："你们谁看着好，谁就嫁过去和他过好了。"她只是脸一红，随之，就羞得跑回自己房去了。

如此这般，这位马家的二小姐，就点头答应了这门亲事。

母亲成亲的那一天，据我母亲后来对我们说，从走下花轿，到走进正厅，一路上，我母亲就是在鲜花上走着，红地毯上铺上了一层鲜花，我母亲的绣花鞋的鞋底儿，都被花瓣儿染红了。走过一条长路，走进到正堂里，拜天地，这时，我爷爷陪着送亲来的我舅舅一起来到正厅，把闲杂人等关在门外，只留下唱礼的"大事全"，一叩首，再叩首，三叩首，一个一个地拜过之后，新郎官在前，新娘子在后，两个人牵着一条红绸子，一步一步地向他们的洞房走去。走进洞房，新郎官要把新娘子头上的盖纱揭下来，这时，那些由父母包办的两位新人，才第一次看到自己未来的伴侣是个什么长相，是俊、是丑，那已是由不得自己了。

本来，新郎官和新娘子进到洞房之后，要有一个人在洞房门外敲三下鼓，也就是只给你三秒钟的时间，怕的是两个人在房里有什么动作，新郎官骂他的新媳妇儿长相丑，两人骂了起来，"你德行好！"这场事就不好交代了。所以只给新人留三秒钟的时间，把盖纱揭下来，新郎官就要出来，这时，闹新房的人们立即涌进去，一场热闹也就要开始了。

而恰恰是在此时，我老爸和我母亲才给侯家大院留下了一段佳话。

我老爸和我母亲走进洞房之后，外面也敲过了三声鼓，可是直到第三声鼓过之后，洞房的门也还是没有打开，人们等了好长的时间，也不见有什么动静，我奶奶已经有些着急了，怎么孩子们这样不懂道理，哪有在洞房里耽误这么久的？可是她不知道洞房里发生的事情，她若是知道了，也就不着急了。

也是我老爸太淘气，他拿起那根檀香木的木棍，才把我母亲头上的盖纱揭下来，我母亲没有抬头，这时趴在窗外的我六叔萌之就听我老爸凑到我母亲的耳边说了一句话，我老爸向着我母亲说道："景福，我可把你娶过来了，你真好看。"说罢，冷不防，我老爸还在我母亲的脸颊上亲了一下。

而且，我的六叔萌之听得清清楚楚，啵的一声，特响。

按照传统的正规程序，这些小动作都是没有安排的，这纯属我老爸的即兴表演，我母亲也是没有一点精神准备，否则她也不会一伸手就把我老爸推出去好远。谁想到我母亲还真有一把子力气，这一推，就把我老爸推得坐到他背后的太师椅上了。我母亲也发觉自己推人的力气太大了一点，可是也没向我老爸道歉，谁让你等不及呢，有什么话，还愁没有时间说吗？干嘛非得这个时候说。这时，三声鼓早就响过了，可是我老爸还在椅子上歪着呢。

我母亲掏出来帕子，在自己的脸颊上拭着，我老爸也忙着从太师椅上站起来，偏偏这时，我老爸头上戴的那顶新郎官的乌纱帽又掉在了地上，他忙着把帽子拾起来，还要再把帽子戴好，你说说，光三声鼓的时间够用吗？

足足过了一分钟的时间，我老爸还没把那顶帽子戴好，这时候，我母亲着急了，她摇着拳头，小声地向我老爸说道："你还不快去开门！"说罢，我母亲就忙着低下了头，只等着闹新房的人们涌进来了。

洞房的门一开，我的六叔萌之一步就闯了进去，他一把就抓住了我老爸的胳膊："大哥，你刚才在房里做什么来了？"当即，我的六叔萌之就把他听到的一切当众做了揭发，直羞得我母亲连眼泪儿都涌出来了。

我母亲出嫁的那天，坐的是南绣的花轿，这自然就不必细说了；而在我母亲的花轿后面，还跟着一抬小蓝布轿，这抬小蓝布轿里，坐的就是我母亲的陪房丫头——勤姑，从此，勤姑就随着我母亲一起进到侯家大院里来了。只是，勤姑虽然进了侯家大院，可她还是马家的人，侯姓人家大账房里，没有勤姑的开销，勤姑从马家领份钱，这也就是说，勤姑的编制仍然在马姓人家那边，她是到侯姓人家侍候马家小姐来的。这种身份类如后来的"借调"。

得知勤姑将作为我母亲的陪房丫头到侯家大院来，最高兴的人是我的芸姑妈。芸姑妈有病，一个人在房里寂寞，我的六叔萌之和九叔菽之每天要上学读书，他们也没有时间到我芸姑妈房里来和她说话；芸姑妈陪我母亲在马家书馆里读书的时候，就和勤姑要好，这一下勤姑到我们家来，再也不走了，就有了陪芸姑妈说话的人了。而且，最最重要的是，为了给我芸姑妈调养身体，马家还常常送来从南方带来的名贵药材，将这些药材煮成汤剂，还有极复杂的过程。在马家的时候，勤姑就侍候马家的老太太用这种药汤，到了侯家大院，侍候芸姑妈用这种药，那是非勤姑莫属了。

我母亲猜中了芸姑妈的心思，于是就在进门的第二个月，带着勤姑来到了我奶奶的房里，说过了一些家常话之后，我母亲就对我奶奶说："知道婆婆房里的事情多，我又不能时时过来侍奉，若是婆婆不嫌弃，那就让勤姑过到婆婆房里做些粗活吧。"我奶奶一听，心里就乐了，这新过门的儿媳妇真是善解人意，早在我母亲过门之前，我奶奶就有了这个打算，只等着我母亲过门之后，找个机会向我母亲说。我奶奶正愁着找不到借口呢，倒是我母亲先把勤姑送到我奶奶房里来了，这不是正中下怀吗？

这时候，就要向读者诸君做一些交代了，明明是我母亲要把勤姑送到我芸姑妈房里去，怎么我母亲就把勤姑送到我奶奶房里来了呢？这就是规矩，给我芸姑妈房里派人，那是我奶奶的权力，一个新过门的嫂嫂，怎么能够把自己的陪房丫头派到小姑的房里去呢？你想监视小姑、往她身边派特务呀！所以，我母亲一定要先把勤姑送到我奶奶的房里，然后我奶奶自然就把勤姑派到我芸姑妈房里去了。

果然如此，勤姑才在我奶奶的房里待了三天，随后，我奶奶就发下话来，让勤姑到我芸姑妈房里去了。勤姑到了芸姑妈的房里，一是专门侍候她用药，二是陪她说话，才过了一个月，芸姑妈的身体就渐渐好转了。

把勤姑送到芸姑妈的房里去，我母亲房里就没有人了。这时候我奶奶一高兴，就对我母亲说，把桃儿、杏儿派到你房里去吧。

就这样，我母亲用一个勤姑，换来了桃儿、杏儿，芸姑妈房里有人陪着说话了，我母亲身边也有了奶奶房里的人，皆大欢喜，侯家大院里就出现了一个新格局。

桃儿、杏儿来到我母亲房里的第一件事，就是我母亲把从马家带过来的一种丝绸，拿出来给她两个人每人做了一件新衣，给桃儿做的是一件粉色的半长衫，给杏儿做的是一件藕色的半长衫，她两人穿着新少奶奶给做的新衣，回到我奶奶房里来的时候，连我奶奶都说："你瞧，只几天的工夫，两个孩子就出息了。"

桃儿、杏儿自然是两个伶俐的孩子，没过多少时间，她两个就成了我母亲的贴心人，不光是在我母亲房里做事，更重要的是成了我母亲的耳朵和眼睛，每天把从各房各院里听到的消息向我母亲传告；而我母亲房里的事，她们一点也不向我奶奶房里传，她两个成了我母亲的亲兵。

那天，我母亲过生日，正院里自然是安排了好大的排场，除了没有堂会之外，也算得是够规格的了。从前院里辞谢过婆婆之后，我母亲回到二进院来，这时就只见桃儿、杏儿早迎在院里，一左一右搀着我母亲往房里走。还没有走近房门，桃儿就对我母亲说："奶奶可要当心，姑姑、叔叔们早在房里又备下酒，说是要给奶奶贺寿呢。"

我母亲早料到小叔、小姑会到自己房里来贺寿的，她也没有说什么，就跟着桃儿、杏儿往房里走，才走到门槛处，这时杏儿又小声对我母亲说："叔叔、姑姑敬奶奶的酒，我自然要先替奶奶接过来的，凡是我送到奶奶手里的酒，奶奶只管喝就是，不过是做出喝酒的表示。"

我母亲当然明白这是桃儿、杏儿在给自己出谋划策，好抵挡弟弟妹妹的敬酒大战。果然，走进房里一看，我母亲大吃一惊，屋里满满地早就坐下了七八个人。我老爸自然早就被他的弟弟拢到房里来了，挨着我老爸坐着的是我的芸姑妈。芸姑妈身后站着勤姑，六叔萌之和九叔菽之分坐在我老爸和我芸姑妈的下手，此外还有一个人，宋燕芳，我奶奶最宠爱的干女儿，也就是后来和我老爸混到一起的那位"小的儿"——我们的姨娘。

宋燕芳这孩子很苦，心比天高，命比纸薄，从南方来到天津做艺，又不愿意拜门子，就投靠到了侯姓人家的名下。所谓拜门子，就是拜一个天津恶霸做靠山，否则你休想在天津立足。而人们全都知道，一个女艺人，拜一个青皮做靠山，其实就是要拿自己的身子做见面礼。宋燕芳是一个有志气的孩子，她打听到天津卫有一位侯老太太最威风，无论什么青皮混混，全都不敢惹这位老祖宗。一次我奶奶到中国大戏院来看宋燕芳的戏，就在上妆之前，宋燕芳来到我奶奶的包厢里给我奶奶请安,我奶奶只说了一句:"这闺女真是招人喜爱。"立即,宋燕芳就跪在了我奶奶的面前,喊一声"娘",就算认下我奶奶做干娘了。

我奶奶怎么就有这么大的威风?我们家有势力,早以先的势力就不说了,如今我爷爷是天津美孚油行的中国掌柜,背后有美国的势力,其实我爷爷腰里也没别着盒子炮,可是天津卫无论谁家想和美孚做生意,我爷爷不点头,他就做不成。青皮混混们当然不和美孚做生意,可是和美孚做生意的人全都是有头有脸的人物,这样,在天津卫,我爷爷有什么事,一句话,连市长大人都得乖乖地给办。如此,你说那些青皮混混还敢惹我奶奶吗?

果然宋燕芳这道门槛走得对,自从我奶奶认下宋燕芳做干女儿之后,宋燕芳在天津唱戏,再没有人捣乱了。各位先生,你们是不知道天津爷们儿在戏院里捣乱多有本事了,有一年谭富英老板在天津唱《四郎探母》,一声"叫小番"才唱完,立马台下就站起来一位爷,这位爷嘴里叼着一只铜哨儿,"嘟——"地一下,他就狠狠地吹了一声,哨声才落,只见这位爷又站了起来,向着台上的谭富英老板就喊了一声:"不够调。"随后,这位爷就扬长而去了。

莫看谭富英老板唱戏有人敢出来捣乱,可是宋燕芳唱戏,人们都得乖乖地听,假使有个什么人不长眼,敢出来和宋燕芳捣乱,宋燕芳到我奶奶跟前一告状,我奶奶当即就把曾延毅叫到家来,当面就敢向他问道:"你管的天津卫,还有点规矩没有了?"曾延毅是天津警察局局长,大家都叫他曾局长。我奶奶发下的话，他不敢不办，立马，把那个捣乱的人查出来，抓到警察局去，一顿臭揍，下次他再也不和宋燕芳捣乱了。

宋燕芳在我奶奶的干女儿中最得宠爱，她也会来事，时不时地往侯家大院跑，到如今，已经就和侯家大院里的人一样了。我母亲成亲的第三天，"认大小"，在全家人一起和大少奶奶分过"大小"之后，宋燕芳一骨碌就跪在我母亲的面前，张口就喊了一声"嫂嫂"。我母亲毫无准备，吓得打了一个冷战，幸亏勤姑心眼灵，她立马就冲着宋燕芳说道："这位是干姑奶奶吧？"这样，我母亲也就算把这个妹妹认下了。

今天，我母亲的寿日，她自然要挤来贺寿了，而且，早在我母亲过门之前，有人就说我老爸和她"有一水"，咱虽然不懂这"一水"是怎么一回事，但也知道这"一水"不是干净水，就因为有了这"一水"，日后我老爸才做出了对不起我母亲的事。

桃儿在左、杏儿在右，挽着我母亲才走进门来，立即呼啦啦满屋里的人一齐迎了过来，"给大嫂贺寿。"众口同音，齐刷刷给我母亲行了一个大礼。

"哎呀，真是担待不起了，全都是亲姐妹弟兄，怎么就讲起这些规矩来了呢？"我母亲忙着向前走了一步，先把我的芸姑妈扶起来，然后向弟弟们一一还礼，最后我母亲向餐桌走过来，这时，众人也就随着我母亲和芸姑妈一起走了过来；走到桌子前，大家又一起将我母亲让到上位，这时，我母亲才向大家看了看，谦让地对大家说："那我就愧受了。"

先是我母亲在正座上坐了下来，然后大家又一起哄，把我老爸拉了过来，这时，我的六叔萌之推着我老爸站在我母亲的面前,强迫他给我母亲鞠躬:"大哥领个头,给寿星贺寿。"

我老爸历来是嘻嘻哈哈,他一点也不觉着扭捏,一躬身,就向我母亲鞠了一个大躬,这一下,倒把我母亲羞了一个大红脸,她忙着站起身来向我老爸还礼,随之又向大家说道:"这怎么可以呢?让婆婆知道该说没有规矩了。"

"大嫂,你放心,院门早就关好了,爹爹、老娘不知道咱们这里的事。"说话的是我的九叔菽之,他那年只有14岁,最得我母亲的照顾。

我母亲受过我老爸的贺拜之后,在正座上坐了下来。这时宋燕芳走了过来,向着我母亲施了一个大礼,说:"燕芳给嫂嫂贺寿了。"我母亲自然又是一番感谢,然后大家才安静了下来。

酒席,早就准备好了,很简单,不过就是弟弟、妹妹们的一点心意,倒是宋燕芳专为我母亲烧了一只火腿野鸭,此时摆在正中央,算是一道大菜了。

看着大家坐好,桃儿就开始指挥上酒、上菜。桃儿指着桌上的菜肴对我母亲说:"这道清蒸胎鹿肉,是芸姑娘吩咐大厨房为大奶奶烧的,胎鹿是老太爷让西北客商带来给芸姑娘补养身子的,芸姑娘说今天是少奶奶的寿日,就吩咐大厨房专为少奶奶做了一道菜。这份子蟹,是六先生和九先生敬呈给少奶奶的,两位少爷不知道子蟹一定要和银鱼配在一起才是一桌大席,我和杏儿就专去买来银鱼,少奶奶看得起我们,也就算是我们的一点心意吧。"

"大家的情意待我日后感谢吧。"看看满桌的酒菜,我母亲对大家说着。

随之，杏儿把一坛状元红端了上来，大家就开始喝酒了。我老爸和我母亲坐在正座上，芸姑妈坐在我老爸的下位，宋燕芳坐在我母亲的下位，六叔萌之和九叔菽之坐在我母亲的对面，芸姑妈的身后站着勤姑，我母亲的身后站着桃儿、杏儿，说着，笑着，大家越说越高兴，酒也就越喝越热闹了。

喝着酒，吃着胎鹿肉，说着话，渐渐地也就索然无味了，这时候六叔萌之拉着九叔菽之和他猜拳，"哥俩好呀""五魁手呀"，闹得天昏地暗。这时芸姑娘就拉开他两个说："你们还让人家喝酒不了？"可是拉开了，再喝酒，又是索然无味，这时候勤姑就出了一个主意，"行酒令吧。"

一说要行酒令，第一个出来反对的是宋燕芳，她一摆手，对着大家说道："行酒令，我可不行，你们一位一位才高八斗、学富五车，全都是学士、才女，像我这样的人，也就是会唱戏罢了，诗呀词的，行酒令，我可是上不了高台面。"

"燕芳也是太认真了。"站出来说话的是我老爸，我老爸把袖子一挽，就显出了一副不含糊的神态，随之又对宋燕芳说："咱不会那些子曰诗云、诗辞歌赋，咱还不会赵钱孙李、周吴郑王吗？反正有酒吃不就完了吗？"说着，大家全都一起笑了。

行什么酒令呢？酒令可实在是太多了，这时，我母亲就说："也别太难为大家了，咱们今天就行那种连诗句的酒令好了，谁都能背上几句诗的，连不上也就是多喝一杯酒，就算是一种游戏好了。"

"就按大嫂说的办法，连诗句好了。"第一个表示赞成的是我的芸姑妈，她当即就对杏儿说："杏儿的年纪最小，你就做今天的令官儿吧。"

"若是让我做令官儿，我可是就要偏护我们少奶奶了。"杏儿说的少奶奶，指的就是我母亲，如今她是我母亲房里的人了，我母亲对于她来说，也就是"我们"的人了。

大家选定杏儿做令官儿，第一个她就先在自己的酒杯里倒满了一杯酒，然后背了四句诗："一去二三里，乡村四五家；桃李六七株，八九十枝花。"当然，这算不得是诗，这就是我们描红帖上的那种顺口溜。杏儿没读过书，她的那一点文化，全都是看着我六叔萌之和九叔菽之读书、写字时学来的，而且，就算是她会背几首旧诗，以她的身份，也不敢显露。杏儿的伶俐，就表现在这些微小的地方。杏儿背过了四句顺口溜，从筒里抽出一根签子，看那上面的字是："自饮一盅，敬上位一盅。"随着，杏儿就喝了一盅酒，然后她就走到我母亲的身边，向着我母亲高高地把一只酒盅呈了过来："少奶奶，我失礼了。这盅酒我就敬给您吧，今天是您的寿日，我祝少奶奶多福多寿，和大先生白头偕老、福禄双全。"

"真是要谢谢你了。"我母亲说着接过酒杯一饮而尽，这时我的六叔萌之马上把一羹匙银鱼送到我母亲面前的杯碟上，然后，大家就等着我母亲背诗。我母亲自然也不能背那等太生僻的诗，她只是想了一会儿，随之就吟诵道："一年好景君须记，最是橙黄橘绿时。"

"大嫂真是有学识，怎么就想起这么好的诗句呢？"我芸姑妈赞不绝口地说着，也把一只醉蟹送到了我母亲的面前。

我母亲吃了一点酒菜，这才又向着众人说道："苏轼的这两行诗不外是要告诉人们,要记住自己最最美好的日子;我们今晚一起吃酒,合家欢乐,兄弟姐妹济济一堂,不就是最好的日子吗?只盼着我们年年如此,就是来日我们的芸妹妹嫁出去,到了这一天,我也要把大家请来,在我房里欢聚。"

"哈!大嫂好会说话呀!"一起站出来起哄的是我的两个叔叔,他们又是拍巴掌,又是喊叫,一下子闹得连窗户纸都颤动起来了。

"该罚、该罚。大嫂怎么就说到我的头上来了呢,真是欺侮小姑了。"在一旁的芸姑妈做出一副生气的神态,一定要罚我母亲喝酒。

"好了,好了,我替你大嫂喝这盅酒吧。"我老爸举起酒杯,自己斟满了酒,说着就要自己喝下去。

"不行、不行,看出你们是一起的了。大嫂罚酒,关你什么事?"芸姑妈把我老爸手中的酒杯夺过去,还是要罚我母亲喝酒。我母亲当然知道此时应该如何做,她从芸姑妈的手里接过酒杯,自己就喝了下去。

"这才有点大嫂的风范呢。"说着,芸姑妈露出了笑容。

我母亲喝过酒后,从筒里抽出了一根竹签,这根竹签上写的字是:"敬上上位一盅。"一数,这个上上位正好是我的芸姑妈,大家立即大声地笑了。

"天公有眼,最最刁钻的人,果然就报应到头了。"众人看着芸姑妈的下场好不开心,六叔萌之立即给她斟了满满的一杯。

芸姑妈倒也痛快,她举起酒杯来,一饮而尽,然后这才步着我母亲刚才背的那两句诗的最后一个字，想着自己应该背的诗。

刚才我母亲背的诗，最后一个字是"时"，芸姑妈就要背以"时"字为首的诗句，似是不用想，芸姑妈立即就背了出来："时人不识余心乐，将谓偷闲学少年。"

"好诗，好诗。"引头喊好的是我老爸，他对大家说道："这是宋人程颢的诗句，意思是说他心里的好事，谁也不知道。"

"大哥时时和我作对，我也不抽什么签儿了，这下一位就是大哥了。"芸姑妈做出一副不讲理的样子，说着，就把酒杯送了过来。

"你瞧，你瞧。我本来是偏向你的，怎么你倒罚起我酒来了呢？"我老爸也想要赖，就故意做出一副推推让让的样子。也不知道是怎么一个道理，我老爸耍赖时，还故意向坐在他对面的宋燕芳看了一眼。

"大哥当罚，大哥当罚。"两个弟弟也和他们的姐姐一起向我老爸发难，我老爸已经是没有退路了。

"好，我喝我喝。"说着，我老爸就喝下了一盅酒，"刚才你背的那两句诗是什么来着？"说着，我老爸向我的芸姑妈又问了一句。

"连上家背的诗句你都没记住，再罚一杯。大嫂说罚不罚？"我芸姑妈又把一盅酒送到我老爸的面前，好在我老爸就是爱在人面前出点丑态，没有再推让，他接过酒杯，又一饮而尽了。

芸姑妈把她刚才念过的诗又吟了一遍，诗的最后一字落在一个"年"上，我老爸就只能由"年"字开头了。想了一会儿，我老爸才接着芸姑妈的诗念了下来："年年岁岁花相似，岁岁年年人不同。"

"大哥当罚。"说着，六叔萌之把一盅酒送了过来。

"我没有吟错诗呀，怎么又要罚我呢？"我老爸不服气地向他的弟弟问着。

"唐人刘希夷的这首诗，是一首感伤年华易逝的诗，今天是大嫂的生日，大哥怎么会想到这首诗上来呢？"又是六叔萌之站出来找我老爸的错。一下子我老爸被问怔了，只呆呆地站着，一时连话都说不出来了。

"六弟弟可不能乱说。"说话的是宋燕芳，她忙着为我老爸解围，便向着我的六叔萌之说道，"大哥正是看重这大好的日子，才说是'年年岁岁花相似'的呢。"

"就是，就是么。"我老爸忙着答言。

"文过饰非了，反正这两句诗今天说得不是地方，就要罚。"过来给我的六叔萌之助威的，是九叔菽之，兄弟姐妹中他年纪最小，正是在家里不讲理的时候，说着他也送过来了一杯酒，一定要看着我老爸喝下去才算完。

"好好，我喝我喝。"我老爸没有办法，只好接过两盅酒来，一口气喝下去了。喝过，我老爸抽出一根竹签，上面写着："敬上上上座一杯。"匆匆，我老爸就把一杯酒放在了宋燕芳的面前。

宋燕芳接过酒杯之后，先是向我老爸表示过了谢意，然后，痛痛快快地就把酒喝下去了，众人见状忙向她问着："燕芳还没有吟诗，怎么就先把酒喝下去了呢？"

"我不会吟诗，不就是喝酒吗？以酒代诗，还不行吗？"宋燕芳向众人回答着说，忙着又给自己斟满了一杯。"我自己罚我自己一杯。"一扬脖，她又喝下去了。

"不行、不行，不吟诗，就是喝一坛子酒也不行。"说话的是杏儿，她是令官儿，大家自然就要听她的。

"好，我吟诗。"想了一会儿，宋燕芳就向着大家说："说来说去，还是李白的诗写得好，我就喜爱他写的'云想衣裳花想容，春风拂栏露华浓；若非群玉山头见，会向瑶台月下逢。'"

"燕芳姑娘好学问呀。"给宋燕芳叫好的，是小勤姑，她就像是第一次听说有这首诗似的，连连地表示惊奇不已，还高高送过来一杯酒，以表示自己对于宋燕芳的赞赏。

"勤姑妹妹快不要恭维我了，还不全是戏文里面的唱词吗？真的诗辞歌赋地说起来，我哪里比得了府上的大哥大嫂和弟弟妹妹们呀。"说着，她就自己把一杯酒喝下去了。

宋燕芳喝过了酒，本来应该让她抽签的，这时桃儿向杏儿使了一个眼神，杏儿一摇签筒，就又把一根签子放在了宋燕芳的面前。

"哎呀，怎么又轮到我这里了呢？"宋燕芳明明知道这是桃儿、杏儿故意捉弄自己，便也做出一副吃惊的样子来，还是服从了。只是，这次宋燕芳没有诗好背了，就对大家说："我就会背刚才的那一首诗，这次，我就给你们说个笑话吧。有一个人出钱买了一个官，这一天，这个买官的人去见他的上司，也就是要去见州府大人，这位州府大人见到这个小官，也得正儿八经地向他问些事情，于是州官就问他的下属说：'你那里的百姓如何呀？'这个买官的人不知道什么是百姓，当即就回答州府大人说：'我们那里的白杏是酸的，若不酸，我就给老爷带一筐来了。''混账，谁问你白杏来的？我是问你的小民。''哦，老爷感情是问我的小名儿呀，我的小名儿叫狗子。'"

哈哈哈哈，说得大家全笑了。

往下又轮了好几圈，轮到我六叔萌之的时候，他吟的是："等闲识得东风面，万紫千红总是春。"再到了我九叔菽之吟诗的时候，他吟的是："爆竹声中一岁除，春风送暖入屠苏。"勤姑也轮着吟了两句诗，她吟的是："书中自有黄金屋，书中自有颜如玉。"大家全说她吟得好。

喝着酒，行着酒令，大家好不高兴，这时只有我母亲才在暗中发现，也不知道桃儿、杏儿是怎么捣的鬼，酒令只一个劲地往宋燕芳面前送，而且一罚二罚，总是宋燕芳挨罚酒，别人都还没什么事，宋燕芳早就被罚得有些醉意了。

倒是我老爸看着宋燕芳连连被罚，有些过意不去了，这时，当杏儿又给宋燕芳满上一盅酒的时候，我老爸站起来，一伸胳膊，就把宋燕芳面前的酒盅拿了过来："这一盅，我替燕芳喝了吧。"

"哎呀，大先生真是不把我们这些人看在眼里了。"说话的又是杏儿，她们原来是我奶奶房里的人，就一起把我老爸称作是大先生，看着我老爸出来给宋燕芳解围，她自然要阻拦的。杏儿从我老爸手里拿过宋燕芳的酒盅，随后就向着众人说："这令官儿，好歹不也是官儿吗？在这府里，奴才们也就是做个令官儿才有个发号施令的时候，怎么大先生就这样看不起我们呢？"

这一下，我老爸没有话说了，他一屁股又坐了下来，向着杏儿说着："我可不是那意思，在这府里，谁的话我都服从，我只是说咱们都是自家人……"

我老爸的话还没有说完，杏儿立即打断他的话说道："大先生，怎么就说燕芳姑娘不是自家人呢？老祖宗认下的干女儿，就是我们的主子，我们怎么敬重侯姓人家的人，就也怎么敬重着燕芳姑娘，若是在心里我们和燕芳姑娘有一点疏远，我也就不敢这样放肆了。"

"哎呀，杏儿真不愧是老祖宗调教出来的人，说的话滴水不漏。"宋燕芳听着杏儿和我老爸辩理，又把她的酒盅拿过去了，不等杏儿再让，干干脆脆地喝下去了。

宋燕芳才喝过酒，我的六叔萌之一抽签，轮到我母亲喝酒了，这时就见杏儿暗中敲了一下窗子，这时早就立在门外的吴三代，便大声地向屋里询问着说道：

"天时不早了，老奴才讨大少奶奶的示下，燕芳小姐的车子，什么时候备下？"

我母亲听见吴三代的询问，顺水推舟地放下酒盅，似是极扫兴地对大家说道："哎哟，怎么时间就不知不觉间过去了，也该收拾收拾了呢。"我母亲宣布酒会结束，大家也应该是尽兴而归了。

3

有勤姑每天煎药侍奉,几个月的工夫,芸姑妈的身子渐渐地好起来了,我爷爷看到女儿的面色一天天变得红润,又听说中午芸姑妈也能吃一小碗饭了,高兴得每天晚上都要多喝两盅。我母亲看着芸姑妈想吃东西,就亲自下厨给芸姑妈烧了一道清蒸鲥鱼。我母亲烧的清蒸鲥鱼和别人烧的不一样,别人家清蒸鲥鱼都带着鱼鳞清蒸,我母亲烧清蒸鲥鱼,则要把鱼鳞剥下来。这里,美食家们就要耻笑了,鲥鱼的味美,就是因为鱼鳞上的鱼油清香,把鱼鳞剥下来,鲥鱼还有什么吃头呢?对了,这算说到学问上来了。我母亲烧清蒸鲥鱼,确实要把鱼鳞剥下来,但她剥下鱼鳞之后,并不是把鱼鳞扔掉,而是把剥下来的鱼鳞用丝线串成一串,然后再把这串鱼鳞挂在蒸笼顶上,和锅里的鲥鱼一起蒸。这样,等鱼鳞上的油全蒸出来之后,鲥鱼也就蒸熟了,这时候那鱼鳞里面的油也就一滴一滴地全渗到鱼肉里面去了。这样蒸出来的鲥鱼是什么味道,诸君,你们是吃不到了。

晚饭的餐桌上,有勤姑照顾着芸姑妈用饭,我母亲还把最嫩的鱼肚给芸姑妈夹到了面前,我爷爷、我奶奶看着芸姑妈吃得那样香,一个劲地光是笑,连饭都顾不上吃了。看着芸姑妈吃过饭,又让她在上房里休息了一会儿,我奶奶看过说是汗已经退下去了,这时,才由勤姑搀扶着,由我母亲亲自护送回房去了。

把芸姑妈送回房里之后,我母亲又回到前面用过饭,看着我爷爷和我奶奶回房去了,我母亲才回到自己的房里来。每次我母亲回到自己房里来的时候,桃儿、杏儿要到门槛外迎接,今天她们自然也是出来了,但是我母亲觉察出她两个人的脸色不像往日那样高兴,一个个还避开我母亲的眼睛,明明是有什么事情怕我母亲知道。

什么事情呢?我母亲当然也不会问她们,我母亲知道,真有了重要的事情,不用询问,她们也要向我母亲禀告的,既然不说,那就不是什么大不了的事。"你们也回房歇着去吧。"

我母亲说过话之后,桃儿和杏儿还是站在我母亲的身旁,一点要离开的意思也没有。这时,我母亲倒先"噗嗤"一下地笑了:"怎么今天就有了规矩呢?你们不回房去,我也没法休息呀。"

"奶奶。"看着我母亲一点也不想追问她两个今天到底是有什么事情,倒是桃儿忍耐不住,她先向我母亲说起了话来。"桃儿放肆,有句话,可不知当说不当说。"桃儿说着,眼睛还向我母亲看着,明明是察言观色,揣度我母亲的心意。

"桃儿真是多想了,你和杏儿虽说原来是母亲房里的人,可是这几月的时间在我房里,我拿你们就当是自己的亲人一样看待。有什么事情,你们不说呢,我也不会追问,你们愿意告诉我呢,说明你们不和我隔着心。"我母亲说着,就把桃儿和杏儿的手握在了手里,这一下,桃儿和杏儿才有了勇气,互相看了看,这才对我母亲说起了话来。

"这几天,我一直和杏儿在暗中商量,不知道这事情该不该和奶奶说,说吧,也许就是我们的猜疑;再说,一个丫鬟,在府里侍候着主子做事,本来不该看的就不应该看,不该说的,那就更不应该说了。"桃儿绕来绕去,就是不往正事上说。这时倒是杏儿在一旁听得着急了,打断桃儿的话,抢着对我母亲说道:

"奶奶别怪桃儿姐姐多嘴,这事是我撺掇桃儿姐姐说的。就是说错了,奶奶怪罪我一个人就是了。"

"听你们这样一说,可真是怕死人了。"我母亲看着两个孩子太紧张了,就故意把气氛缓和一下,笑了一笑,随后就对桃儿和杏儿说道:"回房休息去吧,这府里能有什么大不了的事呢?"说着,我母亲就要把她两个往门外推。

"少奶奶,这话今天不说出来,我们两个就没法睡下。"桃儿还是立在我母亲的身旁,万般为难地说着。

"好吧。"我母亲索性坐了下来,极是严肃地对桃儿、杏儿说着,"这房里就是咱们三个人,你们若是信着我呢,有什么话,只管对我说,我绝对不会把你们今天对我说的话传出去;若是信不过我呢,我怎么说呢?你们总不能让我起誓吧。"

"少奶奶快不要这样,我们也想过了,无论奴才们说的话对不对吧,反正我们是一片忠心。"桃儿终于下定决心,要对我母亲说她认为是最重要的事情了。

"少奶奶。"看我母亲坐好要听她说话,这时桃儿就更是严肃地对我母亲说着，"也是府里把我们宠得不知天高地厚了，本来，做奴才的怎么可以如此放肆呢？这若是在老年间，那是要用家法惩治的……"

"哎呀，你再说这些绕弯儿的话，我可就不听了。"我母亲还是半玩笑地对桃儿说着。

"好，那我就直说了吧。"终于，桃儿拿定了主意，她鼓足了勇气对我母亲说道，"少奶奶，半个月之前，我和杏儿一起侍候老祖宗去中国大戏院看戏，就是宋燕芳唱的那出《教子》，上妆之前，宋燕芳到包厢里来给老祖宗请安，随后老祖宗让大先生送她下楼。少奶奶，这可不是奴才故意察看什么人，就是无意间一抬头，奴才正看见大先生和宋燕芳走到楼梯拐角的地方，也是那地方灯黑，又没有人，你猜猜奴才看见了什么？奴才看见大先生和宋燕芳两个人手领着手地往楼下走呢。"说完，桃儿抬手拭了拭额上的汗珠，深深地喘了一口气，似是等着我母亲发落。

我母亲听过桃儿的话，先是怔了一下，但没过多少时间，我母亲倒"噗嗤"一声地笑了。"看你说的，一定是你看花了眼，包厢离楼梯拐角那么远，怎么会看得那么真呢？好了，好了，就算你们什么也没看见，也算你们什么也没对我说。都给我下去吧。"

"少奶奶，再容我们说一句话。"这时，杏儿站了出来，对我母亲说着，"就算是奴才看错了，可是奶奶想想，宋燕芳整天整日地在府里待着，她算是哪一道呢？男大当婚，女大当嫁，她一天不嫁，就是一天在打侯姓人家的算盘。少奶奶是名门闺秀，不知道像宋燕芳这样的人,心里是一个什么世界;我们身为奴才,对这种人看得比少奶奶要清楚得多。我们是少奶奶房里的人,侍奉着少奶奶享荣华富贵,是我们做奴才的本分,有少奶奶的庇荫,我们也才有来日的好时光……"

"哎哟,杏儿,你这嘴可是真能说。"我母亲打断杏儿的话,还是玩笑地说着,"你到底想说什么呀?"

"一个奴才,我会有什么话要说呢?少奶奶拿我们当自己的孩子看待,我们才敢放肆地这么没大没小信口胡说,少奶奶拿我们当小奴才使,我们就只有好好做事的份儿了。"杏儿还是摇着她那三寸不烂之舌,转弯抹角地对我母亲说着。听到这时,我母亲已经感觉到这事的严重了,索性变得严肃了起来,向桃儿、杏儿问着:

"有什么主意,你们就说吧。"

"有少奶奶的示下,我们也就敢说了。"最先说话的是桃儿,她比杏儿大几岁,凡事就要抢在杏儿前面,"一定要想个法儿对老祖宗说,快码儿地把宋燕芳嫁个人家。"

"哟,你真是说话气壮了,人家宋燕芳又不是咱们侯姓人家的人,老祖宗怎么能给人家做主呢?"我母亲打断桃儿的话,向桃儿说着。

"少奶奶今天先休息,这事,我们两个人去合计,不用少奶奶出面,也许事情就办成了,到那时宋燕芳嫁给了一个什么人家,就是她再长在侯家大院里,那也没什么大不了的事了。"说罢,桃儿、杏儿就侍奉着我母亲睡下,这才离开我母亲的房间,回到她们自己的房里去了。

第二天下午,估摸着勤姑正在给芸姑妈煎药,桃儿和杏儿一起来到了芸姑妈房里,她两个凑到勤姑的身边,极是知心地对勤姑说道:"早就想着过来向勤姑学着煎药的,总也是赶不巧时间,听少奶奶说勤姑在马府里的时候,就是侍奉马老太太用这种药的,说是补养身子可好着呢。"

勤姑是一个实心眼的人,还以为她两个真是向自己学煎药来的呢,于是就正儿八经地向她们介绍这些药的药性,还告诉她们如何看火,如何调药,又该如何收汤。桃儿、杏儿倒也做出认真听的样子,但待勤姑说了一会儿,她两个就和勤姑扯起家常话来了。

话题自然是由宋燕芳引出来的,杏儿问勤姑,那天晚上行酒令,你看没看出来我们两个人故意和宋燕芳作难?勤姑当然也不呆,怎么会看不出来呢?这时,勤姑就向桃儿和杏儿问着:"你们总捉弄人家做什么?一个做艺的,好不容易巴结上侯姓人家,每天到府里来,变着法儿地哄着老祖宗、少奶奶、姑奶奶开心,够可怜的了。"

"她可怜?"杏儿抢先打断勤姑的话,挥着一双手骂道:"她才不是东西了呢,毒蛇!"

"姑娘家,可不兴恶语伤人。"勤姑还是一面煎药,一面无心地和她两个说着。

"勤姑,你是不知道,这个宋燕芳一直在打咱们大先生的鬼算盘。"桃儿开门见山,单刀直入,向勤姑道明了事情的真相。

"这话，可不能乱说。再说，我们姑奶奶已经是侯姓人家的长门长媳了，她宋燕芳还能打什么鬼算盘？"勤姑不解地问着。

"勤姑，你是不懂得这些事的。"杏儿嘴快，她看着桃儿要说话，一伸手就把桃儿推到旁边去了，自己抢着对勤姑说，"你知道吗，以大先生这样的地位，他可以有正房，也还可以再立个偏室。"

"噢，侯姓人家有这个规矩？"勤姑抬起头来问着。

"这种事，哪里有立规矩的？可是先辈有人这样做了，后人就可以跟着学。再说，这天底下的事，好事，要先立规矩后做，坏事，则全都是先做出来然后才立规矩的。以宋燕芳那样的人，打死她，也不敢梦想做正室少奶奶，可是如今有了正室少奶奶，她可就要想着高攀做二房了。"

"哦，这事可是重要了，我这就对我们姑奶奶说去。"说罢，勤姑站起身来就要走，她说的"我们姑奶奶"，就是我母亲，因为勤姑是我母亲从马家带过来的人，就是到了侯家，她和我母亲的关系，也还是按照在马家时候的规矩论定。

"早晚了三春了。"桃儿将勤姑拉住，对她说着，"我们早就对少奶奶说了。明说了吧，今天我们找到你这里来，就是想和你一起商量一个对策的。"

"哎呀，咱们做奴才的，能有什么对策呀？"勤姑万分紧张地问着。

"明说了吧。"杏儿回身把房门关好，索性向勤姑把话说透，"这儿没有外人，侯家大院里，主子当家，奴才画道儿，若不，各房各院里养着这么多的奴才做什么？奴才，就是主子的眼睛和耳朵,给主子通风报信,给主子出谋划策,出了事,还得替主子受过, 到了掉脑袋瓜子的时候, 你就得先把人头伸过去,明白吗? 这就是做奴才的本分。"

"哎哟,听着可是够怕人的。"勤姑来自马姓人家,诸位知道,马家是书香门第,祖辈上出过进士,先人还是桐城派作家群中的一员主将,在马家,是没有这些乌七八糟污浊事的,所以类如认干女儿、收二房之类的事,对勤姑那才是闻所未闻哩。

"遇见这种事,你怕也不管用,一事当头,你就得想个办法。"杏儿一本正经地对勤姑说着。

"咱们能有什么办法呢?"勤姑为难地问着。

"这样,这房里只有咱们三个人,咱们也就打开天窗说亮话了。这件事咱们若是不管,日后宋燕芳真把大先生缠住,也没有咱们的好日子过;咱们若是管了呢? 有成,自然也会有败,万一事情败露出去,老太爷发落下来,咱三个就要被一起赶出大门。可是少奶奶对咱们三个人这样好,咱们不帮少奶奶一把,于心也是说不过去。"杏儿说话的声音那样重,就像是密谋兵变一样,听得勤姑直打冷战。

"如今一根线儿上拴着咱们三个蚂蚱,成了,大家一起托少奶奶的福, 不成, 替主子受过,主子日后也不会亏待咱们的。"桃儿把利害关系向勤姑交了底儿。

"咱三个人也不用盟誓了,有话就明说吧。"杏儿一挥手,算是下定决心了。

"可是,若是伤害燕芳姑娘,咱们说到哪里也是不能去做的。"勤姑见她们俩说得这样可怕，便错以为桃儿和杏儿今天找到她的头上来，是想把宋燕芳推到井里去呢，于是勤姑事先说明，搞个暗杀呀什么的，她坚决不干。

"谁也不是让你去做那种红刀子、白刀子的事。"杏儿看勤姑吓得全身打战，就缓和一下气氛，对勤姑说。

"行，只要不伤人就行。"勤姑终于放心下来了。

"这事，说起来怕人，可是做起来，还是一件喜喜庆庆的事呢。"桃儿到底是大姑娘了，她拉着勤姑坐下，又帮着她照看着锅里煎的药，这才说到了正题。"我们是这样打算的，咱们三个人要一起撺掇着老祖宗早早地给燕芳姑娘说个人家，她嫁出去了，自然就再也成不了大先生房里的人了。"

"我的天，老祖宗怎么会听咱们奴才的话呢？"勤姑虽然放下心来，知道这事并不十分可怕，可是撺掇老祖宗给宋燕芳说亲，勤姑又觉得不可能了。

"老祖宗虽然不会听咱们的话，可是老祖宗听一个人的话。"杏儿靠近到勤姑的耳边，对勤姑说着。

"听谁的话？"勤姑问着。

"芸姑娘。"杏儿回答勤姑的话说。

"哦，明白了。"勤姑是一个何等聪明的人，她一听就听出门道来了，"你们是让我在芸姑娘的耳边放风，就说宋燕芳在打我们姑老爷的主意，让芸姑娘撺掇老祖宗给宋燕芳找人家。"

"哎呀，勤姑姐姐，你真是个聪明人，怎么才听了半句话，就把事情听明白了呢？"说着，桃儿和杏儿一起把勤姑抱住，拉她在房里打转。

"别混闹，当心锅里的药沸出来。"勤姑挣脱桃儿、杏儿的纠缠，一面整理头发，一面对她两个说着。

沉静了一会儿，勤姑似是想起了什么事，便又向桃儿和杏儿问着："我们姑娘若是问，就算是撺掇得老祖宗动了心，可是又该把燕芳姑娘说给谁家呢？"

"人家当然是早就想好了，不把事情想周全了，我们怎么敢惊动勤姑姐姐来呢。"桃儿和杏儿一起向勤姑做了一个鬼脸儿，表示她两个早就胸有成竹了。

"你们两个人呀，真是一对小人精！"说着，勤姑伸出一根手指，先在桃儿的鼻子上点了一下，随后又在杏儿的鼻子上点了一下，然后，她三个人就一起开心地笑了。

芸姑妈到我奶奶房里坐了好几天，终于才把给宋燕芳说人家的事，向我奶奶说清了。我奶奶一听，当即就拍了一下手掌："哎呀，你瞧，真是咱们偏心了，只知道自己的孩子男大当婚、女大当嫁，怎么就把人家孩子忘记了呢？"说着，我奶奶就做起了自我批评，还一个劲地说对不起人家宋燕芳。可是，应该给宋燕芳说个什么人家呢？"咱也不能对不起人家孩子呀。"我奶奶又对芸姑妈说着。

这时，我的芸姑妈就向我奶奶推荐了一个人。

谁？

侯家辉。

侯家辉是什么人？他是我们家的一个远亲，查家谱，查不出这么一个侯家辉来，可是扯来扯去，他也是侯姓人家的一个成员，就是远得说不上了。再加上他家早就败落得没有门户可说了，投奔到侯家大院来，也算是沾上点侯姓人家的光。所以，这许多年，侯家辉一直长在侯家大院里，每日三餐，餐桌上必有侯家辉一双筷子，再加上侯家辉鬼灵精怪，把我奶奶哄得光是眯眯笑，所以侯家辉就成了我们家不可缺少的人物了。

侯家辉在我们家也不是白吃饭，每天他忙得焦头烂额。每天非得他做的事，谁也代替不了。头一件，陪我奶奶看戏，就是他的本职工作。我奶奶去戏院看戏，虽说有用人陪着，可是用人再老再近，也不能陪着我奶奶在包厢里坐着，用人要站在包厢外面，等着听我奶奶的吩咐。那么谁能陪着我奶奶在包厢里坐着呢？自然是我奶奶的儿女了，可是我老爸不能每天陪我奶奶去看戏，我母亲也不行，我的姑姑、叔叔，更是不会到戏院去，于是这个差事，就落到侯家辉的头上了。有侯家辉陪着我奶奶坐在包厢里，就算是有一个近人陪着，没有侯家辉，我奶奶也不会自己出门看戏。这样，侯家辉就顶了这么一个官差，比自己的儿女远一点，比用人高一点，顺理成章，就有了自己的位置。除了陪我奶奶看戏之外，侯家辉每天的第二件官差，就是送我奶奶出门玩牌，也是自己的儿女不肯去，用人去又不合适，于是非侯家辉莫属，侯家辉就成了一个不可或缺的人物了。

对于侯家辉，我爷爷历来十分反感。我爷爷总是说，一个家庭不能养食客，养食客，就是引狼入室，迟早要出事的。可是我爷爷主不了我奶奶的事，我奶奶说侯家辉这个人不错，离不开,于是侯家辉在我们家就理直气壮,谁也不敢惹他。就连吴三代,他可以对我奶奶的那些干女儿们不客气,但不能对侯家辉不客气,因为好歹侯家辉和侯姓人家有点亲戚关系,一分亲,一分近,你吴三代是个奴才,和人家侯家辉比不了。只有在我爷爷在家的时候,吴三代才会拿白眼珠子翻侯家辉,言外之意是:"你算哪棵葱?"

正因为侯家辉在我们家里的身份不明,所以,除了我母亲之外,我们一家人全叫他是歪脖蜡;歪脖蜡是个什么讲究?"歪脖蜡",就不是正根正叶,天晓得他算是一个什么人物?又觉得他多余,又少不了他,就是这么一个位置,这么一个身份,这就叫歪脖蜡。

歪脖蜡侯家辉有好多优点,第一个优点,就是他的脸皮厚,有时候我芸姑妈看着他讨厌,就怪没好气地对他说:"明天你别来了。"可是侯家辉没往心里去,第二天,他还是照旧来了,而且一点也不提前一天的事,就好像大家全欢迎他似的。侯家辉的第二个优点,是他的记忆力好,凡是他应该记住的事,全都记得牢牢的。"老祖宗。"他管我奶奶叫老祖宗,"今天是华竹吴家老太太大孙子的生日,可别忘了送礼。"你瞧侯姓人家离得开他吗?侯家辉的第三个优点,也就是能磨能泡,凡是他想做的事,就一定能够做到,死皮赖脸的能耐可大了,你从大门口把他推出去,他能再从墙头上跳进来,而且还是满脸的笑容,让你拿他没有办法。侯家辉的第四个优点,是他为人做事认真负责,只要是找到他头上的事,他就一定会为你办到,当然除了你想做皇帝之外,就连你想吃天鹅肉,他都能为你弄到家来。到了侯家辉这里,没有他办不到的事;在侯家大院,无论是什么事,只要一说是"已经告诉歪脖蜡了",也就是说这事一定办成了。只有如此,侯家辉才会成为是侯家大院里不可或缺的人物。

侯家辉如今也已经是 25 岁的人了,他自己的父母穷得没有能力给他娶妻,我奶奶说的男大当婚、女大当嫁,也不包括侯家辉在内,这么许多年,谁也没想过侯家辉到了应该成家的年纪了,好像他就应该打一辈子光棍似的。当然,侯家辉自己心里知道他到了应该成家的年纪了,向自己的父母要媳妇儿,自己的父母没有钱,有本事,自己在外边找吧;向我奶奶要媳妇儿,他张不开口,何况他心里也还有个打算,他梦想的事儿,美着呢。

在侯家大院里,侯家辉暗中看中了一个人。

谁?

桃儿。

桃儿的相貌长得俊,在侯家大院里待久了,也养成一副大家闺秀的神韵,我奶奶出门,桃儿带在身边,真给我奶奶添了三分光彩呢。侯家辉长年长在我奶奶的房里,有事没事就和桃儿说上几句话,按理说,有个姓侯的小爷看中了你,别管他家败落到何等地步了吧,好歹不也是姓侯吗?一个做使女的,能有个这样的交代,不也是心满意足了吗?可是桃儿就是死看不中侯家辉,桃儿说,一听见侯家辉说话,就有气,赶上侯家辉过来想搭讪的时候,桃儿说,真想把他掐死。

不止一次,侯家辉在桃儿的面前碰了一鼻子灰,但他锲而不舍,还是在桃儿的身上下工夫,府里的人也在背地里议论过,侯家辉这么大了,难道自己就真没想过成亲的事吗?有人说,他一不傻,二不呆,如何不想娶妻呢?只是他癞蛤蟆想吃天鹅肉,心里惦着桃儿,错以为,就凭他姓侯,也能把桃儿娶到手。

至于桃儿,她是至死也不会嫁给侯家辉的。只是,别忘了,她不是一个使女吗?老祖宗真做了主,你不答应也要答应,除非你再也不进侯家大院的门,桃儿的祖母又是我奶奶的陪房,她敢违抗我奶奶的命令吗?

所以,桃儿一直想着要早早去掉侯家辉这块心病,正好,半路上杀出来一个程咬金,宋燕芳暗中想进侯家的门,暗度陈仓,桃儿就和杏儿一起商量了一个好主意。

桃儿果然精明过人,她和杏儿把成全侯家辉和宋燕芳的事对勤姑一说,勤姑为了保护我母亲,自然也觉得是个好主意,回到房里,东拉西扯,就把这种想法对芸姑妈说了。芸姑妈听过之后,当即就对勤姑说道:"好,这件事,就这样办了。我早就说过的,宋燕芳这样名不正言不顺地长在府里,实在也是让人看不过去了,她不是想进侯家的门吗?侯家辉也姓侯,管他远亲近亲呢,一笔写不出两个侯字来。"说罢,芸姑妈就到我奶奶的房里来,把给宋燕芳和侯家辉提亲的事对我奶奶说了。我奶奶一听这主意也不错,好,我奶奶就对芸姑妈说:"这件事就算是成了,就让人给他们操持办喜事吧。"

这天,我奶奶一没出去打牌,二没有出去看戏,又正赶上宋燕芳到我们家里来,我奶奶和宋燕芳两个人坐在屋里,也没多说话,就是我奶奶掉下了眼泪。宋燕芳一看我奶奶掉眼泪,当即就吓慌了,她立到我奶奶身边,问道:"老娘,你觉得怎么不好?"

"我没事儿,好好的就是想掉几滴眼泪。"我奶奶回答着说,还抿了一下嘴唇,好平静一下心情。

"我知道老娘的心事。"宋燕芳是一个精明的人,她自然也猜出了我奶奶的心事:"老娘一定是想着芸姑娘的亲事,年龄也到了,可是身子还没有完全恢复,再不说个人家吧,年龄过了……"

"芸姑娘的事,不用我犯愁,就是在家里养到 30 岁,只要一说是找人家,不愁没有人赶上门来的。"我奶奶的话有道理,我们侯姓人家的小姐想找户人家,还愁没有人赶上门来吗?不怕我的老本家们和我打官司,老实说,我们老本家里面还真是很有几位丑姑娘呢;若是在现在,还真就成了困难户,可是那时候找上门来说亲的,成群结队,不体面的人家,我的那几位丑姑姑还不愿意呢。皇帝的女儿不愁嫁,侯姓人家的女儿也不愁嫁。

"老娘说得也是,芸姐姐这样人品出众的人,只要身体好些了,只怕说亲的人要排成队的呢。"宋燕芳立即向我奶奶说着,以表示她刚才的担心纯属多余。只是过了一会儿,宋燕芳又向着我奶奶问道:"我想,老娘是不应该有什么事情好伤神的,怎么好好的就自己落眼泪呢?"

"燕芳,我对你直说了吧。"我奶奶想了想,对宋燕芳说着,

"我就是为了你的事才伤神的，你已经不小了。"

"我终身不嫁。"宋燕芳斩钉截铁地回答着说。

"胡说。"我奶奶一挥手打断了宋燕芳的话，随之又似生气地对宋燕芳说着，"只要你一天认我这个干娘，我就不能看着你守在我的身边不出嫁。"说完，我奶奶又叹息了一声，然后又说了下去，"只是呢，燕芳，你也不是外人，但凡有一点办法，我也是不忍心看着你嫁到外姓人家去的。可是，怎么办呢？人言可畏呀，就算我们侯姓人家有的是当婚的男子，可是我又能把你许给谁呢？"

"干娘，您快别说了。"宋燕芳低着头，向我奶奶说着，"我知道自己是怎么回事，我还不敢异想天开地要嫁个书香门第的人家；我连桃儿、杏儿都不如，人家桃儿和杏儿来日可以堂堂正正地嫁到正经人家去，就算是不能嫁公子少爷吧，可是那些小门小户的人家能娶上侯家的使女，也算是够威风的了。可是我呢？一个风尘女子，只能流落江湖，不能够成婚嫁人。"说着，宋燕芳竟嘤嘤地哭了起来。

"闺女，你快别这样了，你这样说，就是割我心上的肉，你放心，娘不会委屈你的，娘这一生，就你这么一件放心不下的事。这件事，你就放心地由我为你做主吧。"

"娘，您老可千万别为我的事操心，我的事，不好办。"宋燕芳拭着眼泪说着。

"有什么不好办的？你不是就想进侯家的门吗？我给你说一个姓侯的人还不行吗？"我奶奶胸有成竹地对宋燕芳说着。

"谁？"宋燕芳当即就向我奶奶问着。

"侯家辉。"我奶奶回答着说。

"哦！"宋燕芳怔了一下，显然，她没想到我奶奶会说这个人，从心里说，宋燕芳当然看不上侯家辉，可是要想进侯家的门，要想跟着我们一起姓侯，除了侯家辉，还会有谁要她呢？宋燕芳没有再说什么话，就托辞说晚上有戏，向我奶奶告辞，从我奶奶房里出来了。

我奶奶有一个看法，她认为，婚姻的事，女儿不当场表示反对，那就是她点头了，所以有了宋燕芳的不反对，我奶奶就更有把握了。

至于侯家辉那边呢？那就更没有问题了，给他说个媳妇儿，又是这么好的媳妇儿，他还有不愿意的吗？于是，一天，正赶上侯家辉到我奶奶房里来，我奶奶就对侯家辉说："家辉，我可是给你把亲事保下来了，日后，你可要跟人家好好地过日子。"

"女方是谁？"侯家辉向我奶奶问着。

"对得起你，就是我身边的人。谁想到你还有这份造化。"我奶奶对侯家辉说。

"既是老祖宗身边的人，这事就算是定下来了。说一个日子，我派下花轿来娶就是了。只是，老娘知道，我家穷，大排场，我可是摆不起。"当即，侯家辉就满口答应了下来。

"那也要你亲自看一看的，你没有娘，我可落不起这个包涵的，说是我们好歹给你找了一个人儿，就给你把婚事办了；至于娶亲的事，你放心，钱，我们出了。"我奶奶看侯家辉答应得这样痛快，心里就十二分的高兴，她为宋燕芳总算有了一个妥贴的交代而感到宽慰。

婚事虽然是说定了,可也得让两人单独在一起谈谈呀。在我们家谈吧,不方便,于是我奶奶就选定让两人到一个牌友的家里去"见面"说话。

到谁家去呢?就到吴奶奶家去吧。吴奶奶是我奶奶的老牌友了,和吴奶奶一说,吴奶奶说成全一门亲,胜造七级浮屠,当即就答应了。

定了一个日子,侯家辉二话没说,就到吴家去了,一路上那份高兴劲儿,也就别提了,倒不是他为自己能娶上媳妇儿而感到高兴;他高兴的是,他这个未来的媳妇,竟然是我奶奶身边的人。

谁呢?侯家辉认定,我奶奶给他说下的这个人,是桃儿。

呸!也不撒泡尿照照自己的那份德行,你也配和桃儿做夫妻?

这话,是我六叔后来骂的。我六叔萌之说,当时侯家辉真以为我奶奶是把桃儿说给他了,他自己认为,好歹他也是我们侯家的亲戚,门第也不低,桃儿又眼看着到了成婚的年龄,说个人家,非他侯家辉莫属,他就认定自己是这个人了。可是到了吴家,一进门,他看见宋燕芳在房里坐着。一时还没有明白过来,他以为,桃儿自己不会到吴家来,所以就由宋燕芳做代表,先由宋燕芳和他说,说得有些眉目了,再向桃儿透露。这样,他倒也没翻车,和宋燕芳面对面地坐着,有吴奶奶在中间来回拉扯,两个人还说了好半天的话。

"说起来也全都是自家人了,若是各自有自己的父母呢,也用不着我们出面了。真也是苦命的孩子,看着就让人心疼。"吴奶奶心软,看着两个人说得也还投脾气,她竟先感动得流下眼泪来了。

说到谈得投机,宋燕芳是听天由命了,好歹也是侯家的亲戚吧,侯家辉虽然不务正业,又不成器,可是说出去,总算是侯家的人,自己也就有了身份。再说,论相貌,侯家辉也说得过去,穿戴齐整,人模狗样地走出来,多少也还有三分的人品,凑合着吧,谁让自己是唱戏的呢?好歹比唱戏高一点,她也不愿意嫁给这个人的。

侯家辉呢,自然是满口的愿意了:"其实这事不必吴奶奶出面,我说过了,只要是老祖宗身边的人愿意跟我侯家辉,就是赏我个顶戴花翎,我没有不愿意的。"说着,这事,就算是成了一半了。

从吴奶奶院里走出来,侯家辉的眼睛里还光芒四射呢;走到分手的地方,侯家辉对宋燕芳说:"你回去对桃儿说吧,别看我此时不行,日后我一定务正业,做点什么事情,我不会委屈她的。"

"干嘛要对桃儿说?"宋燕芳万般困惑地问侯家辉。

"怎么能不对桃儿说呢?她的事,就算是老祖宗做主了,可也不能由你说了就算呀?"侯家辉理直气壮地向宋燕芳说着。

"哎呀,你弄错了,和你明说了吧,不是桃儿,是我!"宋燕芳此时还想让侯家辉来一个意外的惊喜,告诉他不是桃儿,而是一个比桃儿要高出一截的自己。

"你?"侯家辉一下子怔在了路上。

"我又怎么样？"宋燕芳向侯家辉问着，"难道你怕我不愿意吗？我认了，谁让我是贫寒人家的女子呢，好歹有点身份，我也是不会嫁给你的。"宋燕芳表白自己实在是无可奈何才同意这门亲事的，也是让侯家辉放心，自己已经决定嫁给他了，就捡下这个便宜吧。

"你？一个臭唱戏的，居然也想嫁给我？"

出乎宋燕芳的意料之外，侯家辉一下子变了脸，站在马路上，侯家辉就冲着宋燕芳喊了起来："就算我侯家辉不成器，满天津卫你也打听打听我侯家辉是什么人！我是侯家的亲戚，如今侯姓人家又和马家结成了亲家，我和马家也有着三分亲，一家是天津的首富，一家是天津的名门，我居然会娶你一个臭唱戏的女子为妻，你也不撒泡尿照照自己的那份德行，你也配！"说着，一甩袖子，侯家辉竟扬长而去，只把一个宋燕芳扔在了马路上。

"侯家辉，臭王八蛋，你不得好死！"

站在马路边上，宋燕芳冲着侯家辉的背影破口大骂，但是才骂了一句，她就气得全身抖了起来。这时，宋燕芳回过身来，双手扶着墙壁，放声哭了起来；不顾身后的行人，她攥紧着拳头，用力地砸着墙壁，大声地喊着："天呀，为什么要让我生到这个世界上来呀！"

4

诚如我奶奶所说,我们侯姓人家的女儿不愁嫁,宋燕芳和侯家辉的婚事筹措了好多日子,最后还是没有说成,但我芸姑妈的婚事,却很快就定下来了。

这些年,我芸姑妈所以没有"提亲",自然是因为她多年有病,再说我们家又不是那种做娃娃亲的人家,待到了芸姑妈应该说亲的时候了,芸姑妈又病得那样重,一说起自己的病,她就唉声叹气,谁还敢再向她提出嫁的事呢?再说,以芸姑妈这样的病身,又怎么能提亲呢?所以,这些年,侯家大院里的人说话最是留心,谁也不能提芸姑妈的婚事,就像是她要终身不嫁似的。

这几年,芸姑妈的身体渐渐地好转了,就算是身子弱吧,但也总归是正常人了。这时候,就有一件事成了话题,那就是要给芸姑妈说亲了。可是说个什么人家呢,门当户对,年龄相当的名门男子全都成亲了,谁家会把自家的男子留到二十五六岁还不娶亲的?即使也有年龄相当的男人,但那多是有毛病或者是没人要的丑八怪,人品相当的女婿,实在是太不好找了。

我爷爷在美孚油行做事,许多老同事全都知道侯老太爷家有一位老姑娘，所以同事间只要是一说到儿女亲事，就一定避着侯老太爷，免得侯老太爷听见心烦。我奶奶在外面也有许多牌友，这个奶奶那个奶奶的，更知道侯老太太家里有一个未嫁的女儿，所以几位奶奶说话也是格外当心。至于在家里，那就更没有人提及芸姑妈已经到了该出嫁的年龄了，就连我母亲和芸姑妈这样好，也从来不提她的婚事，唯恐她伤心。

我爷爷做事的美孚油行，在天津的几个大洋行有着常年的生意，或者说，有几家大洋行在天津代理美孚油行做石油生意。和美国人做生意，历来是先交款后提货，因为美国人认钱不认人，无论你和他是多深的关系，今天你没带钱来，就休想提走一桶石油，你也少废话，也别找什么人，就是把我爷爷找出来，美国人也是不买账。但是美孚油行和几个大洋行有特殊的商业关系，这几家大洋行生意太大，每天过现金太麻烦，所以对于这几家大洋行，美孚油行和他们做信用生意，那就是按一定时间结账，而在这几家大洋行之中，有一家就是成记洋行。

成记洋行的经理姓梁，说起来和我们家还有点关联，梁家的什么人，祖辈上做过李鸿章的幕府，现在叫秘书，或者比秘书再高些，是智囊团的一位成员。李鸿章在天津做直隶总督，和我们家老祖辈上有过关系，李家一个什么人和侯家的什么人做过亲，这样李家、侯家、梁家就"一线牵"了。

成记洋行的梁经理，全名叫梁月成，那一年38岁，比我芸姑妈大12岁，梁月成怎么到38岁才娶妻呢，很简单，他的前妻过世了，如今他要续弦。

梁月成这个人，很随和，在美孚油行，他叫我爷爷"侯大写"，而私下里，他叫我爷爷是表叔，这就和后来李铁梅唱的"我家的表叔数不清"一样，全都是一条线上的，全都沾着三分亲。每次他到美孚油行来，总要到我爷爷办事房里来问安。只是这一阵我爷爷忽然想起这位梁经理有好长时间没到美孚油行来了，于是，就在过了好长时间，梁经理又到美孚油行来办事的时候，我爷爷趁机问道："月成，怎么好久不见你呀？"

谁料，这一问，倒问得梁经理一连叹息了好几声，随之眼窝就红了起来："唉，不幸呀。"梁月成向我爷爷述说了他丧妻的经过。他妻子和他过了十几年，生下了一个女儿、一个儿子，谁料就在前年，得了不治之症，没两年的时间，人就不行了，如今家里抛下了一儿一女，累得他，连生意上的事，都顾不过来了。

中年丧妻，的确是人生的一大不幸；但是像我爷爷这样的人，历来对于他人的不幸极是冷漠，所以，一面听着梁月成的叙述，一面表示同情，同时也就一面把人家的事忘记了。回到家来，我爷爷也没对任何人提起这件事，他压根儿也不会想到，这件事后来竟会和我们家发生如此重要的关系。

事情过去了大约有半年的时间，一天也是下雨，我奶奶不能出门，又正赶上我爷爷休息在家，还赶上我爷爷心情好，想在屋里坐着听我奶奶说话，于是我奶奶就提闲话一般地对我爷爷说了起来。

"梁家的老事，你还记得起来吗？"我奶奶向我爷爷问着。

"怎么记不起来呢？他们家老爷子过世的时候，我随着爸爸去送葬，那一年我才 10 岁。后来，就再没有来往了。"我爷爷随便地答应着。

"说是后辈上有人和曹家做了亲的。"我奶奶拉拉扯扯地说着，"是曹家的四小姐呢，也不怎么就得了一种病，怎么也是治不好了。现在一个外孙子、一个外孙女，还放在曹家呢，曹家说想续女儿呢。"

这里要做一点说明，旧日的大户人家，女儿嫁出去不幸早逝，留下的孩子，大多都要接到姥姥家来，《红楼梦》里的林黛玉，不就是这样到了荣国府了吗？只是林黛玉的老爹林如海把女儿送到姥姥家之后，就一去不知消息，几乎和贾府没有来往了，所以贾老太太也没给他操持什么续弦的事。如果荣国府的贾老太太爱管事，她就要操持给林如海续弦，给自己的外孙女续娶一个母亲，在天津卫，这叫续闺女。曹家是天津的大户，曹老太太的四女儿去世之后，给曹家老太太留下了一个外孙女，还有一个外孙子，曹老太太顾不过来，所以就一直操持着要给这位梁经理续个填房，但是曹老太太不能说是操持梁经理的事，只说是操持自己的事，于是便四方传告，哪有那等门当户对的人家，和品德出众的女子，续来做自己的女儿。

也许这位曹家老太太心里早就想到我们家的芸姑妈了，只是她不敢张口，因为他们曹家行伍出身，家里有点钱，也是老爷子烧杀抢劫掠夺到手的，和我们侯姓人家是两回事。曹老太太不敢高攀侯姓人家，可是天津卫还有好多户人家想高攀曹家，更想高攀梁家呢。自从梁经理的内人去世，至今，提亲的人家也不下几十家了,只是这些人家不是梁月成看不上,就是曹老太太不放心,所以事情就一直拖到如今,这位梁经理续弦的事,也还是没有着落。

只是,梁家的两个孩子住在曹家,也是事情太多。曹家不是那种和睦的人家,莫看家里有钱有势,可是关上大门,一家人总是鸡吵鹅斗,闹得天翻地覆,家里多两个孩子,就又多两个是非鬼,怄气吵嘴的理由就更多了。再说,梁家的这两个孩子也不听话,住在外婆家,一点也不给外婆争气,一不知好好读书,二不懂与人为善,每天不是这个不高兴,就是那个多是非,闹得曹家老太太恨不能把这两个孩子送回去。就因为这些原因,曹家老太太对于续闺女的心,就更急切了。

终于有一天,曹家的老太太在牌桌上,单刀直入,对我奶奶提起了这件事。

"侯老太太,咱们两家做亲吧。"

"哎哟,那可是太好了。"当即,我奶奶就答应下来了。

不过,据我母亲后来对我说,当时我奶奶以为曹家向我们家提亲,是要给我奶奶的儿子,也就是我们的六叔萌之或者是九叔菽之说亲,当即就顺口答应下来了,那一年我的六叔萌之18岁,我的九叔菽之也是16岁的人了,应该说是可以给说亲了。

听见我奶奶答应下了这门亲事,曹家老太太在牌桌上就向我奶奶施了一个大礼,然后说:"我早就看着芸之这孩子好,如今我可攀上这门亲事了。"

"你说什么?"我奶奶放下牌。

"我是说这门亲事呀！"

"谁的亲事？"我奶奶又问。

"不就是梁月成和你们芸之姑娘的亲事吗？"曹家老太太回答。

"什么时候提过这件事来着？"我奶奶莫名其妙地问。

"刚才不是说定下了的吗？"

"哎哟，你可是闹错了，刚才你对我说的什么亲事，我还以为是给我家二孙子提娃娃亲呢。全都是说着好玩的，怎么就当真了呢？不成，不成，我家芸之的婚事，可不能由我一个人做主。"

这件事，就算是吹了。

回家之后，赶上一个下雨天，又赶上我爷爷这天休息，我奶奶看着我爷爷高兴，于是说着话，就提到了老梁家的事，说到老梁家老辈上和我们家的关系，随后就说到了梁月成和曹家的关系，再又说到了梁月成想续弦，曹家老太太想续闺女的事。

"你猜他们想到了谁？"我奶奶突然向我爷爷问道。

"关我什么事？"我爷爷才没有心思过问这种事。

"他们想到了咱们的芸之。"

"哦！"我爷爷这才认真下来。

"我就想呀，"看着我爷爷没有当即反对，我奶奶才有了勇气往下说，"芸之早就到了该提亲的时候了，可是这些年，她一直病着，也就把亲事耽误了，现在孩子的病算是好了，可是再提亲，也就难找合适的了。"

"那也不能让闺女给人家去做填房。"我爷爷斩钉截铁地说。

"可是年龄相当、门当户对、人品相貌、脾气秉性都配得上芸之的，你又到哪里去找？"一句话，把我爷爷说得没有话说了。接着，我奶奶又对我爷爷说，"梁家呢，虽说是暴发户吧，可也是知根知底的人家，大规矩上总是不会差太多，门第上也就算是说得过去。做填房又怎么样呢？不就是有两个孩子吗？出嫁的时候跟过人去，成亲之后，雇个人照料两个孩子，再不时地把他们接到咱们这里来住，他们不也是两个人过日子吗？也不会累着芸之的。"一五一十，直说得我爷爷也有些心活了。

"反正，这事要慎之再慎之的。"我爷爷没有反对，只说一句话，就算先把这件事压下了。

自古婚姻由天定，谁和谁结夫妻，那是前世就定下了的。就在我爷爷得知曹家老太太正在为梁月成向我奶奶提芸姑妈亲事的时候，美孚油行里发生了一件事，也算是前所未见。那就是上海总行一封电报，告知天津有一艘油轮直发大连港，不在天津卸船了。我爷爷一看电报立即就和上海通了话，对上海总行说，无论在什么地方卸船，全都是要在天津结账，这艘油轮直发大连，天津没有见到钱，这笔账记在哪里？

上海总行回答说，这艘油轮是天津成记洋行的定货。

我爷爷说既然是成记洋行定的货，为什么天津方面没有见到一文钱？

上海总行说，钱的事，天津不要管，成记洋行已经和总行说定，货款随后就到，请天津方面先记下账。

这真是旷古未有的奇闻了，美国人做生意，什么时候赊过债？美孚油行属于洛克菲勒财团，除非有老洛克菲勒的话，谁也不敢先把货发出去，然后再等着付款。美孚油行上百年的规矩，从来就是先付款，后提货。

为这件事，我爷爷和上海总行交涉了一天，最后上海总行的老板对我爷爷说，梁月成这个人，我信得过。

这件事，对我爷爷的震动极大，我爷爷就想，梁月成这个人，怎么就有这么高的信用？美国人是历来谁也不相信的，如今美国人都信得过他了，怎么咱们中国人还会信他不过呢？行，就是这个人了。

这样，我爷爷就对梁月成有了一个好印象。

光我爷爷一个人对梁月成有好印象，也还是定不下来这门亲事，于是我爷爷就把全家人召集到自己的上房来，商量这件大事。参加这次核心会议的人员，第一名，自然是我母亲，第二名，是从塘沽召回的我老爸。此外，还有六叔萌之，九叔菽之就住在家里，一说让他到上房里来一趟，就挟着一本书过来了。同时在上房里的男子还有我哥哥，因为他在奶奶身边，因此也就一起算是在场了。那时候我还没有生下来，但有我母亲在场，我也就算是参与了这次的决策。

其实我爷爷和我奶奶全知道，在这些被召到上房来的人们之中，只有一个人最重要，那就是我母亲。我母亲自然知道这件事关乎着我芸姑妈一生的幸福，所以既不表示赞同，也不表示反对，她只说，一切还是要芸姑妈自己拿主意。

我爷爷派我母亲做全权代表去对芸姑妈说，芸姑妈自然是既不点头、也不摇头,这样,我母亲回来对我爷爷和我奶奶说:"还是找个机会让双方见一面吧。"

在那个时候男女双方在婚前见面,就和现在说的搞对象一样,不过那时候的见面比如今的搞对象要文雅一些,现在搞对象的那个"搞"字,是一个动词,把男女之间的事,诠释得太直露了;而那时候的"见面",却没有任何目的性,任何人都可以和另一个人见面,见过面也不一定就要"搞"什么,彼此没有任何使命。

我们一家人正在想找个机会让芸姑妈和梁月成见面的时候,一天,勤姑到上房来对我奶奶说,曹家老太太的生日快到了,请老太太吩咐今年备什么礼。

"哎呀,闺女。"我奶奶几乎没把勤姑搂过来,"侯家大院亏了你这么个精细人,若不,真不知要耽误多少事呢。"

曹家老太太生日那一天,我们侯姓人家总动员,除了我爷爷之外,几乎全去了,而且连桃儿和杏儿也去了,据桃儿姐姐后来对我说,在她的印象中,曹家老太太就是一个玻璃人,肉皮又光又亮,头发梳得油油光光,在一对蜡烛的照耀下,全身闪光,看得人特刺激。至于梁月成呢,桃儿姐姐却一点印象也没有, 她压根就没看见这个人, 她光在曹家大院里看西洋景了。那一天,曹家大院就像出皇会一样,什么人都有,男男女女,珠光宝气,人人都是一个劲地笑个没完,满院里处处是咯咯的笑声,连房檐上卧着的老花猫都在咯咯地笑。

也难怪那天桃儿姐姐没见着梁月成,人家曹家老太太专门备出一间客厅,让梁月成和我老爸、我母亲和我奶奶陪着我芸姑妈在客厅里说话呢。据说大家很是谈得来，谈话间就说到我芸姑妈的病，梁月成一听就明白了，他说这是心脏病。又问了服什么药，我奶奶回答说什么名贵的药都用过了，近年来虽然好了一些，可总也是让人放心不下。

"侯老太太，您老若是相信我，我说给您一个办法，这种病光服中药是不行的，要到西医医院去治，人家西医，专门有这么一科，叫心脏专科，住到医院里，每天定时服药，还按时有人陪着锻炼身体，人家还有各种仪器监护病情，住上些日子就会好转了，虽说是除不了根儿吧，可是也比只服中药好。"接着，梁月成又向我奶奶说，德租界里有一家医院，刚刚从德国来了一位克医生，专治心脏病，他的一位什么朋友住院之前，简直眼看着就不行了，可是只一个月的时间，当他从医院出来的时候，维格多利舞厅，他愣跳了一个通宵。

"哎呀，你瞧瞧，怎么我们就没听说过。"我奶奶听说芸姑妈的病有了办法，当时高兴得连芸姑妈的婚事都忘了，"梁先生快给我们问问这位德国医生，只要能医好芸之的病，他要什么，我们就给他什么。"

"侯老太太，您在这儿等着，我现在就去。"梁月成是个急性人，话没有说完，一溜烟儿，就跑出去了。

那天晚上，当我们一家人从曹家大院出来的时候，车上少了我的芸姑妈，当时桃儿姐姐还问我母亲，芸姑妈怎么不和大家一起回家，我母亲回答说，芸姑妈找医生治病去了。

你看，多快，梁月成找到克医生说定之后，回到曹家，当即就把我芸姑妈接到医院去了。

回家之后，我爷爷听说芸姑妈随梁月成去了医院，还有些不放心，也是我母亲想得周到，还没等我爷爷说什么，早让勤姑做好了准备，让她到德租界克大夫医院陪芸姑妈去了，勤姑一个人不好去德租界医院，我母亲又派下六叔萌之送她去，临走前，勤姑到我奶奶房里来还问了有什么嘱咐的话。看着勤姑和我六叔萌之出了门，我爷爷这才放下心来。

一个月之后，当芸姑妈从医院出来回到家来的时候，吴三代跑出去迎接。一下子吴三代就怔在大门外了，看着从车上走下来的芸姑妈，吴三代几乎不敢认了。

"芸姑娘，老奴才都不敢认你了，你简直就像是一个才从乡下来的姑娘一样，哎哟，谢天谢地，这全都是祖辈上留下的荫德呀，保佑着我们芸姑娘的病除根儿了。"

不光是吴三代不敢认，一家人都不敢认芸姑妈了，芸姑妈简直就是变了一个人，她胖了，脸色红里透黑，显得那样健康，就连说话的声音都变得洪亮了。走进家门，我奶奶还照顾她快些进屋，可是芸姑妈才不肯进屋呢，她说："全都是你们把我闷在屋里闷出了病，人家克医生就说，一定要在户外多活动，人才会有健康的身体呢。"

和芸姑妈一起从医院回来的，还有勤姑。勤姑到上房来对我奶奶说，人家梁月成先生这一个月对芸姑娘才是真好呢，人家梁月成先生是每天一早一晚一定到医院来两趟，先是向勤姑询问芸姑妈服了什么药，再问芸姑妈吃了多少饭，还问芸姑妈做了哪些身体锻炼，那才真是无微不至呢！而且，"你们猜，人家梁月成先生每天往医院里给咱们芸姑娘送什么？鲜花，一天一大束鲜花，喷香喷香的鲜花呢，芸姑娘的病房里满满的清香，你们瞧，连我这衣服到现在还有香味呢。"

我奶奶见到女儿的病好到这般地步，高兴得直掉眼泪儿；我爷爷更是激动不已，他当即就向全家人发下了命令，从今之后，全家老小每天都要到院里晒一个小时的阳光。接受西方生活方式，我们家就是从这时候开始的。

芸姑妈出嫁那天，忽然天上打了一个闷雷，随着，铜钱大的雨点就啪啪地落了下来，送亲的人们随着花轿才走出院门，衣服就全都被大雨浇湿了；当然，人们知道，芸姑娘出嫁是侯家大院里头等的大事，所以没有一个人在乎下雨的事，大家一起站到大门外，一直看到花轿走远，这才又欢欢喜喜地走回到院来。这时，我奶奶说了一句话："怎么着就天不作美，下起雨来了呢？"

芸姑妈出嫁的事并不重要，重要的事情是在我芸姑妈出嫁后不久，马家就把勤姑接走了。也不是接回马家做事情去，是接回马家出嫁成亲。旧时代有一个规矩，使女到了成婚的年龄，娘家由她的父母在乡下选定，但是婚事要由主家操办，勤姑的母亲为勤姑在乡下说定了人家，于是马家把勤姑接回到马家去，为勤姑办喜事了。

又过了一些日子，乡下送来了话，说是勤姑出嫁的日子定下来了，还接姑奶奶到乡下去送亲呢。这当然是一种礼节而已，我母亲怎么会到乡下去为勤姑办婚事呢？我母亲不去，她就要派代表去参加勤姑的婚事，能够代表我母亲的人，也就是桃儿和杏儿了。

侯府里备下了车子，带上我奶奶的礼，还带上芸姑妈的礼，更带上我母亲的礼，这一天早晨，桃儿和杏儿就出发到乡下去了，侯家的马车才驶到村口，勤姑的老爹和老娘就迎了出来，他们把桃儿和杏儿迎下车，连连地对她们说："哎哟哟，这可是怎么说的，把姑奶奶也惊动了。"

其实我母亲根本就没来，桃儿和杏儿不是我母亲房里的人吗，她两个就成了我母亲的私人全权代表了。桃儿和杏儿在勤姑家里受到的尊敬，就和侯姓人家的千金小姐一样，勤姑的母亲给桃儿和杏儿专门准备了一间房，还事先做好了被子，并且再三对桃儿和杏儿说明这被子是从来没有人用过的："两位千金尽管放心就是了，我们乡下再埋汰，也不会委屈两位千金的。"

桃儿和杏儿安顿下之后，自然要到勤姑这里来看看了，她两个人来到勤姑房里一看，当即，就呆了。这哪里是乡下姑娘出嫁呀，明明是皇帝老子的女儿嫁驸马爷，嫁妆完全是马家操办的，虽说没有金银细软，但也是有绸有缎，光是新衣服就是两大箱，足够勤姑穿一辈子的，此外还有箱呀、柜呀，除了那时候没有电冰箱、彩电之外，一切应该陪嫁的东西几乎全都有了。

勤姑看到桃儿和杏儿，自然亲得不得了，她一把将她两个人拉到身边，委委屈屈地就哭了起来，桃儿和杏儿也跟着勤姑一起掉了几滴眼泪。桃儿对勤姑说道："你看看你是多大的威风呀，这不是和芸姑娘出嫁差不多了吗？"

听到桃儿说到自己婚事的排场，勤姑也不再掉眼泪了，她抬手拭了拭眼角，对桃儿和杏儿说道："凭咱一个穷苦人家的孩子，能有今天这样的排场，也就算是不枉今生了；若不是马家和侯家的恩德，咱们能有件红大袄穿，也就知足了，哪里还有这样的陪嫁？"

桃儿和杏儿自然也为勤姑的婚事高兴，说："来日，我们倘能也有勤姑这样的排场，就是我们的福分了。"

"我们姑奶奶是个善心人，你们如今对我们姑奶奶这样好，来日我们姑奶奶聘你们的时候，不知道要比我强出多少倍呢。"勤姑对桃儿和杏儿说着。

"我们对少奶奶一片忠心，可不是图的什么酬报。"杏儿立即就对勤姑说着，"世上像少奶奶这样的好人，真是不多见呢，能把我们派到少奶奶房里，才是我们的造化呢。"

"如今我也就算是回不了侯府了，能有你们两个人在我们姑奶奶身边，我也就放心了。"勤姑说着，眼泪又涌了出来，这时倒是杏儿过来为她拭着脸颊，说：

"怎么勤姑姐姐就对我们放心不下呢？少奶奶拿我们当亲生女儿看待，但凡我们有点良心，也不会错待了少奶奶的。少奶奶的福分，就是我们的福分，勤姑你可别过意，你是没有办法不得不说人家了，我可是终身不嫁，要侍候少奶奶一辈子的。"

"这话，你可千万不能对我们姑奶奶说，你不说这话，我们姑奶奶也许还能多留你在府里待几日，你一说了这话，我们姑奶奶立即就要把你从府里打发出来，不到成了家，她是不会把你再接回府里去的。"勤姑赶快对杏儿说着。

"我当然不会对少奶奶说的,我心里这样打算就是了。"杏儿看了看勤姑说着。

从乡下回来,桃儿和杏儿向我母亲述说了勤姑出嫁的种种情形,我母亲还心疼得掉了一会儿眼泪。这时,杏儿就劝我母亲说:"奶奶也别难过,能像奶奶这样对陪嫁丫鬟的,世上也实在是少见了,勤姑的婚事办得这样体面,奶奶足对得起她这些年在奶奶身边尽到的心力了。"

不等杏儿说完,桃儿又向我母亲说道:"倒是勤姑姐姐不放心奶奶呢。临回来的时候,我们到她娘家去看过她的,勤姑姐姐拉着我们的手板着脸对我们嘱咐说,少奶奶若是受一点委屈,她就找我们两个人算账。"

"有你们两个在我的身边,我怎么还会受委屈呢?"我母亲立即就接过话来说着。

"我是个只会说真话的人。"这时,杏儿抢着向我母亲说着,"这些日子在少奶奶的房里做事,我呢,虽说也是尽心尽力吧,可是不怕少奶奶过意,我就是尽本分罢了。真说是把少奶奶当亲生母亲一样看待,我还觉着隔着心呢。可是这次到乡下去看过勤姑出嫁,我心里真对少奶奶亲近了,少奶奶这样对待勤姑,不正是让我们看到一个榜样吗?少奶奶,说是做您的亲生女儿,我们是没有那份造化的,可是拿您当作我们的亲生母亲对待,那就是我们的孝心了。也是天定的缘分,我们怎么就有福气到少奶奶的房里来了呢?"说着,杏儿竟嘤嘤地抽泣起来了。

"瞧瞧你们两个人这是怎么了,这个掉眼泪,那个抽答答的。以后这些话你们再不要说了,情换情、意换意,你们对我不好,能有我对你们的疼爱吗?"我母亲说着,就把她两个人拉到自己的怀里来了。

果然,正如桃儿和杏儿所说的那样,通过这件事之后,她们俩对我母亲真是比对待亲生母亲还要亲呢。我母亲生我哥哥的时候,是桃儿亲自回到乡下给我母亲弄到了一袋新小米,那时候还不到收小米的时候,市面上卖的小米全都是去年的粮食,桃儿说这样的陈年粮食没有香味,她就亲自回到乡下,一块地一块地查看,果然就被她查到了早熟的一块地,这样她就自作主张地把这块地上的小米买下来了,还让她老爹把那块地里的小米收了下来,给我母亲烘干了,连夜她又赶回天津,给我母亲煮了一锅新米粥。桃儿在我们院里为我母亲煮粥,隔着高高的院墙,隔着两道院子,南院里的四奶奶站在院里就问,怎么这时候就下来新米了呢?话传到我母亲的耳朵里,我母亲立即让桃儿给南院里的四奶奶送过去了一些新米,高兴得四奶奶赏了桃儿一只银手镯。桃儿不敢收下,带回来交给了我母亲,我母亲对她说,"四奶奶喜爱你才赏给你的物件,你不收下,不就伤了四奶奶的面子了吗?"这样,桃儿才把这只银手镯收下了。

桃儿带来了新米,煮粥的事,就被杏儿抢过去了,每天天不亮,也就是才过了5点钟吧,杏儿早早地起床,点着了火炉,用文火为我母亲煮粥,一锅粥,要煮一个多小时,据杏儿说,那是要一次把水放够的，不能半路上续水，粥煮好之后，上面要浮着一层薄薄的粥皮，这样煮出来的粥，才有营养。

我母亲房里的活由杏儿一个人包下来了，桃儿就照顾我的六叔萌之和九叔菽之去了，那时候我的六叔萌之已经是19岁的人了，已经上了中学，怎么还要人照顾呢？这其中有两个原因，一个原因纯属是大宅门里的繁文缛节，大嫂如母，从我母亲一进门，我的六叔萌之和九叔菽之的日常生活，就归我母亲照管了。其实也没有什么具体的事，他们的穿衣吃饭，全有人照管，我母亲就是做一个监护人而已。早晨起风了，我母亲就让桃儿到叔叔的房里去，也不进到房里，就是站在院里向房里说话："我们奶奶吩咐了，六先生和九先生要带好衣服，外面风大。"说过，房里的六先生和九先生答应说："知道了，请大嫂放心，衣服早就有人送过来了。"这时，桃儿才回到我母亲的房里对我母亲说："奶奶放心吧，六先生和九先生的衣服都备好了。"

桃儿照看我的六叔萌之，还有一层意思，萌之每天放学回家之后，一定要到我母亲房里来做功课。我的九叔菽之读书一定要读出声音，萌之说他吵得自己没法看书，所以就到我母亲的房里来做功课。再有，那时候中学里的国文课，选的全都是古文，萌之有不明白的地方，还要向我母亲询问，所以，萌之从一下学，就长在我母亲的房里。这时候，他写字，桃儿为他磨墨；他读书，桃儿照看着他用茶，一直到六先生做过功课回房去，桃儿还要帮助查看明天的功课表，再为他打点明天应该带的书和文具。

日月就这样平平静静地过了好几年，也没有什么太大的变化，我母亲在生下我哥哥之后，又生了一个女儿；我的芸姑妈和梁月成虽说日月过得不错，可是芸姑妈一直没有怀孕；勤姑那里传回来了消息，说是做母亲了，还说待孩子长大些，就回马家来。人家马家有规矩，原来的丫鬟出嫁之后，一定要有了儿女，才能再回到马家来做事。不生下儿子，怕断了人家的香火，马家是绝对不会让她们回来的。

　　果然是祸兮福所倚，福兮祸所伏，在这一片荣华富贵、美满和睦的生活下面，我们家却在暗中发生了为后来的败落种下祸根的巨大变化。

　　这一天，我老爸从塘沽回来，自然是要先到我爷爷和我奶奶的房里去问安。我老爸走进上房里来一看，气氛有点不对头，我爷爷正一个人坐在他的太师椅上，板着一副面孔，似和什么人生气呢。我老爸历来不问我爷爷和谁生气，因为他知道，一个问得不得体，说不定我爷爷就冲着他来了。"我还会生谁的气？就是生你的气！"你说说，这不是自讨没趣吗。

　　这次我老爸又想装没事人，就像背书一般地向我爷爷和我奶奶问过安好之后，转身就往外面走。但是万万没有想到，就在我老爸已经走到院里的时候，我爷爷在他的房里厉声向我老爸喊了一声："茹之，你回来。"

　　我老爸是何等精明的人呀，他一听我爷爷让他"回来"，就知道自己"犯事"了，他一动不动地站在院里，暗中在想对策。只是，这次我爷爷似是真的发火了，他不光是让我老爸回来，还向站在院里的吴三代喊了一声："吴三代，你把院门给我关上。"

又听见我爷爷让吴三代关大门，就更把我老爸吓傻了，回过身来，他就往后院走，想逃到我母亲的身边去寻求保护；自古以来，公公没有当着儿媳妇的面管儿子的道理，就是管，也要给儿媳妇留点面子，你把你儿子骂得一文不值，你儿媳妇听着就不高兴，万一儿媳妇插言说了话，岂不是就让你下不来台了吗？所以，老爹管儿子，一定要背着儿媳妇的面，有儿媳妇在眼前，最多也就是说说罢了。

我老爸聪明，他心想，只要逃到后院，无论我爷爷多生气，也不好蒙头盖脑地跟我老爸玩命。可是我爷爷也绝非等闲之辈，他在吩咐吴三代关好大门之后，还没容我老爸往后院里跑，立即又向吴三代吩咐："你把二道院的院门也给我关上。"

这一下，连吴三代都吓傻了，他在关好二道院的院门之后，反身向回走的时候，正好从我老爸的身边漫过，这时吴三代就小声向我老爸问："大先生，你在外边没惹下什么事吧？"

"我老老实实地在大阪公司做事，能惹下什么事呀！"我老爸向吴三代说着，脸上还带着三分委屈相。

"没惹事就好。"吴三代说着，蹑手蹑脚地走开了。

这时，前院里只剩下了四个人，我爷爷、我奶奶、我老爸，第四个人，就是吴三代。吴三代当然不能走远，他就立在门槛外面，等着听我爷爷的吩咐。

"茹之，你到我房里来一趟。"正房里传出了我爷爷的声音，明明是有事情要审问我老爸，但，我老爸却和我爷爷装傻，他站在院里向着正房问着："您是叫我？"好像我爷爷根本就没有必要找我老爸说话似的。我老爸还是一动不动地在院里站着。倒是吴三代知道此时已经不能装傻了，他站在远处向我老爸摆摆手，暗示我老爸应该早早选择坦白从宽的道路。

无可奈何，我老爸只能乖乖走到正房里来了，一开始他还装作若无其事的样子，要和我奶奶说点什么开心的话："娘，您说侯家辉多不是东西……"

"咳!"我爷爷咳嗽一声，打断了我老爸的话，然后，啪地一下，把一张报纸放在桌子上。

听见我爷爷拍桌子，着实吓了我老爸一跳，可是低头再一看，桌子上放着一张报纸，我老爸立即就暗自笑了，不就是一张报纸吗？我老爸做的事，不公开、不透明，对新闻界一概保密。

"你把那报上的消息念给我听听。"我爷爷沉着面孔。

"哎呀，有话你就好好对孩子说，干嘛这样吓人呼啦的。"我奶奶怕我爷爷把我老爸吓着，还在一旁解劝；但是我爷爷此时是一点情面也不讲了，一定是什么事情把他气坏了。

"报上的消息，那还用念吗？"我老爸凑到桌前看着报纸向我爷爷说着，"这正版上的消息是说九一八事变之后，日本军队占领了东三省，最近小皇帝溥仪又在沈阳成立了'满洲国'……"

"我没问你那个。"我爷爷打断我老爸的话。

"这下面的一条消息是说，天津市面上近来银根太紧……"我老爸还跟我爷爷装傻。这时，我爷爷忍耐不住了，伸手指着一条消息对我老爸说道：

“你把这条消息给我念念。”

我老爸看着我爷爷指的那条消息，倒也没显出有多么紧张，还是若无其事地对我爷爷说着，“这条消息是说宋燕芳到塘沽唱戏，大阪公司的全体同仁送了一个大花篮。”

果然，那报上有一张照片，戏院舞台上，宋燕芳笑容满面地立在中间，前面是一只大花篮，那只大花篮上垂下来的缎带上写着几个字：“艺压群芳，大阪公司全体同仁共贺。”

“燕芳塘沽唱戏，我怎么不知道？”我奶奶吃惊地向我老爸问着。

“这已经是一个月以前的事了。”我老爸和我奶奶说话，想冲淡一下紧张气氛。

“我说，怎么一连这许多天没见到燕芳的面儿呢？”我奶奶的干女儿多，失踪个十个八个的，觉不出来。头名干女儿，一连一个月没见面，直到如今，我奶奶才发现，你说，我奶奶若是带兵，参谋长跑了，她还不知道呢。

“好，你再看看这张报纸。”说着，我爷爷又把一张报纸放在桌子上，我老爸低头一看，这一下他傻了，大汗珠子也流下来了，张口结舌，一句话也说不出来了。

“你念呀！”我爷爷催促着。

“那、那、那，那还念什么呢？”我老爸吞吞吐吐地只是支吾着，避开目光，就是不敢向那张报纸看。

“那有什么不能念的呢？”我爷爷就是要我老爸念那张报纸，我老爸就是不敢念，两个人谁也不肯让步，很是僵持了好一阵时间。最后，还是我爷爷一声大喝：“念！”这时我老爸才不得不把那张报纸拿起来。

我老爸拿报纸的一双手，已经开始打颤了，他把报纸举在眼前，看了好半天，又向我爷爷问着："您是让我念这段？"

"你不肯念，我让你母亲念！"说着，我爷爷就把报纸从我老爸的手里抢了过来，我奶奶也多少认得几个字，念个报呀什么的，还能凑合。

"我念，我念。"我老爸忙答应着，再把报纸拿过来，这才含含混混地念了起来："这这这，这下边的就不必念了。"一个字还没念出来，我老爸就又把报纸放下了。

"我要你念的，就是下边的那一段。"我爷爷一生气把报纸抢了过来，用力地往桌子上一拍，随之又把我老爸拉到桌子前面，几乎是按着我老爸的脑袋："你给我念！"

"你这是干嘛呀，有话就不许好好说吗？"我奶奶看着我老爸挨整，心里可是有点疼得慌了，她拦不住我爷爷，就只能一旁小声地说着。

"爸爸，您别着急。"这时，我老爸再也不敢装傻了，只好做出一副自认倒霉的模样来，心惊胆战地向我爷爷说着："是这么一回事，是这么一回事，宋燕芳到塘沽唱戏，大家说要捧捧她，一个可怜的梨园女子，不就是要靠大家成全吗？再说，她又是娘的干女儿，何况我也在塘沽做事，其实我这些年一直是老老实实地做事的，你不信，可以问大阪公司的同仁们，大阪公司的日本经理还总说要到咱们家来，拜见你老人家，说你老人家能教育出像我这样的好青年，真也是教子有方了……"

"你少跟我啰嗦。"我爷爷还是举着那张报纸向我老爸喊着。

"我念，我念。"我老爸再也休想蒙混过关了，他只得乖乖地、一字一字从头念了起来："恭祝宋燕芳女士莅临塘沽演出成功，嗯嗯嗯……"我老爸又想打马虎眼，这时我爷爷便又逼着他往下念，这样我老爸才实在是逃不过去了，于是只好念了下来："美孚油行全体同仁恭贺。"

"美孚油行在塘沽没有分理处，这个大花篮是谁送的？"我爷爷指着报纸上的一张大照片，向我老爸问着，那照片上真有一个大花篮，花篮下的缎带上写着一行小字："美孚油行全体同仁恭贺。"

我老爸再也不说话了，他只是低头站着，就像后来我们在革命群众面前做出的那副鬼德行一样，眼睛向下垂着，就像是要在地上找一个缝儿一样，真恨不能钻到地缝儿里去才好。我老爸一面寻思如何度过这场大难，一面在心里骂那些小报记者：没有钱花，你就明明白白地向我要，我不会亏待你们的，干嘛要做这等缺德事，送个花篮，就是凑个热闹罢了，又是新闻，又是照片的，你们到底是想要做什么？所以，我老爸对于新闻自由化倾向，一直极力反对；他从那时候就认为新闻报道，一定要统一口径。

我爷爷见我老爸被问得没词儿了，立时就来了气，那才是有理不让人，他指着我老爸声色俱厉地问着："你说说，这美孚油行的大花篮是谁送的？"

"我也没向美孚油行的人要钱。"我老爸嘟嘟囔囔地回答。

"你还想向人家要钱？"我爷爷又是一拍桌子，向着我老爸喊了起来，"前天我才到公事房，公事房里的同仁就把这张报纸放在了我的桌子上，明明是出我的丑，你让我如何向大家解释？一个女戏子到塘沽去唱戏，美孚油行的全体同仁居然去送花篮，你让我今后如何在行里管别人？人家说，管管你自己的儿子吧，他把美孚油行的大花篮都送到塘沽去了。你真是荒唐呀，荒唐！"

"我荒唐，我荒唐。"我老爸立即做自我批评，以平息我爷爷的满腔怒火。

只是我爷爷还不肯只在"荒唐"的大帽子下边把我老爸放跑，指着我老爸的鼻子说："这美孚油行不是咱们家开的生意，那是人家美国人的生意，我在里面不过就是一个雇员罢了，就算是大些吧，可我上边还有美国人呢。见到这张报纸，我马上到经理室向美国人去做解释，幸亏美国人认为给艺术家送花篮是文明之举，这才没有过于追究，就这样还有中国人到美国经理那里去告状，说给一个戏子送花篮，有失美孚油行的尊严。"

"关他什么事？"我老爸嘟嘟囔囔地说着。

"关你的事！你又不是美孚油行的人，有什么资格代表美孚油行送花篮？"接着，我爷爷把我老爸好一顿训斥，说得我老爸几乎都要无地自容了，幸亏他知道自己绝不能因小节而忘记肩上的重任，这才总算没有寻短见，否则他真是一时想不开，做出点什么过激的举动，你说说，日后岂不就要给国家造成不可估量的损失了吗？

我老爸觉得自己真是对不起父母，对不起子女，对不起上上下下老少人等,对不起学校老师,对不起列祖列宗,等等等等,反正他此时就是觉得自己太荒唐了。荒唐怎么办?只有一条出路,那就是弃恶从善,从今之后,一定要做一个品德端正的人。向我爷爷做了好一阵自我批评,我老爸以为这次我爷爷一定会相信他,于是又表示了一番决心,然后我老爸就想回房去了。只是我爷爷这人得理不让人,他听过我老爸的自我批评之后,倒也没有再骂人,只是对我老爸说:"塘沽大阪公司的事,我已经替你辞了。"

"啊!"我老爸当即就喊出了声来,"您您怎么可以替我辞职呢?"我老爸万般着急地向我爷爷问着。

"你一个人在外面,我不放心。"我爷爷心平气和地对我老爸说着。

"我在外边,有什么事让您不放心?"我老爸摇着一双手向我爷爷说着。

"你想给谁送花篮,就给谁送花篮,我就不放心。"我爷爷还是不着急。

"不行呀,我那边还有好多事情要做的呀!"我老爸急得在房里团团转,可是他又不能表现得太着急,想来想去,急中生智,他把我奶奶拉过来替他说情,"老娘,你看这事,可是实在麻烦了。"

"你们两个人的事,我管不了。"我奶奶知道我爷爷一旦发了火,是不会轻易罢休的,于是只好一句话也不说,坐山观虎斗,看这爷儿俩最后会闹出个什么结果来。

前院里我爷爷才让吴三代关院门，消息立即就传到我母亲房里来了。

那时我母亲正在哄着我的哥哥、姐姐玩耍，只见杏儿上气不接下气地跑进到房里来，凑到我母亲的面前，报告说："少奶奶，老太爷把大先生关在前院里了。"

我母亲自然猜出我爷爷既然把我老爸关在了院里，那一定是要教训他了，对此，她倒也没有着急。我母亲早就想把我爷爷搬出来说说我老爸了，这一阵他去塘沽，一走就是一个月，就是一个月之后回到家来，也是魂不守舍的样子，明明是外面有什么牵肠挂肚的事。我母亲问过他，他只是支吾，不和我母亲说真话；就是他和我母亲在一起的时候，我老爸对我母亲也不像往日那样亲近了，我母亲猜出他一定是"有事儿"了。

桃儿跑来报告说我爷爷把我老爸关在前院里了，我母亲一点也不表示惊讶，还没容她向桃儿询问前院的情形，又见杏儿匆匆地跑进到了房里来，急急火火地说："老太爷让大先生念一张报纸呢。"

"念报纸怎么还要把院门关上呢？"我母亲向桃儿和杏儿问着。

"我们再去探听探听。"说着，她两个又跑出去了。

过了一会儿时间，杏儿又匆匆地跑回来了，才跑进屋里，她就向我母亲说道："说是报上登着大先生给宋燕芳送花篮的事呢。"

"唉！"我母亲叹息了一声。

"不光是送花篮呢。"杏儿这里的声音未落，桃儿又紧跟着跑了进来，打断杏儿的话，桃儿向我母亲报告说，"说是大先生在塘沽，以美孚油行的名义给宋燕芳送花篮呢。"

"唉！"我母亲又叹息了一声。

没等我母亲布置下一步的行动计划，桃儿和杏儿又一起跑出房里去了。

这里，就真让人费解了，就算桃儿和杏儿天生有灵性，可是前院和我母亲院子的二门是关着的，正房离院门又远，她两个何以就听到我爷爷在房里训斥我老爸的声音了呢？

桃儿和杏儿当然没有什么特异功能，她两人谁也没有穿墙的本领，可是诸位朋友也许忘记了，我爷爷把我老爸关在前院里，院里还立着一个人呢，这个人就是吴三代。

听得我爷爷的吩咐，吴三代把院门关上之后，他自然不会走远，就立在院里等着听上房里的消息；恰就是在我爷爷才向我老爸询问过"恭祝宋燕芳女士莅临塘沽演出成功"是怎么回事之后，他就听见二道门的门缝间杏儿正在向他悄声地喊话："吴爷爷。"

吴三代自然不敢应声，他蹑手蹑脚地走到二道门旁边，隔着门缝对杏儿说："有什么事，过一会儿再来，老太爷这里正有话对大先生说呢。"

"什么要紧的话，还要关上院门说？"杏儿故意地向吴三代问着。

"小孩子家，没有你的事，快回房做事情去。"吴三代说过之后，转身就往院里走。这时，他又听见杏儿在门缝间似是自言自语地说着：

"唉，少奶奶才是白费了心呀，怎么一个人也没安下来呢。前院里出了事情，连个报信儿的人都没有。"

立即，吴三代停住了脚步，又回到门缝前，还是隔着门缝对杏儿小声地说着："我可是把话说在前边，日后万一事情传出来，你可不能说是我说的。"

"吴爷爷，你怎么连我都不信了呢？这院里是是非非这么多，有哪句话是从我和桃儿姐姐的嘴里传出去的？"

吴三代一想，杏儿说的倒也是事实，于是就向杏儿说道："快回去禀报少奶奶，老太爷生大先生的气呢。"接着，吴三代就把前院里发生的事，一一向桃儿和杏儿传出来了。

"全都是宋燕芳那个妖精做下的孽。"隔着门缝儿，吴三代对桃儿和杏儿说着。

得到了吴三代从里面传出来的消息，先是杏儿跑回来向我母亲报告，然后桃儿又伏在门边从门缝间向吴三代询问，这时，吴三代再把最新消息传出来，桃儿和杏儿再以最快的速度把消息传到我母亲房里来，这样，前院里发生的事情，我母亲就全知道了。

大半天的时间过去，最后桃儿和杏儿一起回到我母亲的房里来，对我母亲说道："老太爷这次是真生气了，他把大先生留在正房里了，说是塘沽的事，老太爷已经替大先生辞了，也不许大先生回后院来，就让大先生住在正房里了。"

我爷爷和我奶奶住的正房，是连房三间，我爷爷和我奶奶住一间，中间是堂屋，我老爸受管制，就关在我爷爷的身边，他就住在另外一间房里了。

我爷爷虽然每天还要去美孚上班，可是吩咐了吴三代，绝对不许放我老爸出来，连后院也不许去。因为我爷爷知道我母亲心善，我老爸一回到后院来，两句好话就把我母亲的菩萨心肠打动了，那时候我母亲出面向我爷爷求情，我爷爷怎么好回绝儿媳妇的面子呢？

我母亲在后院里虽然见不到我老爸的面，可是前院里我老爸的情形，她了如指掌，杏儿回来告诉我母亲说，我老爸什么话也不说，就是一个人面向墙壁坐着掉眼泪。过一会儿桃儿又回来向我母亲禀报说，中午我老爸才只吃了一口饭，送进去的饭全都原样又端出来了。

虽然我母亲早就发现我老爸在外面做出了对不起她的事，可是听说他一连几天不吃东西，又听说他一个人躺在床上只掉眼泪，我母亲的心也就软下来了。到底不是敌我矛盾，怎么就忍心看着一个人受难不管呢？何况一日夫妻百日恩，真把我老爸难出点什么病来，不也是我母亲的不幸吗？

于是有一天，在听说侯家辉又到我们家来了的时候，我母亲让杏儿到前院去，把侯家辉叫到后院里来了。

侯家辉一听说是我母亲叫他，立即就吓出了一身的汗，他急匆匆地来到后院，才走进我母亲的房来，就向我母亲说道："大嫂看见的，自从宋燕芳到塘沽去唱戏之后，我就去了塘沽一趟，还是咱们老祖宗过生日，人家塘沽警察局局长家的老太太专程到天津来贺寿，老祖宗派我送人家老太太回塘沽的，而且我也是只住了一夜，第二天一早，我就赶回天津来了。"

"我知道，没有人说是你的不是。"我母亲对侯家辉说着。

听我母亲说过这话，侯家辉才放下心来，他向我母亲询问着说道："大嫂有什么用得着我的地方，只管吩咐。"

"你去给我办点事。"

"好，我立即就去。"侯家辉说着站起身来就往外走。

"你忙什么？我还没对你说是什么事情呢。"我母亲看侯家辉忙忙碌碌的样子，就稳住他的心情。

"大嫂说吧，不就是大哥和宋燕芳的事吗？问她要多少钱，一个臭唱戏的，也就是图个钱呗。"侯家辉胸有成竹地对我母亲说着。

"就怕没这样简单。明天你带着桃儿和杏儿到塘沽去一趟，有什么话，她们两个人会对宋燕芳说的。"

"我明白，我明白，这样最好，省得人们都说好像是我撺掇着大哥在外边做什么事似的。"

"行了，你们就别表白了，我知道你们全都是好人，就只我一个人碍事。"我母亲酸酸地说着，侯家辉也只装没听见，从我母亲房里出来，他就操持带桃儿和杏儿去塘沽的事去了。

据桃儿和杏儿回来对我母亲说，到了塘沽，侯家辉装出一副根本不知道宋燕芳住在什么地方的样子，带着桃儿和杏儿在塘沽好一通找，最后是杏儿火了，她一甩袖子对桃儿说道："算了吧，转了大半天，也没有找到宋燕芳，咱也别再麻烦人家侯家辉了，赶紧回去禀报少奶奶，反正是人家把人藏起来的，怎么会带着咱们找到那个人呢？"

这一说，侯家辉吃不住劲了，他忙着对桃儿和杏儿说："你们也是太刁钻了，怎么就说是我把人藏起来的呢？我若是知道宋燕芳住在什么地方,就让我不得好死。"话虽然是这样说着,可是再没有费什么工夫,侯家辉就把桃儿和杏儿带到一家旅馆里,宋燕芳正住在这家旅馆里呢。

桃儿和杏儿大大方方地走到宋燕芳的房里来,没等宋燕芳说话,桃儿自己就坐在正座椅子上了,杏儿自然也不会等宋燕芳说话,她一步站在了桃儿的身后,两个人做出了要审问宋燕芳的神态,真把宋燕芳吓得说不出话来了。

"两位姐姐救我。"宋燕芳低着头,委委屈屈地对她两个说着。

"我们可不是救你来的,我们少奶奶问了,事情到底到了什么地步,你是要钱呢,还是想做什么?"桃儿板着面孔对宋燕芳说着。

"我什么也不要,两位姐姐今天能到塘沽来看我一面,我也就知足了。我没有父母亲人,两位姐姐就是我的亲人,能见到亲人的面,我也就不至于做野鬼游魂了。"说着,宋燕芳嘤嘤地哭了起来。

"其实你真要是想寻短见,也用不着非得等我们来,这里一出门就是大海,一闭眼,就把什么事情全了结了。"杏儿的嘴巴好厉害,她才不会被宋燕芳的眼泪打动,冷言冷语。

宋燕芳再也不说寻死的事了,她只是嘤嘤地哭个没完没了,桃儿和杏儿看着她哭,也不劝,也不理睬,就是冷冷地坐着。

哭了好长的时间,宋燕芳这才止住眼泪,像是自言自语地说着:"反正我已经把身子给大先生了,就算是在大少奶奶身边做点粗活吧,我只求大少奶奶把我收下。"

"瞧瞧,你倒是会排位,还没过门呢,你就排出什么大少奶奶、二少奶奶来了。"桃儿和杏儿是何等精明的人,她们只一听,就听出宋燕芳的话里有话来了。

5

在塘沽见过宋燕芳之后，桃儿和杏儿就和侯家辉一起回到天津来了。从老龙头火车站下了火车，侯家辉才要雇车子回家，忽然桃儿向侯家辉说道："先到姑奶奶家请安去。"桃儿说的姑奶奶，自然就是我的芸姑妈。桃儿不直接回家，而是要先到芸姑妈家去，倒把侯家辉弄得不知如何是好了。

"我可是把你们两个人从府里接出来的，你们回到天津却要先去看芸姑奶奶，少奶奶问下来，我可担不起责任。"侯家辉向桃儿和杏儿说着。

"若是有急事，你就忙你自己的去，就是到了芸姑奶奶家，你也是不能进去，等在外面，也是怪没趣的。"杏儿冷冷地向侯家辉说着，明明是告诉他说，用着你的时候已经过去了。

侯家辉自然不敢自己走开，无论多没趣，他也要把桃儿和杏儿送回府里去，才算是交了差。没有办法，他只得叫来车子，和桃儿和杏儿一起到芸姑妈家去了。

到了芸姑妈家里，侯家辉在下房里坐着，倒也没过多少时间，桃儿和杏儿就一起搀着芸姑妈从院里走出来了。这时，侯家辉又叫来车子，陪着芸姑妈和桃儿、杏儿回到我们家来了。

侯家辉当然不明白桃儿和杏儿为什么要把芸姑妈请到府

里来,也不知道桃儿和杏儿在芸姑妈面前都说了些什么;他更不明白怎么芸姑妈什么话也没说,立即就和她两个一起到我们家来了。当然,这里面没有侯家辉的事,到我母亲的房里交过了差,他就走了。

我母亲派桃儿和杏儿到塘沽去,正在家里等着她两个回来呢,如今一看桃儿和杏儿把芸姑妈请来了,我母亲就明白塘沽发生什么事了。

桃儿、杏儿没有向我母亲禀报她们在塘沽见到宋燕芳的情形,只是问过我母亲安好之后,她两个就下去做事去了,这时我的芸姑妈就和我母亲说起话来。

"什么话也别说了,就让人把宋燕芳领进门来吧。"我母亲对芸姑妈说着。

"唉!"我的芸姑妈叹息了一声,无可奈何地对我母亲说道:"大嫂怎么就这样决定下来了呢?"

"不这样,还能有什么别的好办法?"我母亲向芸姑妈问着,不等芸姑妈说话,我母亲就说,"桃儿和杏儿是一对聪明的孩子,她们看到事情已经无法了结了,这才半路上想起把姑奶奶请回家里来。事情到了这等地步,姑奶奶说还能有什么别的办法呢?就由着他们在塘沽荒唐,侯姓人家的名声要紧,更重要的还有孩子,他们爸爸的榜样,该对孩子们有多大的影响呀!只要事情没到这般地步,一切都好办,宋燕芳不就是要钱吗?可是如今生米已经做成熟饭了,把宋燕芳远远地打发走,就是咱们侯姓人家在人家姑娘的身上做下了孽,人家是干干净净的孩子,如今她已经和茹之到了这般地步,我们把人家打发走,不就是把人家往火坑里推吗?天知道来日宋燕芳会落到什么下场,真若是一步错、步步错,她走投无路落入风尘,她不还是咱们老祖宗的干女儿吗?"我母亲平平静静地说着,倒把芸姑妈听得泪花满面;正这时,桃儿和杏儿端上茶,给芸姑妈送上来了毛巾。芸姑妈陪我母亲掉了一会儿眼泪,才终于平静了下来。

"大嫂真不愧是名门出身,事事都让我们佩服。"芸姑妈拭过脸颊之后,向我母亲说着。

"事到如今,谁也是只能这样做了,这天底下谁也不能受委屈,这委屈也就只能由我一个人受了。"说完,我母亲紧紧抿住了嘴唇,她怕自己哭出声音。

"大嫂,我们家对不起你了。"我芸姑妈又掉了一阵眼泪,说:"我也明白桃儿和杏儿为什么把我找来,有什么话要对大哥说的,大嫂就交代我说去吧。"到这时,大家终于明白桃儿和杏儿为什么要把芸姑妈请回家来了。

"也别太说得他无地自容了,告诉他打起精神来,好好回塘沽做事,你是侯姓人家的顶梁柱,你对得起我对不起我无所谓,你还要对得起孩子们呢。"说到这里,我母亲再也说不下去了,她双手捂住脸,眼泪止不住涌了出来。这时桃儿和杏儿忙立到我母亲的身边,一左一右地把我母亲搀扶住,一迭声地劝说着我母亲:"少奶奶可是要多多保重,一分善,一分福,少奶奶这样的好心,就是一块石头也要被感化的。"桃儿和杏儿一面说着,她两个也和我母亲一起哭了起来。

背叛爱情的人是痛苦的。

我芸姑妈来到前院,见过我奶奶之后,又来到我老爸的隔离室,这时,我老爸就向我芸姑妈说出了事情的经过——

宋燕芳到塘沽去唱戏,纯属正常演出,最初她安的什么心,谁也无法猜测,至少我老爸对于宋燕芳到塘沽来,没有任何一点邪念。当然,得知宋燕芳到了塘沽,我老爸也是非常高兴,白天他在大阪公司上班,晚上就到戏院里去看宋燕芳唱戏,还不是一个人去,是带上他的几个好朋友一起去;这也没有什么出格的事,就是为了给宋燕芳添威风,我老爸以大阪公司的名义给宋燕芳送了一个大花篮,只送一个花篮还不够,我老爸还以美孚油行全体同仁的名义给宋燕芳送了一个大花篮,这就是后来被我爷爷得知之后,盛怒之下,把我老爸关在家里的那个大花篮。再至于我老爸还给宋燕芳送了多少花篮?这已经是无从查考了,反正这样说吧,宋燕芳每天晚上谢幕时,人们往台上抬的大花篮,有一半是我老爸出钱买的。

本来,宋燕芳在塘沽唱了半个月的戏,已经是到回天津的时候了,最后那两场戏,正赶上我老爸太忙,他就没去捧场,他心想,有什么事回到天津再说吧。偏偏就那么巧,就在侯家辉送塘沽警察局局长家的老太太回塘沽的那天夜里,宋燕芳就出事了。

那时候,我老爸已经是快要睡下了,这时就只见那个侯家辉风风火火地跑到我老爸的住处来,推开房门,瞪着一双眼睛说道:"大哥,不好了,宋燕芳让官面抓走了。"

"你说什么?"我老爸几乎不相信自己的耳朵,大吃一惊。

"哎呀,大哥,你还不知道呀,全塘沽都轰动了,你快看看晚报吧。"说着,侯家辉就把一张报纸送到了我老爸的面前。

我老爸把报纸打开之后,才看了一眼,就呆了:"见鬼,这明明是敲诈。"说着,我老爸把报纸就扔在了地上。

落在地上的那张报纸正好印着一行大字:"明为艺人白天唱戏,实为奸细刺探军情"。再往下看,含含糊糊地写着一个女艺人来塘沽献艺,把满塘沽的人给唱得神魂颠倒。谁料这位女艺人,明面上是来塘沽唱戏,其实是为外国奸细刺探军事秘密。前天夜里,在这位女艺人唱戏去的时候,塘沽警察局从这位女艺人的房里搜出来一部照相机,把里面的胶片取出来一冲洗,那照片就显出了一片大海,照大海算不得是刺探军情,可是那照片的深处有一盏灯塔,你瞧,这不就是军事秘密了吗?

"你怎么就知道这个被抓的女戏子就是宋燕芳呢?"我老爸着急地问。

"那还用问吗?宋燕芳找不着了。"侯家辉回答。

"她若是回天津了呢?"我老爸还是不相信世道会如此黑暗。

"不能够,全戏班的人全炸营了,他们眼看着宋燕芳被警察局给带走了。"

"上铐子没有?"此时,我老爸已经是语无伦次了,他又向侯家辉问了一句,立即就拉着侯家辉从家里跑了出来。

路上我老爸对侯家辉说:"这个警察局局长也是混蛋,昨天晚上我还和他一起打牌呢,他怎么就没向我说起这件事?"

"哎呀,大哥,人家那是公务秘密,能在牌桌上和你说吗?"

塘沽地方不大,车子跑得又快,没多少时间,我老爸就和侯家辉一起到了警察局,警察局局长一看见我老爸,立即就迎了过来:"哎呀,我的侯先生,你找我赖赌债来了。"警察局局长以为我老爸昨天晚上输的钱太多,今天找到这里赖账来了。

我老爸没时间和警察局局长犯"贫",二话没说,直愣愣地就对警察局局长说道:"把我妹妹放出来。"

"啊?"警察局局长先是一愣,随之就哈哈大笑了起来:"侯先生真会开玩笑,我怎么敢把侯府上的千金小姐请到局里来呢?快屋里坐,一准是侯先生在塘沽待腻了,想让我给搭着桥儿……"说着,警察局局长还冲着我老爸挤了一下眼儿,随后就拉着我老爸往房里走。

我老爸自然不肯随他走,立在他的对面问:"宋燕芳在你们这里没有?"

"宋老板?"我老爸的话音未落,警察局局长就应声说了起来,"她和府上有关联?"

"她是我老娘的干女儿。"我老爸当即就回答着说。

"哦。"说着,警察局局长还跺了一下脚,"我早说这事有鬼,侯先生放心,宋老板在我这里没有受委屈,吃我们这碗饭的全知道,凡是做艺的,不知道哪个是通天的人物,所以,无论他们犯了什么事,收进来,三天之内奉为上宾。你瞧,谁想得到宋老板是天津美孚油行侯家的干亲。其实,侯先生海涵,不是我们寻衅,我也不缺这几个小钱用,人家宋老板好好做人家的艺,关我们什么事呀?可是,一封告密信送到了局子里,举报她刺探情报。"

"你就开个价吧。"我老爸当然懂得警察局的规矩。

"侯先生玩笑了,怎么会有这种事呢? 来人呀,把宋老板请出来!"说着,警察局局长就向他身后的人喊了起来。就在警察局局长吩咐人去请宋老板的时候, 他把我老爸请进到了他的办公室,这时,局长又对我老爸说道:"侯先生,一准是宋老板得罪下什么人了, 我这就派人去把那个写告密信的小王八蛋查出来;不剥下他人皮来,我对不起侯先生。来人呀!"说着,警察局局长又喊了起来。

放人事小,赔情事大,警察局局长立即着人把宋燕芳提出来,又在一家饭店摆了一桌酒席,向我老爸赔礼道歉,给宋燕芳压惊,陪席的有侯家辉;吃过饭后,我老爸已是酩酊大醉,这时已经是后半夜两点钟的时候了, 于是, 警察局局长叫来车子,吩咐送侯先生和宋燕芳回府,偏偏这时侯家辉闹着要赶晚车回天津,就这么阴错阳差一折腾,汽车就把我老爸和宋燕芳送到一家旅馆去了。

第二天一早,我老爸醒过来一看,麻烦了,他已经是一失足成千古恨了。

听过我老爸的叙述之后, 我芸姑妈也没有再说责怪他的话,只是对我老爸说:"你算是遇到好人了,快打起精神来,好好做事去吧。"

"可是,爸爸还没发下话放我出去呢!"我老爸为难地对我的芸姑妈说着。

"再过几天,爸爸就要去美国了。"我的芸姑妈对我老爸说着。

"还有老娘呢?"我老爸还不放心地问着。

"老娘的事自有安排。"

"那,景福呢?"我老爸是说还有我母亲看着他呢。

"只求着你从此之后收心了吧,你对不起人家景福呀。"我的芸姑妈感叹着,就从我老爸的房里走出来了。

每年三月,在下一个财政年度开始之前,我爷爷必须去美国向总行述职,这时,我爷爷要把天津分行一年的账目向总行做出结算,再订出下一年的预算,然后回来再办理商务。

临去美国之前, 我爷爷嘱咐我奶奶说一定要把我老爸看管好,绝对不许他回塘沽,我奶奶当然只能满口答应,保证不会把我老爸放跑。

我爷爷要去美国, 我母亲就把芸姑妈安顿下来陪我奶奶说话,也就是在我爷爷离家的第三天,我母亲带着我哥哥和我姐姐、杏儿,还有我的九叔菽之一起到马家去了;九叔菽之正在放暑假,他和我母亲的弟弟正好是同学。为了让两个小兄弟在一起痛痛快快地玩几天, 我母亲决定请九叔菽之到马家去住些日子。老嫂如母,我母亲把我的两个叔叔看得和自己的亲弟弟一样,她带着小叔到自己娘家去住,于情理上也说得通。我母亲把我的九叔菽之带走之后,家里还有我的六叔萌之,这样我母亲就把桃儿留在了家里, 让她在我奶奶和六叔萌之身边做事。

我母亲临走之前,向桃儿交代着说:"你留在家里,好好照应奶奶和芸姑娘,侍候六先生读书,别的事,你就伺机而作吧。"

　　"那大先生这边呢?"桃儿向我母亲问着。

　　"他还能在家里待着吗?"我母亲回答着桃儿说,"你还看不明白吗?事情到了这等地步,假戏已经唱真了,我呢,也只能是顺水推舟了,出去躲避几天,让茹之趁势跑回塘沽,和那个人见面,两个人商量出一个办法来,无论是个什么局面,我都会认下的。"说到这里,母亲一挥手,无可奈何地叹息了一声,她再也不想提这件事了。

　　"奶奶是个心胸开阔的人,无论什么事,退一步海阔天空,泰然处之,也就是了。桃儿想,到最后,大先生也就是把那个宋燕芳领回家来就是了。大先生总归是读书人,出格的事,是不会做的。好在娶妻纳妾呗,男人们不全都是这样的吗……"桃儿还要说下去,恰这时窗外传来了吴三代的声音:"大少奶奶,车子已经备好了。"

　　母亲答应了一声,然后就向门外走了出来;只是,母亲才走到门槛,就听见母亲似是大吃一惊地喊了一声:"老吴叔,你这是做什么呀?"

　　闻声,桃儿忙跑了过来,这时,就看见吴三代正向着我母亲鞠躬呢。

　　"老吴叔,别是什么人欺侮你了吧?"桃儿以为吴三代是想在母亲出门之前向母亲告状,就一面安抚吴三代,一面向他询问。

"大少奶奶，奴才可是放肆了。"吴三代弓着身子向我母亲说。

"老吴叔，有话你就说吧。"我母亲对吴三代一直非常尊重，从来也没有把他当仆人看待过。我母亲立在台阶上，杏儿领着哥哥、姐姐站在我母亲的身后，等着听吴三代说什么要紧的事。

"大少奶奶果然是名门出身，一个人忍辱负重，就成全了一户人家；老奴才见过这样的事，实在是太多了，那些小门小户的人，不知道该如何处置这种事，最后闹得不可开交，一家人的和气就再也没有了；自从老爷子一吩咐老奴才关大门，老奴才就知道最后一定是大少奶奶出来成全这件事，侯姓人家兴旺了这许多年，可千万不能因为这样一点小事就冲了家运，老奴才谢谢大少奶奶了，大先生的事，大少奶奶只管放心就是了，老奴才一定保着大先生，绝不能日后委屈了大少奶奶。"

"老吴叔，"母亲唤了一声，就再也说不出话来了，泪珠涌出了母亲的眼窝。桃儿忙过来把母亲搀住，平静了一下心情，母亲只是向着吴三代说了一句："这件事，真是难为你了。"说罢，母亲就向大门外走去了。

母亲才走到前院，就看见我的芸姑妈立在院里正等着我母亲呢，这时，我母亲忙向前走过去一步，一把拉住芸姑妈的手，忙着对芸姑妈说着："怎么还劳烦姑奶奶出来送我呢？"

"大嫂，我们侯姓人家对不起你，我替我大哥向你赔罪吧。"说着，芸姑妈向着我母亲弓了一下双腿，随之她的眼窝也湿润了。

"芸妹妹这是说哪里话来,是我没有尽到妇德,家里才出了这种事,芸妹妹尽管放心,我过些日子就会回来的;桃儿,快扶芸姑娘回房里去,不看着芸姑娘回房,我走了也是不放心。"说着,母亲又给芸姑妈拉了一下披巾,然后就看着桃儿送芸姑妈往她房里走去了。

我母亲忍辱负重,就在她回娘家的第二天,我老爸的好朋友侯家辉就到我们家来了,他不是看我老爸来的,一进门,就钻到我奶奶房里去了,正好桃儿陪着我的芸姑妈在我奶奶房里说话。桃儿讨厌侯家辉,一看他进来,找了个理由,就又陪着我的芸姑妈走了。走到院里,桃儿似是对什么人说着:"这是谁把院子踩得这样脏,怎么就不知道扫扫呢。"桃儿早已成了半个主子,下面的人全怕她,话音未落,早有人出来应声道:

"就来了,怎么一会儿工夫没经心,就让姑娘挑出错儿来了呢。"

桃儿自然不是那种要威风的人,她说着,向出来应声的人挤了挤眼,表示她只是指桑骂槐;出来应声的人也明白桃儿说的是谁,便暗中向桃儿笑了笑,两个人心照不宣,也就算是过去了。

侯家辉在屋里虽然听见桃儿在院里甩闲话,可是他知道桃儿为什么恨他,自己人品不好,只好装作是没听见。

"找你大哥来了,是不是?"我奶奶当然猜出侯家辉为什么到家里来,迎头就向侯家辉说着,不等他答话,我奶奶就对他说了下去,"休想,老太爷出门的时候留下了话,谁也休想见茹之。好好的一个人,全让你们把他带坏了,瞧我不找你算账!"

"老祖宗,"侯家辉叫我奶奶是老祖宗,天知道他算是哪棵葱。不等我奶奶搭理他,他就向我奶奶说了起来:"我大哥好好地在塘沽做事,怎么说是谁把他带坏了呢?老祖宗别听那些风言风语,一个人的品行越端正,就越是有人说他的坏话。"

"你少花言巧语,今天我精神不好,没什么正经事,你快马儿地出去吧。"我奶奶被家里的事闹得正心烦,自然不想搭理侯家辉。

"老祖宗,今天我可是为正事来的。"

"你听听,真是太阳从西边出来了,连侯家辉也有正事了。"我奶奶拿侯家辉不当人,他说一句,我奶奶就挖苦他一句。好歹有一点人味儿,侯家辉也早就不登我们家的门了。

"塘沽警察局于局长,老祖宗还记得吧?上个月您老过生日,八抬官礼,头一台,白玉观音,那是北魏年代的古董呀,离现在也不知是多少年了……"塘沽警察局,就是当时塘沽最高的地方政府,那时候天津市只有市一级的政府,各个区,就分设警察局,行使区政府的职能;如此,塘沽警察局的于局长,就是塘沽老百姓的父母官,此时孙中山先生领导的革命无论成功与否,反正已经是民国了,父母官更名为公仆,一开始父母官和子民们都不习惯,渐渐地到了如今习以为常,双方也就全不追究是怎么一回事了。

在塘沽做事,我老爸和于局长的私交很好,上次宋燕芳被警察局扣留之后,我老爸找到于局长,一句话就把人放出来了,一迭声地于局长还向我老爸致歉,就像是他做错了什么事似的。

说起于局长给我奶奶送白玉观音的事，我奶奶当即就对侯家辉说道："咱没白受他的人情呀，老爷子说的，美孚油行把在青岛卸的油船，一年往塘沽开二十船，光这一项，他警察局该是多大的进项呀。"

"正因为人家感恩不尽，这才派我到府上来请老祖宗去塘沽呢。"侯家辉忙着对我奶奶说着。

"他请我去塘沽做什么？"我奶奶向侯家辉问着。

"哎呀，我的老祖宗，您老人家光知道自己过生日，怎么就想不到人家老娘也有个生日呢！"侯家辉反问。

"他老娘过生日，派个人去拜个寿不就完了吗？该送什么礼，你们看着在外边操持操持也就是了，干嘛还要我去？"我奶奶问。

"哎哟，我的老祖宗。"侯家辉又是卖乖地对我奶奶说着，"请您老人家去塘沽，这可不是人家于局长的主意。谁敢惊动您老人家的大驾呀！不过呢，这只是我想，今年于局长家里的老寿星，正好是六十大寿，人家于局长开三天的堂会，老祖宗您就听听人家请来的这些角儿呀，梅兰芳，还带着他的大弟子杜近芳，那扮相，呵，俊！程砚秋，金少山，还带来一位才出道的裴盛戎，呵，那嗓子，亮！再往下，马连良、谭富英，这些人什么时候同台唱过戏？老祖宗，您老这次若是不去，从我这就觉得对不起您老人家。"

"你个花言巧语的侯家辉，什么时候这样惦念过我，天知道你打的什么花花肠子。你大哥怎么办？"我奶奶想起了我老爸正被我爷爷关在家里，便没有主意地向侯家辉问着。

"我大哥怎么啦？"侯家辉装傻。

"猴小子，你少在我面前装佯，我们侯家大院里的事，什么时候瞒得了你？"我奶奶点着侯家辉的鼻子说着。

噗嗤一声，侯家辉笑了，这时侯家辉又坐得离我奶奶更近些说道："老祖宗若是放心我呢，老祖宗只管去塘沽看戏，留我在家里看着大哥。"

"我还得再找四个人看着你。"我奶奶抢白着侯家辉，"告诉你大哥，打起精神来，这就跟我去塘沽。"

"好嘞。"侯家辉几乎是跳了起来，说着话，就往后院里跑，一面跑着，还一面回头向我奶奶问着，"那大嫂回来怎么说呢？"你瞧，他什么事全知道不是？

就这样，我奶奶在侯家辉陪同下，带着我老爸，一同到塘沽去了。这一下，塘沽警察局局长大人可慌了手脚了。他给他老娘过生日事小，他接待我奶奶的事大，他老娘不过是个乡下老婆子，有肉吃就美得不得了，再说给她唱戏，就更不知道东南西北了。打从前好些天，她儿子就派人在她身边，告诉她什么人来了应该如何对待，还告诉她无论是什么人来了，也是给你拜寿来的，可千万别给人家下跪。好不容易眼前的规矩学会了，如今又来了一位侯老太太，这一下，警察局局长更慌了，见到侯家辉第一句话就说："家辉，你这不是故意出我的丑吗？我老娘哪里见过这样的场面呀？再说，我这里门楼低，房子小，你让我如何安置侯老太太呀！万一出了一点闪失，你这不是要我的命吗？"

反正，我奶奶是到了，就看你警察局局长如何侍候了。塘沽警察局局长放下他老娘过生日的事，立马给我奶奶安排住处，还找了一班人专门侍候我奶奶，更给我奶奶备下了一辆车子，眼看着万无一失了，这才想起他老娘过生日的事；这时，他又回去教导他老娘，见到侯老太太，说话时嗓门小些，人家侯老太太胆小，坐在侯老太太对面，脚丫子别往上跷，同桌吃饭时别吧唧嘴，不许打呵欠，不许冲着人打喷嚏。"俺回家，你把俺接出来是给俺过生日，还是训练俺下大神儿？这生日俺才不稀罕呢。"警察局局长说了半天好话，这才把他老娘留了下来。

我奶奶到塘沽来，他警察局局长的脸上可光彩了。知道谁到了吗？侯老太太。侯老太爷是美孚油行的大写，侯先生是大阪公司的全权代表，再往上辈上说，当年袁世凯登基做洪宪皇帝，事先问过侯家的老老太爷，侯家的老老太爷有日本势力，为此侯家的老老太爷还专程去过一次日本。我的天，一个小小的塘沽警察局局长，接得了这么大的"驾"吗？

只是，这一下，满塘沽的商家、民家，可是来事了，他们除了要给警察局局长的老娘过生日之外，还得一一地来拜见我奶奶。这个请安，那个问好，这一下，我奶奶就把我老爸给忘了，一直到了快回家的时候，我奶奶才想起来问一声："茹之呢？"找不着了，侯茹之溜号了。

好不容易找到了我老爸，同时也找到了宋燕芳，宋燕芳把她和我老爸的事对我奶奶哭着说了一遍。我奶奶什么话也没说，到了第四天头上，就在侯家辉陪同下，带着我老爸和宋燕芳一齐回到天津来了。轿子马车到了侯家大院门外，我老爸噌一下，就从车里钻出来了，他头也不抬地一溜烟跑进院里，一头扎进自己的房里,就再也不出声了。

众人听说老祖宗回府了,就一起出来迎接,我奶奶在她房里的人的搀扶下走下车子,后面跟着宋燕芳,一步一步地上了高台阶,走过台阶,进了门洞,我奶奶回头对宋燕芳说了一句:"你就别往里走了。"就这样,我奶奶走进了侯家大院,却把宋燕芳留在了大门洞里。

这里要说说侯家大院的情况,侯家大院里面院套院、房连房的情形就不说了,这里就说说侯家大院大门口的事;侯家大院大门外立着善人牌坊,过了善人牌坊,大门外有一处拴马的石桩,当然如今骑马的人已经不见了,只是在拴马桩对面的那一方停轿坪上,还有时停着辆马车什么的。过了这块地方,就是两尊石头狮子,一品狮子、二品狗,也不知道我们家祖辈上出过什么大官,两尊石狮子中间,是高台阶,不高,只有四级,是四块整石板,横着可以有四尺宽,据说这也有讲究,就是有两个做官的老爷,一出一进,谁的帽子也碰不着谁的事。上了高台阶,一道大门,大门里长长的门洞,对面放着两条长板凳。板凳有多长?后来我们小弟兄到门洞去玩,长板凳上可以横躺下三四个小弟兄。这两条长板凳有什么用?这是抬轿、赶马车的人休息的地方。如今我奶奶不让宋燕芳往院里走,就是把宋燕芳留在了长长的门洞里。怎么办?天知道该怎么办,反正我奶奶是不让她进门了。

我奶奶把宋燕芳留在门洞里之后,就走进了自己的房里,这时候,桃儿早和我芸姑妈在房里等着给我奶奶请安问好呢;母女之间、主仆之间表演过种种礼节之后,我奶奶让芸姑妈回房去休息,这时我奶奶才对桃儿说道:"送芸姑奶奶回房之后,你到我这里来一趟。"

不多时,桃儿回到我奶奶房里来了,她看了看人们给我奶奶送过来的茶点,又看了看人们找出来的衣服,看看一切没有一点差错,这才向我奶奶问道:"老祖宗有什么吩咐吗?"

"你们奶奶那边的情形怎么样?"我奶奶向桃儿询问我母亲的情况。

"老祖宗不在家的时候,桃儿派下人去问候过的,说是奶奶的身子又重了。"桃儿回答着说。

这时候,我母亲正在怀着我,桃儿说的我母亲的身子重了,也就是说我快生到这个世界上来了。

"家里的事呢,就是这个样子了,宋燕芳如今立在门洞里,桃儿,你说个办法吧。"我奶奶往她的太师椅上一坐,对桃儿说着。

"哎呀,老祖宗,奴才如何有办法呢?"桃儿后退了一步回答道。

"什么主子、奴才的,今天我就是要听你的一句话。"我奶奶还是向桃儿逼问。

"老祖宗为难奴才了。"桃儿万般为难地说着。

"就是这么个为难的事么,不为难你,就得为难我。"我奶奶一双眼睛盯着桃儿。

"既然这样,桃儿就放肆了。"说着,桃儿走出房来,径直就走到门洞来了。这时宋燕芳正在大长板凳上坐着呢。

听见院里传出来了脚步声,宋燕芳立即站起来抬头张望,一看,正好和桃儿打了一个照面,匆匆,她又低下头,坐在长板凳上了。

"总坐在这里也不是事呀。"桃儿眼睛看也不看宋燕芳,只是自顾自地说着,"跟我进来吧。"说罢,桃儿反身就往院里走。

"姑娘让我进院里去?"宋燕芳听见桃儿让她跟着走,喜出望外,她立马就站起身来,一步就追了过来。

"咱们有话在先,这一不是老祖宗让你进来的,二不是我们奶奶让你进来的,日后,我们奶奶发落下来,活剥了我的皮,老祖宗不认账,再把你轰出去,你可是别往我身上赖。"

"谢谢桃儿,来世我做牛马,也要报答姑娘的大恩大德。"宋燕芳一面在后面走着,一面感恩不尽地说着。

"蔫溜儿的,你就跟着走吧,少出声儿。"

一手遮天,桃儿就把宋燕芳领进了侯家大院,也幸亏是侯家大院里的空房子多,过庭院,穿回廊,桃儿就把宋燕芳领进后边院子里的西厢房里。这道院子原来是本家一位爷爷住的地方,很多年前,这位爷爷自己买房搬出去了,从此便空着一直没有人住,有时候来了远亲呀什么的,一时收拾不出住处,就暂时安置在这里住几天,亲戚走了之后,便再锁上门空着。

宋燕芳也算是我们家的常客了,可是她还从来不知道我们家后院还有这么一个地方。跟着桃儿走进到房里来,她抬头四下里望了望,这时桃儿就酸溜溜地对她说:"你就先在这里委屈几天吧,过几日我们奶奶回来,你再去找我们奶奶说,也许我们奶奶会给你换个好住处的。"

没等桃儿把话说完,宋燕芳立即就向桃儿说道:"哎呀,姑娘,我还要住什么地方呀？这已经就是姑娘对我的恩德了,若不是姑娘看我可怜,真不知道我要在门洞里待到何时呢？只要姑娘想着我,到了吃饭的时候,派下个人来给我送点什么残羹剩饭来,饿不死我,我就念佛了。"

"若这样,我就不留在这儿侍候你了。"酸酸地说着,桃儿从后院走出来了。

安置下宋燕芳之后,桃儿又到了我奶奶的房里,她也没向我奶奶禀报她是如何安置下宋燕芳的,我奶奶只是向她说了一句:"你也该把你们奶奶接回来了。"桃儿立即答应了一声,就到马家去了。

早年间,姑娘出嫁之后,有身孕时是不能在娘家久住的,凤雏龙子,人家怕万一有了什么闪失,负不起这个责任。

到了马家,桃儿先到马老太太房里向马老太太禀报了侯家大院里发生的事,马老太太一面听着、一面叹息,更一面后悔不该把自己家里的二小姐嫁到这么一个暴发户人家去。"可怜的景福,怎么就让她遇见了这种事。她又天生是一个好强的孩子。"说着,马老太太就流下了眼泪。

没有办法,我母亲只能回家了,桃儿见到我母亲之后,也没有说家里发生的事,就像是平常日子一样,我母亲在马家住了些日子,桃儿就接我母亲回婆家来了。倒是马老太太拭了拭眼窝,和女儿拐弯抹角地说了几句话,这才算是把家里的事情向我母亲做了一点暗示。

马老太太,也就是我的外婆,这时对我母亲说:"我做佛事的时候,就听一位僧人说过,世人的本性原本全都是清净的,自性清净、日月常明。只是,这清净又在哪里呢?原来就在一个'善'字里面,世上有浊、有恶,就像是天上有云、有雨一样,只要我们博爱众生,我们也就念悟即佛了。"马老太太对女儿说着这些话,眼泪不停地往下流,我母亲当然知道老太太为什么说这些不沾边儿的话,便什么话也不说,随着桃儿,坐上车子走了。

回家之后,我母亲一切如仪,先到我奶奶房里请过安,又到我芸姑妈房里问过好,再向六叔萌之问了问学业上的事,然后才回到自己房里更衣休息。桃儿从进门之后,就一直跟在我母亲身边,似是唯恐我母亲问下什么事来,她好随时回答。

"我就是有一件事,告诉她,少让我看见她。一早一晚地请安,她愿意去谁房里请安,就去谁房里请安,只是让她少到我房里来。"我母亲前不搭村后不搭店地说着。桃儿听过之后,也是前不搭村后不搭店地回答着说:

"奶奶放心,她躲还躲不迭呢,怎么还有胆量到奶奶面前走动。"说罢,桃儿就从我母亲房里出来,到宋燕芳那里传达指示去了。

6

也许人们会以为,把宋燕芳领进侯姓人家,我爷爷一定会发火,弄不好,他来个一票否决,这个好不容易挤进侯家大院来的宋燕芳,还得滚蛋。

其实,没这么严重,既然连桃儿都敢自做主张地把宋燕芳领进门来,这就是说,我爷爷那一关也并不一定就过不去。反正总是要闹一闹的,不闹,岂不就等于默认了吗?闹一阵,但不改变现状,也就把不合法的存在合法化了。对于这类事,历来全都是这样做的,我爷爷自然也不会违反这种游戏规则。

一个月之后,全家上下估摸着我爷爷快从美国回来了,全院里的空气就紧张起来了,人们全屏着呼吸,好像谁一出声,就会把我爷爷引回来似的;就连我奶奶的那些干女儿们,这一阵也全都不登门了,她们怕事情牵连到她们,老爷子一生气了,发下话来,我奶奶认下的干女儿一律做废,连个文件也不用下,以前的账就全不算了。你说说,有点权力是多可怕?

我爷爷从美国回来之后,精神焕发,第一天,自然是全家人到他面前问安,然后由我奶奶代他向上下人等分发礼物。我爷爷带回来的东西,只发给正根儿正叶,外姓人,除了一个吴三代,其他的人,一律没有。就这样热热闹闹地过了一天,第二天一起床，我爷爷就在前院里喊起来了。

"来人呀！"霹雳一声，侯家大院响起了一声滚地雷。

闻声，侯家大院里的人全都跑到前院来了，吴三代领头，站在院当中等着听候吩咐，我母亲和我的芸姑妈走到我爷爷的房里来询问缘由，我的两个叔叔站在我奶奶的身后等着听我爷爷的发落，倒是只有一个人没有出来，这个人就是宋燕芳。不过据桃儿姐姐后来对我们说，此时宋燕芳已经开始打哆嗦了，她知道我爷爷是冲着她发火的，天知道最后会是一个什么结局呢。

"公公有话只对媳妇一个人说就是了，一切全都是媳妇一个人做的主张。"我母亲承担责任，她把桃儿收下宋燕芳的事，揽在了自己的身上。

我爷爷每到发火的时候，无论对谁都大喊大嚷，真动起肝火来，还要动用"家法"。我们家的"家法"，是一块硬木戒尺，在手掌心上打一下，立即就会肿起来。当然我们家动用"家法"的时候极少，那块硬木戒尺至少有几十年没用了，就在佛堂里放着，人们都不知道它有什么用了。

但是，我爷爷从来不对我母亲发火，无论发多大的火，只要我母亲一出来担当责任，我爷爷的火气立时就消了；大户人家么，公婆怎么能和儿媳妇发火的呢？《孔雀东南飞》的故事，媳妇受虐待，那是小门小户的事；再有童养媳，那是乡下人的事；真正的书香门第，儿媳妇是门第的象征，那是一点也怠慢不得的。

"好了，你们就全都下去吧。"头一嗓子，我爷爷把上下人等全都唤来了，我母亲一出来说话，我爷爷又让众人回去了；房里只剩下了我爷爷、我奶奶、我母亲，还有我母亲房里的桃儿和杏儿，这时我爷爷才对我母亲说起话来。

"景福呀，你怎么这样糊涂呢？"我爷爷责备着我母亲，"世上有许多事情是不能动善心的，忍辱负重，你成全的是一户人家的名声，可是东郭先生的故事你是知道的，后患无穷，你知道这会造成什么后果吗？"我爷爷说着，一双手还在不停地抖着，看得出来，我爷爷这次是真生气了。

"你就少说一句吧。"见我母亲把责任揽在了身上，在一旁的我奶奶向着我爷爷说起话来，"这种事，你让她怎么办呢？息事宁人，只能是先让人进家门，有什么规矩然后再慢慢地说。"

"我跟她立什么规矩？我让她滚蛋！"听我奶奶一说，我爷爷又喊了起来，"事情就坏在你认什么干女儿上面，好好的一户人家，眼看着就败在了你们的身上。"

"你怎么冲着我闹了呢？我积德行善，还不是为了侯姓人家的好名声？孩子们一个个的看着多可怜呀，全都是从小卖到梨园行里的人，我就说，他们的父母怎么就这样狠心？孩子们唱戏侍候着咱，唱过戏之后又拜到咱们府上来求我关照，你说说，我认下她们做干女儿有什么不对？"我奶奶为自己争辩着，理直气壮，一点也不觉得自己有什么不对的地方。

"好，你们全有理，只我一个人没有理。"闹着，我爷爷狠狠地拍了一下桌子，又喊了起来。

我爷爷和我奶奶在我母亲面前这样闹着，我母亲不好说话，就只是一个人在一旁噗簌簌地掉眼泪。看着我母亲为难的样子,我爷爷也只好缓缓火气,停了一会儿,便又对我母亲说道:"你也别难过,我没有一点怪罪你的意思。都是我对茹之太放纵了,让你也跟着受了连累。"

我爷爷把话说到这个地步,我母亲不能再也不说话了,她拭了拭眼窝的泪,舒缓了一下心情,这才对我爷爷和我奶奶说道:"看着弟弟们在学业上这样努力,看着孩子们也聪明健康,茹之的事,我也就不和他计较了。"

"你们搀少奶奶回房去吧。"我奶奶对桃儿和杏儿说着,"也难为她了,又是这么重的身子。"

有了我奶奶的吩咐,桃儿、杏儿忙搀着我母亲往门外走,这时,我爷爷又向我母亲说了一句话:"告诉她,这宅院里,可是没有她的名分。"

"媳妇知道,也就是成全她罢了,怎么还有她的名分呢?"我母亲答应着,又问过我爷爷和我奶奶还有什么吩咐,然后就由桃儿、杏儿搀扶着回房去了。

我母亲回到房里之后,桃儿和杏儿还怕我母亲生气,她两个人正要劝说我母亲几句,没想到,我母亲倒先冷冷地笑了:"看见了吗?这事情就算是默认下了,别以为老太爷回来会闹得天翻地覆,不过就是做个样子罢了。对于侯家大院来说,无论是什么污浊事,只要是关在了墙里,就算是做对了,也不问这件事伤了谁、苦了谁。"说到这里,我母亲脸上的笑容消失了,她摇摇头叹息了一声,就再也不说话了。

桃儿和杏儿自然知道我母亲心里的苦楚,她们俩便立在我母亲的身边,想着法儿地劝说我母亲。杏儿扶我母亲半倚在床上，又为我母亲垫好身后的靠背，这才知心地对我母亲说道:"少奶奶的身子要紧，来日小哥们的功名才是正果呢，和那个下贱货生气，才不值得呢。"这里，杏儿说的下贱货，自然指的是宋燕芳。倒是桃儿发觉她说的话不得体，便立即纠正着杏儿说道:

"已经是进了侯家大院了，迟早也是侯姓人家的人，大家就全都恭恭敬敬地处着吧。反正呢，我和杏儿是少奶奶房里的人，无论什么时候，我们也不会让少奶奶吃亏的，我们两个人看着她一个人，她还能翻得起多大的浪来!"

"这样，我倒要和你们两个人商量一件事了。"我母亲在床上半躺着坐好，又由杏儿送过了茶，一面喝着茶，一面对桃儿和杏儿说着。

"奶奶和我们还有什么事情要商量的?有事情奶奶只管吩咐就是了。"杏儿抢先对我母亲说。

"这件事，可不能由我一个人说了算，一定要和你们商量。"我母亲严肃地对她两个人说着。

"这倒真是把我们吓着了。"还是杏儿对我母亲说着，"怎么奶奶又主不了我们两个人的事了呢?"杏儿说着，眼睛看着桃儿，桃儿也连连地向我母亲点头，表示她和杏儿的看法一样。

"你们说，宋燕芳既然进了侯姓人家的大门，她房里总要有个人吧?"我母亲看着她两个问着。

这一问，她两个不作声了，明明是她两个意识到这件事的不同寻常了。沉默了好长时间，先是桃儿向我母亲说道:"反正老祖宗是把我们两个人派到少奶奶房里来的。"

"前些日子听老祖宗说,也不知道是谁家也求着把孩子送进府来呢。"杏儿想了想,对我母亲说着,她明明是暗示我母亲应该给宋燕芳房里再另找一个人。

"才送进府里来的人,怎么好就派到她房里去呢?"我母亲向她两个问着。

桃儿和杏儿再也不作声了,她两个似是互相回避着目光,一左一右地立在我母亲的身边。

"桃儿姐姐比我大。"杏儿似是自言自语。

"我还管着六先生和九先生房里的事。"桃儿不甘示弱地说着。

"那就一人去一个月。"杏儿鬼,她倒出了一个好主意。

"那倒真是过家家玩了。"我母亲笑了笑说着。

也不知过了多长的时间,我母亲打破沉默,似是自言自语地说着:"这事,我可是实在费心思了,你们哪个疼我呢,就自己说声愿意。"

我母亲说过之后,还向她两个看了看,她两个只是低着头,一个也不出声。

"杏儿,你过来。"我母亲向杏儿伸过手去,要把杏儿拉过来,谁料杏儿不但没向前走一步,她反而后退了一大步,站到墙角处。杏儿看着我母亲,噗簌簌地掉下了眼泪。

"奶奶,我怕。"杏儿几乎是全身打战地向我母亲说着。

"好孩子,你过来。"我母亲还是向杏儿伸着手,要杏儿站到她身边来。杏儿没法儿,只得战战兢兢地向我母亲走过去,把她的手,放在我母亲的手里。

"杏儿,你在这房里已经是好几年的时间了,奶奶没有慢待你吧?"我母亲向杏儿问着。

"奶奶。"杏儿含着眼泪,回答着。

"我也是舍不得离开你,可是我想,一定要把和我最知心的人派到她房里去,我才放心。"我母亲拉着杏儿的手,知心地说着。

"奶奶。"杏儿抽抽噎噎地哭着,向我母亲说了起来,"杏儿心笨,杏儿知道这几年在奶奶身边有许多不是的地方,可是杏儿对奶奶一片真心;不信,奶奶可以问桃儿姐姐,奶奶有一点不称心的事,杏儿总是整夜整夜地睡不下,杏儿就怕奶奶受委屈。"说着,杏儿再也忍不住了,索性哭出了声。

看着杏儿哭成了一个泪人,桃儿也忍不住落下了眼泪,我母亲也跟着眼窝湿润了,倒是桃儿出来劝着杏儿说:"有什么话,咱两个人回房去商量,奶奶的身子这样重,咱怎么能让奶奶为咱们的事再分心呢?"

经过桃儿的劝说,杏儿这才止住了眼泪,又抽了一下鼻子,掏出手帕来拭了拭脸颊,这才对我母亲说:"杏儿听奶奶的吩咐。"

"这就对了。"这时,我母亲把杏儿拉到她的面前,更是知心地对杏儿说着,"我能把和我隔着心的人放在她身边去吗?桃儿姐姐大了,把她派到宋燕芳身边去,宋燕芳一定说我往她身边安了一只眼,你人小心灵,不显山、不露水地侍候在她身边,她说不出什么话来,我也放心。"

经我母亲这样一说,杏儿似是也没什么话好说了,她想了一会儿,才向我母亲问着:"那以后我还能到奶奶房里来吗?"

"平时该怎么着,你还怎么着。"替我母亲说话的是桃儿,她做出一副大姐姐的神态来,向杏儿交代着,"她不同于别的奶奶,算不得是一个房头儿,你也犯不上拿她太当人看待,往她房里派人,是为着侍候大先生的。"

"你这样明白,怎么你不去呢?"杏儿抢白着桃儿。

桃儿知道杏儿一肚子的委屈,自然不和她计较,她只是把话咽了回去,一个人小声地说着:"这可是奶奶派的差事。"言外之意,你杏儿别和我过不去。

桃儿是个精明人,她知道我母亲还会有话对杏儿说,就拉了一个词出去了。见到桃儿出了门,我母亲才对杏儿说道:"好孩子,就当是帮助我照看着这个家吧,桃儿姐姐是个实心人,我怕她斗不过那个宋燕芳,你想想,宋燕芳唱戏出身,一个梨园女子,什么人没见过?没有一点心计的,一套花言巧语就被她收买过去了。你是我看着长起来的,从你在老祖宗房里的时候,我就喜欢你,老祖宗把你派到我房里来,还是咱两个人的缘分呢。好了,别想别的了,明天让吴三代派个车子,你先到马家去一趟,告诉老太太,就说是我临产的日子快到了,还是去马大夫医院,就是我生过哥哥、姐姐的那家医院,请老太太放心就是了。"

马大夫医院,是当时天津最有名的医院,这位马大夫是妇科专家,当时能够进马大夫医院生小孩的,没有几户人家。马大夫医院,只有三张床位,也就是说,马大夫只能同时收三个产妇，没有定到床位，你再有钱，马大夫医院也不收你。进马大夫医院，一定要提前定床位。我们侯姓人家和马大夫是世交，我母亲要进马大夫医院，那是不必预约的。所以，进马大夫医院不仅表示你们家有钱，还表示你们家有势。天津的名门望族的龙子龙孙，大多出生在马大夫医院里，其中还有两位不凡的人物，后来做了大总统。本人虽然也出生在马大夫医院，但没有官运，莫说是大总统，就是连个小组长也没有做过，说起来真是对不起人家马大夫了。

我母亲临产的日子快要到了，侯家自然要派个人去给马家送信儿，也算是一种礼节性的过场，征求一下马家对接生的意见。人家马家会有什么意见呢？你们侯家的人，爱找谁来接生，就找谁来接生，马老太太自然是表示同意了。

不过，对于派到马家送信儿的人来说，这实在是一次肥差，通报马家的姑奶奶快生产了，是一件大喜事，马老太太自然会有重赏的，再说，送这种信的人全都是姑奶奶自己房里的人，这正好是马老太太给自己的女儿收买人心的好机会；所以，当杏儿出来告诉桃儿说她要去马家送信儿的时候，当即，桃儿就对杏儿说道："奶奶心里疼爱谁，就不必说了。"

杏儿自己当然也为此感到得意，她满口答应着，就回房准备去了。

杏儿到了马家，简直就成了一位贵宾了。

马老太太把杏儿当贵宾接待，此中有许多原因，第一，杏儿是侯家大院派来的人，杏儿到了，就等于是我母亲到了，也等于是我奶奶到了，此时此刻，杏儿就是侯家大院的全权代表;第二,杏儿是我母亲房里的人,还不是我母亲从马家带过去的人,是我奶奶派到我母亲房里的人,马老太太把杏儿打点好了,也是为自己的女儿在杏儿的身上施恩惠。

才走进马家的大门,杏儿就看见勤姑正在院里等着她呢。

"哟,勤姑姐姐,你怎么回来了?"杏儿吃惊地向勤姑问着。

"孩子已经一岁了,家里也没什么事做,我就回来了,老太太这里也正用人,我怕别人笨手笨脚地不合老太太的心意。也是才回来半个月,还没到姑奶奶那里去请安呢。"勤姑说着,就陪着杏儿往上房里走。才走到我外婆的房门口,勤姑就向房里禀报说:"侯府来人了。"然后就陪着杏儿走进到马老太太的房里来了。

"阿弥陀佛。"马老太太信佛,无论见着什么人,她都要念一声佛,然后才和你说话,"瞧瞧这杏儿出息得多俊了呀,真是一朵花似的。"

今天杏儿到马家来,自然打扮得分外得体,她穿着我母亲给她的那块绸子做的新衣服,梳着刘海头,看着真像是一位小家碧玉一般,刚才坐着车子从路上过,满马路的人,没有一个不向她看的,人们还以为她是哪户有钱人家的大小姐呢。

"婆婆万福。"杏儿以和我哥哥、姐姐同等的身份称马老太太是婆婆,随着又双手放在腰间,向马老太太施了一个大礼,然后才在马老太太的对面坐下,和马老太太说起话来。

杏儿向马老太太说我母亲的种种情形,这时勤姑送来茶水,摆上点心。倒是杏儿不好意思地迎了过来,向着勤姑说着:"怎么担当得起姐姐的关照呢?真是错了方寸了。"

"到了这里，你是客，我自然要送茶侍候了。姐姐妹妹的感情是姐姐妹妹的感情，大规矩是不能错的。"说着，勤姑又按着杏儿坐了下来。

勤姑这里，才给杏儿送过了茶，随之，我舅舅、姨姨就走进门来，向杏儿询问我母亲的情形，杏儿向他们禀报："我们奶奶的身子虽说是一天天地重了，可是听奶奶说，倒是挺顺利的，请舅舅、姨姨们放心就是了。我们奶奶说，一时半时她也先回不了娘家；奶奶说舅舅的功课要多多努力，将来还是要去学医的好；奶奶还说，姨姨上中学的时候，要去一个女子中学为好，考上中学之后，请姨姨到奶奶那里来一趟。奶奶这里给姨姨带来一件人参，说是我们大先生从日本带回来的呢，在日本，人们可珍惜这种人参呢。"说着，杏儿就把我母亲让他带给我姨姨和我舅舅的礼物，一一交给了他们。

看着杏儿代表我母亲给我舅舅、姨姨分送礼品，我外婆不由得涌出了眼泪。她又念了一声佛，然后感叹着："景福这孩子，就是这样招人疼爱，什么事情总是先想到别人，等你回去告诉你们奶奶，就说这里一切都不用她操心，弟弟妹妹们很知道努力的，只盼着她好好保养身子，月子里的人，更不能生气。"说着，我外婆就抽抽噎噎又掉了一阵眼泪。

前面房里，马家老太太正和杏儿说着话，勤姑走进门来禀报说午饭备好了，请老太太和杏儿妹妹一起用饭。于是，勤姑搀着我外婆，杏儿跟在后面，一起进了大花厅，马老太太在自己的座位上坐下，立即就拉着杏儿坐在了她的身边。勤姑呢，还是立在我外婆的身后，侍候着一家人用饭。

说老实话,杏儿没受过这样的待遇,她怎么有资格坐在大花厅的正座上用饭呢?但是,今天她是侯姓人家派来的,马家就得把她当作贵客看待。杏儿自然知道这种场合不可推让,只是说了几句谦让的话,随之,就大大方方地坐在我外婆的身边了。

　　饭桌上,我外婆询问了我母亲吃饭的情形,杏儿几乎像背书一样把我母亲这些日子吃饭的情形,向我外婆说了,听得我外婆直夸奖杏儿真是我母亲的贴心人;当杏儿说到她为我母亲煮莲子粥的时候,说事先一定要把莲子里面的芯儿剥出去,莲子芯是阴性的东西,怕伤了未来小少爷的血脉。这时,我外婆当即就赞叹地对站在她身后的勤姑说道:"你还总是担心姑奶奶受委屈,你瞧,这不是比你在身边还让人放心吗?"

　　"我早说过杏儿妹妹是我们姑奶奶的贴心人,杏儿妹妹对姑奶奶可好着呢。"勤姑忙对我外婆说着。

　　"情换情,意换意,奶奶拿我们当亲生女儿一样看待,我们这点心意,比起奶奶对我们的疼爱来,还差得远呢。"杏儿抢着对我外婆说着。说过之后,杏儿似是想起了什么事情,放下筷子对我外婆又说道,"这不是吗?奶奶要派我到那个宋燕芳的房里去,从心里说,我怎么舍得离开奶奶呢?可是奶奶说了,派个新来的人去,奶奶还不放心,反正我是对奶奶说了,无论到了哪里,我都是奶奶房里的人。那个宋燕芳算是什么东西?今天把她收下来,她也不过就是侯府的一条狗,来日看着她人老珠黄了,一阵乱棍把她打出府门,她连个去的地方都没有。"

　　"咱们积善人家不做那种事,只要她本本分分做人,谁也不会和她过不去的。"我外婆是个信佛的人,明知道这个宋燕芳做下了对不起她女儿的事,她还是要众生普度,仍然不愿意把宋打倒在地,再踏上一万只臭脚。

饭后,回到马老太太的房里,杏儿还要对马老太太说些什么,这时就只见勤姑抱着几块丝绸走进房里来了,勤姑把丝绸放了床上,对杏儿说道:"老祖宗早就吩咐让我为杏儿妹妹选一块丝绸做件衣服,我说杏儿妹妹不喜欢太花的衣服,就选了几块素些的丝绸拿了来,杏儿妹妹再给桃儿姐姐选一块一起带回去,我记得桃儿喜欢桃红颜色,你看这块好看不好看?"说着,勤姑就把丝绸打开,向杏儿询问着。

"老祖宗这样疼爱我们,真是让我们担待不起了,这样贵重的丝绸,还是留给府里的姨姨们做衣服吧,穿在我们身上也是糟践了。"杏儿当然不敢去选那些丝绸,连看也不看一眼地向勤姑说着,远远地还向后退了一小步。

"这是老祖宗的吩咐,你怎么好回绝呢?"勤姑拉着杏儿站到床前,让她选丝绸,这时我外婆也在旁边说着:"怎么你们奶奶送给你的东西你要,我送给你的东西就不要呢?你们奶奶是我的亲生女儿,你们不是该和我更亲吗?"

"你看,老祖宗已经不高兴了,你还不快选?"勤姑在一旁催促着。

只是杏儿还是不肯选,又推让了好一会儿时间,最后杏儿对我外婆说:"老祖宗一定要赏给杏儿丝绸,那就由老祖宗给我选一块吧,这么多的丝绸,我都看花眼了,无论是哪块,我都不配穿。"

"既然这样，那就我说了算。"最后还是勤姑为桃儿和杏儿每人选了一块丝绸，又经我外婆看过，说是再好看没有了，这样杏儿才谢过我外婆，说是要告辞回家了。

立即，马家备好了车子，还吩咐下人来，送杏儿回家，临走时，勤姑送杏儿到二门外，两个人站在二门里还说了好一阵话，勤姑嘱咐杏儿到了宋燕芳房里，千万别和她闹意气；杏儿还说了好多的气话，把宋燕芳骂了个狗血喷头，这时，送人的人过来催促该上车了，她两个才难舍难分地分开了。

晚上，当杏儿回到家里来的时候，我母亲早在下午有了"动静"被送到医院去了，杏儿只到我奶奶房里问过安好，立即就让吴三代派了车子到医院去看我母亲；杏儿才乘着车子过了一个路口，就见迎面桃儿也乘着车子匆匆地正往回家的路上跑过来，杏儿让车夫停下，招呼住桃儿询问，这时就只见桃儿满脸欢喜，挥着手，坐在车上对杏儿说："大喜，大喜。"

杏儿一听桃儿说是"大喜"，当即就明白是我母亲又生了一个男孩，她立即念了一声佛，眼泪止不住地涌了出来："一分善心一分福，奶奶来日真是享不尽的荣华富贵呀。"说完，她两个人就各自乘着车子忙自己的事去了，桃儿回家向我爷爷和我奶奶报喜，杏儿去医院看我母亲。

医院里的规矩太严，连病房也没让杏儿进，杏儿只是对护士说："过一会儿，等我们奶奶醒了的时候，你就告诉她，杏儿看过她来了。"

马大夫医院里的护士全都是天主教教堂里的修女，她们不懂得什么奶奶丫鬟的，对杏儿说道："你母亲的情形很好，你回去上学去吧,这里没有你的事情好做,愿天主赐福给你们全家。"

杏儿没有见到我母亲,带着天主的祝福,就回家了。到了自己的屋里收拾了一下,立马,她就来到小跨院,到宋燕芳这里报到来了。

宋燕芳正一个人在她的小院里发呆,就像是关禁闭一样,前面院里的事情什么也不知道,她看见杏儿走到院里,再看杏儿满脸喜庆的神态,一下,她就猜中是府里有喜事了。什么喜事呢?宋燕芳凭着她的聪明,立即就猜出是侯家大院里的小二哥出世了。

"我真应该到医院去给大奶奶贺喜的。"宋燕芳以二奶奶自居,自称是二奶奶,她以为这正是讨好我母亲的机会,就对杏儿说她想去医院看我母亲。

杏儿当然也不会阻拦,她只是酸酸地对宋燕芳说道:"听说我们奶奶的奶水还没下来呢。"

一句话,呛得宋燕芳半天没喘过气来,她眨了好一阵眼睛,才算吭出了杏儿这句话的"味儿"来,原来杏儿是说我母亲的奶还没有下来,你宋燕芳就少给少奶奶添"堵"去吧。只是宋燕芳一点也没有生杏儿的气,反而露出笑容,忙着对杏儿说道:"谢谢杏儿姑娘给我送过信儿来。"

"不敢当,老祖宗可没吩咐我往后院报信,是我们奶奶去医院之前,派下我到这里做事来的,我呢,心笨手笨,有什么不中意的地方,姨娘就多包涵着点。"杏儿的话是要给宋燕芳定一个名分,告诉她没有人拿她当"奶奶"看,就算是进了侯家大院,你也仍然是"姨"字辈的人。"姨娘""姨奶奶",别往二奶奶的位子上攀。

"我听人说,这侯府里的规矩严,我呢,一个唱戏出身的女子,有什么不对的地方,还要请杏儿姑娘多多指点呢。"宋燕芳也索性把话说到明处,告诉杏儿她没有忘记自己是什么"玩意儿"变的,说着,脸上显露出一种得意的神态,那明明是说,无论是什么"玩意儿"变的吧,反正如今是进了侯姓人家的大门了。

"哎哟,那就更不敢当了。"杏儿立即对宋燕芳说着,"我们哩,不外就是一个奴才罢了,用得着我们做粗活的时候呢,我们尽心尽力,使着我们不称心的时候,打发我们回了家,我们就跟着老爹种地,跟着老娘洗衣烧饭。来日哩,女大当嫁,无论是什么富人家、穷人家吧,本本分分跟着人家过日子也就是了,谁还敢妄图什么荣华富贵?"

杏儿的伶牙俐齿,把宋燕芳斗得已经是甘拜下风了,几句话,把宋燕芳逼到了绝路。莫看你是主子,可你名不正、言不顺;也莫看我是奴才,可是我堂堂正正地做人,再穷,也不至于给人家做"姨娘"。爱听不爱听的,你就委屈着点听吧。

宋燕芳再也不说话了,她只是苦涩地笑了笑,然后就收拾屋子了,这时,杏儿过来抢过扫帚、抹布,也是苦涩地笑了笑对宋燕芳说:"可不敢劳动姨奶奶了,明明是奴才做的活,怎么敢劳动姨娘了呢?这若是让我们奶奶知道了,一定是说我懒惰了。"明明是抢着做活,却又给宋燕芳定下了名分,"姨娘",别把自己看得太高了。

俗语说："阎王好见、小鬼难搪。"此言不谬。侯家大院里的主子好办事，倒是侯家大院里奴才们这一道鬼门关不好过。我奶奶只对桃儿说了一句"你看着办去吧"，宋燕芳就被领进侯家大院里来了；我母亲也没要死要活地和宋燕芳拼命，倒是进了侯家大院之后，宋燕芳的日子不好过；谁和她过不去呢？就是这些奴才们。

头一件大事，名分，你宋燕芳虽然挤进侯家大院来了，也算是侯姓人家的人了吧；可是，你算是哪一根葱呢？一百单八将、忠义堂里，你该坐在哪一个座儿呢？正根正叶上的事自然是老主子说了算，可是歪脖蜡们的名分，那就由奴才们给定了。先说侯家辉，虽然他也姓侯，可是侯家大院里的老少爷们儿里，没有他的名分，我爷爷是老太爷，我奶奶是老祖宗，我老爸是大先生，下面二先生、三先生，直到六先生、九先生，只有侯家辉没有排进去，人们叫他家辉先生。那么如今又来了一个宋燕芳，那又应该如何叫她呢？我奶奶不能说，我母亲也叫不出名儿来，倒是杏儿给她定了一个封号："姨娘"。恰如其分，这也就算是给她"正"了名了。

而且，奴才们还有奴才们的词汇，譬如吴三代，他和人们说话，一张口就是"我们老太爷说了""我们老祖宗说了"，如何如何。桃儿、杏儿和人们说话，一张口就是："我们奶奶说了""我们大先生说了""我们六先生说了"，直到"我们九先生说了"，如何如何，只有对于宋燕芳，人们却只是说"姨娘说了"，前面没有定语，少了"我们"二字。

下面的人称宋燕芳是姨娘，主子们则称她是"小的儿"，表示和我母亲比起来，她只是一个"小的儿"而已，我爷爷不承认这个人，心里没有这一号，我奶奶还称她是燕芳，不正视她在侯家大院里的地位。好在宋燕芳只要是进了侯家大院就知足了，才不计较人们如何看待她，小不忍则乱大谋，宋燕芳"露峥嵘"的日子，在后边呢。

我母亲把杏儿派到她的身边，宋燕芳自然明白这个杏儿非同一般，所以她从不敢把杏儿当婢女使唤，张口"杏儿姑娘"，闭口"杏儿姑娘"，什么活儿也不派杏儿去做。就说每天早晨各房各院用的洗脸水吧，宋燕芳都不敢支使杏儿去打，倒是杏儿自己于心不忍了，才对宋燕芳说："姨娘可真是宠着我们了，万一不小心烫着了我们大先生，我们该如何向我们奶奶交代呀。"这样，杏儿才把打水的活儿自己揽了过来。

杏儿做多少活，并不重要，杏儿在宋燕芳的房里，就是在她和我母亲之间，搭起了一座桥梁，宋燕芳有什么话，见不着我母亲，就只能对杏儿说，向杏儿说过了，我母亲也就知道了。

一天晚上，宋燕芳让杏儿教她绣花，杏儿坐在正座上一针一针地绣给她看，宋燕芳就坐在杏儿的身边，一面看着，一面和杏儿说起了话来："女孩儿家，谁不希望从小就学着做些女红，学着绣个花儿呀？可是我们没有这份福气。家里穷，爹妈又没有良心，早早就把我们卖给做艺的人学戏去了。若说呢，怎么不是活一辈子呀，卖艺不卖身就是了么，趁着好时光积攒下些钱，跟个什么人，老了，也不一定就会死在街头的。"

"陪老祖宗看戏的时候，我们也是想，我们这样的人没出息就是了，看着人家唱得那样好，做派那样动人，成千上万地

赚着,我也眼馋。但凡有点本事,也不至于做奴才呀。"杏儿似
是心不在焉地说着,暗中可是瞟着宋燕芳,看她到底是不是真
以为自己连个奴才都不如。

"杏儿姑娘可不要这样说,"宋燕芳凑近着杏儿坐着,更是
知心地对杏儿说着,"做奴才和做奴才不一样,像杏儿姑娘和
桃儿姐姐这样的奴才,是大家奴。你没听说过那句话吗?宁娶
大家奴,不要小家女,何况你们又是侯姓人家的丫鬟,几年时
间过来,就是半个主子了,再说你们又是奶奶身边的人,上上
下下的人,谁不高看着你们呀。"

"高看着一眼有什么用?巴不上主子的名分,到头来,也还
是一个奴才,到了年头,把你送回乡下去,没几年的工夫,人就
老了,也就成了穷婆子了。"

"可不敢这样说。侯姓人家几辈上的奴才,不全都是不断
地来往吗?无论什么时候到了侯家大院,老一辈、少一辈地全
都敬重着,比那些败落的老本家还亲近着呢。"宋燕芳这里指
的自然就是侯家辉了。

"侯家辉那样的人不做好事、没有人品,谁能敬重他?"杏
儿的话里有话,宋燕芳也就再不往下说了。

"什么盛呀衰呀、成呀败呀,能沾上侯姓人家的边儿,就是
前世修下的德。就拿我来说吧,死皮赖脸、低三下四地挤进侯
家大院来,图的什么?就是一个名分,说金银财宝,凭我的年
岁,凭我这点人缘儿,唱几年戏,金山银山的得把我埋起来;图
荣华富贵,不怕杏儿姑娘耻笑,每天下戏之后,这个市长、那个
议长的车子就停在戏院门外,只要我一拉开车门,第二天,我

就是个人物……"

"你听听，多可惜。"杏儿酸酸地说着，嘴边儿挂着一丝笑意。

"呸！那有什么用？一文不值。"宋燕芳一挥手，做出一副不屑的神态，随之，她又对杏儿说着，"来日怎么了结呢？凡事不是全要有个了结吗？金银财宝、荣华富贵，全都是身外之物，到头来如何了结？人老珠黄不值钱了，死了都没个葬身之地，有几个唱戏的有好下场？就算是跟了什么市长、议长，可是人家压根儿没拿你当人看。你们大先生拿我当人看了吗？也没有……"

"是吗？我们觉着可是够可以的了。"杏儿怪腔怪调地说着。

　　母亲怀我的时候,生我老爸的气,所以我的胎遇不好,生下来之后,就总是有病,一直到我三岁的时候,也还是每过一两个月就要病一次,全天津卫的医生都看过了,中医说我内火太大,西医说我消化不良,无论是中药还是西药,什么药也不管用,爷爷、奶奶、我母亲,还有我们全家人都为我的身体担忧。

　　又是那个给我们家送花的疯婆子出的主意,她对我奶奶说,府里的少爷们儿身子太金贵,应该到乡下去认个干娘,而且还要找一户穷人家,孩子多的人家,这样小少爷们儿的身体就会好起来。我奶奶对于干娘的特殊作用最是了解,她认为一个人可以没有亲娘,但绝对不能没有干娘,穷人家的孩子找富人家认干娘,自然是想攀高门楼,而似我们这样的人家认干娘,则一定要找穷苦的人家;这样,我们就变成普通百姓人家的孩子了,屁股就坐到铁板凳上来了,小灾小病的,也就没有了;大灾大病,也找不到我们的头上来了。

　　就这样,我奶奶开始给我物色干娘了,我奶奶为我未来的干娘提出的条件是,第一家里要穷,第二孩子要多,这样把我再配进去,也就显不出人数来了。恰好,桃儿姐姐说她的家乡有一个穷女人，十六岁过门，到如今才三十岁，就生了十个孩子，而且个个像铁蛋似的。人家的孩子自小也没吃过什么好菜饭，三岁以前吃娘的奶，断奶之后，就啃冷饼子，也没听说人家的孩子有个内火什么的；我奶奶一听，当即就说这户人家太合适了，于是决定要我认那个女人做干娘。

认干娘，自然有认干娘的规矩，也就是说，我必须到干娘家去给那位干娘磕三个头，还得叫她一声"娘"，她还得叫我一声"儿"，我还得答应。说起来，倒也无所谓，那年我三岁，叫谁一声"娘"，也不感到有损于人格尊严。这样桃儿回了一趟乡下，把干娘那头说通了，人家自然是乐不得的呢，认个干儿，也不吃她们家的饼子，还说要给她们家带去好多的礼物，还要给一笔钱，于是，我奶奶定了一个日子，就由桃儿和杏儿带着我到乡下去了。

这里，要说明一点细节，为什么不把那个女人叫到我们家来呢？这是规矩，你认人家做干娘，不到人家干娘家里去，反而把人家叫到你们家里来，这也太张狂了。那么认干娘为什么我母亲不带着我去呢？我母亲太尊贵，到乡下去一趟，人家那个穷苦人家也接待不起，而且也没那个必要。这样，我奶奶说，就由桃儿和杏儿带上我到乡下去一趟，把应该走的过场走一遍，再在乡下住一夜，第二天再把我带回来，从今之后，我就算是老百姓家的孩子了。

为了准备我到乡下去认干娘，我们侯家大院可忙了好一阵子呢，其实也就是去一夜，类似后来学生们的野游，没什么大不了的事；可是，我们全家人却为此忙了好几天。头一件事，给我准备衣服,穿得太好了吧,显得是到乡下去显富,与其如此,还不如不去,可是穿得太破了吧,你想我们家能有麻袋片吗?于是我奶奶把疯婆子请来,连夜为我缝了一件粗布衣,我记得缝好之后,还让我试过,好长好长的一件大褂子,我说什么也不肯穿,最后还是桃儿姐姐说定到乡上给我捉一只小鸟儿,我才老大不高兴地试穿了一次。第二件事,就是我到了乡下怎么吃饭?疯婆子说一定要吃一顿干娘家的饭,可是这就麻烦了,她们家的锅干净吗?水干净吗?她们家的饭碗干净吗?哎哟,可真是难死人了。最后桃儿姐姐出了一个主意,我奶奶才勉强同意,桃儿说由她母亲为我烙一个饼子,带到干娘家里去,再由桃儿姐姐把她们家的锅洗干净了,放到那锅里烤一烤,我只是象征性地吃一口,然后就把我带到桃儿姐姐家里去,在桃儿姐姐家里住一夜,第二天,就把我送回来。

人家桃儿姐姐是一个精细人,知道这件事的重大意义,所以提出还要再有一个人陪她一起去,我奶奶说那就派杏儿随她一起去好了,于是她两个人做好了准备,到了这一天,早早地就由吴三代派下了车子,送我们到乡下去了。

临走之前,我自然要先向母亲辞行,我母亲看着我穿着疯婆子缝的那件大褂子,吃吃地笑了好一阵,还嘱咐我到了乡下要听桃儿和杏儿的话,不许到处乱跑,这样我母亲才领着我到了我奶奶的房里向我奶奶辞行。我奶奶看了我好半天,又向桃儿姐姐问了乡下那户人家的情形,又问了吃的用的都带齐了没有,最后,她还是不放心地对桃儿和杏儿说了好多的话,看着实在没有什么好再说的了,这才摸了摸我的头,说是今天倒是蛮凉的，没有内火，这才放我出来。

走到前院里，我忽然想起后院的蛐蛐还没有下食，从桃儿姐姐手里挣出来，就往后院跑。我母亲一把将我拉住，问清楚了我要去办的事，然后又吩咐人好生为我看着蛐蛐，这时我才随着桃儿和杏儿一起往外走。走出大门口，我忽然想起哥哥那里还有我一个放大镜，母亲说，哥哥早就给你放回来了，这样，车子才动起来，我随着桃儿和杏儿一起到乡下去了。

认干娘的事，对于我来说，并不重要；至今，那种种细节早就忘掉了。我只记得干娘的那间房子特暗，而且有一股烧柴火的味道。我也没看清楚我干娘是个什么长相，只记得她似是抱了我一下，桃儿姐姐还领着我给她磕了三个头，最后我从桃儿姐姐手里接过一块饼子，咯噔一下，我就吞到肚里去了，然后就什么事情也没有了。而且从此之后我再也没有见过我的这位干娘，听说，每逢过年过节，她也到我们家来过，不过就是拿些东西走，好像也给我带来过什么东西，我也没有看见，也没有人交给我。我们的缘分，也就是这么多了。

只是，那次认干娘，对于我来说，确实留下了极为深刻的印象，而其中最令我久久不能忘记的，就是我见到了桃儿姐姐的家和桃儿姐姐的母亲。

桃儿姐姐的家，是一连三间的砖房，据说这在乡下已经是很不错的了，是桃儿姐姐用她每年的工钱，给家里买的。东西两间房里各有一个大土炕，有木头格子的窗子，中间的房子里，有一个大灶。我到她们家的时候，那灶里正冒着烟。我问桃儿姐姐，那灶里为什么要冒烟呢？桃儿姐姐回答我说，人不是要吃饭吗？要吃饭，大灶就得冒烟。对此，我当时不懂，后来一改造，懂了，这时我才知道，大灶里要冒很多很多的烟，才能烧熟一锅高粱米饭，此时若是能再有一块腌萝卜，那就是身在福中不知福了。

桃儿的母亲，个子很高，我记得要抬起头来，才能看见她的脸。她的脸好黑，皮肤粗得让人看着怕，我记得她一说话，就从鼻孔里往外冒气，呼哧呼哧地光往我头上吹。再看看桃儿姐姐的相貌，简直无法相信她们两个人是母女。桃儿姐姐就是一朵花，她母亲就像是一棵老树，怎么看也不是一家人。

村里人听说桃儿姐姐回来了，就成群来看她，还来看杏儿，倒是没有多少人来看我，也有人想过来抱抱我，都被桃儿姐姐拦下了。然后大家就围着桃儿姐姐说话，问这问那。我看见人们全都是瞪圆了一双眼睛看着桃儿姐姐，就像是要把她吞下去似的。看什么呢？看他们乡里怎么就出息了这么一个人儿？

在桃儿姐姐的家里，桃儿姐姐一分钟也不离开我，她根本不让她老娘摸我，吃东西是她亲自为我拿，喝水也是她亲自为我倒，还先自己试试水的温度。我看着外面的田野新鲜，想出去看看，桃儿姐姐就是不放我出去，说村里家家都养着狗，怕狗叫把我吓着。可是我还是要出去看看，这时，她就对我说，明天带我出去，这儿有一座庙，她和杏儿要到庙里敬香去呢。

为了迎接我们三个人，桃儿姐姐的老娘特意打扫出了一间房，吃过晚饭，桃儿姐姐和杏儿，还有我，早早就到那间房去了，桃儿姐姐在乡下的小姐妹们都找她来了，我就听见她们全在问我们家里的事,问我母亲穿什么衣服,问我奶奶梳什么头,还问我们家的院子是什么样子,更有人问我们家是不是每天都吃肉。这时,我才知道我们家对于很多人说来,简直就是一个谜,他们对我们家如此感兴趣,还真让我感到有些吃惊呢。

客人们走了之后,桃儿姐姐就为我在里边铺好了被子,让我睡下了。也许是这天我特兴奋,虽说是睡下了,可是老也睡不踏实。桃儿姐姐和杏儿睡在我的身边,她们两个人说的话,我听得清清楚楚。

这时,我就听见桃儿对杏儿说:"你也是多少年没回家了,是不是也应该打听打听老娘的去处?"

"找她干嘛?她不顾我,我怎么就还应该想着她?"杏儿回答着说。

"就算你不找你老娘了,可是你也要和老家有个关联呀。"桃儿知心地对杏儿说着,"少奶奶也是说过的了,也就是一两年的时间了,再不说人家,少奶奶说就要把咱们送回乡下来了。"

对于她们说的话,我不甚了了,但也感觉到,这一定是一件极重要的大事,好像我也看见桃儿姐姐和她母亲似是为了什么事说得很不投机,两个人都没有好脸子,桃儿姐姐噘着嘴,她母亲板着脸,明明是吵了架,可是我猜不出她们是为了什么事情闹得不愉快。

过了一会儿,桃儿又对杏儿说:"明天到庙里许个愿吧。"

杏儿翻过身来,向桃儿问道:"你说咱们该许个什么愿呢？"

没等桃儿姐姐回答,我一骨碌爬了起来,半支着身子,对杏儿说:"我许愿。"

"小孩子家,许的什么愿？"杏儿一把将我按下,对我说着。

"我许愿,将来上学当大班长。"躺回被窝,我对杏儿说着。

"不光当大班长,还考第一呢。"杏儿将我拉到她的怀里,搂着我的肩膀说着。

桃儿姐姐也笑了笑,然后就又对杏儿说着:"我们乡里的这座庙,灵着呢,只是一个人只能许一个愿。"

"那我就求神灵保佑着我们少奶奶好好的。"杏儿说着。

"你自己没有什么愿要许吗？"

"我有什么要许的愿？"杏儿不解地问着。

"只是呢,可不兴嘴上说是给少奶奶许愿,心里再为自己许愿,口是心非,那是要受惩罚的。"桃儿姐姐加重了语气。

"我就是一桩心事,看着少奶奶吃这份亏,我心里不安详。我就求着神灵把那个妖精捉走,给咱们少奶奶出这口气。"杏儿说得那样严肃,我听着都为之感动了。

"唉,人有悲欢离合,月有阴晴圆缺,此事古难全呀。"桃儿姐姐叹息了一声,似是自言自语地说着,"就说是咱们少奶奶吧,自幼生在名门望族,本来就是大家闺秀,家里立着学馆,自己又多才多艺,做姑娘的时候,没受过半星儿苦。后来嫁到侯姓人家来,那就更是门当户对了。侯家的大少爷,又是一位品学兼优的才子,少奶奶这不是前生修下的福分了吗？"

"可是半路上就进来一个宋燕芳。"杏儿打断桃儿姐姐的话说。

"若不,怎么就说是月有阴晴圆缺、此事古难全呢?"

桃儿和杏儿轻轻地说着话,我仰躺着看屋顶。这天的夜色好晴好晴,天上好圆好圆的月亮,乡下的窗子没有玻璃,只有一层窗纸,就这样,月光也透过窗纸照进来,在墙上、屋顶上画下明丽的光。看着月光,听着身边桃儿和杏儿说着话,我似觉得这不是她们两个人在说话,这是月亮和星星在说话。

乡下的这座老庙,已经很破很破了。我只记得那道门槛好高,门槛中间有两道深沟,据说是前来敬香的人蹭出来的,那门槛极高,桃儿和杏儿在两旁领着我的手,我向上一跳,身子轻轻地飘起来,一下,我就跳过来了。

进到庙里,我也顾不得抬头看看佛爷是什么神态,匆匆跪在地上,我就磕了一个头,然后在做大班长和考第一之间,选了一个愿,口中默默地念叨了几句,就站起来,站在一旁看桃儿和杏儿磕头许愿了。

先是桃儿姐姐站到佛像的对面,她取出一炷香,点着了,等着香冒过了一股黑烟,这才把香敬插在香炉里。然后,她向后退了一步,抬头向佛像看了看,这才缓缓地跪下,双手合十,放在胸前,磕了三个头,嘴唇间开始嗫嚅了起来。我知道,她在许愿。许什么愿呢?我猜不出来,但我看见她跪在佛像的下边,嘴唇间嗫嚅了几句,随之,泪珠就涌出了她的眼窝,她也顾不得拭眼泪,仍然嗫嚅着,听不见一点声音,只看见泪水已经流下了她的脸颊。

过了一会儿，桃儿姐姐缓缓站起身来，看她的神态，似是有些累了。这时，杏儿也取出了一炷香，慢慢地点着了，也学桃儿姐姐的样子敬插在香炉上，只是杏儿才一跪下，就嘤嘤地抽泣起来了。她抽泣得好委屈，明明是满心的话，无处诉说，就是此时此刻跪在佛像的面前，她也仍然是无法说出口，只有嘤嘤地抽泣着，有泪无声地抽泣着。

一直到如今，我记着彼时彼际的情景，真是无法理解，她们两个人到底为什么落泪？我母亲待她们和亲生的女儿一样，我们家也对她们不薄，同乡的姐妹没有一个不羡慕她们两个人的，可是一跪在佛像的面前，她们竟哭起来了。

在佛像面前跪了好久好久时间，临到出来的时候，桃儿姐姐拉着我的手嘱咐我说："回到家里，别对母亲说咱们来过庙里。"

我点点头，表示能够理解她们何以不愿意人们知道她们到庙里来敬香许愿的事。

宋燕芳的怀孕，在侯家大院里搅起了一场不大不小的风波。

本来呢，就算是宋燕芳在侯家大院里的名分不正，可是她既然和我老爸住在了一起，那么她有可能怀孕，也是人们意料之中的事；而且侯家大院里各房各院的奶奶们每年都有人生小孩，自然也就每年都有人怀孕，宋燕芳进侯家大院的门已经三年，她怀孕又有什么好大惊小怪的呢？

但是，宋燕芳实在是太可怜，而我们的杏儿也实在是太善良了。

宋燕芳发现自己有了身孕,那还是春天的事,但她没有声张,就连我老爸都不知道。可是天气一热起来,宋燕芳就吃不住劲儿了,滴水不进,人已经是奄奄一息了。

杏儿姑娘心善,看着宋燕芳折腾得实在是太厉害了,虽说在宋燕芳房里,对宋燕芳一点感情也没有吧,但看着她一连许多天不吃不喝,杏儿也有点同情了。杏儿对桃儿姐姐说:"就是看着一只猫儿、狗儿这样每天滴水不进地躺床上受罪,你也要想个办法救它的呀。"何况,女人总是不忍心看着女人受苦的。

到了我母亲到小跨院来看宋燕芳的时候,宋燕芳已经连说话的力气都没有了。杏儿说,一天下午,她看宋燕芳一个人蹲在房间里,手扶着床,头低得几乎挨在了地面上,起先也没有十分在意,杏儿心想,天知道她又在使什么花花点子,一个唱戏出身的人,说不定又想起要练什么功夫来了。可是眼看着她一直蹲到中午,还没有站起来,杏儿才过去向她询问:"姨娘这是做什么呀?"

听见有人和她说话,宋燕芳无力地抬起头来,这一抬头,杏儿吓得喊了一声"天",宋燕芳的脸色就像是死人的脸色一般,连一点血色也没有了。

"姨娘,你这是怎么了?"

杏儿以为宋燕芳得了什么急病,就想急着去前院禀告,好及早请位医生来,可是宋燕芳一把拉住杏儿的手,要她帮助自己站起身来。

杏儿是一个娇女孩,一点力气也没有,费了好大的力气,才把宋燕芳扶起来,又费了好大的力气,才把宋燕芳搀到了房间里。

从此,宋燕芳一直也没有起床。杏儿看着她可怜,就给她送点茶饭,可是她一口也咽不下,还一个劲儿吐黄水,杏儿说,宋燕芳连胆汁都吐出来了。杏儿没看见有人这样受罪过,看着宋燕芳在床上要死要活的样子,杏儿暗自落下了眼泪。

偏偏这一阵我老爸在塘沽的事情忙,杏儿也不知道这件事应该如何办,到前院去禀报一声吧,少奶奶说:"这是什么大不了的事?"还落个为宋燕芳伸张的罪名,不向少奶奶报个信儿吧,真有了什么三长两短,谁又负得起这个责任?

在我们房里,桃儿对我母亲说,杏儿有好几天没有回房睡觉来了。

自从进了侯家大院,桃儿和杏儿两个人就一直住在一间房里。侯家大院里的规矩,用人晚上必须回下房睡觉,无论主子房里的事多忙,也不许留在主子的房里过夜。负责管理这件事的是吴三代,每天晚上他都要在下房院里喊一嗓子:"各房里的人都齐了吗?"没有人应声说"没齐",他也就关好院门,表示主子房里再也没有丫鬟、用人了。

杏儿没有回到下房来,桃儿一开始也没觉得是什么大不了的事,我老爸没在家,宋燕芳一个女人免不了有个害怕呀什么的,两个人在房里说话晚了,就留在小跨院里,院里又没有男人,也算不得是犯了什么规矩。

但是,杏儿一连好几天没有回房,桃儿觉得这件事不能不向我母亲禀报了:"是不是宋燕芳病了呢?"桃儿当即就想到可能是宋燕芳得了病。

"那你到后面看看去吧。"我母亲吩咐桃儿找个借口到小跨院去一趟，看看到底是什么事缠住了杏儿。

当桃儿走进小跨院的时候，远远地就听见有人在呻吟，桃儿心想果然是宋燕芳病了，轻轻地推开房门，招呼了一声"杏儿"，不等杏儿应声，她就走进房里来了。

桃儿走进房里一看，连她都吓呆了，桃儿就看见杏儿坐在床上，怀里半倒着奄奄一息的宋燕芳，宋燕芳连睁开眼的力气都没有了，杏儿眼里含着眼泪，用尽力气支撑着她，唯恐宋燕芳一倒下就会死掉。

桃儿什么话也没说，她过来帮助杏儿把宋燕芳安置好，让宋燕芳躺在床上，还给她在头上敷了热毛巾，这时，桃儿才对杏儿说道："你到上房里去一趟吧，少奶奶正等着消息呢。"

杏儿匆匆地赶到上房，见到我母亲之后，什么还没说，泪水就簌簌地流了下来。我母亲还以为是她在宋燕芳房里受了什么委屈，正想安抚她几句，这时，杏儿就忍住眼泪对我母亲说道："少奶奶，您说这苦命的女人又何必要生到这个世界上来？"说罢，她的眼泪又涌出了眼窝。

含着眼泪，杏儿向我母亲述说了宋燕芳怀孕的情形，杏儿说："莫说她还是老祖宗的干女儿，莫说她还是大先生和少奶奶房里的人，就是她是一个罪妇贼婆，看着她这样受罪，人们也是要动心的。她呻吟一声，我心里就动一下，她吐一口水，我就打一个冷战，人的心怎么就这样软？这时候无论我如何想着她的可恨，也是恨她不起来了。"

杏儿一面说着,一面拭眼泪,我母亲也是一面听着,一面流泪,听过杏儿姑娘的述说,我母亲当即就对杏儿吩咐道:"送她到马大夫医院去吧。"

听过我母亲的吩咐,杏儿立即走到前边来,找到吴三代,对吴三代说:"吴三叔,我们少奶奶吩咐,说是立即备下一辆车子,送后院里的姨娘去马大夫医院。"

吴三代一听,当即吐了一口唾沫:"呸,这侯府里的车子是她坐的吗?她也配,有病自己找医生看去。"

"哎呀,三爷爷,哪里不是行善呀?"杏儿央求着吴三代说。

"行善,也行不到她的头上。好歹得个什么急症候,自己快马儿走了算了。"吴三代还是愤愤地骂着。

"三爷爷,她身上不是还有侯姓人家的骨肉了吗?"

一听说此事与侯姓人家的骨肉有关,吴三代再也不骂了,立即,他备下了车子,只等着送宋燕芳去马大夫医院了。

这样,就出现了一个新问题,谁跟着宋燕芳住到马大夫医院去照顾她呢?

我母亲当机立断,就吩咐说:"那就让杏儿再辛苦辛苦吧。"

杏儿听说我母亲要派她到马大夫医院去照顾宋燕芳,倒是也没有违抗,她只是撒娇地向我母亲说着:"反正少奶奶总是最心疼我,知道我最怕看这种事,所以就派我去让我看个够。"

我母亲明明听出杏儿这是在说怪话,也没在意,也没许愿说回来有什么奖赏,还是让她随着宋燕芳到马大夫医院去了。

宋燕芳住到马大夫医院之后，侯家大院一下子安静了下来。有宋燕芳住在小跨院里，虽说她也不到各房各院去走动，可是各房各院里的人，总是感觉就在离自己不远的地方，还有一个不伦不类的宋燕芳。这就像是吃饭时知道碗里有一粒砂子一样，尽管米是主要的，也是大量的，砂子只有一粒，可是这碗饭端在手里，就是觉得不放心，不知道这粒砂子什么时候会吃到嘴里，嘎嘣一下，把一顿饭的情绪全破坏了。可是如今宋燕芳不在了，大家又感觉这个侯家大院里少了一个人，尽管宋燕芳和任何人也没有来往，但这个人出去了，又觉得连自己的尊贵也显不出来了，人们又像是觉得自己的衣服少了一枚扣子，虽说穿在身上也觉不出来，可是到底还是少了一枚扣子，穿着不自在。

桃儿姐姐提醒说，给姑奶奶送个信儿去吧。我母亲当即就拍了一下手，立即夸奖着桃儿说："怎么桃儿就想得这样周到，我还正没着没落，不知道应该怎么办好呢。"

大家族的规矩，媳妇儿一有了身孕，立即就要给娘家报信儿，还要给远近亲戚报信儿，表示让大家注意着，我们老侯家又要添丁了。宋燕芳举目无亲，她有了身孕，又应该告诉谁一声呢？桃儿想到芸姑妈，也算给宋燕芳找到一个亲人了。也正好，南方送来了一批丝绸，我母亲说送去请姑奶奶挑两件。桃儿姑娘坐上车子，就到我芸姑妈家去了。

天知道桃儿到了芸姑妈家都和芸姑妈说了一些什么话，到了下午，门外响起车铃声，我的芸姑妈竟然和桃儿一起回来了。而且还带来了梁家的两个孩子，梁小月和梁小光。

这一下，侯家大院里可热闹开了，先是吴三代的一声喊话：“姑奶奶回府了。”喊声传到内宅，各房各院里的人全出来了，连用人也出来迎接芸姑妈来了，立时，侯家大院从前院到后院，人头攒动，你出来、我进去，笑语欢声，就和过喜事一样了。

　　先是我芸姑妈到我奶奶房里问安，母女两个人见了面，相互问过了安好，我奶奶立即就把梁小月和梁小光拉了过来，很是为他们两个人能有我芸姑妈这样好的继母而感动得热泪盈眶，问长问短，从他们爱吃什么饭菜，问到每天上学要走多少路，一直问到同学们当中有没有人爱打架，最后才放他们两个到院里来，和我们见面。

　　从我奶奶房里出来，芸姑妈先到南院去看过一位奶奶，又到北院去看过一位奶奶，最后才来到我母亲的房里，对我母亲说：“这次我可是要住些日子了。”

　　为什么芸姑妈就想起要回娘家来住些日子了呢？也有理由，正赶上放暑假，梁小月和梁小光还没有在我们家正式住过，还没有和我们小弟兄、小姐妹们建立什么感情。于是，带他们一起到侯家大院来住些日子，大家也好建立起一点感情，姑表亲、辈辈亲、表兄弟、表姐妹本来是世上最近的亲戚。另一个原因呢，说是芸姑妈出嫁之后，最想念我母亲，这次一定要回来好好说些话，才说上两句话，她两个人就把别人全忘记了。

　　直到第三天，我老爸因大阪公司放假，匆匆赶回天津来之后，我母亲才猜出我芸姑妈为什么要回娘家住来了。

　　自从宋燕芳进了侯家大院之后，我母亲就没和我老爸正式说过一句话。在我母亲的心里，那个聪明英俊、博学多才的美貌少年侯茹之早已经不复存在了，他已经属于另一个人了，和我母亲疏远了，从我母亲的心里清除出来了。宋燕芳来到侯家大院之后，我老爸自然也要到我母亲房里来的，但他来了之后，我母亲连看也不看他一眼，更不和他说一句话，直到我老爸觉得在房里待得没劲了，自己再怏怏然地走出房去，我母亲也还是不和他说话。有好多次，我老爸把我拉过去，东拉西扯地似是自言自语："这一阵公司的商务还真兴旺，上边说让我带上家人一起到日本看看去呢。"

这明明是说给我母亲听的，可是我母亲连问也不问一句，就像是什么也没听见似的。

又说了好半天，最后我老爸还是对我说着："真若是去日本的话，大家还要做几件衣服呢，我倒是有西装好穿的，听说日本女人也说旗袍好看呢。"

"该找桃儿姐姐洗脸去了。"说着，我母亲把我拉了过来，还嘱咐我说："不许总往人家桃儿姐姐手里吐口水。"

我答应着，就出来了。我老爸呢，也跟着一起出来了，他自然不是出来洗脸的，我看了看他，他的脸不脏，就是有点红。

如今，宋燕芳住医院去了，我老爸又回到了家里，我的芸姑妈正好趁着这个大好时机，调解一下我母亲和我老爸的感情，在他们两人之间重新搭一座桥梁。

这里，就有点老套子了。后来我读托尔斯泰的小说《安娜·卡列尼娜》，就觉得他有点抄袭我们家的情节。不过，我仔细一想，夫妻之间，因为这种事有了隔阂，出来调停的，姑奶奶是最好的人选。那个安娜·卡列尼娜就是因为他哥哥有了外遇,而又被她嫂嫂发觉,双方闹得不可开交,这才出来做和事佬的。只是那个安娜自己也是一个水性杨花的人,别人的事没有调停好,自己反倒陷进去了,而且是受了一个坏小子的勾引,如此才有了后来的那一场卧轨事件,说来也真是命里注定的一场劫难了。

我的芸姑妈自然就是要调解我母亲和我老爸之间的关系,调解完之后,人家就回人家自己的家去,我的姑丈——梁月成还有事情要做呢。

看见我老爸回来,还没容他坐稳屁股,我芸姑妈就嘟嘟囔囔地闹着要去看戏,芸姑妈似是自言自语地说着:"各家戏院里每天留着包厢,可是有了好戏,总是老娘自己先去看,老娘不去的地方才轮到别人去看,真去了,也都是那些破三破四的戏了。今天不行,今天咱们先挑,咱们挑剩下的,才有老娘的份儿呢。"

芸姑妈嘴上这样说着,她还真就这样做了。到了晚上,她督促着我母亲更衣,还嘱咐好桃儿姐姐看好我,又嘱咐六叔萌之和九叔菽之好好做功课,还让吴三代备好车子。吴三代听说是我母亲要去看戏,立马就把车子备好了,吴三代说:"可应该让大少奶奶出去散散心了,这侯家大院里是多少事情呀,怎么大少奶奶就一点也不想着自己呢?"

临到芸姑妈带着我母亲走出家门的时候,登车之前,吴三代还对我母亲说:"晚上,六先生和九先生房里,我会惊动着的,不会让他们晚睡的。老太爷房里的茶,我已经问过了,说是今年杭州新送过来的新茶、刚开的包。"一件一件,吴三代代替我母亲把院里的事安排得妥妥帖帖,就像是我母亲要出远门似的。

车子到了中国大戏院,芸姑妈陪我母亲走进戏院包厢,这时我母亲才发现我老爸早就坐在包厢里等着芸姑妈和我母亲了。见到我母亲,我老爸还凑过来说:"前面的帽儿戏,还真好看,两个才出道的孩子,刘海砍柴,做派还是真好。"

我母亲没有搭理他,就一个人坐下了,这时,芸姑妈就对我老爸说着:"你怎么就知道我们到这里看戏来了呢?"芸姑妈的话,是说给我母亲听的,表示我老爸的到戏院来,绝对不是她安排的,是我老爸自觉自愿来的。如此,从感情上让我母亲得到一点安慰,表示我老爸是主动地赶着要和我母亲和好的。

我母亲是一个有缺点的人,她对于我老爸对她的伤害,终生也不肯原谅,她一点也不明白一个指头和九个指头的关系,本质上,我老爸还是一个好人么,不是要看主流,看大节吗?功过要分开来看,怎么能够只顾一点不及其余呢。我老爸在外面好好做事,除了他和宋燕芳的这点事之外,应该说是一个无懈可击的人了。何况中国人历来对于男人们的荒唐行径不看得太重,总不能埋没他的贡献嘛。

但我母亲很固执,认为无论我老爸有多少优点,也无论他对我们这个家庭做出了怎样的贡献,但是,只要他在生活上做出了出轨的事,他的一切优点,也就随之不存在了。就因为我母亲有这样的一种看法,到后来惹得我奶奶对她都有意见,干嘛总揪着这件事没完没了？不就是讨了一个"小"吗？世上讨"小"的男人多了，不是该有功名的还有功名，该有财产的还有财产吗，怎么这么一点小事就不能宽恕呢？

然而我母亲就做不到这点，自从我老爸和宋燕芳纠缠到一起之后，我母亲从心里就对我老爸产生了一种歧视，她把我老爸看成是一个没有人品的人了，一文不值，而且还是无论如何也改造不过来了。

包厢里前排是四个座位，我老爸坐在第二个座位上，本来我母亲要挨在他身旁坐下的，可是我母亲选了一个边儿上的座位，自己就坐下了，和我老爸之间隔着一个座位，弄得我老爸好不尴尬。

这一晚上的戏可是真好，程砚秋和杨宝森合演的《红鬃烈马》。当杨宝森扮演薛平贵回到武家坡又见到王宝钏，唱起了那一段有名的西皮流水的时候，我芸姑妈就似是自言自语地说着："唉，男人在外面，自有在外面的难处呀。"

正好，这时候薛平贵向着王宝钏唱起了他的特殊情况："西凉国造了反，薛平贵倒做了先行的官，两军阵前遇代战，她把我擒下了马雕鞍，多蒙老王施恩典，反把公主配良缘。"你瞧，他说得有多好听，他在外面讨了"小"，还说是不得已而为之，这不明明是在为自己开脱吗？

"我现在才明白，那天晚上的事，全都是侯家辉和塘沽警察局局长合伙做好的圈套。"和我母亲隔着一个座位坐着，我老爸对于自己几年前做下的那一桩荒唐事，做出了反省。据我老爸说，那天晚上，侯家辉出了个主意，把宋燕芳送到了一个地方,就说是塘沽警察局把宋燕芳扣下了,然后再把我老爸找到警察局去,和警察局局长见面之后,警察局把宋燕芳放出来,几杯烈酒把我老爸喝得醉醺醺,然后他们就把我老爸和宋燕芳一起送到了一个地方。这样,到了第二天早晨,生米已经烧成了饭,你说说我老爸应该怎么办吧。

"无论怎么说,反正是你一个人的不对。"这时芸姑妈打断我老爸的话说着。

我母亲呢?她毫无反应,只是静静地坐着,既不睬我老爸,也不责备他什么话,她今天就是一心看戏来的。

和台上的薛平贵比起来,我老爸实在是可爱得多了,薛平贵越唱越有理,好像他一点错也没有,而我老爸却是觉着自己一无是处,无论给什么处分他也甘心接受。

随着,芸姑妈就开始数落起我老爸了:"你已经是三十多岁的人了,怎么就不想想后果呢?咱们下边有弟弟,你有女儿、儿子,你的一行一动,都要做全家人的榜样。当然,你肯努力读书,你肯上进,你孝敬爹娘,你为人忠厚……"一口气,芸姑妈说出了我老爸身上的几十个优点,凭着这些优点,我老爸莫说是只讨了一个"小",就是他真惹下了什么大祸,到了官府,那也是要将功折罪,免于追究的。

"说那些还有什么用呢?"我老爸倒有自知之明,他叹息了一声,又似是自言自语地说着,"走错一步,就没有改正的机会了。当初,我也是想过,管他三七二十一呢,明明是你们做下的圈套,我被你们灌醉了,第二天,我来个不认账……"

"怎么能做那种对不起人的事呢?"芸姑妈打断我老爸的

话说着，"若是外人呢，也就无所谓了，给她几个钱打发了也就是了，谅她也不敢声张。可是宋燕芳不是咱老娘的干女儿吗？"

"难，就难在这里了。"我老爸还做着自我批评，"不认账吧，也不是没有理，可是说不定从此她就沦落下去，沦落为烟花女子，不也是我的过错吗？"这时候，我老爸想起了聂赫留道夫，他就是做下了荒唐事不认账，才使得玛丝洛娃到后来成了妓女，而且还犯下了杀人罪的。当然，这是老托尔斯泰写的《复活》里的故事，我老爸比起那个花花公子来，还是有品德的。

"算了吧，事到如今无论怎么说，也是你一个人的过错了，今天，有我在这里，你就向我嫂嫂赔个不是，嫂嫂是个通情达理的人，还能说不宽恕你吗？"芸姑妈看着已经到了可以和解的火候了，就打断我老爸的话，对他说着。

也不敢抬头看我母亲，我老爸就是呆呆地坐在他的座位上，声音压得极低极低，向着我母亲说道："看在我们青梅竹马的面上，景福，你就原谅了我吧。"我老爸说他和我母亲青梅竹马，指的是我母亲和我的芸姑妈自幼在一个学馆里读书，早在我母亲和我老爸成亲之前，他们就见过面，说过话，还是一对好朋友呢。

我母亲还是没有一点反应，连看也不看我老爸一眼。有人说，世上像我母亲这样的人最不好办，你简直猜不透她心里想的是什么。一事当前，你到底是同意，还是反对？她都不让你看出来，这叫喜怒不形于色。就说今天的这件事吧，芸姑妈出面调解，也就应该是够有面子了，而且百分之百我老爸一个人光说是自己的不对，一点客观原因也不拉，杀人不过头点地么，怎么夫妻一场,我母亲就不能给我老爸一点好脸子看呢?可是我母亲就是这样让我老爸下不来台,直到散戏,我母亲也没和我老爸说一句话。

不说话就不说话吧,车子回到侯家大院,各房各院早已经熄灯了,吴三代说只有我奶奶刚刚打牌回来,正在上房里等着他们回来呢。我母亲和我老爸一起来到上房,问过我奶奶的安好,然后就一起回房去了。

这里,大家看出点眉目了吧,我母亲虽然在戏院里没和我老爸说话,可是回到府里之后,当我老爸跟在我母亲的身后走进我母亲房里来的时候,我母亲并没有往外赶他,我老爸心里一乐,有门儿,快马儿地,他就钻到被窝里去了。

看着我老爸进了我母亲的房间,芸姑妈立即跑到上房来,悄悄地对我奶奶说:"回屋了。"

我奶奶一听,念了一声佛,立即眼泪就涌出了眼窝,正赶上我爷爷也还没有睡下,我奶奶跷起两个大拇指,向我爷爷做了一个手势,然后还将两个大拇指合拢在了一起,又向我爷爷眨了眨眼,也不知道我爷爷明白了没有,反正我爷爷只是叹息了一声,就再也不说话了。

只是,到了第二天我老爸从我母亲房里出来的时候,芸姑妈还想问他昨天夜里的事,我老爸什么话也没说,披上衣服就奔火车站去了,买了张去塘沽的车票,一个人走了。

只有我知道那一夜的情形,那天夜里我母亲把我留在了她的房里,大热的天,她把我搂得好紧。我老爸那边一有了什么动静,我母亲就把我弄醒,我糊里糊涂地就和我母亲闹,我母亲也不哄我,任由我闹个没完。好不容易我睡着了,没过一会儿,我母亲又把我折腾醒了,气得我坐在床上冲着她直喊叫:"你还让人睡觉不了?"

整整折磨了我一夜,第二天我老爸走了,我母亲才哄着我睡下。你说说,他们两个人闹别扭,我可是跟着遭罪了。

8

在小弟兄们之间，我不是那种尖刻的人，更没有恶心肠；而且我从来不仗势欺人。在侯家大院，莫看我年纪小，可是我有强大的靠山，往上说，六叔萌之是我最大的靠山，无论发生了什么事，六叔萌之永远支持我。譬如以前，南院的孩子总拿我不当一回事，明明看见我在偏院里踢球，他们还一定要抢占地盘放风筝，你说这能不发生争吵吗？争吵起来了，他们人多势众，自然就占上风，甚至有一次他们还推了我一下。没办法，好汉不吃眼前亏，当时我没有能力和他们较量，回到院里来，我就向六叔萌之告了南院孩子的状，六叔萌之当时正在做功课，他对我说："不就是南院里的那几个小秃蛋吗？你别管了。"也不知道六叔萌之是怎么和他们说的，下一次，又赶上他们到偏院来放风筝，一看见我正在踢球，二话没说，他们就乖乖地走开了。回来之后，我问六叔萌之是怎么就把他们治服的，六叔萌之说，就是给了他们一点颜色看看。至于是什么颜色，我就不知道了。

我的另一个靠山，是桃儿姐姐，桃儿姐姐不会帮我整治人，桃儿姐姐处处护着我、哄着我，不让我犯浑。

我的犯浑，分对内、对外两个方面。

对内犯混，就是对宋燕芳生下的那个小丫头。宋燕芳在马大夫医院住了大半年时间，最后抱着个小崽子回来了。我母亲看了看孩子，说就叫小四儿吧，从此，这个小四儿就做了我的妹妹。而且按照传统礼法，娘小儿不小，宋燕芳没有名分，可是宋燕芳生下的小四儿却有名分，她是侯姓人家的一位小姐。我母亲给她找了一个保姆，专门看着她一个人，不让她和她的母亲在一起。

小四儿跟着保姆一天天长大了，从此小四儿算是倒了霉了。她别让我看见，只要是我一看见她，就一定要收拾收拾她。我看着她哭有气，看着她笑更有气。当着我母亲的面，我不理她；只要我母亲看不见，我一定非把她弄哭不可，吓得她见了我就跑。

我的对外犯浑，就是对梁家的两个孩子了。

虽然我有几个人当靠山，可是在和梁家的两个孩子的关系上，我的两个靠山都不介入。有好几次，我真想把六叔萌之搬出来狠狠教训教训梁家的两个孩子，可是我的六叔萌之对我说："你躲他们远点不就是了。"明明是他不愿意和他们做对。当然，对此我也能理解，梁家的两个孩子是芸姑妈的孩子，虽说不是亲生的吧，可是正因为不是亲生的，我奶奶对他们更是格外疼爱，所以，有了我奶奶和我芸姑妈的后台，在侯家大院，他们自然就理直气壮了。再说到桃儿姐姐，她才是两面成全，既不能让我吃亏，还要事事顺着梁家的两个孩子，可真是让她为难了。

一天晚上，母亲把姐姐、哥哥和我叫到房里，对我们说，芸姑妈因为要和梁月成到南方去做大生意，梁小光和梁小月就暂时到我们家来住，学校也转到这边来了，要我们对他们多让着些，"尤其是小弟，更不许和他们计较，也就是半年的事，芸姑妈一从南方回来，他们就回他们自己的家去"。

来就来吧，姑奶奶、姨奶奶家的孩子常年在侯家大院住的多着呢，也没发生过什么不愉快的事，梁家的两个孩子来，我们也不会怠慢他们的。

梁家的两个孩子，大的是女儿，叫梁小月，12岁；小的是男孩，叫梁小光，比我哥哥小三岁，我看着他们两个特有气，这倒不是我有什么排外情绪，而是因为这两个孩子特讨厌，一身的毛病，我总想找机会收拾收拾他们，就为了这事，我奶奶还对我母亲有了意见。

按照我奶奶原来的设想，每到梁小月和梁小光到我们家住的时候，就让梁小月和我姐姐住在一起，让梁小光和我哥哥住在一起；但我母亲怕孩子们住在一起影响功课，于是就在我奶奶发话之前，先让桃儿姐姐另外收拾好了两个房间，梁小月和梁小光一到我们家来，立即就让桃儿姐姐把他们领到他们各自的房间去了。为了怕我奶奶不高兴，我母亲还把桃儿姐姐派到这两个孩子的房里，这一来，我奶奶没有话说了，虽然心里还以为是我母亲容不下梁家的两个孩子，但也挑不出不是来，最终也只能默许了。

以我们这样的人家说来，多两个孩子，的确算不得是什么大不了的事，吃饭穿衣有桃儿姐姐照顾，上学有人接送，此外他们还有什么不满足的地方呢？但是，这两个孩子天生一身的毛病，我母亲看着不高兴，就嘱咐我们平日少和他们接近；我奶奶看不见，以为这两个孩子是一对可爱的小宝贝，我爷爷生性看不上外姓人家的孩子，自从这两个孩子进到我们侯家大院，我爷爷就没和他们说过一句话，我哥哥和我姐姐尽力和他们疏远，只有我，憋足了劲头，非得整治整治这两个歪脖蜡不行。

怎么我就这样容不下这两个呢？前面说过了，不是我心胸狭小，而是这两个歪脖蜡特可气。先说梁小月，已经和我姐姐一样的年龄了，按道理说，应该有点姐姐味儿了，可是她比我还娇，一天到晚动不动地就叫唤，房檐上的小猫跳下来了，她吓得叫唤，桃儿姐姐听见忙跑过去问，一听原来是这么一回事，回来了，告诉我母亲放心，不是什么大不了的事。有一次我在院里玩皮球，一下子踢得猛了点，皮球飞起来砸了一下她的窗子，"嗷"的一声，就像是挨刀宰一样，活赛是我杀了一头猪，她在房里叫起来了。全家人一起跑了出来，不等众人问是怎么回事，我立在院里就对众人说："吓人唬啦的，屁事没有。"

虽然我说屁事没有，可是人家小姐却在屋里哭起来了，说我故意吓唬她。我当然不服气，就站在院里冲着梁小月的窗子说："我在这院里踢球，已经不是一年半年了，砸碎的玻璃也不是一块两块了，怎么别人都没叫唤，偏偏你听见了就叫唤？"若不是桃儿姐姐把我拉出来，至少我还要说她几句。

最最可恨的，是我母亲却护着梁小月。院里，大家把梁小月哄好了之后，我母亲这才回到房里来教训我，我当然要和母亲争辩："凭什么她不让我踢球？"母亲也说不出理由，只说：

"你不能到后跨院踢球去吗？"

哎哟，你瞧，我怎么就把后跨院忘了呢？后跨院，那是一处多好的世界呀！若是把梁小月骗到后跨院去整治她一下，准能让她一辈子忘不了我的厉害。

我拿定主意要整治梁小月，绝不仅仅是因为她不许我在院里踢球，我要整治梁小月，完全是她自己做下的事太可恨了。

这是我亲眼看见的一桩事。一天，我在梁小月和梁小光住的房间外面，看见桃儿姐姐正在擦皮鞋，一双是女学生穿的皮鞋，一双是男孩子穿的皮鞋，看得出来，是梁小月和梁小光两个人的皮鞋。怎么可以让桃儿姐姐为你们擦鞋呢？我和姐姐、哥哥虽然也有皮鞋，但我们平时不穿皮鞋，就是穿皮鞋，换下来，也是自己擦鞋油，桃儿姐姐虽然是母亲房里的丫头，可是我们不让桃儿姐姐侍候我们。可是如今你瞧，才进我家门来的梁小月和梁小光，却摆起谱来了，她们姐弟俩拿桃儿姐姐当仆人用了。也是人家桃儿姐姐人品好，换了第二个人，早就到我母亲面前告状去了。

我噘着嘴巴立在桃儿姐姐对面。桃儿姐姐自然明白我为什么生气，就对我说："她们是芸姑妈的孩子，我敬重她们，就是敬重芸姑妈。小弟说是不是？"

"我去告诉娘。"说着，我回身就往门外跑。倒是桃儿姐姐一把将我拦住，又好言好语地劝着我说：

"小弟什么也没看见，是不是？"

"怎么没看见？我看得清清楚楚，你给她们擦皮鞋。"气汹汹地,我向着桃儿姐姐说着。

"小弟不生气,桃儿姐姐不是也给小弟洗衣服吗?"桃儿姐姐还是哄着我地说着。

"不行,洗衣服和擦皮鞋不一样。"说着,我回身就要跑。桃儿姐姐知道我是跑回去向母亲告状,于是就用力把我抱住,还哄着我说:

"小弟不去告诉母亲,明天桃儿姐姐去后跨院给小弟捉一只大蜻蜓。"

这一下,桃儿姐姐把我收买了。

后跨院,就是侯家大院最后边的一个小院,从我生下来,就没见有人在里面住过,平时也总是锁着院门,院里的蒿草一尺多高,看着还真有些荒凉呢。这个后跨院是我们家的佛堂,兼做祖宗祠堂。佛堂就是供奉佛像的地方,我们家供奉的佛像,是一幅诸神下界的图像,如此表示我们家什么佛都拜,没有重点,没有什么一号、二号,把上界的千佛万佛,看作是一个领导集体,只要他们有佛号,我们就敬香磕头。紧挨着佛堂,还有一个大房间,这就是我们家的祖宗祠堂了,房间里供奉着好多灵位,全都是侯姓人家的先人,其中有做过官的,有出过名的,也有草民百姓,不过通通逝者如斯了,我们后辈人磕头时也不问他们都曾经做过什么事,功也罢,过也罢,全被人们忘掉了。

这个后跨院因为是佛堂兼祖宗祠堂,所以平日是没有人来的,如此才长出了好高好高的蒿草,而且蒿草下边,还有小生命,据说我们家的后跨院里有狐狸,有猫头鹰,还有老鼠。不过说来也怪,有人说是家道兴旺,我们家后跨院里居然长出了野花,叫不出名字来,可是非常鲜艳,也特别香,芸姑妈病的时候,就常常派人到后跨院里给她采一束花,插在花瓶里,分外好看。

说到后跨院里的蜻蜓,那实在是太迷人了,好大好大,就在蒿草尖上落着,一动不动,就像是假的一样,可是当你想捉它时,只要一伸手,立即就飞跑了。即使你从背后悄悄靠过去,它也能感觉出来,明明是两只手指都挨着翅膀了,可是才一使劲,呼扇呼扇,它又悠悠地飞跑了,真是气人。

如今桃儿姐姐说给我到后跨院去捉一只大蜻蜓,我也就不计较桃儿姐姐给梁小月和梁小光擦皮鞋的事了。

只是随后不久,又发生了一件事,这才激起了我对梁小月的憎恨,由此,我才暗自寻找机会,要教训教训梁小月。

一天下午,梁小月和梁小光下学回来,一进门,正好吴三代出来迎接她们,你猜猜梁小月和梁小光见到我们吴三爷爷叫什么?她们管我们的吴三爷爷叫"吴老头儿"。

"吴老头儿,明天我们远足,早早的给我们备车子。"梁小月对吴三爷爷说话,连眼睛也不抬,说着,就进院里来了。

吴三爷爷自然没有生气,只是摇了摇头,什么话也没说,就忙着他的事去了;倒是在一旁看见这一切的我,忍无可忍,气得怒火中烧,我真恨不能一把将这两人拉回来,给吴三爷爷赔礼道歉。

吴三代确实是我们家的老仆,可是我爷爷教导,我们侯家大院里虽有主子、奴仆之分,但是,尊卑贵贱必须融在一个

"和"字里。按照我爷爷的教导,那就是"与天和,其乐无穷;与地和,其乐无穷;与人和,其乐无穷"。所以,在我们家里,无论是吴三代,还是桃儿姐姐,他们一点做奴仆的感觉也没有。那种申斥奴仆的事,在我们家是从来也没有发生过的。一个家庭兴旺,就兴旺在一个"和"字上,一天到晚鸡吵鹅斗,主人一生气,一脚就把仆人踢出去了,你说那样的日子还有什么过头呢?

当然,《红楼梦》里的王夫人也打过金钏,但那是金钏代人受过,而王夫人却借题发挥,"下作小娼妇,好好的爷们儿,都叫你教坏了。"于是"翻身起来,照金钏脸上就打了个嘴巴子",这样才有了后来的"含耻辱情烈死金钏"。

除了王夫人打金钏之外,在此之前,王熙凤协理宁国府,打了一个误了事的奴才二十板子,除此之外,大观园里也就算是上下其乐融融了。至于大观园里奴才作威作福的事,那就更是尽人皆知了。

侯姓人家,毕竟是小门小户,一没有大观园里的势派儿,二没有大观园里的规矩,我爷爷治家,民主自由,人人平等,我爷爷不知有"博爱"一说,但他对待受苦人,却一直是同情的。每年冬天我们家开粥厂舍粥,就是我爷爷兼爱天下人的一个例证。

当然,这与小说无关,这里也就不说了。

正是由于梁小月一系列所作所为,才使我拿定主意,一定要整治整治梁小月。

论年龄,梁小月比我大七八岁。就算她是一个女孩子吧,可是真动手,我一定打她不过。再说,那也有悖祖训,打架是不文明的行为。不打她,怎么好整治她呢?好办,我母亲不是提醒我去后跨院踢球了吗?桃儿姐姐也说给我去后跨院捉蜻蜓,好,就在后跨院上想主意,于是,没过多少日子,一个阴谋诡计就在我心里酝酿成熟了。

一天下午,估摸着快到了梁小月下学的时间了,我就到后跨院踢球去了,连踢带跳,蹦出了一身臭汗,又在蒿草丛里采了几朵最艳、最香的野花,唱着跳着,我就从后跨院出来了。不知怎么就这样巧,我正从后跨院出来,迎面正好和下学回家的梁小月打了一个照面。梁小月一看我手里的鲜花,立即就把我拦下了,"啊",她还是先叫唤了一声,然后就向我走过来,问我这鲜花是从哪里采来的,我当然不告诉她,她就求我把这几朵鲜花送给她,"我送你一本画册"。

"不稀罕。"说着,我就走开了,一面走着,我还一面把鲜花高高举起来故意地摇着,急得梁小月直在后面追我,好在我跑得快,只几步,我就跑回房里来了。

第二天早晨,上学之前,梁小光找到我,向我询问:"昨天你那束鲜花是从哪里采来的?"

好,你算是中了我的阴谋诡计了。

梁小光并不知道我从后跨院里采到鲜花的事,一定是他姐姐让他问我的。这时候我就极神秘地对梁小光说:"这地方我可是只告诉你一个人,你绝对不能告诉任何人。"

"我发誓,若是告诉别人,就让我变成一只小狗。"

梁小光变不变小狗,和我没有关系,反正是你问的我,而且我还嘱咐你不能告诉别人,将来无论发生什么事,谁也怪罪不到我的头上。

就这样,我把后跨院长鲜花的事,极是神秘地告诉了梁小光。

果然不出我所料,才到了第三天,就发现满院里的人匆匆地往后跨院跑,说是家里出了事;一打听,原来说是梁小月一个人跑到后跨院去采鲜花,蒿草下面跳出来一只小猫,当即就把她吓昏过去了。

你们说说,这件事,能怪罪到我头上来吗?

梁小月真娇气,一只小猫就把她吓出病来了,上次一只大狐狸从蒿草下边跳出来,我都没当一回事,还故意到那只狐狸跳出来的地方去看了看,也没找到狐狸窝,果然狐狸这玩意儿狡猾。

梁小月得了病,我奶奶自然要过来看望,问梁小月:"你怎么知道后跨院里长鲜花的?"

梁小月自然不肯说,她怕她弟弟变小狗,后跨院长鲜花是她弟弟向我打听出来的,而且她弟弟还发下了誓,说把这件事告诉了别人,他就变小狗,梁小月虽然不至于傻到相信她弟弟会变小狗的地步,但她也不敢说出真相,怕暴露出她弟弟的特务身份。

梁小月虽然不说,可是我奶奶根据平日对我的印象,还是怀疑我。怀疑也没有用,你没有人证、物证,是她梁小月自己到后跨院去的,我也没有告诉她有后跨院这个地方。就算她才到我们家来,不可能知道有后跨院这个地方,可是她会调查的呀,她也是十几岁的人了,天天在院里走动,怎么就不会发现后跨院呢?反正不是我告诉她的。

奶奶虽然怀疑我,但不能说我,还得收买我。一天下午,奶奶把我叫到她的房里,一把将我搂在怀里,极是慈爱地说:"奶奶就喜欢你,你是一个聪明孩子,爷爷去美国,我让爷爷给你带回来了一个小足球,这不是比皮球更好玩吗?爷爷、奶奶为什么要送给小弟一个足球呢?因为爷爷、奶奶知道小弟是一个最通情达理的好孩子,芸姑妈的两个孩子住在咱们家里,小弟一直最关照他们的,是不是?"

看见奶奶取出爷爷从美国带来的小足球,我高兴得几乎跳了起来,一把就将小足球抢了过来,抱着这个小足球,我就往院里跑,一面跑着,还一面回头对奶奶说:"奶奶,你放心,以后我再也不拿鲜花引梁小月到后跨院去了。"

只要我不闹事,梁家两个孩子的日子就好过多了,吴三爷爷忍辱负重,事事都顺着那两个孩子,桃儿姐姐呢,更是想着法儿地哄着他们,如此,他们就更得意了。

还要说到后跨院,吴三爷爷在后跨院里种了许多草花,有一种草花叫凤仙花,开出来的小红花,摘下来,用捣蒜的罐罐砸成花泥,女孩子们敷在指甲上,第二天就把指甲染红了,而且无论怎样洗,也洗不掉。那时候没有指甲油,法国巴黎的那些化妆品,只在租界地里有卖,像我们这样的老式人家,姑娘还不敢使用那种化妆品。平日院里的小姐、姑娘们想染红指甲,就采些花儿来,自己制作指甲花泥。

说到做指甲花泥,杏儿做的指甲花泥最好,我见过杏儿有一个小瓷花盆盆,就是老奶奶们用来放梳头油的那种小盆盆。那时候女人们梳头,用的都是梳头油,穷人家的女人就用一种木刨花制成的"粘刨花儿",也是放在一个小盆盆里,泡着水,梳头时用一些,头发就整齐、光亮。

桃儿和杏儿平日梳头用的梳头油,都是母亲为她们买的,有人专给我们侯家大院送女人用的日用品,其中自然就有梳头油了。可是染指甲的花泥,那要自己动手制作,芸姑妈从梁家回来的时候,也染过红指甲,她告诉我母亲说,她的红指甲,用的是外国的指甲油。我母亲不染红指甲,也不会给桃儿和杏儿买指甲油,但看着她们染指甲,母亲也不管。有时候看见杏儿指甲上敷着厚厚的一层花泥,母亲还故意不让她做粗活儿,怕她把指甲花泥洗掉了。

杏儿到宋燕芳房里去了之后,不知道为什么,就再也不染红指甲了,桃儿姐姐有时候为了哄梁小月高兴,就许给她做指甲泥。而可以采来做红指甲泥的草花又开在后跨院里,过去杏儿做指甲泥的时候,就先讨好吴三代,给他洗些衣服呀,缝缝袜子呀什么的,吴三爷爷一高兴,就说:"丫头,我给你采点花儿,做指甲泥去吧。"这样,不多时,吴三代就给杏儿送过来了一大捧鲜红鲜红的草花,乐得杏儿合不拢嘴。如今杏儿不央求吴三爷爷了,桃儿又不敢去采吴三爷爷种下的花,这该怎么办呢?桃儿姐姐心灵,想到了我。

一天下午,我又央求桃儿姐姐给我去后跨院捉大蜻蜓,这时桃儿姐姐就对我说:"人们说后跨院里有大刺猬,我可不敢进去。"

那么怎么办呢？我一想，我的六叔萌之胆大，什么也不怕，于是我就找到六叔萌之，央求他去后跨院给我捉蜻蜓。六叔萌之是个有学问的人，刚刚考上了南开大学，对我说，蜻蜓是益虫，我们应该好好保护它们，绝不能伤害它们。这时候我就对六叔萌之说，是桃儿姐姐说求六叔萌之帮忙去后跨院捉蜻蜓的，六叔萌之一听说是桃儿姐姐央求他的，再不管蜻蜓是不是益虫了，立马和我一起到后跨院来了。

来到后跨院，六叔萌之先给我捉了一只大蜻蜓，这时桃儿姐姐就对六叔萌之说吴三爷爷种的草花可以做成染指甲的花泥呢，当即六叔萌之就说吴三爷爷对他有面子，于是一步走到花圃里，就开始采花了。

六叔萌之采下花来，回头招呼桃儿姐姐去接，这时桃儿姐姐把双手捧好，远远地伸了过去。阳光下，桃儿姐姐的一双手又细又长，我抬头向上望，看见阳光几乎穿透了桃儿姐姐的手掌，把桃儿姐姐的双手染成了真像是桃儿一样的颜色了。

六叔萌之采下一些花来，就送到桃儿姐姐的手里，桃儿姐姐的一双手，就向六叔萌之伸着，我觉着六叔萌之往桃儿姐姐手里放花的时候，也是故意把自己的手在桃儿姐姐的手掌里多停留些时间，桃儿姐姐也不把手收回来，就任由六叔萌之的手埋在她的手里。

后跨院里很静，只有蜜蜂飞的嗡嗡声，六叔萌之和桃儿姐姐都不说话，只听见六叔萌之呼哧呼哧地出大气，桃儿姐姐的呼吸似是也比平时重了许多。

也不知过了多少时间，桃儿姐姐忽然发现自己手里的花太多了，才对六叔萌之说："再采，吴三爷爷就不高兴了。"

说着，六叔萌之从花圃里走出来，在硬地面上蹭蹭鞋底，这才过来看我手里的蜻蜓，这只大蜻蜓好像是太老了，在我手里待了不多时，就死了，还从尾巴放出来好多的绿水，气得我一松手，把它扔掉了。

随着六叔萌之和桃儿姐姐一起走出后跨院，我就听见六叔萌之向桃儿姐姐问："你们那种染指甲的花泥，是怎么一种制作办法？"

这时，桃儿姐姐就回答："就是放在捣蒜的罐罐儿里，用木头棒槌捣，再放上一些明矾，就可以保存好长时间呢。"

"放明矾可不好，明矾里面含有一种对人有害的东西，这种东西叫铅。"

"哎呀，你们真是学问太多了，花里面怎么会有写字的铅呢？"桃儿姐姐吃惊地问着。

"这是一种化学知识。"六叔萌之对桃儿姐姐说着。

"能够上学读书真是前世修来的造化呀。六先生又考上了大学，来日可真就是栋梁之材了。"

"我能考上大学，还真要感谢你呢。"六叔萌之说着，我们已经走进到大院里来了。

"这可不敢当。"桃儿姐姐停下脚步对六叔萌之说着，"六先生凭着自己的学问考上了大学，反倒说要感谢我，我有什么功劳呀。"

"桃儿姐姐才有功劳呢。"这时候，我觉得我应该发表意见了，"六叔写作文，桃儿姐姐给你研墨，我看见的，不等六叔放学，墨海里的墨早就研好了，我想蘸着画个小人儿，都不行。"

"那是写字用的吗。"桃儿姐姐还在向我解释。

"还有，六叔每天放学回来之前，桃儿姐姐早就把绿豆汤备好了，我看见的，一碗豆汤放了四块冰糖的呢。"

"小弟不乱说。"说着，桃儿姐姐就把我的嘴捂住了，我觉得桃儿姐姐的手心好烫好烫。

六叔萌之考上南开大学，成了侯家大院里的一件大喜事。

各房各院过来祝贺的事就不提了，就只说我们院里对六叔萌之的种种奖赏。我爷爷送给六叔萌之一部韦伯氏大辞典，放在地上，和我们家大门门口的门槛一样高，我试着抱了好几次，没抱起来。我开始感觉到这世上有人专门和读书的孩子过不去，编一部这么厚的书，明明是折磨人，由此，教育要革命的想法开始在我心里萌动。

我老爸呢，他送给六叔萌之一部留声机，彼时人们叫它是话匣子，这是一位日本商人送给我老爸的，我老爸看着弟弟走上了成才的道路，心里很高兴，于是就把他最心爱的东西送给了他的六弟。这时候，我的芸姑妈也和梁月成一起从南方回来了，梁月成送给我六叔一套画图的仪器，我的芸姑妈送给六叔一双皮鞋。我母亲给六叔画了一幅竹子，六叔把它裱起来，挂在了墙上。

至于六叔萌之呢，他自己自然最是高兴了。他有了留声机，就想让大家和他一起分享快乐，于是他出了一个主意，要请几个人到他房里来，一起听唱片。

如何一个请法呢？六叔萌之又出了一个主意：第一，他说已经有了家室的，一律不请；第二，外姓人，也一律不请。这时候梁小月和梁小光已经随芸姑妈回到他们家去了。这样，被六叔萌之请到他房里来的人，就只有九叔、我姐姐、我哥哥、我，还有两位最尊贵的客人：桃儿和杏儿。

六叔萌之说了，今天在他的房里，人与人相亲相爱，不许称什么六先生，九先生，人人都直呼其名，人人都有同等的权利选择他(她)想听的唱片，人人都有同等的权利发表意见，反正就是两个字"平等"。

我爷爷对于六叔萌之的想法表示支持，我爷爷说，孩子没有门第观念，是一件好事，萌之不像南院里的那些孩子，他们时时忘不了自己是侯家大院的人，高不成、低不就，最后一个个全都是无用之辈。把自己看作是一个普普通通的人，就有自立思想，来日就有可能成大器。所以，六叔萌之把他的想法对我爷爷一说，我爷爷当即就同意了，而且还说，不要光是听唱片，也可以买些水果、点心之类的东西助兴。

有了我爷爷的同意，六叔萌之的劲头就更大了，他买了好多好多的东西，早早就备下了茶水，而且保证是他自己泡的茶，洗好的茶杯，没有摆一点少爷架子，我姐姐和我哥哥也帮着他做了好多的事，反正今天晚上，只有桃儿和杏儿不做事，她们就是客人，而且是尊贵的客人。

桃儿和杏儿说要把我母亲请过来，六叔萌之坚决反对，我姐姐和我哥哥也反对,说是母亲一来,大家就拘束了,说话也不随便了。母亲是个自己一贯正确、也要求别人一贯正确的人,那就由她自己一贯正确去吧,今天就放大家一马吧。

关好房门,六叔萌之把留声机搬出来,摇紧了弦,然后对大家说道:"今天我给你们借来了张好唱片。"随之,他就取出了一张唱片,放在了留声机上。

"是什么好歌?"九叔菽之性子急,当即就向六叔萌之问着,六叔萌之不回答他,不多时唱片就转起来了。

"哈哈哈哈。"唱片里放出来了一阵笑声,是一阵大笑,是一种狂笑,是一种没有目的、没有原因的大笑。而且有男人笑、也有女人笑,几十几百个人一起大笑,无缘无故地大笑。

姐姐和哥哥都已经听傻了:"这是什么唱片?"他们不约而同地问着。

"这叫洋人大笑。"六叔萌之回答着。

这一下,大家也随着笑了起来,随着唱片里面洋人们的大笑,我们几个人也一起开怀地大笑了起来,"哈哈哈哈","哈哈哈哈",笑声震得窗玻璃都一起摇起来了。哥哥笑得蹲在了地上,姐姐笑得流出了眼泪,杏儿笑得用双手捂住了脸,桃儿笑得紧咬着嘴唇,九叔菽之笑得最放肆,他一面笑着一面在屋里蹦,还把一双手在头上挥动着。

"笑呀,笑呀,大家一起笑呀。"九叔菽之一面笑着,还一面叫唤。

听过了洋人大笑,大家缓了一口气,桃儿姐姐说嘴都笑干了,要喝茶,六叔萌之就说,要喝大家一起喝,这样无论想喝

茶不想喝茶，一人一杯。喝茶之后，六叔萌之给大家放了一张
马连良唱的《武家坡》，听得大家都说没劲，唱片里面的小锣
一响，就让人想起耍猴儿的把戏来了。这时九叔菽之就说，还
是咱们自己唱吧，他领个头，站在屋子中间，九叔菽之就唱起
来了。

　　九叔菽之那时候才上中学，而且喜欢音乐，他摆好了姿
势，把一双手放在胸前，"唔噜唔噜"地就唱了起来。九叔菽之
唱的是一支外国歌，用的还是洋人唱歌的声音，压着嗓子，嘴
巴里似含着一块热豆腐一样，听得人全身起鸡皮疙瘩，才唱了
一半，姐姐说，你快唱一个我们大家全会唱的歌吧，这样九叔
菽之才放下架子，唱了一个人人会唱的歌。

　　"年青的朋友赶快来，忘掉你的烦恼和不快;年青的朋友
赶快来，唱出一个春天来。"

　　九叔唱着，大家拍着手,桃儿和杏儿听得脸颊都红了。

　　九叔菽之唱过之后，六叔萌之要姐姐表演，姐姐一高兴，
就对大家说:"我给大家学一个奶奶抱小猫的样子吧。"

　　一听说姐姐要学奶奶抱小猫，头一个表示赞成的就是
我，因为我常常看见奶奶抱着小猫打盹儿，那样子实在是太
好笑了。

　　说着，姐姐就坐在了六叔萌之的床上，盘好腿，将六叔萌
之的一只枕头抱在怀里，身子摇摇晃晃地就打起了瞌睡，一会
儿姐姐的头猛地一摇，明明是"奶奶"醒过来了，睁开眼睛一
看，什么事也没有，虚眯上眼睛，"奶奶"又睡着了。

　　姐姐学奶奶抱着小猫打盹，学得惟妙惟肖，这一下把大家

的兴头挑起来了。杏儿说，她给大家学疯婆子和奶奶说话的样子，说着，杏儿就坐在了椅子上，把一双手一拍，哑着嗓子就说了起来："哎哟，我的老祖宗，可真是府上的福气了，怎么就出息了这么俊的人儿了呢，头是头，脸是脸，鼻子是鼻子，眼是眼，就是脑瓜儿门上没有小红点儿。"

"哈哈哈哈。"杏儿又引得大家笑了好一大阵。

最后，哥哥说，他给大家学我老爸见了我母亲的样子吧。这一下，我倒大吃一惊了，哥哥平日那样稳重，他怎么也会学我老爸的神态呢？正寻思着，哥哥就靠着墙边儿站好了，这时，哥哥说："娘进门来了。"随之，哥哥就像是一个撒了气的皮球一样地，蔫巴下来了，靠着墙边站了一会儿，随之就溜边儿地走出来了，那神态果然和我老爸的神态一样，逗得六叔萌之、九叔蓠之和姐姐、我，都一起笑了起来。

平日，在侯家大院，我们这些孩子们老老实实，大人们说话、做事，我们连看也不看一眼，就像是和我们没有一点关系似的；谁也不会想到，正是我们这些孩子，只要关好房门，我们就能把他们的举手投足学得惟妙惟肖，学得那样逼真，学得那样滑稽，学得那样好笑。

9

一连好几天，我发觉桃儿姐姐总是有点心神不定，明明说是要带我到什么地方去，可是等了好久，也不见她有去的意思，我提醒她说："不是说好到什么地方去的吗？"这时，她才恍然大悟地一拍手说："哎呀，你瞧，我怎么倒忘记了呢！"

桃儿姐姐不是那种丢三落四的人，可是最近一段时间，她干着这个，忘了那个，有一次我竟然看见她站在院里发呆，问她要做什么，她说想不起来是要去什么地方了。你瞧，她明明是想着什么事情了。

果然，没过三天，就听说乡下的老九娘来了，桃儿姐姐立马就变得沉默寡言了。

那天下午，我兴冲冲地闯进母亲的房里，正看见母亲和一个乡下老女人说话。这老女人高个子，皮肤特黑，还穿着一身黑布衣，也没有罩裙，裤脚上还扎着紫色的缎带，而且满脸的皱纹，黄黄的牙齿，看着可实在是不讨人喜欢。

这是从哪里来的客人呢？我立在门槛旁边向她张望，还没容我说话，这位老女人倒先向我问了起来："这位就是二少爷了吧，你瞧，你不记得我了。"说着，她伸过手来就要拉我，倒是我后退了一步，依在了母亲的怀里。

说起这位老九娘，我自然是见过的，两年前到乡下去认干娘，桃儿姐姐带着我就住在她们家里，可是那时候的老九娘还不至于就老成这个样子，只两年没见，她已经完全变成一个老太婆了。

"小弟知道老九娘是什么人吗？"母亲指着老九娘向我问着。

我想了一会儿，回答母亲说："老九娘是桃儿姐姐的母亲。"

"哎哟，你瞅瞅，多爱人的孩子呀，真是疼死人了。"说着，老九娘一把把我搂在了她的怀里，我的天，老九娘的力气真大，活赛是把我抓过来，扔在石头上一样，我咧了一下嘴，没好意思喊疼。礼貌嘛，咱还是知道一些的。

桃儿从很小就进了侯家大院，从此就金枝玉叶地和侯家大院里的姐姐妹妹们一起长着，到如今已经十八九岁了，完全就是一位大家闺秀了。连侯家辉都在打她的主意。像侯家辉那样的坏小子，不是随便个什么人就能被他看中的，他一定是觉着他能够配得上桃儿，才一厢情愿地要娶桃儿做妻子的，只是人家桃儿看不上他，知道他不会有什么出息，所以至死也不答应，就是这样，侯家辉也还没有死心。有人说他到现在还不成家，就是心里还惦着桃儿。

自从进了侯家大院，只在她老爹过世的时候，桃儿回过一次家，第二次回家，就是带我去乡下认干娘，还和杏儿一起到庙里敬香许下了愿。此外就是每隔个三年两载的，桃儿的母亲，也就是这位老九娘，到我们家来看她的女儿一次。老九娘说是来看女儿，其实就是把女儿挣下的钱带回去，桃儿在我们家没有一点花销，吃饭穿衣，那是百分之百的全部供给，就连日常用的东西，也是我母亲给，她自己是不用花一分钱的。而说到桃儿的工钱，虽然每月有例银，也就是固定的工资，说起来的确不多，也就是两元钱而已；但她的零星收入多，一年三大节，我爷爷、我奶奶、我老爸、我母亲和我的芸姑妈，连六叔萌之和九叔菽之都每人有每人的赏钱，我爷爷和我奶奶是每人四元，春节拜年，还有拜年的钱，每次随我母亲回马家，马家老太太还有一份体己，平时谁过生日，桃儿贺寿，更有一份赏钱，如此算来，桃儿一年的收入，不在百元以下。而那时候，各位读者须知，一亩上好的良田，也就是才卖八元钱。如此算来，桃儿一年的收入，就能买十几亩良田哩。我的天，就是到了现在，年收入可以买十亩耕地的姑娘，也算得是富姐了，私家车，早就买上了，大哥大，也早就拿上了。

老九娘每次到我们家来，回去时就把她女儿挣的钱带回去，桃儿虽然不会把自己的钱全都交给她娘，但每次老九娘也能带回去百八十元。有了这百八十元，老九娘就是乡下老财了，有人说老九娘已经在乡下买上二十几亩地了呢，在乡下，老九娘也是一方的首富了。

桃儿得知她母亲看她来了，不光一点也不激动，还表现得那样心神不宁，就好像她母亲是找她麻烦来似的。她压根儿就不想和她母亲说话，只是出来进去地做她的活，也不和她母亲打个招呼，就像是陌生人一样。老九娘看见桃儿不和她亲热，也不责怪，就是看了桃儿一眼，连声"你好"也不问，真是让人觉得奇怪。

"这丫头前世修来的福呀。"老九娘看着她的女儿，对我母亲说着，"怎么就让她进了这样好的人家？你瞅瞅，出息得就像是大宅院里的小姐一样。又得着少奶奶的调教，我都觉着不配做她的老娘了呢。"

"桃儿这孩子天生聪明，这些年在侯家大院，上上下下没有不说她好的，我常说到底是规矩人家出来的孩子，这些年，可是帮了我的大忙了。"我母亲连连地夸奖着桃儿说。

"少奶奶快别夸奖她了。"老九娘打断我母亲的话说，"在家里，我最担心的就是这丫头粗手笨脚的，怕惹少奶奶心烦；好在原先就说过的，少奶奶看着她什么地方做得不对，该说就说，说不听，少奶奶就尽管教训。少奶奶把孩子调教好了，就是在我们一家人的身上做下大恩大德了。"

老九娘说的虽然是客气话，但她心里还真是对我们侯姓人家感激不尽呢。如今看来，老九娘真是被我们这样的人家欺压得太久了，一点也不懂得谁养活谁的道理，不仅不认为我们一家人全都是吸血鬼、寄生虫，还认为是我们家养活着她们。她到我们家来，不仅不想放火把我们家烧了，还口口声声地对我们家感恩不尽，你说说，她的女儿在我们家做奴，居然对我们家一点仇恨也没有，这未免太不合情理了吧。

老九娘和我母亲说了许多我听着没有意思的话，听得我不耐烦了，抽冷子，趁老九娘没注意，我一步从她的怀里挣出来，立即，我就往外面跑，不料老九娘又一把将我拉到她的怀里。我的天，老九娘的手指比木头棍子还粗还硬，抓得我胳膊好痛好痛。

"老九娘家里穷，也拿不出什么金的银的来送给孩子，想了半天，我给宝贝儿带件稀罕物去吧，也不知道宝贝儿喜爱不喜爱。"说着，老九娘一弯腰，就从她带来的大篮子里取出了一个小笼子，小笼子里扑棱一下。我凑过去一看，一对小松鼠。哎呀，我的天爷，高兴得我一把将小笼子抢过来，连"谢谢"都没说一声，回身就往外面跑。

"回来，这孩子太没规矩了，快谢过你老九娘。"母亲在后面招呼我，我还是顾不得回头，只说了一个"谢"，第二个"谢"没有说出来，就跑到院里来了。

我的天，小松鼠可实在太好玩了，一双小眼睛一眨一眨，两只前爪不停抓挠着，大大的尾巴，就像是小扫帚一样，在身后拖着，在笼子里转过来、转过去，自己玩得好不快乐。"三爷爷，你看老九娘给我带什么来了。"一溜烟，我就跑到前院找吴三爷爷去了。

老九娘这次到我们家来，除了送给我这对小松鼠之外，还带来了几样礼物。

头一宗礼物，是老九娘送给我爷爷的一坛老酒。据老九娘说，这种酒是外面无论花多少钱，也买不到的。这种酒是每天烧锅开锅时，沿着锅沿儿溢出来的酒，一天也就是溢出来一小盅，老九娘早从去年就和烧锅里的掌柜说定的，每天把从锅沿儿溢出来的这一小盅酒收起来，再倒进一个坛子里，整整一年的时间，才存满了这一坛子酒。"老祖宗尝尝吧，可不兴贪杯。"

上次老九娘到我们家，就给我爷爷带过这种老酒，据我爷爷说,这才真正是玉液琼浆呢。我爷爷舍不得喝,只在最高兴的时候,才喝上一小盅,慢慢品尝。这一坛酒能喝上一年。这次,我爷爷还是把这坛酒保存了起来,只让吴三代取来一只小酒壶,给吴三代倒了一壶,表示以后就没有他的份儿了。吴三代当然担待不起这种殊荣,再三推让,最后还是我母亲说了话:"老祖宗敬重吴三叔,吴三叔就不要推让了,也算是老祖宗代我们全家人对吴三叔的一点表示了吧。"

"少奶奶说的,我更承受不起了。我尽心尽力,不过就是对老主子的一片忠心罢了,吴三代没有别的贪求,看着侯府上一代代如此兴旺,吴三代也就心满意足了。"说着,吴三代抬手拭了拭眼角,抱着小酒壶,感恩戴德就回去了。

老九娘带来的第二宗礼物,是送给我奶奶的——一包新棉花,老九娘从包袱里抽出一缕新棉花来给我奶奶看,真像是蜘蛛吐出的丝一样,在阳光下闪着亮光。"大姑奶奶出嫁,我也没送什么礼物,这新棉就给大姑奶奶做床被子吧,又轻又柔又暖。"一宗礼物,表示了对两个人的心意。

老九娘带来的第三宗礼物,是送给我母亲的,据老九娘说,这是件无价宝。老九娘早就对母亲说过,她们家乡有一座高山,断岩绝壁处有一座千年老庙,没有诚心的人是爬不上去的。那山上有一种宝石,夜里能发光,上山拜佛的人,都要带下一块宝石来,放在家里,倒是也没有什么大用处,据说就是保佑着小哥小姐们夜里不做吓人的噩梦。

"那座山,可真是高呀,攀山的人要早一天起身,爬到半山腰,天就黑下来了,正好半山里有一处亭子,就让敬佛进香的人在那里过夜。我的天，我亲眼看见了，夜里真有一道佛光，一闪一闪的就在天上亮着，进香的人全向着佛光磕头呢。等到佛光落下去，人们才再往山上攀，到了下晌，这才能攀到庙门口。庙前庙后全都是这样的碎石头，人人都请一块带下山来，保佑一家人的平安。"

老九娘说得神乎其神，我母亲不迷信，全不当一回事。不过，母亲还是重重谢过了老九娘，临到老九娘走了之后，天知道母亲把这块宝石扔到什么地方去了。

在母亲房里，老九娘和母亲说了好长时间的话，这时候桃儿就出来进去一句半句地听着，有时候听着她老娘说话不中听了，桃儿就在一旁申斥一句。这时老九娘就板着脸对她的女儿说："我和少奶奶说话，碍你什么事来？"

也许是母亲故意把桃儿打发走开了，才对老九娘说道：

"早就对老九娘说过的了，将来桃儿的事，我们侯姓人家是全包下来了，一定不会委屈孩子的，此外，我还有我的心意，桃儿跟了我这许多年，虽说我没有力量把桃儿打点得像金枝玉叶一样的吧，可也不能太小气了。"

"这丫头命好，我替她先谢谢少奶奶了。"说着，老九娘就向着我母亲施了一个她们乡下人的礼。

"老九娘看，孩子什么时候接回去呢？"这时我母亲才说到了实质问题。

"不瞒少奶奶了，人家，我早就给她找好了，三番两次地托人给她带过信儿来的，她都不点头，这孩子在府上待得心高了；唉，孩子，爹娘连累了你，凭你的品貌，无论嫁个多么富贵的人家,侯姓人家的调教,也配得上那份体面。可是你忘了,咱们不是劳苦人吗?劳苦人就有劳苦人的归宿,你不能心高呀!再误了年纪,回到乡下,就嫁不出去了。"老九娘说着,还掉下了几滴眼泪。

"一想到桃儿要回乡下出嫁,我心里就像是压上一块大石头一样;偏偏这孩子又有志气,我们一个远亲,一心要娶她的,她都看不上。"母亲说的这件事,指的就是侯家辉想要娶桃儿的事,虽然母亲也是看不上侯家辉,可是到底用不着回乡下去了。

"她没有这份福呀,也别折了她的寿数吧,怎么就配攀上侯姓人家这么高的门第呢?她不点头也对,乡下人,还是本本分分的好。"老九娘说着,倒也显得有了些安慰。

"乡下找的人家可靠吗?"我母亲关切地问着。

"也就是户本分人家吧。"老九娘向我母亲说着,"家里有三间房,十几亩地,人口也轻,更是个老实孩子,识得几个字,体格也好,从一生下来就没得过病。"越说老九娘越得意了。

"若是这样,我也就不留孩子了,让她打点打点,就随着你一起回去吧。咱们可是有话在先,等孩子成了亲,再生下儿女,我可是还要把人接回来,我舍不得这孩子。"说着,母亲也落下眼泪来了。

"谢谢少奶奶的疼爱。"说着,老九娘又向我母亲施了一个大礼,随之,老九娘又对我母亲说,"只等一成了亲,不等什么生儿育女,立马我就把她送回来。"

"那可不成。"我母亲打断老九娘的话说,"侯姓人家的规矩,不收成家没生育的妇人,怕误了人家的香火。"

晚上,母亲早早地让桃儿和她母亲回房里去了,让她母女两人好好说说话,第二天,好由老九娘提出条件,譬如要些什么东西呀,再要多少钱呀,然后她母女二人再一起离开。

老九娘和桃儿姐姐回房去了,我们也该睡下了,可是忽然似刮起了一阵怪风,房门突然被人推开,连声"嫂嫂"也没叫,六叔萌之就闯到我母亲的房里来了。这时六叔萌之已经是南开大学的学生了,正好今天是星期六,他刚从学校回来。

"大嫂,谁来了?"六叔萌之愣头愣脑地问。

"没人来呀!"我母亲还以为六叔萌之是问有没有他的同学来找他,便回答着说。

"不对,明明是有人来了吗。"六叔萌之还是向我母亲问着。

这时,我母亲才恍然大悟:"若说是有人来呢,倒是桃儿的老娘从乡下来了。"

"她来干嘛?"六叔萌之愣愣地问着。

"人家看人家的女儿来呀。"我母亲还是半开玩笑地回答着六叔萌之的话。

"大嫂,你知道现在是什么时代了吗?"脸色一变,六叔萌之竟然向我母亲质问了起来,这一下,真是出乎我母亲的意料,她竟然好长时间没有说出话来,呆呆地看着六叔萌之,不知道应该说什么好。

过了好长的时间,我母亲才向着六叔萌之反问:"老九娘来看自己的女儿,和时代有什么关系呢?"

"我们的时代是一个自由、博爱的新时代，是一个人人平等的新时代。万恶的金钱使成千上万的人不得不出卖自己的青春；万恶的金钱，又把成千上万的人逼上了做奴隶的道路。大嫂，你是一位读书人，最应该知道什么是女权，千百年来，女人，不，尤其是中国女人，只是封建社会的牺牲品，没有人格，没有自由，没有一切。大嫂，正是我们这些追求自由、向往光明的人，才有义务去解救她们，推倒压在她们头上的千年重石，给她们自由，给她们光明，给她们幸福。"六叔萌之犯了神经病，没完没了地给我母亲背他的讲演词，我母亲自然是个精明人，更是明白六叔萌之为什么犯神经。听他喊了一大阵，我母亲才打断他的话，告诉他桃儿还没同意和她母亲一起走呢，真到了想走的时候，一定要她到六叔萌之的房里去辞行。

如此，我们的六叔萌之才算放下心来，东拉西扯地又向我母亲说了好多关于时代的事，然后就回他自己的房里去了。

第二天早晨，老九娘一个人挟着个蓝布包，来到我母亲的房里，她只是自言自语地向我母亲说了一句："唉，她算是铁了心了。"然后就一个人走了。

老九娘走了之后，母亲把桃儿叫到房里来，开门见山，和她说起了回乡下的事。母亲先是向桃儿问着："你是怎么一个打算呢？"桃儿不回答，只坐在母亲的对面，低着头，一声不吭，面部没有一点表情，就像母亲说的事情与她无关似的。

"你已经是快十八九岁的人了。"不管桃儿是不是在听，母亲还是往下说着，"这些年，你在我身边尽心尽力，我已经是感激不尽了,怎么能再误了你的婚姻大事呢?我听说,乡里人,女子十五六岁就要出嫁,过了二十岁再不嫁,就要遭人说闲话了。我知道你心高,可是人不可和命争,随遇而安的道理,你总是知道的。千万年来,不是人人都要这样活着吗?谁又能跳出这个圈儿呢?还是早早地回乡下去吧,早早地成了亲,再早早地生儿育女,到那时,你几时想回来,我都高高兴兴地迎接你,咱两人也是前生的缘分,我就怕你离开我之后,我的日子不好过……"母亲一字一句地说着,察言观色,母亲还观察着桃儿的反应。再想起昨天晚上六叔萌之在母亲房里说的一番话,母亲就更感觉到事情的严重了。

只是,无论母亲如何开导,桃儿就是一句话不说,她一动不动地坐在椅子上,眼睛也不看我母亲,就是低头看着自己放在怀前的双手,紧紧地咬着嘴唇。

说了好些话,母亲见桃儿一点反应也没有,也有些着急了。

"你到底什么时候回乡下吧?"最后,母亲直接向桃儿问。

桃儿还是低着头不回答。

"既然如此,那我就说话了,现在你就回房去打点打点,明日一早派个人送你回乡下去,你将来的事,我已经说过,无论是怎样陪嫁,侯姓人家全包下来了。"

母亲斩钉截铁地说着,桃儿一动不动,她两个人就是对峙地坐着,谁也不肯让步。

"唉,你真是让我着急了。"母亲无可奈何地说着,"你去吧。这件事,就这样定下了,自从老祖宗把你送到我的房里,我对你没有板过一次脸，这次就算是我反目无情了，你下去吧。"母亲真的就沉下脸来，和平日吩咐别人一样，冷冷地对桃儿说着。

这个桃儿，不申辩，也不反抗，她就像木头人一样，还是一动不动地坐在她的椅子上。

"来人哪。"向着窗外，母亲召唤了一声，随之就有一个上了年纪的老女人应声走了进来。

"你到前院去把吴三叔找来，就说我有事吩咐他去做。"

老女人答应着，随之就走出去了。

直到这时，桃儿还是不说话，也没有一点害怕的意思，反正她是拿定主意，要和母亲打一场胶着战了。

在老女人到前院招呼吴三代去的时候，母亲又对桃儿说着："我可是要吩咐吴三代备车了，然后再派上一个人把你送回乡下去。你是个明白孩子，你想想，这侯府里的两位少爷，也就是六先生和九先生，都已经不再是孩子了，六先生已经考上了南开大学，满脑子的平等博爱，你说说，我还能再把你留在身边吗？"

谁料，这一句，把桃儿说哭了，眼泪从桃儿的眼窝里涌了出来。

"你哭什么？"母亲不解地问。

桃儿咬着嘴唇不肯回答，这时，窗外传来吴三代问话的声音：

"少奶奶，是您招呼我吗？"

桃儿听见吴三代真的来了，立即就吓得站起了身来，她似是要向我母亲说些什么,但话还没说出口,她全身就剧烈地哆嗦了起来,肩膀一抽一抽地,再也说不出话来了。

"少奶奶,老奴才在房外侍候着呢。"吴三代提醒母亲,他正在听候吩咐。

"哦,也没什么要紧的事,天气渐渐凉了,荷花缸里的那些败叶早早地清理了吧。"母亲灵机一动,突然想起了一件不相干的事,忙着回答吴三代。

"吴三代知道了。"窗外的吴三代回答着说,"老奴早就想着该把荷花缸清出来了,只是老奴记得去年少奶奶说过的,也不怎么就留着这些枯荷叶听下雨的。"吴三代不知诗词,母亲说的原意是:"留得枯荷听雨声。"

吴三代说过之后,就回到前院去了,这里就又只剩下了母亲和桃儿两个人。

听着窗外吴三代渐渐走远的脚步声,桃儿这才喘出一口长气,低着头站在母亲的对面,已经把嘴唇咬出血丝来了。

停了好长好长的时间,母亲才平静下心情,恢复了平日的慈祥,平平静静地对桃儿说道:"你忙去吧,就当是什么事情也没发生过,勤姑的事,当年办得那样顺利,你呀,可真是让我作难了。慢慢地等着吧,不总是说苍天不负有心人吗?不过呢,我相信你是一个明白孩子,什么事情是怎样一个方圆,我知道你是不会越矩的。"母亲的话里有话,桃儿自然也明白母亲指的是什么事。

没有再说什么话,桃儿就走出去了,可是没有走远,她忽然转回身来,一步又走回母亲房里去了。

"少奶奶，有句话，桃儿还是要对少奶奶说的。"

母亲对于桃儿的突然回来，并不感到意外，她只是向桃儿看了看，然后就等着她说话。

"少奶奶刚才说六先生已经是成人了，桃儿再没有规矩，到底也是少奶奶调教出来的人，什么事情是什么方圆，桃儿还是知道分寸的。桃儿是一个知道深浅的人，打死桃儿，桃儿也不敢有什么非分妄想的。"桃儿平平静静地说着，我母亲听着听着，反倒眼窝有些红润了，她也不追问桃儿这一席话是什么含义，只是任由桃儿说着。

桃儿站在母亲的对面，眼睛也不向母亲看着："六先生和九先生是好人，人人一副好心肠，他们自幼没吃过苦，不知道世上还有受苦人，书上写的什么，他们就相信什么。六先生总是给我讲什么平等呀，自由呀什么的，还要把他的书借给我看，我只是推说看不懂，才最终没看那些书。书上写着的，还会有错的吗？只是世上的事，和六先生的想法是不一样的，桃儿没读过书，但是桃儿懂得道理，这个道理就是人人都要知名分、守章法；我也问过六先生，咱们府门外面的那块匾上刻着的'正名'两个字作什么讲？六先生说那是混话。桃儿想混话怎么会刻成匾额、还高悬在名门望族的府门门额上呢？桃儿想，这其中一定是有大道理的。名，就是名分，世上什么事情都可以有个商量，只有这'名分'二字，是一定要正过来的。论名分，桃儿是奴，六先生是主，错了名分，就是乱了纲常，那是要被世人所不容的。六先生是好人，他想教我读书识字，可是桃儿识的字再多，到头来也仍然是一个奴才，府上老祖宗、少奶奶宽厚,不给我们立规矩,可是桃儿自己也知道,做奴才,就是不该看的不要看,不该说的不许说,不该想的更不许想。桃儿不肯随着老娘回乡下,是桃儿舍不得老祖宗、舍不得少奶奶,舍不得哥哥、姐姐和小弟弟。桃儿也知道迟早有一天是要离开府上的,什么时候离开,桃儿自己知道。少奶奶放心,桃儿不是有贪心的人,到了该走的时候,进到侯家大院时是什么样子,走的时候也还是那个样子。不带走一件丝的绸的,不带走一件银的玉的,桃儿只要带走侯府里上上下下的情意,也就是上辈子的缘分了。"

桃儿说得那样平静,我母亲听得又那样激动,桃儿越平静,我母亲越听得成了一个泪人了。

强忍住眼泪,母亲平静了一下心情,才对桃儿说道:"这些话大家就全不必说了,你老娘到府里来,我比你还紧张,真怕你老娘一句话把你领走,到那时我就是想多留你住一天,都说不出口了。人家的女儿成人了,人家自己要领回乡下去。你刚才说到的'正名'二字,正的不就是这个名分吗?是你自己要留下来,我心里才松下了一口气。不怕你多想了,如今在侯家大院里,你是我唯一一个可以说知心话的人。早以先,大先生,孩子们的父亲和我好的时候,我们恩恩爱爱地相依相亲,那时候侯家大院里的一草一木我都觉得亲,后来,来了一个宋燕芳,侯茹之一下子从我的心里消失了,一天的时间,这个人对我来说变得陌生了,我简直不敢相信我曾经和他一起生活了这么多年,而且还生儿育女,是一对夫妻。从此,侯家大院对于我来说,一草一木都变得冷冷冰冰。倒只有弟弟,孩子,还有你和杏儿,才是我的知心人。老祖宗只要富贵吉祥,为了这个富贵吉祥,无论谁受了什么委屈,老祖宗都不管,她不问,你对她说了她也不肯听。你说我心地宽厚,可是我不这样,又能怎么样呢?我容下了一个宋燕芳,上上下下没有一个人说我的好话;如果我容不下宋燕芳,那时我就成了侯家大院里的罪人了。侯家大院这么大,怎么就容不下一个宋燕芳呢?普天之下,娶妻纳妾的男人多着呢,怎么侯茹之就只能和我一个人好呢?桃儿是个明白孩子,你知道我为什么只能这样做。丈夫,我不指望了,我只盼着弟弟、孩子们有出息,我还盼着我的桃儿和杏儿将来有个好交代,到那时,和你说最知心的话吧,我可是要离开这个侯家大院了。"

母亲平平静静地说着,桃儿听着,哭成了一个泪人。

就这样,她们俩你说过了我说,我说过了你再说,真不知道要说到什么时候呢。只是,屋子里她两个人正说得高兴,窗外又传来了吴三代的声音。吴三代站在窗外,向我母亲说道:"少奶奶,车子备好了。"

听吴三代说车子备好了,我母亲一怔,想不起来自己什么时候吩咐吴三代备车子的,更想不起来自己要去什么地方。倒是桃儿一拍手,向我母亲说道:"哦,连我也忘记了,前天少奶奶吩咐,说是大家一起到姑奶奶家去的呢。"

这时,我母亲才想起,正是她说要去芸姑妈家的。立即,准备更衣,再叫上我,有桃儿陪着,没多少时间,我们就坐上车子出发到芸姑妈家去了。

芸姑妈已经搬家了。

梁月成带上芸姑妈去南方做生意，半年的时间，发了大财；回到天津之后，梁月成先买房，后置家，如今的梁月成已经是有名的富商了。

梁月成怎么发的财？我们不得而知，做生意呗。我爷爷说，"九一八事变"之后，东北和内地断绝往来，这样许多商人乘机在南方和东北两地之间做生意，一笔好生意，立即就能发财。当然也有破产的，一夜之间，就倾家荡产，第二天河边就漂起了死尸，因为跳大河是赖债的最好办法。

芸姑妈新买的房子在老英租界，地名叫小伦敦道，小伦敦道往里走，有一条极静极静的里巷，这条深巷叫紫云里，紫云里只有三幢楼房，是原来英国工部局官员们的私邸，是按照英国王室的住房建的。这三幢楼房现在的主人，一位是我的姑丈梁月成，另一位是前朝的一位王爷，第三位是一位老女人，据说是北洋时期一位总理大臣的姨太太，全都是有脸面的人物。

梁月成的新家，那种阔气劲，就别提了，汽车可以直接开到院里，院里有假山，有溪流，有小桥，有花圃，据说前主人常常在院里骑马，院子边上，有十几把座椅半埋在地里，据说那是给乐师们准备的座位。当主人骑着马在院里溜达的时候，乐师就坐在院边上给他奏乐。

梁月成发财，自然是一件好事，这其中只有我爷爷持保留态度。梁月成几次把车子开到美孚油行门口，说接我爷爷去他的新家吃酒，我爷爷都婉言谢绝了。我爷爷有一种信条，他认为暴富非福，他看着梁月成发财，心里害怕。

我母亲当然就不能婉言谢绝了，在芸姑妈再三邀请下，终于定下一个日子,带上我和桃儿一起来了,也算是给梁月成一点面子吧。

走进梁月成新居的主楼,阔死。好大的一间大花厅,迎面宽宽的楼梯可以并肩走四五个人,楼梯拐角处,放着比我还要高的大花瓷瓶,好大的窗子,雕花的玻璃,屋顶上垂下来大吊灯,看着可真是够气派的。

住在城里,我们家的车子已经是够气派的了,新车子,新车篷,新车灯,车夫拉着跑起来,一颠一颠地,那是很有点威风的。可是我们家的车子一进老英租界,寒碜了,看着马路上一辆辆小汽车,坐在我们家的车子里,真让人觉着有点不好意思。好在那时候我还没有上学,所以也不怕被同学看见,我尽可以大大方方地坐在车上看街景。

车子到了梁月成家,梁月成家的用人的脸色就不大好看了。他们见惯了小汽车,一听见小汽车喇叭响,立即就跑出来迎接,有人拉车门,有的扶客人下车。如今看见几辆洋车拉进到了院里,他们就觉着有失他们自己的身价了,没有人过来问好,也没有人过来扶我。一蹦,我就从车上跳下来了。就在我从车上往下蹦的时候,明明看见一个老女人把嘴巴往两边一撇,一尺多长,十足一副看不起人的模样。我这个人还就有这么点毛病,你越是看我不起,我越是和你捣乱。我一步跳到那个老女人身边,身上一歪,就倒在她的身上了,顺势,我狠狠地在她的脚上踩了一脚,痛得她尖叫一声。我看她也没敢骂人。

母亲知道我故意捣乱,便让桃儿一把将我拉过去,还向那个老女人说了句致歉的话,然后就领着我走进到房里去了。

桃儿姐姐领着我往房里走,正赶上梁小月下学回来。哟,可是不一样了,我只见两辆洋车同时拉进大院,我还以为是她姐弟俩一人一辆车呢,可是车子停下之后,我才看清楚,前面的车里坐的是梁小月,后面的车子里坐的却是一个用人。车子停下之后,梁小月坐在车里不动,这时坐在后面车里的老女人匆匆地从车上走下来,走到梁小月的车旁,把梁小月从车上搀了下来,就像梁小月是位一百岁的老太太似的。怎么她就学会了这手呢?

梁小月见到我母亲,倒也还有礼貌,先问了一声"舅娘好",随之施了一个礼。看见桃儿姐姐,她就和没看见一样。倒是她看了我一眼,没等她说话,我倒先冲着她喊了起来:"小月,买冰棍了吗?"

梁小月似是害怕别人知道她也有过买冰棍的历史,所以装作没听见,仍然往楼上走,只是在和我擦肩而过的时候,她向我说了一声:"一会儿到我房里来。"行呀,你也有自己的房了,这才是几天的时间呀。

梁家发了,在不到半年的时间里发财了,而且梁月成的两个孩子,也随着梁月成的暴富,染上了一身的坏毛病。这些坏习气,被我们这样的老门老户人家看不惯,也看不起,那时尽管我年纪小,但我也知道,这样的孩子是不会努力读书,是不可能有前程的。

从姑妈家回来之后,我就对母亲说:"我不学梁家孩子的榜样。像他们那样摆臭架子的人,不会有出息。"

母亲见我能有这样的看法,立即就把我拉到了她的怀里,还赞扬着我说："我们小弟是个有志气的好孩子。"

"等我做上大总统，我就命令梁小月天天为我擦皮鞋。"我愤愤地又向母亲说着。

"噗嗤"一下，母亲笑了，她拍了一下我的头，说着，"你呀，你是看着人家发财生气呀，真当上大总统，还用得着你自己下命令让人给你擦皮鞋吗？找到门上来轮着给你擦皮鞋的人，多着呢。"

10

前院里传来消息说，警察局曾局长看望老太爷来了，立即，母亲就紧张起来了。

警察局曾局长，在天津是个人物，没什么要紧的事，一般人见不到他，就连我们这样的人家，就连我爷爷这样的人物，没有点什么重要的事，他也不会就到我们家来，给我爷爷"请安"。

我爷爷可真是不得了。怎么警察局有事情，局长还要亲自来给我爷爷"请安"呢？如果是别人家的人犯了事，警察局一个命令，把人抓起来，那是连家里都用不着通知一声的，就是人找不着了，你自己想打听到下落，拿钱来吧。先别说见着人，就是打听出这个人在什么地方关着，至少也要你花个万儿八千的。今天，曾局长来拜我爷爷，也许不是我们家的人出了事，就是警察局想通过我爷爷和洋人办点事，那样的事也有过，一般情况是曾局长摆一桌酒席，请我爷爷去赴宴，而且还要事先把要办的事情说清楚，免得我爷爷一听说是警察局请客，心里有些紧张。

而如今是这位曾局长亲自到侯家大院来了，我母亲猜测，一定是我们家的人和一桩什么事情有了关联。什么事情呢？我母亲想象不出来，也许是我老爸在外边出了什么事？不一定，我老爸就是在大阪公司做事，从来不参与政事，而且以我老爸的势力，以我们家的名望，就是做点什么荒唐事，警察局也不敢干预。而且警察局还得帮助出主意，把事情化解，绝不敢从中敲诈。想要点什么，他们会找上门来张口的，再说这许多年，警察局也没少占我们家的便宜。

但是，今天曾局长亲自到侯家大院来了，而且关上房门，和我爷爷说了好长时间的话。我母亲派桃儿到前院打听消息，桃儿回来说，大客厅从里面关着门，连送茶的用人都不让进，看来事情是够严重的了。

一直到快吃饭的时候，警察局局长才告辞出来，我爷爷把曾局长送到大门口，吓得曾局长连连给我爷爷拱手作揖。桃儿匆匆赶到后边来向我母亲报告消息说，曾局长连连地对爷爷说："好自为之，好自为之。"然后，就登车走了。

"好自为之"什么呢？我母亲想不清楚，但很快，前院就传来了吩咐，说是我爷爷请我母亲到"前边"去。

这一下，我母亲感到事情非同一般了，说起到"前边"去，我母亲每天都要到前边去几趟的，清晨给我爷爷和我奶奶请安，中午过去用餐，下午估计着我爷爷快回来了，我母亲还要亲自到前边迎候。说到我母亲的这点礼貌，那可是侯府里全都有名了，从我母亲进了侯家大院，这一连多少年，每天下午，我母亲一定要亲自到"前边"去迎接我爷爷下班回家。听着我爷爷的车子铃声响了，我母亲立即走到二道门内，恭恭敬敬地等着我爷爷走进家来。这时候我母亲跟在我爷爷的身后，要为我爷爷拉开房门，然后随我爷爷一起走到房里来，再接过我爷爷拿下来的帽子，接过我爷爷的马褂，然后再看着下边的人送来洗脸水，再关照茶泡好了没有。这时，我爷爷照例要对我母亲说上一句："我这里没有什么事情了，你回房忙去吧。"如是，我母亲才从我爷爷的房里出来，算是做完了一桩功课。

说起来呢，这不过就是一种表演罢了，我爷爷的房里有人专门侍候着我爷爷的事情，压根儿就用不着我母亲过问，可是，我母亲必须表示她对用人们的侍候不放心，所以必须亲自过来看一看，这样才算是尽到了责任。其实呢，这不过就是给别人添麻烦罢了，你想呀，一连多少年，天天如此，赶上下雨天，我母亲出来迎接我爷爷，桃儿还得出来为我母亲撑伞。我母亲回到房来之后，桃儿还得给我母亲更换衣服，说来真是多此一举了。

只是呢，此事表现出了一种精神，那就是我母亲虽然是"老"儿媳妇儿了，可是规矩上一点没有马虎，礼法上没有乱方寸，有了我母亲的榜样，南院、北院里的少奶奶们无论心里愿意不愿意，也得按照我母亲的榜样去做，如此，才形成了一种侯家大院风格，一种以假相维系的尊荣富贵。

我母亲每天到"前边"去问安，是平常事；而我爷爷请我母亲到"前边"去，却是非同寻常的大事。因为，平日里有什么事，我爷爷总是通过我奶奶对我母亲说，我爷爷不会直接对我母亲吩咐什么事情的，这样也是给我母亲留有余地，万一我母亲有个什么想法，到底不是公公直接说的，还可以和我奶奶商量。

但是这次，我爷爷把我母亲请到"前边"去了，而且说在大客厅里等着和我母亲说事。这一下，类若外交礼仪，严肃了。

　　桃儿陪着我母亲走进大客厅，我爷爷只是对我母亲说了声："你坐吧。"并没有和我母亲再说别的话。这时我母亲就对桃儿说："你回房去吧。"这样，桃儿才离开大客厅，到上房我奶奶那里说话，等着我母亲去了。

　　桃儿走出客厅之后，我爷爷对我母亲说道："刚才警察局的曾局长来过了。"

　　"我听说了，还准备着公公有什么吩咐。"我母亲是说她知道曾局长到家里来的事，她还准备万一这位局长张口要点什么，好立即打点。

　　"我早就发觉，萌之这孩子一腔的热血，迟早会惹出麻烦来的。"我爷爷摇摇头说着。

　　"萌之努力读书，是个很知刻苦上进的孩子呢。"我母亲为六叔萌之申辩，也是表示自己已经尽到了做大嫂的责任。

　　"我没有责怪你的意思。"我爷爷立即向我母亲表示，他对于我母亲对弟弟们的关照，没有不满意的地方。

　　"六弟虽说是住在学校里，但每星期他回家来，我都是亲自询问他在外面的情形，媳妇虽然粗心，可是对于弟弟们在外面的行为，还是知道仔细的。"母亲向爷爷说着，表示她相信六叔萌之不会在外面惹祸。

　　"这种事情，那是无论谁都发觉不了的。"接着，我爷爷向我母亲说起了曾局长到家里来的缘由。

　　前几天，天津发生了一桩事件，日本便衣队把一家报馆砸了。日本便衣队是日租界日本浪人豢养的一群中国无赖,他们平日就在天津到处作恶,天津人对他们恨之入骨,可是又惹不起。他们缺钱花,找上门来伸手就要。给少了,也不找什么理由,一群人上来,砖头、木棒,稀里哗啦,就把商号砸了。在天津,一说日本便衣队,人们无不咬牙切齿,也无不心惊胆战。

日本便衣队再凶,也不敢凶到我们家来,你想,连警察局有了事,都得局长亲自到我们家来给我爷爷通风报信,日本便衣队不怕美孚,不怕大阪,难道还不怕三井吗?虽然我曾祖父过世了,可是三井洋行里还有我曾祖父的部下。连日本人都不敢来我们家找麻烦,你日本便衣队,一群社会渣滓,借给他一点胆子,也不敢跟我们家过不去。

只是如今的事情麻烦了,九一八事变之后,日本帝国主义觊觎华北,一些准备卖身投靠日本势力的政治掮客,开始在天津鼓噪华北独立,这些人或是发宣言,或是成立什么组织,也有人办报纸,写文章,"著书立说",一心要做卖国贼。对于这股汉奸势力,国人当然是恨之入骨,在国人的一片咒骂声中,这些汉奸有如过街老鼠,在天津的日子已经是过不下去了。

图穷匕首见,这群汉奸于走投无路之时,就联合起日本便衣队,向爱国人士下了毒手,先后制造了几起流血事件,很有几位爱国人士遭到他们的暗算,而且他们还今天扬言杀这个,明天扬言杀那个,使许多爱国人士到处躲藏。前不久,一家爱国报纸《民报》就遭到他们的破坏。一群自称是日本便衣队的恶汉,把《民报》砸成了一片废墟,而且还扬言要暗杀这家报纸的主笔,如今这家报纸已停刊,报纸主笔也逃得无影无踪,这家报纸再也办不下去了。

天津市政当局虽然也发表了一个声明，表示要对肇事者追究严办；可是，他们明知道日本便衣队的队部就在日租界的三友会馆，也不敢去三友会馆捉人，任由日本便衣队在天津横行。

只是，这件事情和我们家有什么关系呢？

"麻烦就在于这件事还没有一个了结。"我爷爷向我母亲说着，"日本方面提出还要处置几个人，其中一个人，常常在《民报》上发表鼓动抗日文章，这个人写文章当然没有用真名，只是用了一个假名，叫'激昂'，文章写得很有分量，在社会上很有影响。"

听着我爷爷的介绍，我母亲想起自己也曾读过这位"激昂"的文章，那还是六叔萌之介绍给母亲读的呢。

"日本方面向天津警察局指名要'激昂'这个人，天津警察局费了好大的力气，才终于查出这个'激昂'，原来是南开大学的一位学生。"我爷爷继续向我母亲说。

"哦。"我母亲警觉地抬起头来，想了一会儿，便向我爷爷问道："莫非……"

"正是。"我爷爷点了点头，回答我母亲。

我母亲再也不敢问了，她的目光里掠过一道惊恐，而母亲又是一位妇道人家，对于这种事，她是想不出办法来的。停了一会儿，我母亲才对我爷爷说道："一定让六弟先去个地方避几天风。"

"唉，你是不知道这日本便衣队的厉害呀，他们若是想找一个人,你就是躲到天边儿去,他们也会把人找回来的。"

"这可怎么办呢?总不能让六弟落到日本人的手里呀。"母亲一时没了办法,只是着急。

"所以人家曾局长才到家里来通报消息,让咱早早想办法去日本方面活动。曾局长说,这种事,必须先在日本上层活动,上边的人说句话,这件事才能有通融。然后,我们才能想办法再把人藏起来。唉,这个萌之,我早就担心他在外面会惹出事来。"我爷爷叹息着。

"平时对于弟弟们的功课,我是不敢轻视的,倒是也没发现他们读什么过激的书。就是六弟总是让桃儿为他磨墨,说是写文章,我想学校里的事,而且又是写时文,我也就没有过问。万万没有想到,六弟是写这样的文章。六弟是个热血青年,可是唤醒国人抗日,那绝不是一个人可以做到的呀。"

"我倒是也问了曾局长,应该如何和日本上层活动?曾局长说,日本便衣队的后台,就是土肥原,是个有名的日本特务。这个人一直住在天津,指挥着全中国日本奸细的活动。曾局长说,只有买通土肥原,这件事才有希望。他对下边说句话,便衣队也就不再追究这个'激昂'是谁了。"

"我们给他送礼。"我母亲当即就对我爷爷说着。

"礼,自然是一定要送的,可是如何才能见到这个土肥原呢?"我爷爷万般为难地说。

"老太爷在世时,曾经做过日本三井洋行的中国掌柜,和日本上层有过来往,也许还能找到个什么人?"我母亲向我爷爷问着。

"就算有这层关系,可是咱们家让谁去见土肥原呢?"我爷爷为难地说着。

是啊,以我们家和日本方面的关系,想见土肥原并不困难,可是让谁去见他呢?让我爷爷亲自出马?我爷爷多年在美孚油行做事,在他的印象里,根本就不能和日本人共事。我爷爷见到的日本人,全都是哈腰鞠躬、低三下四的日本石油商人。对于这种人,只要你肯把石油卖给他,他又鞠躬,又行礼,一副低三下四的德性。我爷爷看不起日本人,也不想和他们说话。

不等我爷爷再往下说,我母亲明白我爷爷请她到上房来的用意了,我母亲当即就对我爷爷说:"这几天,先让六弟在家里避避风,我下午就动身去塘沽找茹之,如今也只有他出面了,大阪公司方面,和日本人总还是有面子的。"

我母亲当仁不让,居然肯去塘沽找我老爸,让我爷爷真是受了感动:忍辱负重,顾全大局,我母亲不念我老爸的"旧恶",答应去塘沽见他,这真是伟大襟怀了。停了一会儿,我爷爷对我母亲说道:"这个家,全靠你支撑了,若不是你肯做牺牲,这个家早就七零八落了。"

"六弟是我们家的顶梁柱,保护好六弟,就是我们全家人的头一件大事。"我母亲向我爷爷暗示,对于我老爸她早就不存任何希望了。侯家大院的未来,就系结在六叔萌之和九叔菽之的身上。如今六叔萌之惹出了事,我母亲当仁不让,只能挺身而出,去塘沽找我老爸去了。随之,我母亲又交代了几句关于六弟安全的事,然后就回房准备更衣。用过午饭,我母亲就带着桃儿，还带上我，一起动身到塘沽去了。

母亲带着桃儿姐姐和我去塘沽，吓坏了宋燕芳。我们回来之后听杏儿说，这一连两天时间，宋燕芳失魂落魄地在房里坐了两天，杏儿甚至还听见宋燕芳自言自语："完了，冤有头，债有主，凡事总要有个归宿的。"宋燕芳猜想我母亲去塘沽，一定是去和我老爸摊牌的：有她没我，有我没她。这次我母亲是一定要把宋燕芳赶出侯家大院了。到哪里去呢？宋燕芳还没有想，反正最终也就是一个下海做艺呗。别做美梦了，侯家大院不是她这种人待的地方，也该给人家滚蛋了。

宋燕芳猜得一点没错，这次母亲到塘沽去，还真就决定了宋燕芳一生的命运。

我老爸正在大阪公司和日本董事一起开会，外面就传告说，侯太太来了，吓得我老爸举着一只烟碟就跑出来了，跑到公司门口，一看是我母亲，我老爸打了一个冷战，一连"哦哦哦"了三声，也没想出应该说什么话来。

"侯经理，侯太太的住处安排好了吗？"倒是下属的一个办事员，提醒了一句，这才把我老爸唤醒过来，他忙着对下属吩咐："快去订一个房间，全塘沽哪个饭店大，哪个饭店价钱贵，你就给我订哪个房间。"

就这样，我母亲带着我和桃儿姐姐一起住在了塘沽专门住外国人的饭店，这家饭店叫光华别墅，一套客房就是一层楼，说不清有多少房间，光是卫生间，就有四个，我是轮流地去，用了一个下午的时间，四个厕所，我才都转过来。

"爷爷、奶奶都好？"安顿着我们在宾馆住下之后，我老爸先向我母亲问家里的事,他猜想是家里出了事,譬如爷爷、奶奶得了病,我母亲才会到塘沽找他来的。

我母亲没有回答我老爸的询问,也没有向我老爸问好,开门见山,说:"萌之惹了点麻烦,要你出面找日本方面去活动。"随之,母亲就把曾局长到家里来,和我爷爷对我母亲说的那些事情,一一对我老爸说了。我老爸听后寻思了好久,也自言自语了一句:"难呀。"只是我母亲不理他,就等着他想办法,说出应该怎么办。

"这样吧,大阪公司的总裁小野和三友会馆有交往,在天津日租界也很有点势力,我现在就去找他,看能不能想出个办法来。只是,只是……"

"无论花多少钱,也要把事情办妥帖。"我母亲打断我老爸的话,告诉他不要为钱的事为难。

"不是钱,是,是……"我老爸似是有难以启齿的话,就只是吞吞吐吐地总也说不清楚。

"那是什么事呢?"我母亲向我老爸问着。

"你是知道的,和日本人处事,谈公事,就只在办公室里谈,离开办公室说的话,一律无效。可是谈公事以外的事,就一定要到那种地方去谈,唉,若不就说你们不知道在外边的难处呢。"我老爸说着,叹息了一声,表示自己有的时候去了什么不该去的地方,也是不得已而为之的事,只是一种交际上的需要,他本人从心里是不想到那种地方去的。

"只要能说上话,无论什么地方不是也要去的吗?"我母亲当然明白我老爸的意思,又要见小野,又要说与大阪公司无关的私事，所以就必须去一个不好意思去的地方。我母亲才不问你去什么地方呢，那种地方你早就去过不止一次了，也未必就全都是为了家里的事。

"你也别以为是去什么不洁净的地方，就是要去人家日本人开的伎馆，其实就是酒馆，和咱们中国人开的饭店一样。"我老爸向我母亲解释，表示不三不四的地方他还是不去的。

"该怎么想办法，你就去吧，我和孩子在这儿等你。"我母亲向我老爸暗示，她到塘沽来就是为了六叔萌之的事，此外，不要存任何侥幸心理。

我老爸明白了，没有再说什么话，就乖乖地走了。

一直到深夜，我老爸才带着满身的酒气回到宾馆，一走进房间，"咕咚"一下，人就倒在沙发上了。无论我母亲问他什么话，他也回答不出来。我母亲又急又气，真不知道应该怎么办才好。只是，当时我是睡着了，如果我醒着，一定用一盆凉水泼他，保证有效。

第二天早晨，我老爸醒过来，看了看我母亲，想起了昨天下午我母亲交给他办的事，这才摇了摇头："难呀。"

"怎么一个难法儿？"我母亲听见我老爸说了一句明白话，立即便向他追问。

"小野说，土肥原那里也许能给个面子，但是，想见土肥原，也不能我一个人去。"我老爸万分为难地说着。

"那要谁陪你一起去呢？"我母亲问着。

"唉，这事真是难呀。"我老爸拭着额上的汗珠说着。

"再难不也是要办吗？"我母亲着急地说着。

"是这样,你们是不知道和日本人处事的规矩,譬如想和土肥原说什么事吧。如果是我一个人去见他,那就是表示我要和他公事公办了,他在他的办公室里和我见面,我向他说起咱们家萌之的事情,他当即就要问我,什么时候把人交出来?如果咱们说,这个人我不能交给你,那他就要提出他的条件,譬如他要向中国方面,要一个什么人,拿这个人和咱们的萌之交换。"

我母亲自然知道这件事不好办,更知道日本人的铁面无私。停了一会儿,她又向我老爸问着:"若是不在办公室见他呢?"

"那就更难了。"我老爸摇着头回答着说。

"不就是要去那种地方吗?"

"土肥原是不去那种地方的,他们日本人一层人有一层人的活法,不像咱们中国人,无论什么达官贵人,贩夫走卒,大家全都是在一种地方说事。"

"你就说怎么见他吧?"我母亲没有时间和我老爸探讨各国人的不同活法,仍然向他追问。

"要想和土肥原说私事,就必须到他家里去见他。"我老爸回答着说。

"那你就只管去吧,带上一份官礼。"我母亲说着。

"唉,你还是不懂日本人的规矩。"我老爸明明是有话说不出,便只是为难地摇头,"他是日本上层人物,规矩礼法是一点也不能乱方寸的。"

"他们讲什么方寸?"

"既然是去土肥原家里拜访,土肥原的夫人就要和她丈夫一起见我。"

"有他夫人出面,事情不是就更好说了吗?"我母亲对于我老爸表现出来的为难神态极不理解。

"难,就难在他夫人要出面。"我老爸的话简直就说不下去了,他只是搓着双手,一个劲地在房里打转。

"有什么难处,你就直说吧!"我母亲斩钉截铁地问着。

"人家的夫人出面见我,我就一定要有太太的陪同。"终于,我老爸把话说出来了,说过之后,他也不为难了,一屁股坐在了沙发上,只等着我母亲的回答。

要我母亲陪着我老爸去见土肥原,这个玩笑可是开得太大了。我母亲有学问,莫说是土肥原,就是你地肥原,只要是讲学问,我母亲也不含糊他。听说日本人对于中国的《楚辞》极有兴趣,我母亲对于《楚辞》还独有见解。出嫁前,我母亲在马家,每天除了吟诗作画之外,最大的乐趣就是品味《楚辞》了。我母亲研究《楚辞》,还写下了许多笔记呢,这些笔记后来连我都看不懂。

但是,目前的问题却是要我母亲去见一个日本政客,一个日本特务,一个日本奸细,我母亲没有勇气了,就算是为了六叔萌之的事情吧,可是让我母亲陪着我老爸去三友会馆见一个日本人,就连我爷爷也不会同意的。

"好吧,让小野和日租界定时间吧,就说侯茹之将带侯太太到土肥原府上去拜见土肥原和土肥原夫人。"我母亲毫不犹豫地对我老爸说着。

"怎么？你去见他？"我老爸不敢相信自己的耳朵，他向我母亲看了好半天，还以为是我母亲故意出什么诡计和他为难，因为我老爸知道自己的人缘儿不太好，他对于我母亲的举手投足，是时时充满着戒备的。

"你现在就送我们去车站吧。"我母亲果断地对我老爸说着，"定下了日期，你就回天津，土肥原不是也住在天津吗？告诉小野，侯太太和侯先生一起去拜见土肥原和土肥原夫人。"

"你……"我老爸还没听明白我母亲说的话，这时，我母亲已经穿好衣服，只等着去车站回天津了。

回到天津，我母亲把在塘沽和我老爸说下的事，向我爷爷做了详细的禀报。当得知我母亲已经答应让我老爸带着太太一起去见土肥原的时候，我爷爷立即就瞪圆了一双眼睛说道："不行。就算是为了萌之的事，我也不答应你陪茹之一起去见什么土肥原。那是一个政治奸细，一个杀人不见血的恶棍。"

"我当然是不会去见他的。"我母亲对我爷爷说着。

"难道还有另一个侯太太吗？"我爷爷向我母亲问着，但是没等我母亲回答，我爷爷就想明白了一件事，立即又向我母亲问道，"你的打算是……"

"我想，也算是到时候了，总是这样名不正、言不顺地，事情还要拖到几时？倒不如趁着这个机会把事情确认下来，她不就是贪求个姨太太的身份吗？等茹之回来，我们也不惊动外姓人，就在侯家大院里摆上几桌酒席，我出面说话，这个姨太太的名分，给她了。"

听着我母亲堂堂正正的决断，我爷爷当即就挥着手向我母亲说道："不行，这件事，从我这里就不答应。"

"还不光是为了六弟一个人的平安，也是为了这一家人的安静，大家明明是都在等着这件事情，可是谁也说不出口这件事情应该如何处置。如今这句话也只能是由我说了，无论公公、婆婆如何想吧，这件事情我就这样处置了，有什么不是，公公婆婆就只怪罪我一个人吧。"我母亲说着，眼窝已经有些湿润了。我爷爷听着，也只能是一声叹息。

"唉，景福呀，这件事情，我们都对不起你呀。"我爷爷感叹着对我母亲说着，"不是我们不给你做主，我也想过施家法，教训教训茹之，把那个什么东西赶出家门。可是到底家丑不可外扬，南院里会如何看？北院里又会如何想？一个家庭，不是就贵在一个'和'字上了吗？开祖宗祠堂，立家法，哭的哭，叫的叫，到最后不是全让外人看笑话吗？只能是委屈你一个人了。可是呢，我万万没有想到，老六萌之又在外面惹出了事，还非得让人出面去见日本人，景福呀，身为公公，我不能说越矩的话，我谢谢你呀！"说罢，我爷爷几乎已经是泪花满面了，他摇了摇头，又像是自言自语地说着，"唉，全怪我教子无方呀！"

随之，我母亲自然又劝说了我爷爷好多话。这个位置真是难呀，自己忍辱负重，还没处述说；别人对自己表示同情，还得劝说对方别过于动感情，怎么世上就得有人扮演这种角色呢？

从上房出来，我母亲让桃儿到后跨院把宋燕芳叫来。宋燕芳心惊肉跳地来到我母亲的房里，问过我母亲的安好，随之就向我母亲问："听说少奶奶到塘沽去了一趟。"

"所以,才要和你说一件事。"我母亲回答。

这一下宋燕芳紧张了,愣了好长时间,不知道应该说什么话好,看了看我母亲的脸色,这才试探地对我母亲说:"有时候我也是想,事情总要有个了断的,少奶奶说个办法,如果是我总留在这院里不合适的话……"

"今天,我就对你直说了。"我母亲打断宋燕芳的话,对她说着,"你呢,回房里去准备准备,看看应该添些什么衣服,也别太鲜艳了,反正也说不上是什么明媒正娶了,就是在家里定下个名分。"

我母亲一席话,听得宋燕芳懵里懵懂,听了半天,也没听明白我母亲到底是想说些什么,等我母亲把话停下,宋燕芳这才问道:"少奶奶是吩咐我去给谁准备衣服?"

"给你自己呀。"我母亲回答着说。

"少奶奶的意思是现在就打发我走?"宋燕芳胆战心惊地问着。

"哎呀,我对你说了半天,怎么就一点也没听明白呢?"我母亲对宋燕芳说话,历来就有些不耐烦。她不说自己没有把事情说清楚,总是怪宋燕芳听不明白她的意思。

"我听明白少奶奶是吩咐我准备该穿的衣服。"宋燕芳胆怯地说。

"是呀,到了那一天,你不是要穿得体面些吗?"

宋燕芳明白了,她猜想一定是府上有了什么大事,过去她是见不着大世面的,如今到底是熬够了年头,有客人来,也让她抛头露面了。

"我这就去准备。"宋燕芳答应着,就想回她的后跨院去。这时我母亲又嘱咐她说:

"除了衣服之外,该用的首饰,你自己也准备好,反正是这样,别让各房各院看着寒碜,也别让各房各院看着刺眼,到底你已经在这院里有些日子了,还不能让茹之在弟弟、孩子们面前失了身份……"

"少奶奶,您的话,我是越听越不明白了。"终于,宋燕芳打断我母亲的话,直截了当地问了起来。

"哎呀,你怎么还没听明白呢?算了,你先回去吧,让杏儿到我房里来一趟。"说着,我母亲就把宋燕芳打发走了。

不大的工夫,杏儿就到我母亲的房里来了,才走进门,就对我母亲说:"哎哟,少奶奶,您可是把宋燕芳吓坏了,一回到房里,宋燕芳就对我说,少奶奶下令打发她走了,她还说,太多的东西她也就不带了,只求先在后跨院里放些时间,她说老戏班早就散了,一时赶她出去,可真是难死她了。"

"你瞧这个人,我对她说得够透彻的了,怎么她就不敢往那上面想呢?"我母亲责怪地说。

详详细细,我母亲向杏儿说了她准备收认宋燕芳做我老爸姨太太的事,直听得杏儿目瞪口呆,半天没说出话来。

"少奶奶,这可是您自己的决断?"最后,杏儿才向我母亲问着。

"就是我自己定下来的。"我母亲回答着说。

"这样,杏儿就不明白了。"杏儿想了一会儿,又对我母亲说着,"多少户人家,为了立姨太太的事,吵得满院里不得安宁,怎么少奶奶就心甘情愿地认下宋燕芳了呢？"

"一户人家,不是总要有一个人肯吃亏的吗？"我母亲反问着说。

"话虽是这样说,只是这个亏可是吃不得的,今天少奶奶认下宋燕芳做了姨太太,过不了一年半载,她就要张狂了,世上久居人下的人,是没有的,一天不认她,她就只能老老实实地在府里待着,认下了她是姨太太,她可就生是侯姓人家的人,死也是侯姓人家的鬼了,再想把她轰出侯家大院,也就没那么容易了。到那时,少奶奶的宽容,可就要换回她的恶毒了。"

"道理我全明白,可是只能这样做了,再不这样做,就是我的不是了。日后,有什么事,就靠你们护着我了。"说罢,我母亲落下眼泪来了。

我母亲虽然爱掉眼泪,可是为了宋燕芳的事,她还从来不在人面前掉眼泪,今天杏儿说了这一席话,才惹得我母亲在她面前掉下了眼泪。杏儿见我母亲掉眼泪的样子实在可怜,便劝解我母亲说:"少奶奶放心,就是认下了宋燕芳是什么姨太太,也没有谁看得起她。她是个什么东西？这全院里的人,还不全都是少奶奶的心腹？有我在后跨院看着,她休想和任何人来往,就是大先生,我也时时在暗中提醒他不要忘了这些年的情义。不过说起来,我总觉得大先生对少奶奶的情义还是比对宋燕芳的情义重,少奶奶有时候对大先生过于严苛,我看着都有些不忍心的。我可以对少奶奶起誓,在宋燕芳面前,大先生没有说过少奶奶一句不是,每次在正房里受了少奶奶的冷淡,回到后跨院，大先生总是一个人暗自掉眼泪。若依我说，少奶奶也要给大先生下台阶的，一个人谁能不做点什么荒唐事呢？况且又是出门在外，又遇上了这么一个妖精。"

"有你和桃儿这样两个体贴人的孩子，就是受些委屈，我心里也是踏实的，都说大千世界有恶有善，可是我总是觉得恶离得我远，善离得我近，这样我就觉得这个世界亲近、温暖，我也就不觉得孤单，有些说来想不开的事，也就想开了，自然也就没有什么过不去的事情了。"

"在房里，我和桃儿姐姐常常就说，这世上怎么就有少奶奶这样的好人呢？我们还说像少奶奶这样的好人，怎么就遇不上如意的事情呢？这侯家大院，上上下下和睦亲近，又是那么大的财势，没有这些横七竖八的事，少奶奶不就是这世上最称心的人了吗？那一年带着小弟到乡下去认干娘，正好乡下有一座庙，说是很灵验的，我和桃儿姐姐就到庙里去许下了愿，我们就求着佛爷保佑着我们少奶奶称心如意，真能这样，我们无论遇见什么事情，也就再不怨天尤人了。"说着，杏儿的眼窝已经红润了，她几乎是呜咽得说不出话来了。倒是我母亲这时提醒她说，应该回后跨院告诉一个信儿去了，这样，杏儿才说了一句："你瞧，倒把等着这件事的人给忘记了，到底没把她放在心上过。就是说，这人若是不值钱，也真是多余活在世上了呢。"

11

在收认宋燕芳做姨太太的家宴上，站出来闹事的，你猜是谁？六叔萌之。

本来，这一天从早晨开始，侯家大院里的空气就非常紧张，我老爸已经回来了，也装模作样地到我母亲房里来过，还对我母亲表白："我可是从来也没提起过要这样做的。"言外之意，这一切全都是我母亲一个人的主意，日后有了什么意外，他概不负责。

我母亲也没有那份闲工夫和他解释，就好像这个宋燕芳是我母亲领进门来的一样，该请的都请到了，芸姑妈和梁月成来了，连侯家辉都来了，满满堂堂，侯家大院可真是热闹起来了。先是南院里的奶奶们过来贺喜，还对我母亲说了许多赞美的话："都是大少奶奶心胸开阔，这才有了一家人的和睦。有大少奶奶的安排，茹之只能是好好做事，好报答景福的一片好心了。"表面上是这样说着，但桃儿听见也有人在说什么"大少奶奶开了先例，日后各房各院里的事情可是真就不好办了，谁想进来就把谁请进来吧，侯家大院也就成了大杂院了。"我母亲听着，也没说什么话，还是和众人说着笑着，就像是给与她无关的人办喜事一样。

北院里传过来的闲话就更不中听了,北院里的奶奶们说,这是大少奶奶要当家,先得给自己找一个挡箭的牌,立下了宋燕芳,大少奶奶就成太上皇了,前边的事有宋燕芳挡着,谁有个不服,宋燕芳就先把人发制了。

好在在侯家大院里,闲话是长年不断的,天可以不下雨,地可以不起风,只有侯家大院里的闲话,永远没有一个断的时候。做坏事有人说闲话,做好事也有人说闲话,七嘴八舌,就没有一个好人的活路。

这其中最最不应该的,是我的六叔萌之不应该出来闹事,已经是到下午了,在我母亲的主持下,宋燕芳给我爷爷和我奶奶磕过了头,芸姑妈也上前和宋燕芳叙过了礼,无论愿意不愿意吧,芸姑妈还叫了一声"嫂嫂",乐得宋燕芳眼泪都涌出来了,还给了芸姑妈一件礼物。我母亲还领着宋燕芳拜见了各房各院里的爷爷、奶奶,大家全说我母亲做得对,真不愧是名门闺秀,做出来的事,就是和小户人家出身的人做出来的事不一样。

这一天,最不好过的,是我老爸,一整天,他脸上的肌肉绷得紧紧的,那种强挂在脸上的笑容,看着比哭还难看。见着人他不知道应该说什么话好。有人给他贺喜,他也不说感谢的话,就是一个劲地"哦哦",见到梁月成来了,他一把拉住梁月成,两个人就不知道躲到什么地方说话去了。

宋燕芳的名分定下来之后,最最重要的,还是要明确她和侯家大院里上上下下的关系。我爷爷和我奶奶那里最好明确,公公、婆婆呗,或者再近些就叫老爹、老娘,和芸姑妈的关系也好明确,和我们的关系那是有先例可循的,姨娘,虽说一开始叫不习惯吧，但是时间长了也就习惯了。最难的是让六叔萌之和九叔菽之叫宋燕芳是什么"嫂嫂"，九叔菽之脾气好，含含糊糊地也不知叫了一声什么，也就算是应付过去了，只有六叔萌之脾气拗，到了他应该和宋燕芳论关系的时候了，我母亲才引着宋燕芳走到六叔萌之的面前，也是这时大家几十双眼睛全一起向他看着，这一下，六叔萌之有点吃不住劲了，他眼睛瞧也不瞧宋燕芳，向着我母亲就吼了一声："让她给我滚蛋！"

六叔萌之的一声吼叫，把满院里人们的说话声全压下去了，我爷爷一看事情闹僵了，回头就走，又上他的美孚油行去了，我奶奶听见六叔萌之的一声吼，只念了一声"阿弥陀佛"，立即被人搀到她的房里去了。

"萌之，你过来。"我母亲面不更色，冷冷地向着六叔萌之说着。

六叔萌之似是发觉自己过于放肆了，当时就低下了头，连看也不敢看我母亲一眼，只是乖乖地站着。

"我招呼你过来，你听见了吗？"我母亲威严的声音，把全院的人吓呆了。人们从来没有听我母亲用这样威严的声音对谁说过话，从我母亲来到侯家大院之后，人们还只是听见她说话的声音是那样柔美，谁也想不到我母亲也有发脾气的时候。

六叔萌之只是不出声地站着，既不向前走过来，也不甘示弱，就是在我母亲的面前站着，倒是桃儿看出我母亲真的是生气了，悄悄地走到六叔萌之的身边，小声地向他说着："六先生，大少奶奶可是真的生气了。"

我的六叔萌之当然也怕我母亲真生气，低着头，眼睛向上瞟了我母亲一眼,他只看见我母亲板着面孔正在死盯着他,吓得他也立时就消了火气。

"萌之,叫嫂子。"我母亲向六叔萌之下命令。

"大嫂。"六叔萌之小声地唤了一声。

"我不是让你唤我嫂嫂,我让你唤宋燕芳一声嫂嫂。"我母亲向着六叔萌之说着,声音里带着一种不可违抗的威严,听得人们都感到一阵恐怖。满院里的人都不敢大声出气,人们只听见自己心脏的跳动声,眼睛也都一起往地面上望着。

芸姑妈觉出这气氛太紧张了,就走过来一步,站到六叔萌之的前面,芸姑妈向我母亲说着:"哎呀,怎么六弟就惹得大嫂生了气呢,这孩子天生的拗脾气,看在我的面上了吧。"

芸姑妈的声音还没有落,宋燕芳倒说起了话来:"叫什么嫂嫂不嫂嫂的,我说就这样算了。"

"闭上你的臭嘴!"当即,我母亲向着宋燕芳就骂了起来,"这里有你说话的地方吗?有了名分,你就成了精了,不三不四的你也要说话了,你放肆!"

我母亲向着宋燕芳的一声怒斥,把宋燕芳吓得一连向后退了好几大步,简直不知道应该如何是好了,那才真是进也不是,退也不是,就只能乖乖地站在那里受喝斥了。

侯家大院里鸦雀无声,人们全都屏住呼吸,看着我母亲发脾气,而且先是向着六弟,后来又是向着宋燕芳发起了脾气。我母亲发脾气的时候,面色如铁,目光冷峻,吓得满侯家大院里的人,连气都不敢喘,生怕谁惹在了火头上,把自己也连累进去。

人们这里三个那里五个地站着，一起看着我母亲。我母亲身边站着桃儿和杏儿，她俩早吓得和木头人一样了，脸上一点表情也没有了。我母亲的对面站着六叔萌之，低着头不出声，芸姑妈站在我母亲的身旁，从我母亲的肩膀上向六叔萌之做眼色，暗示他不可犯拗，宋燕芳更是远远地站着，像是一只鼠儿一样，已经是吓破胆了。

也不知道站了多久，芸姑妈看着实在是太紧张了，就走到六叔萌之的身后，在六叔萌之的肩上狠狠地打一下："六弟，你这是和谁过不去呀？"

六叔萌之还是噘着嘴，小声地对芸姑妈说："大嫂为我的事，做这样的牺牲，我对不起大嫂。大丈夫做事敢做敢当，不就是日本便衣队吗？我等着他。"

"你胡说！"芸姑妈怕六叔萌之的话被我母亲听见，立即就捂住了六叔萌之的嘴。六叔萌之说过之后，也发觉自己辜负了我母亲的一片好心，便闭紧了嘴，再也不说话了。

"萌之，你是个明白孩子。"向着六叔萌之，我母亲说起了话来，"嫂嫂不是逼你七尺堂堂男子在大嫂的面前低头，你要知道，为了侯家大院的尊荣富贵，大家全要忍辱负重。你看看，这两年，侯家大院里还有一点规矩吗？后跨院里名不正、言不顺地就住着这么一个人，谁都等着看结果，可是谁也不说这件事应该如何了断，大嫂我做这个决断，难道不是为了这个大宅院的前程吗？你不服大嫂的决断，又让大嫂怎么办呢？萌之，你知道大嫂全部的希望，就寄托在你和九弟的身上了，你们的侄儿年纪还小，在外面，人家还说咱们侯家大院里的男子有志气,凭什么？凭的就是你和九弟的上进。萌之,就算大嫂求你了,你就帮助大嫂一起成全这个家庭吧。"说着,我母亲竟委屈得抽抽噎噎地哭起来了。

"大嫂,你别着急,我听你的话。"六叔萌之向着我母亲说着,但实在忍不住心中的愤懑,突然一下捂住了脸,唔唔地哭出了声来,哭得那样悲痛,肩膀剧烈地抽动着,又猛然一回头,哭着、捂着脸跑走了。

"萌之!"芸姑妈喊了一声,随之就追了出去,我母亲这里,桃儿、杏儿拥了过来,又是劝解,又是送毛巾拭脸,两个人一使眼神儿,就把我母亲搀回房里去了。

晚上摆酒宴的时候,从我奶奶的正房里传出来话说,六叔萌之已经称呼宋燕芳是"嫂嫂"了,如此,也就算是平息了事态。后来有人说,还是桃儿有心计,就是在六叔萌之哭着跑开,桃儿和杏儿又一起把我母亲搀回房里之后,立即,桃儿就跑到上房来,把前院里发生的事情,向老祖宗做了禀报。我奶奶听着,也是没有主意,只是连连地说道:"萌之这孩子也是太不懂事了。"

"老祖宗,这事也只有您出面了。"桃儿对我奶奶说着。

"你让我去说哪一个?你们大奶奶为了这个家自己先认下了宋燕芳,倒是小叔们不知事,出来作梗,你让我护着谁?"

"老祖宗,您把六先生叫到房里来。"桃儿给我奶奶出主意。

"你让我教训萌之呀?"我奶奶向桃儿问着。

"六先生没有过错,换了我,我也是唤不出口的。您就是把六先生叫到房里来,也别说他什么话,就让他在上房里歇一会儿,然后,您就对外面的人说六先生已经唤过嫂嫂了,那个宋燕芳还敢说她没听见?"桃儿在我奶奶的耳边一句一句地说着。

"哎哟,桃儿,你可真是一个小人精。"我奶奶说着,立即,就吩咐人把六叔萌之叫到上房来了。

六叔萌之气呼呼地走进我奶奶的房间之后,一屁股就坐在了太师椅上,一双脚跷起来,搭在我奶奶的大木床床沿上,一副浑不讲理的神态,我奶奶才想和他说句话,桃儿便向我奶奶使了一个眼神儿,暗示六叔萌之正在气头上,那是无论说什么话,也听不进去的。随之,桃儿就给六叔萌之送过了一杯茶,还为他拧了一条热毛巾,让他平静一下心情。

"大嫂一定要我……"六叔萌之眼睛看着地面,向我奶奶说着。只是不等他把话说出来,桃儿在一旁就搭上了话:

"说起来呢,这也难说是谁对谁不对的。桃儿站在一旁就想,这件事,最委屈的人是我们少奶奶,你说她这是为谁来?如果大家都能设身处地地替别人着想,这样也就没有什么解不开的扣儿了。我看呀,这件事,就不提了也罢,六先生刚才不是说应付过这个场面还要回房做功课去了吗?还是功课要紧。"桃儿平平和和地说着,六叔萌之就是火性再大,他也不好和这样的好心人犯拗了,把支在床沿上的双脚放下来,喝了口桃儿送过来的热茶,这才似是平静了下来。

"大嫂那边怎么办?"六叔萌之明白过来之后,首先又想到了我母亲,此时我母亲还在她房里等着六叔萌之的消息呢。

"少奶奶那边的事,六先生就不要管了,倒是六先生自己可不要再生气了。"桃儿说着,细细地观察着六叔萌之。桃儿姐姐的体贴劝解,就算是六叔萌之是一块铁板,也要被桃儿感化的。

就这样,桃儿哄着六叔萌之在上房里说了一会儿话,随之就传出了消息,说是六叔萌之已经叫宋燕芳是嫂嫂了。我母亲听过也没有再追究,宋燕芳更是连连点头说,就是在老祖宗的房里六叔萌之唤过她一声"嫂嫂"了,这样,这场风波才算大事化小、小事化无地过去了。

该表演的程式全表演完了,剩下的就是吃饭了。只是这一桌酒席吃得大家太没滋味,人们只说些不相关的话,什么哪家戏院上演什么戏呀,哪家饭店的红烧鱼好吃呀,等等等等,关于侯家大院里的事,没有一个人说一句话,好不容易到了天黑,大家早早就散了。

直到散去之后,大家才想起,怎么一天的时间没见到我老爸呢?今天的事情本来和他是分不开的呀,如果不是他和宋燕芳搅在了一起,怎么会有今天这一场事呢?但是,他却躲起来了,整整一天,他也没露面,他倒做起"没事人儿"来了。

不过呢,若是用桃儿的理论设身处地地从别人的角度想一想,今天我老爸是最不好过的人,你说他见了人应该说什么?接受别人的贺喜吧,太难为情了,孩子都已经上学了,自己又"喜"上来了,这算是一桩什么事呢?板着脸装圣贤吧,本来不是圣贤,不是干什么光荣的事,再装出一本正经的样子来,上上下下也没有人信。想来想去没有办法,我老爸见梁月成来了,拉着他躲到自己的房间去了。可是在自己的房间里,还是不安全,总有人跑来找他说话,没有办法,最后,他就找到了吴三代,求吴三爷爷帮他想个办法,找个地方去躲避一下。

这一下,倒让吴三代做了难,吴三代说这院里藏个人呀什么的,倒是非常方便,可是咱不是没做什么见不得人的事吗?那也就不必非得藏到煤堆后边的那间小房里去,那地方又潮湿又黑,还有老鼠出没,在里面躲一天,也不是滋味。

可是,不躲个地方怎么办呢?出来和大家见面,实在太难为情了,尤其是下边还有弟弟,还有孩子,最可恨那个淘气的小弟什么都懂,万一他对自己说起来:"爸,你真能,光给我们往家里领姨娘。"你说又应该说什么?

侯家大院虽然大,可是只要不出侯家大院,人们就一定能找到你。想了半天,吴三代终于想出了一个好主意,向我老爸建议说:"这样吧,大先生,老奴才我也就放肆一回了,我给您备下一部车,您老坐在车里就满天津卫地转,估摸着这边儿的人快散了,您老再让车夫把您拉回来。回来之后,见到南院的人,就说是在北院里坐着了,见到北院里的人,就说是在南院里待着了,这不就是两全其美了吗?"

我老爸一想,这主意不错,今天自己总不能出去找朋友,也不能出去看戏、逛商场吧,也不能逛一天,算了,只好如此了,这样,我老爸就坐着车子满天津卫转了一大圈儿。只是苦了车夫,好在我老爸花钱不吝啬,今天拉车的没少得赏钱。

直到晚上,我老爸才回来,见着人他就先对人家说:"怎么一天的时间没见到你?"也没有人追问他躲到什么地方去了,他只是含含糊糊地不回答。最后,大家都觉得今天这场事没劲,早早地散了,也就拉倒了。

　　见土肥原夫妇,我老爸和宋燕芳带去了两宗礼物,一件大礼物,是一部明版的《尚书》,这是送给土肥原的。虽然土肥原是一介武夫,但是,越是武夫才越以雅好文化而著称于世。出来安排会面的中间人说,土肥原最雅好中国的古籍。这样,一部《尚书》先堵了他的嘴,下面的话也就好说了。送给土肥原夫人的礼物,是一件绿宝石,是我母亲出嫁时从马家带过来的陪嫁,说是锡兰国的供品,那是无论花多少钱也买不到的。

　　会面的地点定在日本三友会馆,我老爸穿了一件素条呢的长袍;宋燕芳穿着一件西服裙,上身是一件中式的短袄。两个人站在一起,还真是郎才女貌。而且更引人注意的,还是今天宋燕芳左手的无名指上多了一枚红宝石戒指,这只戒指,表示她是一个已婚女人了,有权利代表一个家族,也有权利登大雅之堂了。

　　三友会馆,是日租界里的一个花花世界,楼下面有赌场,楼上面有伎馆,还有酒楼、饭店、舞厅、表演大厅,后来为了满足中国人的需要,还特开了"外国人和狗不得入内"的鸦片烟馆,雇着高丽姑娘专门侍候中国烟鬼。

　　三友会馆虽然是个花花世界,但它不像中国的花花世界那样肮脏,日本的上层社会人士,也以去三友会馆为乐事,三友会馆里面还有日本的茶道、花道,还能看到最高雅的日本能乐。我老爸带着宋燕芳去会见土肥原夫妇,就是去的一家日式餐馆,一座园中园,走过小桥,绕过小路,来到一座极幽静的小院，一间日本式的木房，日本姑娘跪在门外，为我老爸和宋燕芳拉开了房门。

我老爸和宋燕芳向土肥原夫妇施过了礼，宋燕芳大大方方地坐在了土肥原夫人的对面，我老爸也坐在了土肥原的对面，这样双方就开始说话了。

先是我老爸说起我们家和日本方面的交情，我的曾祖父如何做过日本三井洋行的中国掌柜。一说到三井洋行，土肥原不敢摆架子了，规规矩矩地连连点头，眼光中充满着敬畏。看得出来，三井在土肥原心中有着不可低估的地位。

说过三井洋行，我老爸又说到自己在大阪公司做事，这时土肥原就摆出他不可一世的神态了。大阪公司是一家小公司，在日本国内没有什么影响。日本人是非常势利的。

听说我们家有两代人和日本人有交往，土肥原的脸上绽开了笑容，他说了许多对于中国人表示好感的话，再三表白自己对中国的感情，他说中国是一个伟大的国家，只有走和日本友善的道路才能强大。他很反感有些中国青年不理解这个道理，他们说了许多不利于中日亲善的话，等等等等。

说到此时，宋燕芳开始和土肥原夫人套近乎了，她说到中国的"大戏"，那时候还不叫京剧，土肥原夫人说她很喜欢中国的"大戏"，和她们日本的能乐差不多。随后，宋燕芳就把那颗绿宝石取了出来，交到土肥原夫人的手里，对她说，她可以把这块绿宝石做成符合自己心愿的首饰，以土肥原夫人的风采，把这块绿宝石做成胸饰，配上和服，那是再好看不过了。

宋燕芳和土肥原夫人套上了关系，下面的话就好说了，宋燕芳对土肥原夫人说，舍弟在南开大学读书，最近有一些人总和舍弟过不去。其实舍弟也没有什么过激的行为，就是写过几篇文章罢了，为此，受到了一些人的嫉恨。

说到这里，土肥原夫人就对宋燕芳说，常常有中国人找到她先生的门上，希望从中斡旋一些事情，其实日本方面是从来不参与此类纠纷的。不过呢，既然侯先生和侯太太找到自家门上来了，土肥原夫人说，就一定要想出个息事宁人的办法。最后土肥原夫人说，令弟何必一定要在南开大学读书呢，南开大学是一个最受注意的学校，求学么，总要先有一个安静的环境才是。

正说着，房门外面有人问话，"可以进来吗？"没等房里的人回答，房门拉开，送菜的姑娘就跪着进来了。

一直到深夜两点，我老爸才带宋燕芳一起回到家来，这时我爷爷和我奶奶、我母亲都正在焦急地等着他们呢。进到侯家大院之后，宋燕芳一步就走到正房，向我奶奶和我母亲说道："还是侯府的面子大，土肥原说事情就包在他身上了。"

"天爷！"我爷爷、我奶奶和我母亲一声叹息，阿弥陀佛，这一场风波总算平息下来了。

当然，这其中有一个条件，那就是我六叔萌之再也不能在南开大学读书了，我母亲这时就对我爷爷和我奶奶说："我倒是想了一个办法，和六叔萌之商量一下，咱们换个学校读书不是一样吗？"

这时，我爷爷也说："南开大学是再也不能去了，萌之是个热血青年，南开大学更是一所激进的学校，我看就转到辅仁大学读书好了,辅仁大学是一所教会学校,学校又在租界地,日本人想伸手,也伸不进去。"

"这样最好,我在外边做事,也就放心了。"我老爸插言道。

只是我老爸说的话没有人注意,谁也不去管他的放心与不放心,这时我母亲又对我爷爷说道:"那样,也不必担心六弟的安全了,辅仁大学在法租界,芸姑妈的房子在英租界,就让六弟住到芸姑妈家里去好了。"

"哎哟,我怎么就没想出这主意?"我奶奶当即就表示赞成,"赶紧给他准备准备,让他住到他姐姐家里去吧,让姐姐看着他,看他听话不听话?他们都是欺侮他大嫂厚道。"

我奶奶说过之后,我老爸就和宋燕芳从正房里出来了,我老爸傻,跟着宋燕芳就往后跨院走,倒是宋燕芳一把将他拉住,压低着声音,凶凶地对我老爸说道:"你干嘛跟着我走?"

宋燕芳一提醒,我老爸明白过来了,停下脚步,就向我母亲的房间走过来,这时我母亲已经走进房里来了,头也不回地就吩咐桃儿说:"桃儿也该回房休息去了。"说着,我母亲就把房门关上了。

第二天一早,我老爸说要回塘沽,我母亲早早地就到了上房来,我母亲对我奶奶说着:"茹之说要回塘沽去了。"

我奶奶点点头,对我母亲说着,"让他在外边放心就是了,萌之的事,就算过去了,过几天就让他转到辅仁大学去读书,老太爷已经把事情交代下去了。"

"家里的事安排完了,媳妇有件事,倒是想和婆婆商量商量。"我母亲对我奶奶说着。

"无论是什么事,你看着安排就是了。"我奶奶对我母亲历来是绝对相信,家里的事,都由我母亲一个人做主。

"只是,这件事一定要和婆婆商量。"我母亲坐在我奶奶的对面,做好了婆媳一起要商量大事的神态。我奶奶看着倒觉着有点奇怪,问我母亲:

"你看,倒吓着我了,这院里还有什么你做不了主的事呢?"

"为了萌之的事,景福到塘沽去了一趟。"我母亲说。这事我奶奶知道,我母亲不去塘沽,何以就有了宋燕芳的名分了呢?没等我奶奶说话,我母亲就又继续说,"茹之在塘沽做事,景福才知道原来就是住在公司的公寓房里,茹之说我们不知道他在外面的难处,景福想想,倒是也有道理。"

"光说他在外面不容易,他爸爸还一趟趟地跑美国呢,不是更不容易了吗?"那年月跑美国不是什么好差事,那时候人们不懂得这叫出国,更没有欲望开洋荤,美孚油行每年派人去美国,没有人抢着要去。你想呀,乘船穿过太平洋,多艰苦呀,到了美国也没什么好看好玩的,那时候的美国也不这样腐朽堕落,还没到最后的末日,年青人也不知道疯狂,那时候中国人去美国,不是美差,每次我爷爷从美国回来都要掉几斤肉,要养好些日子,才能恢复。

我奶奶虽然是这样说着,但是我母亲还是觉得我老爸一个人在塘沽生活不容易,没有亲自看见,总以为他过得不错了,可是亲眼看到他就住在公司的公寓房里,每天还有种种应酬,只身在外地不知道会遇见什么难事,我母亲对于我老爸已经不再那样责怪了。更何况,这次他为我六叔萌之的事立下了汗马功劳,我母亲也觉得应该改善改善我老爸的待遇了。

"也是我这些年对茹之关心得不够,放他一个人在塘沽受了不少苦,所以我想就算是一个星期他回一次天津,可是在外边也总要安一个家的。生活上的关照倒还不是大事,就是他日常公事上有个什么称心不称心的事,在外边也能有个说话的人。"

听我母亲说着,我奶奶没有表态,别以为我奶奶是那种糊涂老太, 她心里明白着呢。我母亲一说要在塘沽给我老爸安家,我奶奶就想到我母亲是想随我老爸到塘沽住去了,天津的这个家,我母亲不管了。那么天津的这个家交给谁呢,好在芸姑妈出嫁了,六叔萌之也到芸姑妈家住去了,这时候我母亲带着哥哥、姐姐、我和桃儿姐姐一去塘沽,天津就让宋燕芳一个人照顾吧,不是已经给她立下名分了吗?又是老娘的干女儿, 又是我老爸的姨太太,你也别光享清福了,管点事吧。

其实我母亲才不是那种人,如果她只是想着自己的安逸, 她也就不是我母亲了,我母亲吃亏就吃在她总是把侯家大院里的事放在第一位,从来也不想想自己。后来有一句话歌颂这种人,说是无私奉献。还说对于这种人来说,公众事再小也是大事,自己事再大也是小事,还有人编成了歌儿,唱着:"学习这种人好榜样,伟大理想放光芒。"就是鼓动大家都无私奉献, 好让那些不肯无私奉献的人享福。

看着我老爸一个人在塘沽过得狼狈, 而我母亲又不能丢下侯家大院不管，如今我母亲又提出要在塘沽给我老爸安一个家，聪明的读者一定早就猜出我母亲的想法了。正是这样，我母亲打算让宋燕芳随着我老爸一起去塘沽住。

可是当我母亲把这种想法对我奶奶说了之后，我奶奶还是不表态。为什么？这种复杂心情，这里就不分析了，反正我奶奶也知道，不让我母亲随我老爸去塘沽，于情理上说不通，再让宋燕芳随我老爸去塘沽，就更对不起我母亲。左右为难，最好的办法就是你们看着办吧。老祖宗呢，保留批评权：你自己去了，自然是不对；你让宋燕芳去了塘沽，来日有了什么纠葛，我奶奶仍然是没有责任，而且还可以责怪我母亲，都是你一个人做的主。老祖宗么，就是一点错也没有，好，全都是她一个人的，错，全都是别人的，这才叫老祖宗。

我奶奶不表态，我母亲还不能逼着她表态；一定要老祖宗表态，什么意思，你想日后推卸责任怎么的？老祖宗不表态，你以为是老祖宗默认下来了，日后万一有了什么纠葛，老祖宗仍然可以说，"是我让你那样做的吗？"老祖宗么，她一个人合适就完。

我母亲把她的想法对我奶奶说过之后，就回到自己房里，吩咐桃儿把宋燕芳叫了过来。宋燕芳如今走路的步子也重了，再不似以前那样光溜边儿走了，人还没走进屋里，说话的声音就先传到房里来了，"有什么事情让桃儿吩咐一声就是了，何必还让您费神一定要当面向我交代。"

我母亲没有和宋燕芳多说话，等她走进房来，就对宋燕芳说道："茹之要回塘沽了，你收拾收拾和他一起到塘沽去吧。"

我母亲的话，就像是晴天霹雳，一下子把宋燕芳打懵了，她一连向后退了三步，又从我母亲的房里退出去了。

宋燕芳退到外屋之后，还向我母亲望着，既不敢询问，也不敢相信自己刚才听见的话，只是眨着眼，用心观察着我母亲的脸色，想闹清楚我母亲今天到底是想如何和她过不去。

"不是说茹之今天下午就回塘沽吗？"我母亲向宋燕芳问着。

"我不知道，他没对我说的。"宋燕芳胆战心惊地回答。

"他没对你说，现在我告诉你了。"我母亲冷冷地说着。

"我知道了。"宋燕芳还是站在外间房里说着。

"你自己操持去吧，想周全一些，在外面立家应该带些什么东西，塘沽能够买到的呢，就到那里去买，花钱的事，你就自己经手吧。"

我母亲越说，宋燕芳越傻，听到最后，她竟然向我母亲问着："是不是大先生在外面又有新欢了？"

"哎呀，我一说话，你就听不明白。"我母亲又不耐烦了，她向宋燕芳挥手让她进到屋里来，然后自己又坐在了椅子上，这才对宋燕芳说起了让她和我老爸去塘沽安家的打算。

这一下，宋燕芳听明白了，她想了一会儿就对我母亲说道："燕芳想还是先不去的好，虽然说大先生身边也要有个人照顾，可是让燕芳去，也是不合适，公公、婆婆又会如何想呢？"宋燕芳才有了名分，她也公公婆婆地称呼起来了，可见她是感觉自己在侯家大院里有了身份了。

我母亲听也不听宋燕芳的话，脸色一沉，就和下命令一般对宋燕芳说:"也没多少时间了,你这就准备去吧,临走时到婆婆房里去告个辞,我这里,你就不用来了。还有一句话,让杏儿和你一起去塘沽,立个家,就要有许多事情要做的。"说完,我母亲再也不和宋燕芳说话了。宋燕芳看事情已经是没有商量的余地了,就从我母亲的房里走出来了。

宋燕芳回到后跨院,立马就收拾起来了,杏儿问她做什么,她极是得意地对杏儿说:"好杏儿,咱们的缘分,姨太太不会亏待你的。"

杏儿以为是宋燕芳有了姨太太的名分之后,美得有点脑袋瓜子发昏,便也没再向她追问,心想也许是她想去个什么地方,自从进了侯家大院,这一连三年,她还没出过门呢。

终于,吴三代走到后跨院院门外,向院里招呼了一声:"杏儿,车子备好了。"这时,杏儿才走出来向吴三代询问是怎么一回事。

吴三代没有直接回答杏儿的问话,他只是嘱咐杏儿说:"杏儿,你可是大少奶奶疼起来的好孩子,无论是那个小的儿给你什么好处,咱们的心可是不能变呀。"

杏儿听不明白吴三代的话,就向吴三代问着:"吴三爷爷,您这是说谁呀?"

"我也不是说谁,我就是说这世上的一个理儿,路遥知马力,日久见人心呀,少奶奶可是这世上难得的好人,她心里只有一个侯家大院,为了侯家大院上上下下人们的日月名声,为了侯家大院的尊荣富贵,她把自己的一切一切都贡献出来了。如今,大少奶奶只剩了你和桃儿两个知心的孩子了,咱们可不能忘了大少奶奶的恩德呀。那个宋燕芳,唱戏的出身,她是甜的蜜的什么都会使的,要时时防着她点。"

"吴三爷爷,你越说,我越糊涂了。"侯家大院里的习惯,有话全都要绕着脖子说,说话的人以为是心照不宣,听话的人常常是如坠云里雾中,而且越听越糊涂。

"不是说派你随着宋燕芳到塘沽去住吗? 到了塘沽,你可是人在曹营心在汉,无论到什么时候, 咱们几个也是一个心儿。"吴三代嘱咐着杏儿说。

"派我去塘沽,少奶奶怎么没对我说?"杏儿这时才想起来刚才宋燕芳的高兴劲,还说是"咱们有缘分"呢,原来她以为从今之后就当家了,而且还带走了一个杏儿。

二话没说,杏儿一转身就跑到我母亲的房里来了。杏儿冲着我母亲就问道:"派杏儿到宋燕芳的后跨院去, 奶奶记得杏儿当初是不愿意去的。"

我母亲一看杏儿的脸色不好看,心想一定是捅马蜂窝了,当即就向杏儿点了点头说:"是这么一回事, 是我强迫着杏儿到宋燕芳房里去的。"

杏儿并不理会我母亲说的话, 还是沉着脸子向我母亲说着:"这一连几年的时间,也别说什么功劳苦劳吧,反正杏儿和奶奶是一个心的。"说到这里,也不知道是怎么一回事,杏儿就嘤嘤地哭起来了。

杏儿一哭,我母亲的心就软了,她一把将杏儿拉到自己的怀里,抚摸着杏儿的头发说着:"好孩子,有什么委屈对奶奶说……"

12

后来,我母亲逢人就说:"可别惹我们杏儿,我们杏儿的小嘴儿若是开了闸,那就和打连珠炮一样,能一连炸得你天昏地暗,只能向她求饶,无论什么事情也都要依着她才行。"

我母亲说得极是,那天杏儿到我母亲的房里,对我母亲说了一车的话,到后来,我母亲简直都不知道如何是好了,只能连声地说是自己辜负了杏儿的一片好心,实在是太对不起杏儿这孩子了。

那天杏儿见到我母亲,话还没有说出口,先就要我母亲把她打发走。这个侯家大院,她是说什么也不能待了。

"少奶奶可是难得的明白人,自从老祖宗把桃儿姐姐和我送到少奶奶房里来,我们两个人就成了少奶奶房里的人了,我们就拿少奶奶当作自己的亲生母亲看待,我们也知道自己是没有身份的苦命孩子,不是苦命孩子,怎么好好的年纪,就送到府里做粗活儿来了呢?不是人人都有那份造化的,天底下,有人享福,就得有人做粗活,我就是那等从生下来就命里注定要做一辈子粗活儿的孩子。可是我的命好,让我进了侯家大院,无论有造化没造化吧,反正我是跟着老祖宗和少奶奶享了多少年的荣华富贵,不这样,怎么就把我们宠得敢到少奶奶房里放泼来了呢？少奶奶若是那般不疼人的奶奶，一句话发下来，拉出去看不活剥了我的皮？就是少奶奶太仁慈，拿我们当个人看待，这才宠得杏儿不知尊卑地这样放肆。可是少奶奶也知道，杏儿早就把少奶奶的前程看成了自己的前程，少奶奶的福分，就是杏儿的福分，有人问杏儿这辈子怎么个打算？杏儿就说跟少奶奶一辈子。杏儿对少奶奶实说，那天和桃儿姐姐一起到庙里去许愿，杏儿就是许下了终生跟着少奶奶的愿分，杏儿把心掏出来给少奶奶看，心里只有一个少奶奶和哥哥、姐姐和一个小弟。杏儿看着少奶奶为了侯家大院忍下了那么难忍的气，杏儿知道这是少奶奶的品德。少奶奶自幼生在名门望族，念的是圣贤书，少奶奶把自己看得比平常人高，才能把人间的是非看得极淡。真是的，什么是福？什么是祸？忍下难忍之事，就是福；忍不下能忍之事，就是祸。而且还只是有福人才能忍难忍之事，无福人才忍不下能忍之事。我们少奶奶的福分不在今天。天有多长，我们少奶奶的福分就有多长；地有多久，我们少奶奶的福分就有多久。那个宋燕芳，自以为得意，到底挤进了侯姓人家，可是你看她那份长相是有福之人吗？她一听见少奶奶的声音，心里就打颤。为什么？她是一个有罪之人，苍天有眼，这种人心里永远不得安宁，想分一点少奶奶的庇荫，你和我们一样在少奶奶的身边做点粗活，得到少奶奶的疼爱，来日少奶奶不会亏待你；你使狐狸妖术，把大先生拉到你身边去，你能得逞于一时，不能得逞于一世，迟早有收拾你的一天。所以当初少奶奶把我派到宋燕芳的房里去，我说不去，可是一想这是少奶奶的旨意，就是刀山火海，我杏儿也不能说个'不'

字。到了宋燕芳的房里，她时时提防着我，知道我是少奶奶安在她身边的一只眼，可是我一连半年不到少奶奶房里来，别以为我有一点消息就跑到少奶奶房里来禀报。少奶奶想一想，这一连几年的时间，宋燕芳房里的什么事，是我说给少奶奶的？没有，我一句话也没有传过。好事不出门，纸里包不住火，有什么事何必我杏儿去说，那些事情自己就被少奶奶发觉了。我只是让桃儿姐姐给少奶奶传过一句话，我对桃儿姐姐说，咱们的大先生对少奶奶可是一片真心，在宋燕芳面前，大先生没有说过少奶奶的一句不是，大先生总是觉得自己对不起少奶奶。少奶奶还记得吧，我只盼着少奶奶和大先生重修旧好，有什么过不去的事，看在孩子们的面上，看在叔叔们的面上，看在老祖宗的面上，不是还要看在我和桃儿姐姐的面上了吗。咱们大家一条心，才能最后把那个宋燕芳一脚踢出去。少奶奶放心，别人下不去手，我杏儿心毒手狠，我盯着那个宋燕芳了，她仔细，滴水不漏，在我面前就像个受气包似的。我也是滴水不漏，不声不响，我就在你身边看着你。时辰一到，我自有我的办法，日子长着呢，盛的衰的，成的败的，见着的多着哪，谁知道哪块砖头绊倒人呀。少奶奶放心，只要她不下毒手把杏儿害了，她就有败在杏儿手下的一天。可是，如今少奶奶把宋燕芳扶上名分了，已经是侯家大院里的人，名正言顺，她是主子了，大先生的身边左有少奶奶，右有宋燕芳，她堂堂正正地做上姨太太了。这样，日后的事可就不一样了。早以先在宋燕芳房里，我是少奶奶派下来的人，我是主，她是奴，她得看我的脸子。如今她是姨太太了，派我去看她的脸子，她还没那份威风，我也还不愿意看。再说,如今她又要跟着大先生一起到塘沽去了,这样我就更不能跟着她一起去了,一起去了,我就是姨太太房里的人了。身价也就低了,在桃儿姐姐面前,我还算得是一个什么人呢?人家是少奶奶房里的人,我是姨太太房里的人,姨太太本来就被人看不起,我呢?就要加上一个'更'字了。这倒不是我咽得下咽不下这口气的事,这是我和少奶奶是不是一个心儿的事了。在宋燕芳的房里,她派下我的事,我就要精忠报国地给她去做,可是我不愿意,那样我就对不起大先生,也对不起少奶奶,少奶奶派我去姨太太房里做事的么,我怎么能够违背少奶奶的旨意呢?不怕少奶奶过意,那时候少奶奶说了什么话,我就得往姨太太耳边说去了,不说吧,不配是精忠报国的奴才,有悖于少奶奶对我们的调教;说吧,真是朝秦暮楚,谁扔块骨头就给谁看家护院了。少奶奶把杏儿派到塘沽去,明明不就是说,从今之后杏儿再不是少奶奶房里的人了吗?是少奶奶房里的人,杏儿无论走到哪里,人们都高看杏儿一眼,说杏儿对少奶奶一片忠心,离开少奶奶,杏儿就是跟了太后、娘娘,人们也说杏儿是个忘恩负义的人;杏儿再不值钱,还不至于连这么点人品都没有,真那样,少奶奶在杏儿身上的一片苦心也就白费了。少奶奶是主子,杏儿是奴才,主子再好,也就如少奶奶这样疼爱着奴才,娇宠着奴才,可是主子永远也不知道奴才心里想的是什么。奴才是人下人,可是奴才不能做奴下奴。怎么就叫是人下人?祖辈中没有给我们留下阴德,前世里注定做奴才的命,可是做奴才也还是一个人,就是做粗活,也还是一个人,我们知道知恩报德,知道怎么样做人。可是做了奴下奴,那就没有身份、没有人品了,宋燕芳自己就是一个奴才,她是唱戏的出身,少奶奶面前放肆,论身价,我还比她高出了一等呢。做奴做仆,堂堂正正,不似她宋燕芳,谁想看看她,花钱买个票,到戏院就由人看个够,听个够,她有什么身价可言?可是如今少奶奶说派我去跟上她走?少奶奶怎么看我,那是少奶奶的事,我自己还不能把自己看得那样没有人格。杏儿当然知道,凭杏儿的命相,没有享这份荣华富贵的造化,杏儿是沾上侯姓人家的光,才分享了这份荣华富贵的,不是自己命里的造化,总有个到头的时候,杏儿知道杏儿的福分尽了,气数也到了头了。人生在世万事不可强求,随缘分知天意,这就是本分。既这么着,大家把话说清楚了,也就是一个走吧,出了侯家大院的门,是几分福,是几分苦,杏儿到头没有一句怨言。心里留着好念想,也给少奶奶留个好印象,无论到什么时候,少奶奶想起有过这么一个杏儿,还能时时说这个孩子可是跟少奶奶一个心,这样杏儿无论是流落街头,还是落难乡里,心里也就别无所求了。可是随着那个宋燕芳到了塘沽,把杏儿变成了一个奴下奴,来日再有人把不相干的事往杏儿头上编派,杏儿这些年在少奶奶身边得的好名声,也就前功尽弃,一文不值了。早早的,杏儿想,少奶奶有什么打算,也就把杏儿打发了吧。只是杏儿比不得桃儿姐姐,桃儿姐姐乡下的老娘三年两载还知道来看看女儿,杏儿的老娘自从把杏儿送进府里之后,就再也没有来看过杏儿。她倒是也放心,那就是断了和亲生女儿的音信了。杏儿不是那种想不开的人,一定非得去找到那个娘,人家忘了你,你还求到人家门上去做什么呢?都说可怜天下父母心,可是也有那不顾儿女的父母,说不定,老爹没有,她就自己只顾自己去了。也罢,逢年过节,人人都往家里捎东西,往家里捎钱,杏儿没有家,就找吴三爷爷一起去说话。杏儿早就对吴三爷爷说过了,来日杏儿出了侯家大院,杏儿和吴三爷爷过一辈子,吴三爷爷就是杏儿的老爹,吴三爷爷一辈子没有成亲,那是把自己的一生全都交给侯家大院的人了;杏儿也学吴三爷爷那样,一辈子就跟着侯家大院一起过下去了。有人说,一个人的气数是有定数的,万事只可即而不可强求。反正杏儿是对少奶奶说了,塘沽,杏儿是至死不去的,少奶奶说杏儿不服管教,说是动用家法,杏儿也就是皮肉受苦,到最后杏儿还是宁肯死在家法下面,也不会改变本意的。少奶奶再说杏儿不听派遣,发下话来,把杏儿打出府门,杏儿只是在临走之前,把少奶奶房里的事再照看好,一走了之,也就听天由命去了。只是临走之前,杏儿还要对少奶奶说,害人之心不可有,防人之心不可无,莫看这个宋燕芳如今在府里一副低三下四的老实模样,可那不是一个甘居人下的人,一旦她羽毛丰满,第一个加害的人,就是少奶奶。把杏儿打发走了,桃儿姐姐人家也回乡下成家了,少奶奶那时再想找一个身边的人,杏儿就是再有那份心,也是不能随时侍奉在少奶奶的身边了。少奶奶你容杏儿说一句话,善门不可开,退路不可不留,把一腔的心都给了她,她可不是和少奶奶一条心的人呀!"

　　一口气,一直说了一个小时,听得我母亲只是抿着嘴笑,听到最后,眼看着杏儿还要再说上两个钟头,这时,我母亲才打断杏儿的话,直截了当向杏儿问着:"你到底想怎么着?"

这时,杏儿才回答着说:"杏儿不敢想怎么着,就是不和宋燕芳一起去塘沽。"

"不肯去,不去就是了,怎么还用说这么一车的话?"我母亲只是向杏儿笑了笑,佯做生气地说。

"怎么?少奶奶说杏儿不用跟宋燕芳去塘沽了?"喜出望外地问着。

"既然你不肯去,谁还能强迫你去?"我母亲坦然地对杏儿说,"那你就到后边去对宋燕芳说,让她一个人跟大先生去塘沽吧。"

"哎哟,少奶奶,事情一到了您这里,可也真好办了,杏儿还以为今天少奶奶要对杏儿动家法呢,真就依了杏儿的话了?"没等我母亲回答,杏儿一溜烟就跑到后跨院去了,人没有进院,杏儿早就喊起来了:"我们奶奶说了,杏儿留在府里,你自己跟大先生去塘沽吧!"

就这样,到了下午,宋燕芳跟上我老爸,两个人一起到塘沽去了。他们走的时候,杏儿躲在二道院的院门后面,捂着嘴吃吃地笑着呢。

杏儿回到母亲房里之后,整天笑得合不拢嘴,她把哥哥、姐姐和我的事情全揽过去了,每天都给我洗澡。我这么大了,在她面前光着屁股,有失体面,洗澡时我就背着身子,让她光给我洗后背,杏儿说没有只洗后背的道理,她就强拉着我转过身来,我不肯,她就打我的小屁股蛋,小屁股蛋上带着水,打起来特响。

六叔萌之转到辅仁大学读书去了，他住到芸姑妈家里去了，宋燕芳又随着我老爸到塘沽去了，家里一下子就安静下来。我母亲也觉得自己身边没有多少事情好做，就让桃儿时时到我奶奶房里去侍候，每逢我奶奶出去看戏，或是出去打牌，我母亲就派桃儿陪着去。只是桃儿也不是省油的灯，有时候也找我母亲犯性儿，说是今天看戏的还有侯家辉，她就那么讨厌侯家辉，我母亲说既然有侯家辉陪着，桃儿就不必一起去了，这样桃儿就回到母亲房来，陪母亲说话。

　　南院、北院时时也有闲话传过来，说我母亲把桃儿和杏儿宠得太过分了，我母亲也不理她们。但我母亲有一条规矩，不是自己房里的孩子，不许她们过来说话，连桃儿和杏儿也不许和她们接近，说那样容易生是非。事情还真就是这样，各房各院里的奶奶们什么人品都有，对待房里的人，也是怎么对待的都有，听母亲说，真有狠毒的人呢，对房里的人克扣得不近情理，还打房里人的主意，常常看见有人眼圈红着，明明是在暗地里掉眼泪。我母亲嘱咐过桃儿和杏儿，对于这种事，只装作没看见，问一声都是是非。母亲说，只我们自己院里的是非就够多的了，万万不要再多事了。

　　当然，无论侯家大院里的是非有多少，我们这边只要关上院门，上上下下还是和和美美。就连我老爸和宋燕芳那么大的事，最后也还是由我母亲一手操持，把事情化解了；这若是换到别的院里，若是换到别人那里，还不要吵得地覆天翻？说不定还要死呀活呀出人命呢！

　　所以，有人说，只有我母亲才能把这件事了断得如此圆满,不责怪任何人,还不伤我老爸的面子,名正言顺地成全了,这该是何等的修养、何等的人品呀。

如今事情已经过去了,人们回想起这件事情来,才更认识到我母亲的崇高;她没给我爷爷和我奶奶出难题,也没逼着我老爸步入绝境,还成全了宋燕芳,就是连桃儿和杏儿这样的两个孩子,也没让她们为难;南院、北院里的人们全说我母亲果然是大户人家出身,不愧是知书达理的人。

大事办好了,小事就好办了,六叔萌之住到芸姑妈家去之后,也逃开了日本便衣队的纠缠。可是,谁也想不到,六叔走了之后,我哥哥竟然每天出来和母亲胡搅蛮缠,一定要母亲送他到芸姑妈家里去找六叔萌之。

哥哥那年十一岁,小学已经快毕业了。哥哥和六叔萌之最要好,从哥哥一上学,六叔萌之就是哥哥的家庭指导老师,他两个人整天待一起,玩蛐蛐,也分不出哪只蛐蛐是哥哥的,哪只蛐蛐是六叔萌之的,有时候我的蛐蛐把他们的蛐蛐咬败了,他们也说不清是谁的蛐蛐败了,就说是咱的蛐蛐败了,光打马虎眼。

六叔萌之为躲避日本便衣队,转到辅仁大学去读书,又迁到英租界去住,只能每星期回家一次。才过星期二,我哥哥就闹着要去芸姑妈家。母亲没法,就吩咐吴三爷爷备下车子,送哥哥去芸姑妈家找六叔萌之,可是去了几次,哥哥又提出新条件来了,一定要和桃儿姐姐一起到芸姑妈家去,哥哥说,吴三爷爷派下了车子,就是把他送到芸姑妈家,他也是待不踏实,因为拉车的人在门口等着呢。

哥哥指名要桃儿姐姐带他到芸姑妈家去，不知为什么母亲就是不答应。我母亲这人很固执，她说不行的事，无论你怎么磨她，就是不答应。她也不和你着急，也不向你解释，就是一个不行，请出天王老子来，也还是不行。

我哥哥的脾气特随母亲，他说要做的事，就是说出大天来，他也一定要做到。他也不和你着急，也不向你解释，就是一定要按照他的意思去做。

这一下，事情不好办了，哥哥说要和桃儿姐姐一起去芸姑妈家看六叔萌之，母亲说不行，两个人就对立了。我在一旁看热闹，看看这事到底会是怎样的结局。

母亲不答应一定要桃儿姐姐带着哥哥到芸姑妈家去，哥哥就在院里捣乱，他也没有别的办法，就让全家人都不得安宁，先是和桃儿姐姐捣乱，把桃儿姐姐的女红都塞到八仙桌下边去，然后再在院里的方砖上写满"占山为王"四个大字，表示谁也不能踩他那些写字的方砖；这一下麻烦了，满院里没写字的砖实在是太少了，而且互相离得好远，桃儿和杏儿在院里走，就得从这块砖往那块砖上跳。你说说他捣乱不捣乱？

哥哥不光是在院里捣乱，他还罢饭，后来我才知道这是一种斗争方式，叫绝食。哥哥也不是真绝食，他下学回来先到奶奶房里去吃下好几块蛋糕，吃得奶奶好高兴，说是哥哥的身子就要硬朗了，可是到了吃饭的时候，哥哥就不吃了，到了饭桌上，你问他吃什么他都不点头，冲着一碗米饭愣神。母亲知道哥哥是故意捣乱，可是还得劝他。可是哥哥的脾气，你越劝他，他就越拿自己当一回事，再加上爷爷坐在正座上只等着看哥哥吃饭。这一下，事情就不好办了，我们爷爷的脾气，孙子们吃不好饭，他也吃不好饭。不看僧面看佛面，这真是让母亲为难了。

谁也不会想到，最后为这件麻烦事想出解决办法来的人，竟然是我。那时候我5岁，已经很有些见地了，在侯家大院里的，什么事情也休想瞒过我的眼睛，而且我的智商还特高，我不光是看见了，还思索这一切的原因。母亲不答应哥哥和桃儿姐姐一起去芸姑妈家，我明白其中的原因，太深的道理我说不出，反正这样说吧，我感觉让桃儿姐姐到芸姑妈家去，虽说是带着哥哥一起去看六叔萌之吧，可是这样做不合适，怎么说也是不合适。

看着哥哥和母亲双方僵持不下，我就暗地里对哥哥说："你找奶奶去呀。"

"找奶奶干嘛？"哥哥直愣愣地问我。

"找奶奶去，你就说是要去芸姑妈家看六叔。你别说一定要桃儿姐姐带你一起去，就说让奶奶带你一起去。"我给哥哥出主意。

哥哥一听，有道理，立即，他就跑到奶奶房里磨奶奶去了。

哥哥磨奶奶最有办法，他到了奶奶房里也不说话，就是往奶奶的床上一躺，奶奶无论问他什么话，也不回答，就是一双脚不停地踢奶奶的小猫。

"你这是功课没考好呀。"奶奶以为哥哥一定是考试成绩不好，怕母亲说他，所以才来找奶奶。

哥哥不说话，只是摇摇头。一伸脚，狠狠地踢了小猫一脚，小猫还以为是哥哥和它耍,就伸出小爪子来挠哥哥的脚,哥哥再一使劲,骨碌一下,就把小猫踢到床下去了。

奶奶也没说哥哥,还是问他:"在学校里和同学打架了?"

哥哥还是不说话,又向奶奶摇摇头。这时,小猫又爬到床沿上来了,哥哥才一伸脚,小猫早就跳下床吓跑了。

"你娘说你了?"

哥哥还是不说话,只是摇头。

这一下,奶奶着急了,她最怕孙子们不高兴,尤其是她的大孙子,那就是奶奶的命,平日里哥哥说什么就是什么,就是母亲不答应的事,到了奶奶的房里,也能变通出一个办法来。

奶奶问了半天,哥哥摇了半天的头,最后奶奶让哥哥把舌头吐出来,看了看哥哥的舌苔,也不见有什么内火,这时,奶奶才对哥哥说:"准是你想捣乱。"

这时,哥哥才躺在床上对奶奶说:"我想六叔。"

"不是说吴三爷爷送你去过了吗?"奶奶问着。

"我跟你一起去。"

"今天才星期三,你六叔才走了三天。"

"我就跟你一起去。"说着,哥哥一骨碌转过身子,他趴在奶奶的床上,再也不动了。

也没磨多少时间,哥哥就兴高采烈地从奶奶房里跑出来了,来到母亲房里,喊着:"奶奶说了,让桃儿姐姐和我一起随奶奶到芸姑妈家里去。大将得胜喽!"

有了奶奶的话,母亲当即就吩咐桃儿姐姐准备,还给六叔萌之带了几件衣服,随之,他们就一起到芸姑妈家去了。

如此，渐渐就形成了一个习惯，每星期六叔萌之回家一次，每到星期三，哥哥、奶奶还有桃儿姐姐再一起到芸姑妈家去一趟，如此，哥哥才不和桃儿姐姐捣乱了，我们院里的方砖才谁都可以走了。

一天下午，母亲正在房里查看大账房送上来的流水折子，一项一项地核对这个月的开支，这时候听说芸姑妈来了，我母亲放下手里的事情迎出去。这时，芸姑妈早走进院来，正向我母亲的房里走过来呢。

我母亲一听说是芸姑妈来了，就预感到可能是出了什么事。因为奶奶每星期到芸姑妈家去，芸姑妈没有什么一定要和母亲说的事，也就没有必要再往娘家来了。

果然，走进我母亲的房里之后，芸姑妈就把桃儿和杏儿支出去了，把房门合上，才对我母亲叹息了一声说道："唉，家门不幸呀。"

我母亲一听芸姑妈叹息，心里就更紧张了，当即，我母亲就向芸姑妈说道："不是六弟又出了什么事吧？"

"大嫂，怎么芸之生来就事事不称心呢？"芸姑妈说着，还叹息了一声，表明这件事与六叔萌之无关，只是感叹自己的命运不好。

我母亲听着芸姑妈的话中有话，便追问："家里有什么事呢？"

不料，我母亲这一问，竟问得芸姑妈落下了眼泪，她强忍着抽泣，向我母亲说道："我早就觉得梁月成这个人太冒险，他的胆子也实在是太大了。"

听芸姑妈说到梁月成，我母亲倒暗中松了一口气，料定是梁月成在生意道上惹出事来了。

果然如我母亲所料，梁月成做生意惹下大祸了。

"去年，梁月成让我陪着他去南方做生意，我就看出这其中隐藏着祸端。虽然人们说无商不奸，可是梁月成他们做的是买空卖空。一直到了南方，我才知道，原来梁月成没有一点本钱，他和咱们家不一样，其实他是一个穷光蛋，两肩膀扛着一颗人头打天下，全都是赚的。他的房子，他的汽车，全都是靠一张嘴皮子吹出来的。世上也真有这样的人，他们就是心甘情愿地把钱拿出来让他们造，从中他们自然是有便宜好得的，如今破了馅儿了，倾家荡产了，连人也没有影儿了。"

"怎么？梁月成不见了！"我母亲大吃一惊地问着。

"这事情还是要从头说起的呢。"接着，芸姑妈才说起了老梁家的事。

梁月成是个商人，一直和美孚油行做石油生意，几年的时间，倒也没少赚钱，生意做得顺利，还得到了美国人的信任。美孚油行和梁月成做生意，只凭着梁月成的信用。梁月成做石油生意，有了信义，他就想再把生意做大些，于是就携太太也就是我的芸姑妈一起南下，到外边去和人谈生意。

"九一八事变"之后，南京政府和东北三省的来往断了，很多生意做不成了，老百姓无所谓，只要是有饭吃就天下太平了，可是政府不行，南京政府和东北三省，谁也离不开谁，可是这生意如何做呢，总要有人在双方之间穿针引线呀。于是梁月成这些商人就应运而生，在两头之间来回跑，几笔生意下来，他们就发了大财。

这两年,梁月成在南京政府和日本伪满洲国之间,做的是大豆换石油的生意。日本缺少石油,东北盛产大豆,于是南京政府想用石油换东北的大豆,梁月成于其中做中人,把石油发到东北,再把大豆发到南方,两头之间,来回跑,很是发了一笔大财,否则他怎么就一夜之间暴富呢?

梁月成发了财,回到天津买房子、买汽车,连梁小月和梁小光都上学放学坐着洋车、跟着仆人。他们连我都看不起了,一下子变成少爷小姐了。梁月成生意越红火,胆子就越大,做小生意不过瘾,开始做大生意了。这一次,他从南京政府那里把几船的石油发到了东北,也就是卖给了伪满洲国,本来按照协定,东北方面要把大豆发出来,可是日本政府一纸公文,大豆被列为军需品,这一下,发不出来了,梁月成发到东北去的石油,日本方面收下了,也没有任何手续,可是应该从东北发给南京政府的大豆,却成了日本军需品,什么也得不到了。南京政府翻脸不认人,找梁月成要大豆,不给大豆就把钱退回来,梁月成去找哪个要?无论怎么说,南京政府也不通融,二话没说,梁月成被扣下了,几时拿钱来,几时放人,没有钱,就休想出去。

叙述了事情的经过之后,芸姑妈进一步地对我母亲说着:"这才真是飞来横祸呢,昨天晚上南京政府寄来公函,说是梁月成被扣在他们那里了,罪名是骗用军费,要家里把这笔钱立即送到南京,否则就把人送军法处处置。"

"哦。"母亲听后打了一个冷战。

"一夜之间,一场黄金梦就灭了,像个泡儿一样破了,什么也没有了。"芸姑妈万分感慨地说着。

"人总是不能交给他们的,咱就是给他们凑钱呗,要多少钱给他们多少钱,只要把人放出来就行。"母亲当即就对芸姑妈说道。

"梁月成做这种空头生意,手面可大着呢。"芸姑妈为难地说着。

"欠他们多少钱?"我母亲关切地问着。

"你想想,一船石油值多少钱?"芸姑妈向我母亲反问着说。

"哎哟,这可是难为我了,我怎么知道一船石油是多少钱呀?"

"凑不齐钱,人就休想放出来,天知道他们会如何对待咱们的人呢。"芸姑妈面带恐惧。

"我们想办法,绝不能看着事情不管的。"我母亲对芸姑妈保证。

"大嫂说能有什么办法呢?"芸姑妈含着眼泪对母亲说,"实话对大嫂说吧,嫁给梁月成之后,我才知道梁月成原来一半是个骗子,别看他汽车坐着、楼房住着,那全都是他用嘴皮子骗来的。哎呀,咱可是没见过这种人的活法儿,怎么一个钱没有就敢买汽车、住楼房呢?人家就敢,明明是欠着人家东来银行的钱,下午人家就要归账,上午还一点办法没有呢,中午吃饭的时候,款子齐了,听着都害怕。有时候我也问他是从哪儿弄到手的钱,他只笑笑对我说,钱呗,不就是大河里的水吗,想几时挑上来，一动手，就挑上来了。他说这是本事，咱看这是不要命，你每天拆东墙补西墙，万一有一天拆不了墙的时候，怎么办呢？"

"以前我也听茹之说过，天津卫这么多的公司、洋行，其实有许多家是做空头生意，买空卖空，大阪公司就吃过不少的亏，说是一船棉纱进港了，你这里连码头都给他定下来了，可是和对方一联络，说是压根儿就没有这条船。可是你才退了这笔定货，没过多少日子，一船石油进港了，茹之说真闹不明白这些人怎么就有这么大的本事，满天下大把抓，抓到什么是什么。"我母亲也对芸姑妈述说着。

"我们和这种人家真是门不当户不对了，只是谁让我多年有病，不能说人家呢？到最后也才做了这么一个填房。有些事，我也想学大嫂的样子，无论是什么忍不下的事，就自己一个人任劳任怨地忍下了；可是我做不到，我还是想和大嫂说说，说出来心里也痛快。不瞒大嫂说，自从进了梁家的门，我就预感到不会有好结局的，梁月成的两个孩子，一个比一个坏，一个比一个娇。就好像他们的爹有多少钱似的，每天上学都要车接车送，这个不吃，那个不吃，其实他们原来也没吃过什么山珍海馐，就像是什么王孙公子、金枝玉叶似的。我早就料到，迟早会有这么一天，梁月成在外面拿了人家的钱，交不出货，钱也没了，债也欠下了，到那时倾家荡产，大家也就别过了。可是，我也想过，真若是到了那时候，又能够怎么办呢？也还得是侯姓人家的累赘，你说我一个人回到侯家大院里来，梁家的人，一个也不放进来吗……"

"姑奶奶也是多想了。"我母亲拦住芸姑妈的话，对她说着，"我们怎么会是那样的人家呢？我们侯姓人家娶媳妇不图人家的门第，嫁女儿不贪人家的钱财。娶进门来的媳妇，你原来就是皇亲国戚，进到门来，也得随侯姓人家的规矩，不能因为你是皇姑就可以不拜公婆。嫁出去的女儿，无论婆家是贫是富，我们家的女儿没显过阔，不能在公婆面前摆千金小姐的架子。你放心，一荣俱荣，一损俱损，梁家的事，就是侯姓人家的事，有我说的话放在这里，无论遇见什么事，一定不会看着你的难处不管。你只管说说你的想法就是了。"

"事到如今，我还能有什么想法呢？就是一个救人呗。"芸姑妈对我母亲说着。

"这事你对我说了，也就是对老祖宗说过了，先别让老祖宗跟着一起着急，咱们看先能不能想出个妥贴的办法来。"说着，我母亲打开首饰匣，取出了一只红宝石戒指，说："家里的日月呢，平日该怎样，你还是怎样支持。你知道，咱们家的规矩，各房各院是不放现钱的，我这里有一只戒指，等侯家辉来了，我让他拿出去换了现钱，随后就送到你家里去，至于赎梁月成的事，我这就找茹之回来商量。"母亲的一番安排，感动得芸姑妈热泪盈眶，她已经是什么话也说不出来了，只是拭着眼泪，紧紧地抿着嘴唇。

奶奶房里派下了人来，问芸姑妈回来是不是有什么事情。我母亲回答说，请老祖宗放心，芸姑妈就是想和大嫂说说话，坐一会儿就回去了。

这样，只吃过了午饭，芸姑妈就匆匆地走了，饭桌上我奶奶还向芸姑妈问六叔萌之日常起居有没有什么不方便的地方。芸姑妈说请奶奶放心，六叔萌之在芸姑妈家里住得很好，饭量也比初到的时候大多了。我奶奶说，要不怎么就说不能总放在家里宠着呢，到了生人家，不吃没有别的好吃，他也就汤汤水水什么全吃了。我母亲说，人家芸姑妈家的饭可好着呢，人家是西洋式的饭菜，吃牛肉洋葱，还喝咖啡呢，听得我奶奶当即就笑了，随之她就对大家说："那个咖啡我可是见识过了，藿香正气水是什么味道，咖啡就是那个味道。"说着，大家一起全笑了。

13

芸姑妈走了之后，母亲做了两件事。

头一件事，是派侯家辉到辅仁大学给六叔萌之办了住校手续。母亲已经预感到梁家将变成是非之地，六叔萌之住在芸姑妈家里不会有好结局，所以不如早早迁出来。来日梁家有了什么纠纷，不至于牵连到侯姓人家。

但是，六叔萌之住到学校宿舍里，我奶奶头一个反对，我奶奶说，我们家的六叔萌之斯斯文文，和那些野种孩子们一起吃饭，只怕什么也吃不着。也不知道我奶奶是从哪里得来的消息，说大学生们全都是没规矩的孩子。温良恭俭让，他们一概不懂，就知道胡闹。辅仁大学是教会学校，学生们更不服管教，而且男女学生还私订终身，手拉手一起跳舞。

这样我奶奶就向我母亲询问，怎么就不能在芸姑妈家住着呢？我母亲说，芸姑妈家两个孩子都是前窝儿，芸姑妈和他们相处已经是不容易了，再有六叔萌之住在那里，怕那两个孩子惹事。我奶奶一想也有道理，可是让六叔萌之住在学校里，她还是不放心，这样我奶奶就时时地要派个人到学校去看看我的六叔萌之，尽管六叔萌之每个星期都要回家，可是家里一做了什么好吃的饭菜，我奶奶就一定吩咐我母亲给六叔萌之送到学校去。有时天气有了变化,我奶奶还吩咐我母亲派人去学校给六叔萌之送件衣服。

可是派谁去呢?我母亲对我奶奶说,就让吴三爷爷派个人去吧。我奶奶一听,当即就对我母亲说:"你怎么这样糊涂呢?做粗活的人,怎么可以去辅仁大学呢?进了学校的门,连一句斯文话都说不出来,岂不是让人看笑话吗?"我母亲又说那就派杏儿去,我奶奶一听又说我母亲糊涂,杏儿年纪小,贪玩,进了辅仁大学还不够她看热闹的呢,交给她办的事,她早就忘记了。

"哎哟,那样,奶奶说应该派谁去呢?"我母亲向我奶奶问着。

其实不必我奶奶说话,我母亲也知道派去给六叔萌之送衣服、送饭菜的人,只能是桃儿姐姐,但是我母亲就是不说,她一定要我奶奶说这句话。

我奶奶没有我母亲的心眼儿多,最后还是说出了这句话,我奶奶想也不想就说:"这种事,只能派桃儿去,我才放心。"

"哦,"我母亲答应着,"那就把桃儿叫到老祖宗房里来,由老祖宗向她做吩咐。"

"哎呀,你这人呀,就是想得多,什么大不了的事,一定要我向桃儿吩咐,你还怕我担心你想得不周全吗?"

可是,无论我奶奶如何说,我母亲还是让桃儿来到我奶奶房里,直接由我奶奶吩咐她去辅仁大学,给我六叔萌之送东西去。

芸姑妈回去之后,我母亲做的第二件事,就是让侯家辉到塘沽把我老爸叫了回来。

我老爸活赛是贬谪凉州的罪臣奉旨回朝一般，一听说是我母亲让他回来一趟，连他在塘沽的家也没回，一溜烟儿，不等按时的火车，登上过路的货车，就跑回天津来了。进得院来，他先向吴三代问过家里的情形，吴三代说过全家平安，我老爸这才走到我母亲的房里来。

走进我母亲的房里之后，我老爸第一件事，就是看我母亲的脸色，一看，有门儿，今天我母亲没有沉脸，似是还在暗中向我老爸微微点了一下头。我老爸受宠若惊，一把就把我抱在怀里了。

我老爸这人不错，因为知道自己做下了荒唐事，所以从心里就总是觉得自己对不起这一家人，不像有的老头子，明明是自己做下了没人味儿的事，还总是摆出不含糊的样子，动不动还要发脾气。我老爸就不那样，从他和宋燕芳搅到一起之后，在家里他就再也不犯性儿了，从来没有挑过饭菜不好，更没有教训过任何人，连走路都不敢发出声音，活怕我母亲听见他出来，把他叫到房里去，问他这样做，对得起谁？

这一连几年，我母亲头一遭给我老爸好脸色看，乐得我老爸抱着我直掉眼泪。"你瞧，你瞧，回来得太匆忙，也没带点什么好吃好玩的东西来。"我呢，对于好吃好玩的东西倒没有多大的兴趣，我认为我老爸回来应该先通知一下吴三爷爷，因为吴三爷爷在原来后跨院宋燕芳住的那间房里，已经堆下好多东西了，你不事先给个信儿，今天晚上你去哪里住呀。

我老爸还是有点尴尬地在房里东看看西看看，就像是到了一个陌生地方，看了好一会儿，才把我放下，并对我说，下次他回来一定给我带一件日本玩具来，这时他才向我母亲问起叫他回来的原因。

"梁月成出事了。"

"嗯。"我老爸答应了一声，不等我母亲再往下说，我老爸就自己说了起来，"这个人呀，不本分，人焉能无欲乎？但是要取之有道。像他那样做空头生意，迟早要出事的。更何况他还和政界的人做生意，政界的人做生意，只许赚，不认赔，你说做生意不是总要有个赔赚吗？只赚不赔，那不就太不讲理了吗？原来我就劝过他，和政界的人做生意要小心，他不听，以为他的本事大，什么人都不是他的对手，而且越玩胆子越大，这种人不碰南墙不回头，可是真到碰了南墙，头破血流，再想回头，也没那么容易了。所以，做人还是要本本分分，不义之财不可取，而且不存非分的妄想，老老实实的人不会吃亏的。像我这样，好多人都劝我另立一个什么公司，何必总给大阪公司做事呢？也用不着什么资金，就是用我的这点名气，只要挂个公司的招牌，就一定有人找上门来做生意，我也不买，也不卖，还是做货运的生意，也还是和大阪公司做生意，就是货经我手剥一层皮，大阪公司一吨货是多少钱，我再加上一个折扣，一年百八十万的就准有了。可是我不这样做，我觉得那样做有失做人的本分……"

"我知道你和梁月成不是一样的人。"我母亲对我老爸说。

听见我母亲没把他看作是一个坏蛋，我老爸真是惊喜若狂，他一挺胸又来了精神，腆着胸脯对我母亲说道："只有你知道我的人品。"

我母亲没有再说赞美我老爸的话，直截了当地又对我老爸说："现在就是要想个办法。"

"他欠人家多少钱？"我老爸问。

"说是一船的石油。"我母亲回答。

"我的天，你也把我看得太了不起了，就算我的本事再大，一船的石油，我的太太，你知道是多少钱吗？"我老爸得意忘形，他看我母亲和他说话、商量事情，就又把自己当作是我母亲的亲人了。

今天我母亲的脾气还真好，直到现在，还是没有沉下脸来。这一下，我老爸就忘乎所以了。

"这次，是梁月成从南京方面向东北发了一船石油……"我母亲想把芸姑妈告诉她的事，向我老爸转述，不料我老爸才不听这些琐细的事，一挥手，打断了我母亲的话：

"那还用说吗？如今日本宣布大豆是军需品，出不来了，对不对？别以为我是那种胡吃闷睡的人，早就有人撺掇我说，侯先生咱也做笔那种生意吧，一出一进，就是几十万，一年做上两笔，就发财了。我心想，你们看着好，你们做去吧，两国交兵，别看暗地里有勾结，可是表面文章人家还是要做的，真赶上人家翻脸摊牌的时候，你正在做生意，那就赶在火候上了，说不好把你推出来祭刀，你说冤不冤？别总看着别人做这种生意发财，人家那是有后台，日本方面宣布大豆是军需品之前，人家就先把话传过去了，人家不做了，你还傻兮兮地做，那不是自投罗网吗？官场里没有人，你千万别跟着起哄，人家正想找个倒霉蛋呢。"

"你说这些有什么用呢？我就是想和你商量一个办法,反正这是芸姑妈家的事。"我母亲对我老爸说着。

"难呀,难呀。"我老爸把外面的衣服脱下来,身子往床上一歪,又以原来大先生的神态对我母亲说起话来了。

通过梁月成的事,我母亲对我老爸的看法,可能有了一点转变。我母亲发现我老爸到底不是梁月成那样的人,无论怎样,他还是一个本分人,在我老爸的身上,家族的传统,儒学的教育,总还是有个约束。诚如我老爸自己所说,这些年好歹他放开手脚,做点什么冒险的事,说不定,也早就发大财了。他没有做那种事,不是没有机会,而是他知道自己对家庭的责任,还爱惜自己的人品,他知道人生在世,还有许多不可为的事。

心里这样想着,我母亲对我老爸的态度自然就好多了。我老爸也不是那种迟钝的人,他看出我母亲今天对他有了一点温暖,也就不再低三下四地装受气包了。

"事情再难,我们也要想办法。"我母亲对我老爸说着,"我们要替芸姑妈着想,梁月成做空头生意,我们原来也不甚了了,可如今他惹出祸来了,我们也不能袖手旁观。梁月成被扣在南京,芸姑妈怎么过？再说,事情一旦被爷爷知道了,爷爷又会如何想？那还不得把爷爷气出病来呀？爷爷真是有了什么不好,还不是咱们大家的罪？"我母亲越说,越把她自己和我老爸拉到一起来了,我老爸听得心里美滋滋的,听着听着,他一伸手,就对我母亲说:"你把那把扇子拿给我。"

"我和你说正事。"自己找没味儿,我母亲的脸色沉下来了。

"你说，你说，我自己拿。"说着，坐起身来，我老爸自己把那边的扇子拿过来了。

接着，我老爸对我母亲说起了老梁家的事，据我老爸分析，老梁家要发生巨大变化了，从今之后，梁月成也休想再做生意了，美孚方面的信用也没有了，无论天津、上海都不会再有人和他做生意了。倘若再有人和梁月成做生意，事先一定要向梁月成问一声："怎么样，梁先生，这次，这笔钱跑不了了吧？"你说说，那还有什么意思呢？

可是梁月成不做生意做什么呢？他不像我老爸有学历，也进不了什么公司，他更干不了职员呀什么的，不做生意，梁月成就成了一名社会闲散，在家吃闲饭。可是梁月成比不了我老爸，我老爸上面有我爷爷，就是我老爸什么事也不做，在家里也有饭吃；梁月成是一家之主，他一天不出去，家里就一天没有饭吃。你说他回到天津来，怎么活？

"现在先谈不到那些，先说人怎么办吧？"我母亲着急地对我老爸说着。

"人的事，最好办，别理会南京政府的什么公函，人就只管在他那里扣着，也不能把梁月成怎么样。这就叫要钱没有，要命一条。再说，南京政府从来都是有事好商量的，不就是一个钱吗？公家的钱没有，私下里的钱多开些，也就大事化小，小事化无了。不过呢，我说个办法，你可别认为是我想和那个小的儿怎么样，还得我和宋燕芳到南京去一趟，找出个人来，摆上一桌酒席，相关的人，每人一份大礼。当面送，人家是党国要人,那是不会接的,所以,必须得想出变通的办法来。听说最近南京盛行一种大宴,就是在酒席上有一道菜,这道菜的名字叫作'柳暗花明',端上菜来,自然是一只大托盘,大托盘底部也是几片生菜叶,就是在生菜叶上面,按着桌上的人数,用紫心萝卜刻成一朵一朵的大菊花,侍候饭菜的小姐,将这一朵一朵的大菊花分别放到客人的小盘里,客人不许吃,要把这朵菊花带回家去,说是菊花里面有一句吉祥话,当面一打开看,就不灵验了。还要告诉诸位,绝对不是什么钱财,只管放心不是行贿。这样,出席酒宴的人,每人带着一大朵紫菊花回到家里,打开一看,第二天,你再找他办事,就什么事情全好办了。"

"真是世界越来越维新了,怎么就想出了这样的好办法呢?"我母亲不无赞叹地说着。

"新办法多着呢,做官的不全都是要廉洁奉公吗?这样,人们就想出了让这些人廉洁奉公的办法。大阪公司,日本人多清廉呀,连日本人都学会了这套办法呢,要不萌之的事,找到土肥原夫人,一块绿宝石就把事情说开了。不过人家日本人有日本人的规矩,人家日本人把收下的礼品,都原封不动地交到上面去,一律变成军费,也算是一宗收入。南京政府方面的人也收礼,可是他们不上交,交到上面去,也没地方下账,自己收下了,也没有人查,何乐而不为呢?"我老爸得意扬扬地说着,表示他对外面的事,全明白。

"你看着办去吧。"我母亲答应着。

"欠下南京政府的钱,咱先慢慢地想办法,先把人保出来,这叫保外就医,你是不知道,才判下二十年徒刑的人,第二天就保到外面来了,保出来之后,吃喝玩乐,样样不误,至于他欠下的公案,杀人的,人也是活不了了,放火的,该烧的也烧光了,至于钱,你就是杀了他的头,钱也是回不来了,倒不如拿死钱给他们自己换几个活钱,与人方便,自己方便,如今人家就是这样的一个活法。”

“只要是先把梁月成接回天津来,别的事情全都好办。”

“梁月成回到天津来,也不好办。他那一大家子人靠什么收入过日子?”我老爸向我母亲问着。

“他手下不还有一套房子吗?”我母亲对我老爸说着。

“他那套房是一个钱没有弄到手的,说是一年给人家归多少钱,如今钱归不上了,人家也就该把他们扫地出门了。”

“那,他们连个住处都没有了?”我母亲吃惊地问。

“你没听说过有人破产跳大河吗?梁月成就是那种人。也是他的运气,和咱们侯姓人家结了亲,无论怎样侯姓人家也不能看着他跳大河,还得让他体体面面地活着,衣食住行呗,大家稍微紧些过,就有他们花的了。”

我老爸心好,救人救到底,他不光是要想办法把梁月成接回天津来,还要包管他们一家人的生活,也够得上是活菩萨了。

“这就难为你了。”我母亲对我老爸说着。

不料,我母亲无意的一句话,竟然把我老爸说哭了,他双手捂着脸颊,哭得好不伤心。他一面哭着,还一面对我母亲说着:“景福,你以为我真是那种置亲人于不顾的人吗?我自己欠下了债,做下了荒唐事,那就说什么也没有用了。我知道我对不起你们大家,更对不起你,这几年,我想着一切办法想对你表白我的心意,可你就是不听我说一句话,就好像我压根儿就没有一点人味儿似的。芸之是我妹妹,无论中间隔着什么人,我和她的手足之情也不会有一点变化。我和你夫妻十多年,就是多了一个宋燕芳,我和你的情义也仍然和当年一样,你在我心里的地位,那是一百个宋燕芳、一千个宋燕芳也改变不了的,你怎么就认为我和你远了呢?你怎么就认为我对你不好了呢?只有你们对我不好的时候,绝没有我对你们有一点不好的时候。谁能一辈子不做一点错事?人家心里已经感到对不起你们了,你们非得把人逼到绝处不可,把一个人看得就和一条狗一样,你们就对吗?景福,我知道我对不起你,我想着用一切办法报答你,不是我就怎么和宋燕芳好,当初也是宋燕芳和侯家辉做成的圈套把我推下去的,我只是看着宋燕芳可怜,你说让她怎么办呢?真看着她嫁给一个武夫,从此沦落尘世吗,她也是咱们老娘的干女儿呀,我一时心软,就没想到,想帮助她,也不能这样帮助她,这样帮助她,我又把自己放在一个什么位置上了呢?唉,什么话也别说了,一失足成千古恨,再回头已百年身了呀。"

"离百年身,还早着呢,光说没用的话。"我母亲半开玩笑地对我老爸说。

这一夜,我老爸留在了我母亲的房里。我一看我老爸睡下了,就做好了一夜遭罪的准备,可是还算万幸,一觉睡到大天亮,我母亲一次也没推醒我,这时我才明白,我母亲从心里是并不想和我找麻烦的。

这一年的暑假,哥哥考上了铃铛阁中学。铃铛阁中学是天津有名的官立中学,毕业出来的学生人人一手好文章,人人一嘴好英文。铃铛阁中学的学生,全都是天津的小才子,无论走到哪里都受人敬重。

哥哥成了铃铛阁中学的学生,一夜之间,他就长成大人了,一举手、一投足,都和我们这些小毛孩儿们不一样了,整天沉着脸,时时似在思考什么大事。而且哥哥还自己定了《暑期生活时刻表》,工工整整地挂在墙上。我看那时刻表上写着:"6点,起床、洗漱。6:30,早点。7点,自习。8点,作文。9点,歌咏。"等等等等。

只是第二天一早,我7点钟起来之后,一看哥哥还睡得正香呢,我也没有叫醒他。一直睡到9点,他才睁开眼睛,这时,我就到哥哥的床前对他说:"起床、洗漱的时间早已过去了,你也别自习、作文了,现在我就和你一起歌咏吧。"哥哥说那样不可以,虽然前边的时间过去了,可是前边的事情还不能不做,不起床怎么可以呢?可是我坚决认为,既然已经规定了什么时间做什么事,那就一定要在什么时间做什么事,打乱了计划,那就要一事无成。哥哥不光不听我的话,还说我故意和他捣乱,他说,冲着我,这个计划他也作废了。

侯家大院里的日月,表面上还是那样平平静静地过着,可是芸姑妈家却乱成了一团。

我老爸和宋燕芳到南京去了一趟,总算把梁月成保出来了。梁月成回到天津,一句话没说,倒在床上就得了一场大病。

你想想呀,凭梁月成那样的人,他吃得了大牢里的苦吗?他和后来的我们不一样,我们在被送进农场之前,早就抗洪呀,麦收呀,干过不少活了,再说多少次的体验生活,什么饼子、窝头也都吃得习惯了,所以一到了农场,虽然不像是鱼儿得了水吧,可也不是就不能活。梁月成养尊处优,一身毛病,突然下了大牢,能活过来就算是他命大了。

梁月成得了病,就得我芸姑妈侍候他,交不出买房的钱,他们也从那处大公馆里迁出来了,这时,桃儿说,还是我们少奶奶有先见之明,六叔萌之若是不早早地住到辅仁大学去,到如今免不了就是一场是非。

迁出那处大公馆,梁月成只能换到一套小楼里住去了,这幢大杂楼里,一共住着五六户倒霉蛋,全都是落魄的穷光蛋。其中有破产的富商,有输光的赌棍,也有下台的政客,反正这样说吧,他们原来一个比一个有钱,如今一个比一个穷。而且这几户人家还都摆得架子十足,无论人穷到何等的份儿上,做派是一点也不能马虎,有的人家吃饭还是叉子、刀子摆着,其实也不是吃面包、牛肉,就是棒子面窝头白菜汤,人家摆的也是吃西餐的派儿。还有的人家,太太每天早晨出去买菜,回来的时候,菜篮里一定有一只鸡,见了人就说孩子们就是喜欢吃鸡,偏偏有一天,她买菜回来的时候,突然下起了大雨,这位太太一跑,竟把菜篮子掉地上了,这时候人们才看见,原来她菜篮里根本没有鸡,那是一把小扫帚,扫帚尾巴上插几根鸡毛,放在菜篮里,充作是从菜市场里才买回来的鸡。

这幢大杂楼里的几户人家,对于自己之所以住进这幢大杂楼里来,每家每户都有非常体面的解释。一户人家说,原来他们在哆咪士路有一座公馆,后来来了一位不讲理的祖宗,堵着他家门口建了一幢楼房,这幢楼房活赛是一块墓碑,越看越不吉祥,无奈,只得把原来的那幢楼卖掉,在没有买到新楼之前,只能在这里栖身。还有一户人家说,他们原来在法租界有一幢洋楼,本来日子过得蛮好,后来一天旁边的一幢楼房里发生了一起凶杀案,那凶手一使劲竟然把一颗血淋淋的人头扔到他们这边来了。不祥之兆,一气之下,他们把那幢楼房卖掉了,也是正在想买新房,倒是看上了一处,就是院里的花圃太小,所以还得再在这里住些日子。至于梁月成,说到他迁到这幢大杂楼来的原因,就是说一句话:"让人坑了,连字号带房产,一起被人坑了。"他不提他坑南京政府的事,只说自己被别人坑了。

无论怎样寻找体面的理由,到底还是住到大杂楼里来了,梁月成一家再也不能过原来的日子了。梁月成什么话也不说,自己做下的德行事,他还能怪哪一个?他就是每天在床上躺着睡大觉,睡醒了,就躺在床上吸烟,房子又小,弄得满屋里浓烟滚滚,呛得芸姑妈光是咳嗽。梁月成就是那种没出息的男人,有运气的时候,一天也不闲着,吃喝嫖赌,坑蒙拐骗,什么不是人的事都做得出来。可一到倒霉的时候,这号人就一头只在家里扎着,哪里也不去,无精打采,也不出去找饭辙。

梁月成在家里犯懒无所谓,最坏的是他两个孩子,梁小月一身的小姐脾气,就是不肯改,上学下学还要坐洋车。自己家里的车子早就没有了,可是她还要雇车,对于她来说,回到家来之后吃什么无所谓，最最重要的是，她一出门就得坐洋车，认为自己在路上走着，看着别的同学坐在洋车上，那就比光屁股还难看，所以每天上学之前，她总是向芸姑妈要钱。她心里明白，知道她爹没钱，就只向我芸姑妈要，她才不管芸姑妈的钱是从哪里来的呢！不给她钱，她就不去学校。梁小光呢？更浑蛋，他倒是对于上学有没有车子坐不在乎，他就是要下学之后，和一伙同学去玩，踢球一定要买新运动鞋，也是向芸姑妈要钱，不给买新运动鞋，他就向我芸姑妈喊："你凭嘛不给钱？你凭嘛不给钱？"气得我芸姑妈全身哆嗦。就是这样，他还是要买运动鞋。

好在我母亲对芸姑妈说过了，你不必为日月犯愁，一切花销都从侯姓人家拿就是了。当然，我母亲也不能从大账房里给梁家支钱；那样，南院、北院里的爷爷、奶奶们就要质问，一旦他们知道我们这里连姑奶奶家的花销都包下来了，他们那里，就可能连舅娘家的花销也包下来。唉，这个大家族，早就应该分开了，拢在一起，只有是非。

到底我老爸心地好，他给了我母亲一笔现钱，还对我母亲说，也别一次全交给芸姑妈，芸姑妈心善，梁月成几句好话，钱就到梁月成手里了，只能一点一点地给芸姑妈，好让她维持过日子。芸姑妈自然不好常往我们这里来向我母亲要钱，这样，每次桃儿去辅仁大学给六叔萌之送衣物，我母亲就让她顺路到芸姑妈家去一趟，一来是看看芸姑妈，二来也给芸姑妈捎些钱去。

一天晚上，桃儿从芸姑妈那里回来之后，我母亲向她询问起芸姑妈的情况。桃儿没有说话，眼窝里却涌出了眼泪，我母亲当即就问："姑奶奶有什么不好？"我母亲担心芸姑妈的身体。

桃儿摇摇头回答："姑奶奶的身体倒不见有什么不好，就是桃儿看着姑奶奶受苦，心里太难过了。"

"芸姑妈怎么受苦了？"我母亲向桃儿追问着说。

"桃儿到姑奶奶家的时候，正看见姑奶奶给那两个孩子洗衣服。"

这一说，我母亲明白了，梁月成的两个孩子，一个比一个懒。那一年住在我们家的时候，他们就让桃儿姐姐给他们擦皮鞋。如今梁月成家的用人没有了，这洗衣服的事，自然就落到了芸姑妈的身上。芸姑妈本来身体不好，怎么担得起这么重的担子呢？

"可怜呀。"我母亲叹息了一声说："芸之病了多年，最后才嫁给了梁月成，前窝里留下了两个孩子，够芸之难的了。偏偏这个梁月成又惹下了祸，连累得芸之也要跟着一起过苦日子。不是我没想过索性把芸之接过来，可是梁家的那两个孩子怎么办？把他们也一起接过来吧，那样南院、北院的爷爷、奶奶们又会如何说？他们要是也把他们的姑奶奶接过来，这侯家大院岂不也成了大杂院了吗？"我母亲越想越犯愁，实在是一点办法也没有了。

"桃儿倒是有个想法，不知道该说不该说。"桃儿见我母亲这样为难，就对我母亲说着。

"你能有什么好办法呢？"我母亲疑惑地问。

"我呢，一个做粗活的丫头，实在也帮不上什么忙，可是看着姑奶奶受苦，我又不忍心，少奶奶若是不怪罪，我倒是想常常到姑奶奶家去帮助姑奶奶做些粗活，不就是两个孩子的衣服吗，我给他们洗去好了。"桃儿带着商量的口气向我母亲说着，说过之后，她又补充着对我母亲说："也不知道这样想对不对？"

听过桃儿的话，我母亲半天没说话，她感动得眼圈都红润了。

没等我母亲说话，桃儿又继续对我母亲说："世上最难的事，也许就是做继母了，无论你对前窝的孩子多好，也焐不热他们的心。遇见好孩子，忍辱负重，也总算尽了妇德；可是梁家的两个孩子，才真是不自爱。我们院里的哥哥、姐姐，和他们都是同年岁的孩子，早就自己料理自己的事情了，就是有时候你看他们太忙，想帮着替他们做点什么事，他们也是抢着和你一起做，说起来，也是我们不懂事了。"

"这一院子里的事，上上下下也够你和杏儿累的了。"我母亲对桃儿说着，心里正想着桃儿刚才说的话，"说起来呢，也真是让人担心，芸之的身体才好了没有几年，万万不能把芸之累出个好歹来。可是派你去梁家做那些粗活吧，我也是不忍心，在咱们自己家里都没做过那样的粗活，怎么就要去给他们家做那些粗活呢？跑来跑去的，只怕姑奶奶也不会答应。"

"无论姑奶奶答应不答应吧，这只是我自己的一点心意，少奶奶只装是不知道好了，杏儿那里，我也不能说得太详细，杏儿是个火爆脾气，她知道了，说不定等到梁家的两个孩子到咱们这儿来的时候，她一张刀子嘴，会说出什么不中听的话来，还要给少奶奶惹是非。"

"可是，你一趟趟地往姑奶奶家去，吴三爷爷会如何想呢？让吴三爷爷每次给你派车，就说是看萌之去吧，你去的次数多了，吴三爷爷会告诉老太爷的。吴三爷爷那可是一个铁面无私的人，我亲眼看见的，每天晚上老太爷下班回来，前脚才迈进大门，吴三爷爷就跟在后边，把府里一天的事，全禀报了，来了什么人，什么人出去了一趟，那才是精忠报国呢。"我母亲为难地说着。

"这件事，我早就想过了，对吴三爷爷，索性就把事情说清楚了，吴三爷爷和姑奶奶感情深，他听着姑奶奶受苦也不会不同情。再说，真若是少奶奶答应我去姑奶奶那里帮忙，我也就不能再坐车去坐车回了。"

"怎么？你说是去挤电车？"我母亲打断桃儿的话问着。

"我早就把路探明白了，也不是多绕远儿的，出了东门，坐上红牌电车，一直到劝业场，再改乘绿牌电车，再三站，就到姑奶奶家了。"桃儿胸有成竹地对我母亲说着。

"那我怎么放心？"我母亲犹豫地说着。

"少奶奶把外面想的那样可怕，其实人家小门小户的女子，也是每天出去做事情，有几个似咱府里的人这样，步步离不开车子的？少奶奶放心，我迷不了路。"

桃儿姐姐一席话，终于说活了我母亲的心，虽然到最后我母亲也没有明着同意让桃儿去芸姑妈家帮着做些粗活，但我母亲不反对，也就是同意了。这样，第二天早早的，桃儿就到芸姑妈家去了,而且从此之后,隔三岔五的,桃儿就要到芸姑妈家去,好在吴三爷爷知道是怎么回事,他不张扬,侯家大院里的事就滴水不漏,南院、北院里的人们,谁也不知道桃儿每天去芸姑妈家的事。

桃儿去芸姑妈家,杏儿当然最清楚,桃儿又不能把事情对杏儿说得太清楚了,就说少奶奶派自己去芸姑妈家有事。杏儿也不追问,反正她一个人把房里的事全包下来就是了,好在也累不着。

母亲房里的事情的确不多,杏儿一个人也常有没事做的时候,没事做的时候,她有时哄着我玩,我不要她哄着玩的时候,她就过来和母亲说话。

有一天,杏儿突然向我母亲问道:"少奶奶,你说,真的会有一天,这世上再没有什么主子、奴才之分,大家都平平等等、和和美美地过日子了吗?你心里想的事,就事事如愿地都能实现,再没有一点怨恨,没有一点委屈。"

"你怎么想起问这个了呢?"我母亲奇怪地向杏儿反问着。

"杏儿就是爱想事。"杏儿似是无心地对我母亲说着,"杏儿年岁小,不懂事,杏儿就看着这世上有些事,也真是让人担忧。"

"你有什么担忧的事?"

"这话让杏儿如何说呢?杏儿自己没有什么可担忧的事,杏儿把一切都看作是天意。可是杏儿在一旁看着,有些人的事,若是天道不变,就怕难遂人愿的。"杏儿云山雾罩地说着。

"你这孩子,光说些让人费寻思的话。"我母亲心不在焉地说。

"杏儿是这样想,六先生常说,那一天一定会到来的,到了那一天,世上就再也没有穷人富人之分了,也没有主子奴才之分了,人人都可以上学读书,人人都可以到外面去做事情,今天谁和谁心里有情分,到那时就可以堂堂正正地说出来,谁也不许干涉,谁也不许反对,就是凭着自己的心愿活着。少奶奶,莫说是看见那样的时候,就是听说可以有那样的时候,杏儿心里都一阵阵热乎乎的呢。"杏儿说着,眼圈儿还真的就红了。

"杏儿,你放心,你也是一天天地长大了,到了你想怎么样的时候,少奶奶一定依着你的心愿去做。"母亲认真地对杏儿说。

"少奶奶想错了,杏儿不是说自己的事。"杏儿还是随随便便地说着,"杏儿想,就是一定有那样的一天,怕也不是三朝两夕的事,万不可想得太热切了,真那样,日子一天天过去了,梦想还是不能实现,到头来,可是就要自己吃亏了。"

听到此时,我母亲终于听出些余音来了,这时我母亲就对杏儿说道:"你放心,少奶奶也不是那种不想孩子们终身大事的人,越矩的事,从我这里就不会放纵的,桃儿去姑奶奶家,自有要桃儿做的事情,桃儿是个好孩子,我从心里感激她。"

母亲说过后,杏儿再没有说什么,就走开忙她的事情去了。

　　我奶奶以哄孩子们玩为乐事，她最爱把孩子拉到自己的身边，似爱抚一只猫儿、狗儿似的，抚着孩子的头发，摸着孩子的脸颊，和孩子们说些一点用处也没有的话。我奶奶和我说话的时候，总是把我搂在她的怀里，一只手不停地轻轻拍着我的后背，拿我当一只小狗儿。和我姐姐说话，她就搂着我姐姐的肩膀，一只手也是不停地抚摸着我姐姐的头发，拿我姐姐当一只小猫儿。和杏儿、桃儿说话，说着说着，我奶奶就把杏儿或桃儿的手握在她的手里了，还不停地摸弄着她们的小手，把她们俩看得和自己的孩子一样。

　　这天晚上，听说我奶奶没出去打牌，我母亲就带着桃儿姐姐过来陪我奶奶说话，当然也没有什么要紧的话好说，就是东拉西扯呗。我奶奶说老年间的事，说我们家原来在积善里的老宅，有一年闹狐狸，总听前院里一到夜深就有动静，就像是有人出没似的。那时候吴三代还是个年青人，他胆子大，有一天深夜，他又听见前院里有声音传过来了，他提着脚跟，悄悄地往前院摸。才走过二道门，就看见前院中央有一群小老头围在一起坐着，似是正喊喊喳喳地说着什么，吴三代步子轻，就一步一步往前挨，走到近处一看，你们猜猜是怎么一回事？原来是一群狐仙在下棋。也是车马炮地走着，就是棋步不对，老帅摆在河沿上了，卒子却又摆在老帅的城里了，"扑哧"一下，吴三代忍不住笑出了声音，你猜怎么样？狐仙们连理也不理吴三代，还是乱走棋步。第二天，吴三代把他在夜里看见的情景告诉了你们的曾祖父，你们的曾祖父就在前院里的石桌上放了一本棋谱，谁料到了第二天再一看，那本棋谱下边多了一副棋子，哎呀，有气性，人家不下棋了。

说着，我母亲和桃儿姐姐一起全笑了。

可是就在我母亲和桃儿姐姐笑的时候，我奶奶一伸手就把桃儿的手拉过去了。我奶奶一面还说着老宅里闹狐仙的事，一面就摸弄着桃儿的手，摸着摸着，我奶奶似是有了一点什么感觉，她把桃儿的手抬起来，又低着头细细地查看，这一下，桃儿似是紧张了，她立即就把手从我奶奶的手里抽了出来。

"你让孩子做什么粗活了？"我奶奶向我母亲问着。

我奶奶再糊涂，也能感觉出来桃儿的手不再似以前那样柔细了，手指又硬又直，皮肤也粗得成了一层树皮，不光是没有染红指甲，手背上已经有了裂痕。这不是桃儿的手，就是那些做粗活的婆子们的手，也不似桃儿的手这样粗。

我母亲慌了，桃儿去芸姑妈家做活的事，到现在我奶奶还不知道，她虽然也知道一些梁月成家的变化，但想不到芸姑妈会受苦，更想不到桃儿每天会去梁家做那种粗活。如今真是纸里包不住火，怎么一不小心，就露出破绽了呢？我母亲一时不知道应该如何回答才好，只是向我奶奶说着："我房里会有什么重活呀？"

倒是桃儿机灵,她立即对我奶奶说:"也是这一阵风野,怎么才几天洗手没搽雪花膏,手背就'皴'了呢?"

"皴"是天津话,到了秋天,北方的风野,女子的纤手,一不当心,手背的皮肤就变粗了,我们小的时候,洗过脸、洗过手之后,桃儿姐姐总要在我们的脸蛋或者是手背上涂些雪花膏,就是怕"皴"了我们的皮肤。

"不对。"我奶奶摇着头说,"风再野,手指不会变硬的,我知道你们有事瞒着我。"我奶奶说着,脸色沉了下来。

当即,我母亲就吓慌了,有事情居然瞒着老祖宗,这也是做媳妇的大胆了。我母亲正想着该如何度过这一关,我奶奶又沉着脸向我母亲说起了话来,"我说过的,宋燕芳那里,不能给她派人,宠得她也太不知道天高地厚了,怎么就不能自己做点活呢,还想养着她那一双手唱戏去呀?不能自己做活,就让她出去。"我奶奶厉声厉色地说。

"不是宋燕芳的事,桃儿压根儿也没有到小的儿房里去过。"我母亲对我奶奶解释着说。

"那你是支使孩子干什么活了?"我奶奶倒也不是不能让桃儿和杏儿干一点粗活,我奶奶有她的规矩,她不允许桃儿和杏儿到前边和那些用人们一起做事,男男女女的,多是非。

"老祖宗放心,少奶奶可疼着我和杏儿了。"桃儿向我奶奶说着,一双眼睛还向我母亲望着。

"侯家大院里有侯家大院的规矩,谁应该做什么活,谁就去做什么活,桃儿、杏儿是总和我一起出去的孩子,她们两个人的手这样粗,让亲戚们看见又该如何想?人家一定会说,侯姓人家不厚道了,连贴身的孩子都支使去做粗活。"我奶奶向我母亲说着。

事到如今,我母亲感到实在是瞒不过我奶奶了,想了一会儿,便对我奶奶说道:"实话对奶奶说了吧,我是派桃儿到姑奶奶家做活去了。"

"芸之家怎么了?她们不是使唤着好几个人了吗?听说连那个梁小月上学,都有专人替她提着书包。也太不像话了,这样的孩子怎么会好好读书呢?"我奶奶愤愤地说着。

"梁月成在外面惹大祸,姑奶奶家败落的事,老祖宗是已经知道了;可是家败之后,梁家也就不能再过那种荣华富贵的日月了。"一五一十,我母亲把梁月成家迁出原来的公馆,如今迁到大杂楼里的经过,都对我奶奶说了,说过之后,还说到芸姑妈给那俩孩子洗衣服的事。话还没有说完,我奶奶就插言向我母亲问道:

"芸之怎么有力气做那种累活?"

"所以桃儿才瞒着老祖宗,和我商量到姑奶奶家去做活的,媳妇怕婆婆担心姑奶奶的境况,不敢让婆婆分心,也就一直没敢对婆婆说。"我母亲终于把事情向我奶奶全说出来了。

"这个梁月成,把芸之给坑苦了。"我奶奶听过之后,叹息道。

"梁家的日月,婆婆只管放心就是,茹之说了,无论多少开销,他全包下来了。这种事,又不能从咱们的大账房支钱,各房各院的眼睛多着呢,谁院里多开销一点,就是听不完的闲话,咱们养了南院、北院这么多年,真是犯不上听那些闲话了。茹之倒是知道自己的责任，他给了我一笔钱，每次桃儿到姑奶奶家去，我就让桃儿给姑奶奶带些钱去，衣食住行，姑奶奶是不会受委屈的。"

"真应该把芸之接回来才好。"我奶奶对我母亲说着。

"媳妇也是这样想的，可是媳妇再一想，把姑奶奶接到咱们府里来，梁月成怎么办？把他一个人放在他们家里，只怕他连口热饭都吃不到嘴的。还有那两个孩子，跟过来，就是恶吃恶打，那两个孩子的开销，可是比咱们一个院里孩子们的开销还要大得多呢。"我母亲向我奶奶解释着。

对于我母亲的安排，我奶奶实在是应该感谢了，她心疼女儿，听着女儿受苦心里不安宁，可是也想不出好办法来，能让梁家重整旗鼓，一时半会儿，还看不出有什么迹象会让梁月成东山再起。

"我说这些日子总没见芸之呢。"我奶奶感叹了一阵，又像是自言自语地说，"你们看个机会，把芸之接回来住些日子，我也是想她呀。"

"老祖宗的话，桃儿留心就是了。"这时桃儿才接过话来。

随之，我奶奶又询问了芸姑妈每天的饭菜，我母亲回答说，钱是按时交给芸姑妈的，饭菜也是由芸姑妈安排，芸姑妈自己不上街买菜，全都是桃儿上街去采买的。这时，我奶奶就感激不尽地对桃儿说着："真是难为桃儿了，怎么就能上街买菜买鱼去呢？"

我奶奶又问到芸姑妈一家的穿衣，我母亲回答，冬天的衣服已经做下了，前些日西北客商送来的那些皮货，桃儿已经送到芸姑妈那里去过。芸姑妈留下了一件银狐腿的袍子，还给两个孩子各自留下了一件裘皮，说是到过年的时候给他们做新衣服的。一切一切都询问过了，我奶奶这才放下心来，这时她又拉着桃儿的手说："桃儿是在咱们侯家大院立下功劳的人了。"

"桃儿真不敢当了，老祖宗这样疼爱桃儿，桃儿尽心尽力地做点事情，算得了什么功劳呢？"桃儿谦恭地说着，随后，就和我母亲一起从上房走出来了。

桃儿记着我奶奶的吩咐，总想着找个机会接芸姑妈回家来住几天。梁家有钱的时候，芸姑妈的确没有多少事情好做，所以回到侯家大院来，一住就是半个月，家里的事，全都有人操持。可是如今梁家不行了，芸姑妈竟然一分钟也离不开了，有一次好不容易两个孩子不在家，桃儿把芸姑妈接回家来，可是芸姑妈只吃过午饭就回去了。芸姑妈说家里还有一个梁月成，整天躺在床上，有时一天也不吃饭，真是让人放心不下。

其实呢，就说我们的芸姑妈吧，虽然是富里生、富里长，可是嫁到梁家，随着梁月成过上了苦日月，也不是什么没法活的事。我母亲也是富里生、富里长的大家闺秀，嫁到侯姓人家来，不是也遇上我老爸这么一个不成器的丈夫了吗？那年月又不兴离婚，嫁鸡随鸡、嫁狗随狗，也就是一个人生闷气罢了，谁也没有什么好办法。而对于芸姑妈来说，最难的事情，是她那两个前窝的孩子，他们可真是让芸姑妈生气了。

梁月成破产了，梁家的开销没有缩减，衣食住行，梁小月和梁小光没有受一点委屈，按道理说，他们应该多少懂得一点道理了。只是他们的欲望永远也没有一个满足，总是要这要那，稍不称心，就骂闲话。芸姑妈听见，自然就要生气。

桃儿是个息事宁人的好孩子，有时候，那两个孩子明明冲向着桃儿说芸姑妈的闲话，桃儿只装作是没听见，也就把事情化解了。但是，终于有一天，事情化解不了，这样就发生了一桩不愉快的事。

有一次，梁小月说学校要组织旅游，也不出什么远门，就是到一个近地方去玩一天，芸姑妈听说之后，立即吩咐桃儿给梁小月买了面包、香肠、巧克力，还买了许多好吃的东西，足够梁小月吃一整天的了。只是，像梁小月读书的那类学校，学生们彼此比阔，比穿衣，比打扮，比谁身上的毛病多，比谁不好侍候。梁小月曾经对我说过，她的一个同学，就为了买了一双皮鞋配不上合适的鞋带，气得三天不去学校。梁小月对这种人很佩服，说这种人有志气，我说这种人就是欠揍，狠狠地揍她一顿，就什么毛病也没有了。

梁小月要远足，就要买新皮鞋，要买新裙子，要买新手帕，买回来之后，这个花色不中看，那个颜色太刺眼，没有一件东西合她的心意。不合心意，那就再要钱去买，再买回来，也还是不称她的心意。

那天，桃儿正在芸姑妈家做活，正赶上梁小月向芸姑妈要钱，芸姑妈什么话也不说，就是要钱给钱好了；可是给钱也要往外拿呀，就因为芸姑妈拿钱时慢了一点，惹得梁小月好大不高兴。梁小月接过钱来，一面向屋外走，一面嘟嘟囔囔地说着："反正差着一点难着了，花这么一点钱，瞧把她心疼的。"

芸姑妈当然听不下这句话，便在梁小月身后说着："小月，你这话可是不当说，怎么就差着一点难着了呢？你到侯家大院里去看看，你舅娘房里的孩子们，哪个似你这样花钱？"

"我怎么花钱了？"梁小月停住脚步，转回身来向芸姑妈问着，"我花我爸爸的钱，又没有花你们老侯家的钱。"

"小月，你还当你父亲挣下多少钱了吗？"我芸姑妈对梁小月说着，"你看见了，你父亲整天在家里坐着，房子也没有了，若不是舅娘好心，只怕你们未必就有这样的好日子过。"

"照你这样说，合算我们花的是你们侯家的钱了？"梁小月一副不讲理的样子，恶狠狠地对芸姑妈喊着，"你也别拿我们当不懂事的孩子看待了，你没有进门之前，我们梁姓人家也算得是有钱有势的人家了，怎么你一个扫帚星才进得门来，我们梁家就败落了呢？钱也没了，公馆也没了，搬到这么个大杂楼来，过穷日子，别逼得我说出不中听的话来，我们梁家的钱，还不知道你折腾到哪里去了呢！"

梁小月撒泼大骂，把芸姑妈气得气都喘不上来了。芸姑妈没见过这样的场面，一句话也说不出来，只是手捂着胸口在椅子上坐着。这时，桃儿也是气不过，才走过来对梁小月说道："我看还是对小月姑娘说清楚了的好，今天我过来的时候，我们少奶奶还让桃儿给姑奶奶带过来 20 元钱的呢，刚才我们姑奶奶给小月姑娘的钱，就是我刚刚带来交给姑奶奶的。"

桃儿的话，说得梁小月没了理，冲着桃儿就喊了起来："一个臭丫鬟，哪里有你说话的权利，你从我们家滚出去！"

"我可不是看望小月姑娘来的，我是看望我们侯姓人家的姑奶奶来的,滚不滚的,桃儿还要听我们姑奶奶说话呢,不怕小月姑娘过意,你有话,还和我说不着。"桃儿从生下来没有和人说过气话,今天实在是看芸姑妈太窝囊了,才挺身而出为芸姑妈撑腰。

"你们侯姓人家也太厉害了,住在你们家里,你们上上下下欺侮我们;躲回到我们自己家里来,你们还从娘家搬兵到我们家来打架,你们不就是靠着美孚石油和大阪公司的势力吗?"

"梁小月,你放肆!"我的芸姑妈没有本事和人吵嘴,只会说这么一句没有力量的话,人家梁小月才不怕你呢。

梁小月当然不会就此罢休,她摆出一副不含糊的样子来,向着芸姑妈和桃儿破口大骂,喊声把整个大杂楼的人全惊动了。大家就都跑下来看热闹,这些人自己家里倒了霉,就最爱看别人家比自己家还倒霉,他们围在梁月成家的门外,你一句,我一句地说闲话。

梁月成呢?桃儿说他是一个蔫土匪,他听着他女儿骂我芸姑妈,仍躺在床上抽烟,一句话也不说,就像是看别人家的热闹一样。梁小月越骂嗓门越大,穷得发疯的人,就是豁得出去,她天不怕、地不怕,什么不中听的话,都说得出口,她一点也不像是一个中学生,而像是一个泼妇。

"你你你……"芸姑妈看着门外的邻居,听着梁小月的臭骂,气得全身不停地哆嗦。桃儿怕芸姑妈生气,也就再不和梁小月理论,她只是劝着芸姑妈别和梁小月一般见识。芸姑妈忍着忍着,最后,就听见芸姑妈"噢"的一声喊,捂着胸口倒在桃儿的怀里。桃儿一把将芸姑妈搂住,这时,芸姑妈已经不省人事了。

"姑老爷,我们姑奶奶犯病了。"桃儿向着梁月成喊了一声,这时,梁月成才从床上蹦下来,向着他的女儿梁小月喊了一声:"小姑奶奶,你就饶了我吧。"

梁小月看芸姑妈气得犯了病,拿着钱一步就跑走了。桃儿在家里服侍过芸姑妈,知道芸姑妈犯了病是多可怕,立即就对梁月成吩咐说:"立即叫车,送马大夫医院。"

当我母亲赶到马大夫医院的时候,马大夫正从病房里走出来,看他满头大汗的样子,就知道他为抢救我芸姑妈尽了最大的努力。马大夫对我母亲说,芸姑妈已经脱离危险,心脏情况还不稳定,一定不能再让她激动、着急了。

母亲连连向马大夫说着感谢的话,那时候的医生不知道为人民服务,也不知道救死扶伤,实行什么革命的人道主义,那时候的医生只知道做医生要有医德。马大夫医院,不是随便什么人都能进来的,谁都知道马大夫医院收费极高;但是,真把临危的病人抬进来,人家马大夫什么话也不问,也不问带钱来了没有,更不问是公费医疗,还是自费。人家马大夫先救人,无论是多贵的药,也无论是多大的手术,人家马大夫一定尽最大的努力把人救活过来,救活了人,有什么话,再向病人的家属说。当然,为此,马大夫也吃过不少的亏,人救活了,可是他就是没有钱,马大夫没有办法,也就是让病人早早出院,回家去养病罢了。下次再遇到这种情况,人家马大夫仍然是先救人,似是根本也不知道一朝被蛇咬、十年怕井绳的道理。

梁月成和桃儿把芸姑妈送到马大夫医院的时候,芸姑妈已经不省人事了,马大夫认识梁月成,也认识我的芸姑妈。芸姑妈的身体,曾经是在马大夫医院养好的,不必做什么检查,马大夫就断定芸姑妈是心脏病又犯了,立即抬进病房,做了紧急处理,不多时,芸姑妈就苏醒过来了。

我母亲走进病房的时候,芸姑妈已经睡着了,一位护士把我母亲拦在病房门外,我母亲只能隔着窗子远远地向病房里面看着。芸姑妈睡得好沉,呼吸还算均匀。

等候在病房门外的桃儿看见我母亲,眼泪止不住地涌了出来。她领着我母亲走得离病房远些,这才对我母亲说起了芸姑妈犯病的经过。

这时候,在病房门外坐着的梁月成也走了过来,极是尴尬地对我母亲说着:"梁小月这孩子真不懂事,惹得芸之犯了病。"

我母亲当然不能责怪梁月成,也只能对梁月成说道:"不幸中的万幸,人没有危险,就比什么都好办。"

一直等了一个多小时,芸姑妈才醒过来,经过马大夫同意,允许护士陪着我母亲进去看芸姑妈。在我母亲走进病房之前,护士先走到芸姑妈身边,轻轻地对芸姑妈说,有一位亲人要来看你,你必须保证不激动。我的芸姑妈向护士点了点头,她当然早就猜出这位亲人是谁,心情也就不再过分激动了。

见到我母亲,芸姑妈倒也没有太激动,只是向我母亲摇了摇手,示意她坐到自己的身边来。我母亲强忍着眼泪,装出一丝笑意,坐到芸姑妈的身边,拉过芸姑妈的手,向芸姑妈说:"真是芸姑妈的福气大了,怎么这些年没发病,一发病就赶上亲人们都在身边呢?"

芸姑妈倒不觉得是什么不幸中的万幸,只是向我母亲问着:"没告诉老爹、老娘吧?"

"不就是犯一次小病吗?有什么可大惊小怪的呢,等病情稳定了,回家去住些日子,到那时再告诉爸爸、老娘也不迟。"我母亲故意把事情说得无所谓,好像芸姑妈只是得了一场小感冒似的。

"天道难知呀。"芸姑妈轻声地叹息了一声,随之又对我母亲说着。

芸姑妈这里是说天道深远、难以知晓的意思。"天道远,人道迩,非所及也。"是《左传》里的一句话。

"人生如寄,多忧何为吧。"我母亲回答着说,意思是,人生在世,就和寄住在旅店里的过客一般,何必忧虑得那么多呢。

我母亲和芸姑妈从来不深谈,无论什么天大的事,也就是三言两语地说些绕弯儿的话罢了,不像那些小门小户的妇人那样,好话要说到天花乱坠,坏话要骂到祖宗三代。护士是天主教修女,听不清我母亲和芸姑妈念的是哪本《福音》,看着时间到了,护士就领着我母亲从病房里出来了。

把医院里的事情安排好,我母亲吩咐桃儿回家去照顾家里的事,她自己却坐上车子到梁家去了。到了梁家,梁小月正在房里躺着呢,她似是也有些害怕了,不知道芸姑妈的病情会发生什么变化。莫看她和芸姑妈吵架,芸姑妈真若是有了三长两短,她和她弟弟,可就真是没人管了。到那时,她们也就只能跟着她的老爸过穷日子了。

看见我母亲走进门来,梁小月一骨碌就从床上蹦了下来,她胆怯地唤了一声:"舅娘。"随之,就向我母亲询问芸姑妈的病情。

"穿上衣服,跟我走。"我母亲没有向梁小月多说芸姑妈的病情,只是没头没脑地让梁小月快穿好衣服,随我母亲出去。

梁小月以为是我母亲要带她去医院看芸姑妈,她知道是自己惹得芸姑妈犯了病,害怕见到芸姑妈后,芸姑妈会和她算账,迟疑了好半天,说:"舅娘知道,我不过就是多说了几句话。"

"我不问你那些事,听桃儿说,你不是要远足吗?用什么东西跟舅娘去买,到了劝业场,无论你想要什么东西,可着性儿地买,几时你说是买够了,咱们再回家。"我母亲对梁小月说着。

梁小月不知道我母亲打的什么主意,又不敢多问,在我母亲再三催促下,梁小月才穿好衣服,不得不随我母亲到劝业场去了。

在劝业场,我母亲给梁小月买了新衣裙,买了远足鞋,买了遮阳帽,出来之后,还买了许多吃的,还买了几册书,直到我母亲向梁小月问道:"买够了吗?"梁小月点头说买够了,这时,我母亲才和梁小月一起回到他们家来。

回到梁家,把东西放下之后,我母亲板起面孔对梁小月说:"现在,你到医院去,向你母亲道歉,你对你母亲说,你错了,刚才纯属胡说八道,求她不要和你一般见识。你向她保证,从今之后,再也不说那些混账话了。"

梁小月吓呆了,只是低着头站在我母亲的对面,一迭声地说:"舅娘别生气,我这就去医院向母亲道歉,都是我不对,我惹母亲生气了。"

人们常说,秀才不出门,便知天下事;而对于我奶奶来说,那就是老祖宗不出门,更知天下事了。

从桃儿一双手的变化上,我奶奶得知梁月成破产、芸姑妈跟着梁月成一起受穷的事,而我奶奶得知芸姑妈发病,说起来就更离奇了。

那是在芸姑妈发病的第三天,我母亲和桃儿一起到医院看我芸姑妈去了。我奶奶觉着六神无主,一个人在房里怎么也是安不下心神来。

恰在这时候,吴三代站到窗下向我奶奶禀报说外面有个仙姑化缘。仙姑,就是尼姑,世人称有身份的老尼姑为仙姑,就和称修成正果的和尚是高僧一样。有位先生不知此中道理,他以为和尚既然有高僧之称,那尼姑也一定有高尼之称了,于是这位老兄就在一篇小说中,写下"来了一位高尼"的妙语。读到这段文字时,我真流了满头的大汗。

尼姑化缘,是家常事,尤其是我们这样的人家,几乎每天都有僧人、道士、尼姑、道姑来化缘,他们有的挎着香袋,有的带着黄绢封册。我奶奶发下话来说是布施多少钱,化缘的僧人、道士就问府上有什么求告。有时候我奶奶就说保佑着孩子们平平安安吧,于是化缘的僧人、道士就在黄绢封册上写下我奶奶的求告,于是从此,我们就有保佑了。

今天听说又来了化缘的仙姑,我奶奶也没当作是一回事,只是对吴三代说了一声"布施两元钱吧",就算了。可是吴三代走了之后,过了一会儿,他又回来了,这次他还是站在窗外向我奶奶禀报:"仙姑不收布施。"

"她要什么呢?"我奶奶隔着窗子向吴三代问。

"仙姑双目含泪地只是向着咱们府上望着。"吴三代回答我奶奶说。

"快把这位仙姑请到正厅敬茶。"我奶奶一听说有个尼姑冲着我们家的大门掉眼泪,心里就是一沉,她预感到我们家要出事了。

我奶奶叫来杏儿,搀扶着她走到前厅见过仙姑,向仙姑施过大礼,然后才对仙姑说道:"俗家宅大人多,子孙之中难免有人会欠下有悖祖德的孽债,仙姑济世为怀,还望仙姑点化一二。"

仙姑倒也没有说我们家有什么不好,她只是把一挂念珠送给了我奶奶,然后又念了一声"阿弥陀佛",再什么话也没说,就叹息着走出院门去了。

仙姑才走出院门,我奶奶正看见我老爸带着宋燕芳匆匆地从车上下来,走进了胡同,当即,我奶奶就一怔;待到我老爸走进家门,还没容我奶奶向我老爸询问,我老爸倒先向我奶奶问起话来:"芸之没事了吧?"

"你说什么?"我奶奶转过身来,冲着我老爸就问了起来。

这时，我老爸才发觉自己说漏话了，马上，强做出一副笑脸，向我奶奶说着："也是在塘沽住得太久了，燕芳说应该回家看看了。"

我奶奶是何等精明的人，她怎么会被我傻兮兮的老爸骗了呢？不等我老爸再说话，我奶奶就对我老爸说："景福怎么什么事情也不对我说呢？"言外之意，明明是对我母亲有看法了，责怪我母亲什么事情都一个人做主，瞒住我奶奶了。

"大奶奶也是怕老祖宗分心。"宋燕芳讨好地向我奶奶说着。

"什么事情，也比不得你们两个人的事让我分心，怎么就做上姨太太了。"我奶奶向着宋燕芳抢白，明明是骂宋燕芳添乱。

宋燕芳挨了骂，再也不多嘴了，她快马儿地走进院来，钻到我母亲的房里来了。我母亲不在家，她就向杏儿询问我芸姑妈的事。

下午，轰轰烈烈，浩浩荡荡，大队人马，来到了马大夫医院，我奶奶、我老爸、宋燕芳、九叔菽之，后面还跟着吴三代。马大夫医院的护士看着来了这么多的人，立即就把他们拦在医院的门外，随后就跑进医院来，把我母亲找了出去。

这时候，六叔萌之早就赶到医院来了，六叔萌之陪着我母亲从医院里走出来，向我奶奶说道："大嫂是怕母亲担心，所以才没对母亲说。"

这时，我母亲也走过来要向我奶奶说着什么，我奶奶一挥手拦住我母亲的话，只是着急地向我母亲问："芸之怎么样？"

"又是犯了原来的心脏病,已经稳定下来了,马大夫说,住些日子就会好起来的,奶奶只管放心就是。"我母亲向我奶奶禀报。

"总说是让我放心,可是这一桩桩的事,我怎么放心得下呀!"我奶奶着急地说着,"现在谁守着芸姑妈了?"我奶奶又问。

"桃儿在里边了。"六叔萌之回答着说。

"芸之真不要紧了吗?"我奶奶又向我母亲问着,"你们可是再也不能瞒我了,我记得马大夫说过,芸之的病就怕再犯,犯一次重一次的。还是我早说过的那句话,梁家迟早要出事的,芸之的命怎么就这样苦呢?"我奶奶说着,不由得就掉下了眼泪。

在护士的精心安排下,杏儿搀着我奶奶走进医院,隔着窗子看了看芸姑妈。我奶奶看见芸姑妈安安稳稳地睡着了,才放心地走出来,随之我老爸、宋燕芳、九叔菽之都一一进去看过了,只有吴三代含着眼泪对我奶奶说:"老奴才脚步重,怕惊醒了姑奶奶,老奴心里替姑奶奶祷念老天保佑也就是了。"

我奶奶决定,医院里只留下桃儿和六叔萌之,其余的人,就随着我奶奶一起,浩浩荡荡地回到侯家大院来了。

回到家来,我奶奶把我老爸和我母亲叫到上房,对我老爸和我母亲说道:"福祸与共吧,梁月成家的事,也就是我们家的事,只求着芸之能度过这道难关,别的事情都好办,我听说有心脏病的人,最怕嘴唇发紫,我在病房窗外看着,芸姑妈的嘴唇就是紫得发青,别看她现在睡得蛮好,说不定什么时候再一发病,随时都有生命危险的。"

"景福问过马大夫的,马大夫说,只要别再激动,也许不会有大变化的。"我母亲向我奶奶说着。

"你就是说些宽心的话给我听罢了。"我奶奶对我母亲说着,"我知道你一片好心,可是梁家的事,瞒过了初一,瞒不过十五,将来也总是一桩大事。"

"景福也是想着,梁月成总这样在家里闲着也不是事。"我母亲对我奶奶说着。

"可是你让他出来做什么?"我老爸向我母亲问着。

我母亲没有回答我老爸的询问,倒是我奶奶对我老爸说起了话来:"无论做什么,也要给他找点事情做。他过去当洋行经理,开大商号,那是他过去的事,不是说好汉不提当年勇的吗?大丈夫能屈能伸。"

我老爸不说话,我母亲也不说话,最后还是我奶奶逼着我老爸说着:"无论如何,你也要给梁月成找些事情做,哪怕只是占着身子,月薪多少无所谓。他那两个孩子,我们越是养着他们,他们越是不知事。"

我母亲当然最知道此中的道理,她早就想着再不能这样宠着梁家的两个孩子了,梁月成有点事情做,他的孩子也就知道应该过什么样的生活了。

说到给梁月成找点事情做,我老爸可真是为难了。我老爸说梁月成那样的人不本分,也不会安于人下,介绍他到什么公司去了,职位低了,他不干;职位高的差事,人家不会留到现在。梁月成是一个只能当大掌柜的人,他不会安心做小职员的。

　　"反正这件事情交给你办去了，看在芸姑妈的面子上，你也不能再让他在家里待下去了，他待在家里，芸之看着就有气，孩子们也跟着犯性；他出去做点什么，无论收入多少，挣不来钱，看他的孩子还摆少爷小姐架子？"我奶奶对我老爸说着。

　　想了半天，最后我老爸倒也想出了一个好主意，对我奶奶说道："这样吧，我拿出些钱来，帮助梁月成在天津注册一个公司，由他再去做买空卖空的生意好了，无论是赔是赚，也都是他自己的事了。"

　　"那你就去和梁月成商量，不过要把话和他说在前边，宁肯不做生意，也千万不能再做那种冒险的事了，赔了钱不要紧，惹出祸来，常言说，那就要吃不了兜着走了。"我奶奶说过，我老爸就找梁月成商量去了。

　　我老爸走了之后，我母亲又向我奶奶说起了芸姑妈的病，我母亲对我奶奶说，马大夫说芸姑妈这种病叫心力衰竭，一遇见激动的事，心力就支持不住了，只是梁家又是一个是非之地，芸姑妈只要一回到梁家，就是看着那幢大杂楼，她也要犯病的，所以我母亲说，芸姑妈这次病好些之后，一定要接回家来多住些日子，万不能再回到那个地方去了。

　　我奶奶听过之后，又叹息一声，然后就对我母亲说道："我倒有个主意，原来宋燕芳在后跨院里有一间房，如今不是空着吗？芸之出院之后，就让她住到那里去，我呢，给她请位仙姑，每天陪她读经，这样，不食人间烟火，也许她的身体就会好些了。"

我奶奶这样说着,还真就这样做了,她吩咐吴三代先把那间房子布置成佛堂,然后又吩咐他留心着,等那位化缘过的尼姑几时再到这一带走动,就请她进来见我奶奶一面。吴三代答应着,果然未出几天就禀报说,那位仙姑又化缘来了。

15

　我老爸花了一笔钱，在天津商会以梁月成的名义注册了一家比德隆公司，又在北方饭店给他租了一套房间，让侯家辉给他跑街，从此梁月成就每天到他的比德隆公司"上班"去了。

　比德隆公司开张之后，一连三个月没做成一笔生意，每个月，我老爸都要替他们付上千元的房钱，再加上立公司就要有花销，梁月成和侯家辉都吸烟，越没有生意做越要喝茶，每个月光是烟钱茶钱，又得是一千元。我老爸每次回来总是向我母亲报怨："说是给他们立个公司，其实就是白把钱往大河里倒，还不如白养着他们呢。"我母亲自然不说话，反正这是我奶奶出的主意，有什么意见找最高领导说去。

　不过，人们也常说没有不开张的油盐店，到了第三个月，比德隆公司做成大生意了，而且旗开得胜，还真就赚了一笔钱。据侯家辉回来说，那也是走路踩着了一只金元宝的巧事，一家日本照相机公司倒闭，积压在库里的一批照相机当废铁卖了出来。梁月成惯于做这种倒手的生意，当机立断，就把这批照相机买下来了，买到手之后，他又制作了一套模具，把日本照相机打上德国照相机的标志，还在报上登了广告，说是德国照相机进入天津，还玩了有奖销售，一个买了一架这种照相机的人,打开包装一看,里面一个"奖"字,当场兑现,拿了一万元就走,咔嚓咔嚓,就有记者照相,这一下,天津人疯了,会照相不会照相的全出来买照相机,都说里面还有 20 个大奖,等到这批照相机全部卖出去之后,第二个大奖也没出来,好在也没有人出来追问,愣是让梁月成发了一笔小财。

梁月成发了财做什么?先做一套西装,也给侯家辉做了一套西装。侯家辉穿上西装到我们家来,一进门,吴三代就向他问道:"家辉少爷的汽车停在哪儿了?"侯家辉没有回答,一头就扎到我奶奶房里去了。

我奶奶让侯家辉转告梁月成,好生做生意,别总想着发大财,坑蒙拐骗的事,万不能再做了,到头来吃亏的一定是自己,害人者必害己,老祖宗留下的话,没有错儿。

侯家辉对我奶奶说,梁月成倒还是个有情义的人,他说自己对不起我芸姑妈,派侯家辉到侯家大院来询问芸姑妈的情况。我奶奶就对他说,告诉梁月成,芸姑妈要在侯家多住些日子了,现在每天只在她的佛堂里做功课,外面什么事也不让她知道,有桃儿陪着她呢。

一场大病,芸姑妈在马大夫医院住了三个月,好不容易说是心脏稳定了,我奶奶才把芸姑妈接到家里来。一进侯家大院,我奶奶就对芸姑妈说,从今之后,你就当自己不是这个世界里的人了,福祸荣辱,一切都与你无关了,你只管自己去念佛,外面任何事情,你都不要过问了,只有这样,你才能保住一条命。几时身体彻底好了,几时再回你们梁家去。如今你是一个有病的人,爱惜大家、爱惜自己,你就远离红尘世界吧。

芸姑妈后跨院的房间，早收拾得窗明几净，住在里面就和住在仙界一样，没有一丝尘土，没有一丝声音，外面的什么事情，也传不到里面去。而所谓的做功课，就是抄写经文，男人信佛和女人信佛不一样，男人信佛，要做佛事，还要研究佛学，穷究佛理，最后成正果，到了净界，封了佛号，少说也是一名罗汉。而女人信佛，就只是献身佛门。她们做佛事，不求正果；她们读经，不穷究佛理；她们最大的使命，就是抄写佛经，一代一代把佛经传下来。我芸姑妈和那位老尼姑，每天就是抄写经文，当然不是一般的抄写经文，我奶奶给我芸姑妈买的是黄绢，还让吴三代到金店去买了"碗儿金"，所谓"碗儿金"，就是一只大碗，碗里粘满着金子，写字的人用毛笔在碗里蘸着金粉，再在绢上写，如此写下的经文，可以保存上千年。

　　芸姑妈的生活极有规律，早晨 6 时起床，在桃儿的服侍下洗漱之后，用过早饭，老尼姑就该来了。至今我还记得那位老尼姑的样子，也看不出她是多大年纪，只见她永远是穿着一件灰布长袍，没有纽扣，就是用布条系着大襟，戴着一顶黑色的尼姑帽，脚穿一双芒鞋，白布袜，走路时不抬头，不向四周张望，身上老是一股旧木家具的味道，看着就让人感到不舒服。

　　老尼姑在桃儿的引导下，往后跨院走。她好像也不想认路，就是桃儿在前面走着，她跟在后面，永远低着头。我相信她从来也没有看过我一眼，有时我在院里的方砖上写字，正赶上她从我身边走过，我蹲在地上抬头向上看她，她一点也没有看我，绝对的目不旁视，走路时就看着自己的脚尖。

　　整整一个上午，老尼姑就在后跨院里和芸姑妈读经，也不在我们家吃饭,到了吃饭的时候,她一定从后跨院出来,还是跟着桃儿,低着头走出去。我想象不出她说话是什么声音,也想象不出她怎么喝水吃饭。我感到这不是一个和我们一样的人,这是一个没有一点人间牵挂的人。

老尼姑走了之后,芸姑妈休息一会儿,然后就在桃儿的服侍下抄经,蘸一点金粉,写一个字,一个下午,也就是写上一百多字,还不能太累了,就是消磨时间罢了。晚上,芸姑妈早早就睡下了。这时桃儿到我奶奶房里去,禀报芸姑妈一天的情形,我奶奶听过之后,再嘱咐桃儿一些话,桃儿这才再回到后跨院,照看芸姑妈睡觉去了。

除了桃儿之外,任何人也不许和芸姑妈接近,就连我母亲也不许进到后跨院去看望芸姑妈,我奶奶说,只要芸姑妈一看见我母亲,她就能从我母亲的脸色、眼神中看出梁家和侯家的事情来,那时候她一多虑,说不定又会发病,而马大夫说,芸姑妈是再也不能发病了。

芸姑妈远离尘世,与我们毫不相干,最最重要的是,桃儿姐姐再也不能和我们在一起了。每次桃儿姐姐到我母亲房里来,我母亲除了向她询问芸姑妈的身体情况之外,再也不对她说任何话,我母亲怕桃儿把家里的种种变化带进到后跨院去,影响芸姑妈的心情。桃儿姐姐倒是和我们的感情重,每次到母亲的房里来,她总是把我拉在身边,这儿那儿查看着,还问我杏儿都哄我做什么玩,还向我询问哥哥、姐姐的功课,考第几名,等等等等。

那天是星期六,正赶上六叔萌之从辅仁大学回家来,桃儿到我母亲房里来的时候，六叔萌之和九叔葳之也正在我母亲的房里，六叔萌之向桃儿询问过芸姑妈的身体情况之后，就对桃儿说："你照料芸姑妈的生活，我向你表示感谢，可是你千万别跟着她们一起信那些看破红尘的鬼话，芸姑妈的心脏已经不行了，母亲这样安排只是为了保住她的生命，你还有自己美好的未来，我们的一切全都在这个世界上呢。"

"六先生也太把桃儿看得重要了，桃儿就知道把姑奶奶照料好是自己应尽的本分，什么未来不未来的，那就和桃儿没有任何关系了。"

"我对你说过多少次了，你这个人就是不能建立起自己的自尊，每个人生下来都是平等的，都享有同等的权利。人类分为主子和奴才的时代早已经一去不复返了，你在我们家里做事，这最多也就是一种劳动，一点也不涉及你的人格。从人格上说，你和我是一样的。"

这时，我母亲就在一旁对六叔萌之说道："你说的这些道理，桃儿全懂。我们也没有伤害过桃儿的人格。"

"懂是一回事，而从心里坚信又是一回事。"九叔葳之这时也帮着他哥哥说话，"桃儿再明白自己是一个有人格的人，她也还是不敢相信，她也有同等的权利，有朝一日，她也能够成为我们家里堂堂正正的一名成员……"

"腾"的一下，桃儿的脸烧成了一块红布，一句话也没有说出来，一转身，就跑出门去了，一直到走出好远，大家才听见她向我母亲说着："少奶奶，我该回姑奶奶那里去了。"

桃儿走了之后，六叔萌之和九叔葳之把我母亲围在了当中,向我母亲发起了进攻,先是我的九叔菽之向我母亲问着:"大嫂,你是愿意和新时代的新青年一起奋斗、创造新生活呢,还是要做封建社会的殉葬品?"

我母亲不理睬九叔菽之的问题,只是对九叔菽之说着:"我就知道一个人要先把字写好,练了这许多年的毛笔字,一不见颜筋,二不见柳骨,自己就应该知道回房去好好写字。"

这里,我母亲是说九叔菽之于书法上不见长进,临摹了许多年的《玄秘塔》,到如今写出来的字看着活像是大斜塔,横不平,竖不直,还不如哥哥、姐姐写的字好看呢。

"什么颜筋柳骨的,那才是一点用处也没有的死功夫呢,读死书、死读书、读书死,我们这一代人是再也不会做孔家店里的屈死鬼了。"九叔菽之满脑袋瓜子的维新思想,一心要做新时代的新青年。

我母亲从来不和九叔菽之认真,听过九叔菽之的话,我母亲装做生气地向他说着:"什么死呀死呀的,光说混话。快回去好好写字,今天不见你写出好字来,明天就不让你上饭桌。"母亲说着,还真就把九叔菽之推出去了。九叔菽之当然不肯走,他还要留在我母亲的房里帮助他的六哥说话,但我母亲一下就把房门关上了,任他在门外嘟囔,就是不给他开门。

听着门外九叔菽之走远了,这时,我母亲才对六叔萌之说起了话来。

"萌之,大嫂知道你是一个有志气的孩子,大嫂把家道中兴的希望一直寄托在你和九弟的身上。你大哥就是这个样子了,我还能希望他有什么作为呢?他能从此安心,就是咱们一家人最大的幸福了,倘他再陷一步,我也不能总是这样跟他生气。你呢,肩上的责任重,所以你一定要谨于言而慎于行。"

"我不明白大嫂要对我说什么。"六叔萌之懵懵懂懂地对我母亲说着。

"大嫂知道你受的是维新教育,那些父父子子君君臣臣的道理,你是不肯遵从的,你们平时总爱唱的一支歌,说什么要'唱出一个新时代来',唱是唱,真做起来,也不那么容易,在你们还没有唱出新时代之前,大家还要规规矩矩地活在这个旧时代里。大嫂给你们做了榜样,你们不要辜负了大嫂对你们的期望。"我母亲语重心长地对六叔萌之说着。

"大嫂,你说的话我也能明白,一个新时代不会在一个早晨自己来到人间的,但我们一定要去创造,要为新时代奋斗。"六叔萌之说话就像演说一样,有腔有调,还不时地挥着手,要加重语气。

我母亲才不肯听六叔萌之的说教,进一步地向他说着:"你能有这样崇高的理想,大嫂对你极是钦佩。大嫂只是提醒你,不要忘记你是侯姓人家的后辈,你的一言一行都要为侯姓人家着想。"

"大嫂,我迟早要从这个封建家庭冲出去的,而且,对大嫂明说,我还要把桃儿一起带走。"六叔萌之的眼睛里闪动出真诚的目光,在这种目光面前,就连我母亲也失去了说服他的勇气。

"你打消这个念头。"我母亲斩钉截铁地对六叔萌之说着,"你们和桃儿杏儿一起长大,也算得是青梅竹马了。桃儿和杏儿又是两个这样好的孩子，大嫂也不责怪你们怎么会有了感情。大嫂只是要对你说，如果你能知道这只是一种年轻人的梦想，早早地安下心来读书，桃儿还能和你在一起多处些日子，大家也能多有些接近；倘若你不能明白这个道理，你也知道，桃儿早就到了应该回乡下去成亲的年龄了，桃儿又是大嫂房里的人，大嫂怎么会容许你产生那种傻想法呢？再说，倘若真是那样，爹爹、老娘岂不就要怪罪大嫂了吗？"

"我去向爸爸、老娘说明白，这事与大嫂无干。"六叔萌之毫不退让。

"那你就要惹出大祸来了，你想过那会是一种什么结果吗？"我母亲向六叔萌之问着。

"他们能把我怎么样？"六叔萌之毫不含糊地反问。

"侯姓人家的规矩，世世代代没有过娶婢为妻的先例，听说老辈上也有过纳婢为妾的恶事，家谱上有记载，那已经是革除族籍，乱棍打出家门了。"我母亲非常严肃地对六叔萌之说着。

"我用不着他们把我打出家门，我自己知道怎么走出这个家门。"六叔萌之还是万分坚定地说着。

"大嫂也不会让事情发展到让他们把你打出家门的地步。"我母亲更是不肯相让，"我向你说明白，如果你不肯打消这个想法，明天我就把桃儿打发走，她母亲已经在乡下为她说好人家了。"

"大嫂！"六叔萌之几乎是大喊了一声，他"腾"地一下，就从椅子上跳起来了，强压着心里的激动，平静了一下心情，才向我母亲又说了起来，"我不相信大嫂会做出这种事来。"

"大嫂会做出这种事的，大嫂不能落这个千古的罪名。"我母亲极其严肃地对六叔萌之说着，"大嫂不是不同情你们的境遇，大嫂把桃儿留在身边，也许就是希望能有个什么机会帮助你们实现梦想，但是你看出来了，那种异想天开的事是不会出现了，大嫂就想让你们多相处几天，彼此留下个好印象，将来天各一方，也多有一些回忆。只是，无论怎么样，大嫂对你说最彻底的话，你的那种梦想是永远不会实现的。"

"大嫂！"六叔萌之再也没有说出话来，一回身，就从我母亲的房里跑出去了。

本来，天色已经不早了，我母亲正在想该不该把桃儿找来说说这些事，但还没等我母亲拿定主意，桃儿自己就到我母亲的房里来了。

桃儿没有动感情，只是平平静静地向我母亲说着："桃儿想过，也许是到了桃儿应该离开侯家大院的时候了。"

桃儿的脸上倒没有痛苦的表情，她也不像有什么为难的事，平平淡淡，就像说一件与她无关的事似的。我母亲也没有什么怨恨的表示，就是听着桃儿的话，安安静静地在椅子上坐着。

"芸姑妈这几天身体怎样？"我母亲向桃儿问着。

"睡得倒也还可以，饭量也大些了，可是说让姑奶奶把外面的事情完全忘掉，似是不大可能，时时的，桃儿在一旁看，姑奶奶还是在想什么事情。还有一次姑奶奶对桃儿说，她真是多余到人间来呢。姑奶奶也是想得太多了，其实谁又不是多余到这个世上来呢？"说着，桃儿的眼圈红了。

"明天，还是要陪芸姑妈到马大夫医院去做检查。"我母亲提醒桃儿。

"桃儿知道，衣服也早就准备好了。"

"那你也早些休息去吧。"我母亲对桃儿说着。

桃儿没有再说什么话，只是走到门口时，回身向我母亲看了一眼，问了一声："少奶奶没有什么吩咐了吗？"

母亲没有回答，桃儿看见我母亲强忍着眼窝里的眼泪，紧紧地咬着嘴唇，唯恐一不当心，就会呜咽出声音来。

我母亲带着桃儿陪芸姑妈去马大夫医院检查，马大夫做过检查之后，把我母亲请到他的办公室里，说，芸姑妈的心脏表面上看着似是稳定了，可是她一点也不能激动，倘若为了什么事情再发作，只怕就不好抢救了。马大夫还对我母亲说，日本有一种治心脏病的好药，马大夫知道我老爸在日本大阪公司做事，就说让我老爸从日本给我芸姑妈买些药，而且马大夫还说，如果能够买到这种药，同时也给医院代买些药来，病人中需要这种药的人多着呢。

只是，这当中就出现了一个难题，过去家里有了什么事，要去塘沽找我老爸，有一个大闲人侯家辉时时听候吩咐，如今我老爸出钱给梁月成立了比德隆公司，侯家辉到比德隆公司去给梁月成跑街，侯家大院里，几乎就看不见侯家辉的影儿了。那么，又该派谁去塘沽给我老爸送信儿呢？我母亲说，就让杏儿去吧，这年月维新，女子也不能不出门了。

杏儿欣然受命，立即就到塘沽去了。我母亲还有些不放心,杏儿就对我母亲说:"坐上火车,一站就是塘沽,下得火车,我叫上一辆洋车,直奔大阪公司,谁还能把我拉到万国码头?"杏儿胆儿大,一个人就奔火车站去了。

杏儿出使塘沽,大显才干,使侯姓人家的命运发生了根本性的转折。

塘沽因为是一个港口,所以这几年发展得很快,人们把塘沽说成是小天津,一点也不夸张;天津有什么,塘沽就有什么,天津有大饭店,塘沽有比天津最大的饭店还要大的饭店,天津有歌舞厅, 塘沽就有比天津最豪华的歌舞厅还要豪华的歌舞厅。反正这样说吧,在天津,你感到洋味比中国味重;而到了塘沽,你就和到了外国一样,英国人的私人俱乐部,法国人的夜总会,俄国人的蓝扇子公寓,日本人的伎馆,门口上挂着一方蓝布,上面写着一个"花"字,那才是世界级的销魂去处。而且,在天津你想洗澡,就只有典型的中国式浴室,而到了塘沽,你想洗什么样的澡,就洗什么样的澡,有日本式澡堂,人家叫"风吕",有土尔其式的澡堂,还有芬兰式的澡堂,等等等等,为此,许多中国人专程到塘沽来学洗澡。

杏儿初次出门,到了塘沽确实有些眼花缭乱,可是人家姑娘有心数,走出车站,叫了一辆洋车,说了声:"去大阪公司。"拉车的二话没说,没多少时间,就把杏儿拉到地方了。

进了大阪公司的大门,看门的老人问杏儿找什么人?杏儿说找侯先生,还说自己是从天津来的。当即,看门的老人就吓了一跳:"哎哟,大小姐,你怎么一个人跑到塘沽来了?侯先生没在公司,我要辆车子送您到侯先生公馆去吧。"

杏儿一听我老爸居然在塘沽立了公馆，心里就想到那个宋燕芳"做妖"了。她到了塘沽，做上了侯太太，就成精了，谁也管她不了了，摆上了姨太太的架子，过上了花天酒地的生活了。好，顺水推舟，杏儿答应着，坐上车子，就直奔侯公馆去了。

　　车子停在侯公馆门外，杏儿抬头向侯公馆看了看，一套洋房，真是比天津的大公馆还要气派呢。杏儿走进门来，推开房门，只看见一座大厅，转着弯儿的楼梯铺着红地毯，从屋顶上垂下来大吊灯，洋式的家具，使楼下的大厅显得好不辉煌。

　　杏儿才要往楼上走，这时候就只见走过来一个老女人，向杏儿问道："小姐就请回吧，我们奶奶说了，今天谁家来请也是不能去了，昨天夜里的牌局，直到天亮才散，回家来洗过澡，刚刚才睡下。"

　　"哦，"杏儿答应了一声，然后就向老女人说："既然你们奶奶才睡下，那我就不打扰了，等你们奶奶醒过来，你就对你们奶奶说，我们天津的少奶奶问你们奶奶这一阵儿的牌运怎么样？"

　　"哎哟，"老女人惊呼了一声，立即就向杏儿问着："姑娘别是府上的桃儿或者是杏儿吧？听奶奶说过的，活赛是大家闺秀呢。"说着，老女人就往楼上跑，可是才走上几级楼梯，老女人又停下脚步向杏儿问着，"姑娘怎么知道侯公馆在这儿呢？"

　　"你就少多嘴多舌地问东问西了，你杏儿姑娘来了，还用什么禀报？谅她个宋燕芳也不敢不见我。"说着，杏儿蹬蹬蹬地就走上楼去了。

　　杏儿走上楼来的时候，宋燕芳正躺在床上翻看西洋画报呢。她听见有人上楼，还以为是用人送茶来了呢，躺在床上，眼皮儿也不撩地就向外面说着："你上楼就不兴步子轻些，擂鼓呀！"

宋燕芳才说完，杏儿就接着回答着说："不知道姨太太嫌杏儿的脚步重，姨太太早说一声，杏儿也好在府里早练习着点。"

杏儿的话声还没落，宋燕芳一骨碌就从床上蹦下来了。她站在杏儿面前，好长时间没说出话来，只是慌慌地结着衣服扣，还连连说着："怎么杏儿姑娘就来了呢？"

不等宋燕芳让，杏儿就坐在了椅子上，她举目四下里望了望，新式的西洋家具，上面摆着西洋自鸣钟，大沙发床，床上是南绣的丝绸被子，再看宋燕芳的容貌，红光满面，可真是和住在后跨院里的时候不一样了。

"也是一个朋友，有这么一套公馆，连家具也都是人家的，说是回南方去住些日子，过不了几个月，人家说就要回来的。"宋燕芳明明是在为自己打掩护。杏儿也不理她，只是冷冷地看着这一切，向宋燕芳问了一句："大先生呢？"

"说是外面有个应酬，要到晚上才回来的。"宋燕芳乖乖地向杏儿说着。

"少奶奶的吩咐，让杏儿今天晚上赶回去。"杏儿冷冷地说着。

"那我这就派人去把他找来。"宋燕芳急忙地说着。

杏儿没有再说话，她趁宋燕芳派人找我老爸的当儿，就在公馆里转起来了。她也不用宋燕芳陪着，也不问宋燕芳什么地方该进不该进，她是想看什么地方，推开门就看个够，看过之后，连门也不带上，一转身她又看别处去了。

"到底是这洋楼比老宅院舒服多了。"看过之后，杏儿赞扬地说着。

"再好，也是人家的房子。"宋燕芳连忙对杏儿说。

"所以，杏儿就想，光靠大先生在大阪公司做事、每个月的薪水，是买不起这幢楼房的。"杏儿说着，眼睛却向宋燕芳瞟着。

"茹之可是没有别的收入。"宋燕芳对杏儿说着。

"像杏儿这样的丫鬟，盼的就是主子家里发旺，主子越发旺，奴才们不是也就越跟着沾光吗？"杏儿说着，还是不停地在房里转来转去。

宋燕芳打发人去找我老爸的工夫，她领着杏儿走出了公馆，宋燕芳说杏儿第一次到塘沽，应该出去看看塘沽的景象。

果然塘沽好热闹，宋燕芳领杏儿逛了两家商店，里面卖的全都是洋货，杏儿说，天津还不见有这样的商店呢，真想不到塘沽人竟有这等的福气。出了商店，宋燕芳在路上对杏儿说，住在侯家大院后跨院里的时候，每天和杏儿一起说话，现在想起来都觉着亲切。现在虽说雇了个做粗活的婆子，可是大先生整天不着家，她一个人也真闷得慌。倘若杏儿肯到塘沽来，她真是求之不得呢。杏儿回答说，桃儿姐姐每天要陪姑奶奶做佛事，少奶奶房里的事，就只剩下杏儿一个人了，还要照应六先生和九先生的事情，就是杏儿想到塘沽来，只怕少奶奶也是不放的。

宋燕芳和杏儿说着话，走进了一家首饰店，首饰店的伙计看见宋燕芳，远远地就迎了过来。伙计一面鞠躬哈腰地迎接宋燕芳，一面向宋燕芳说着："侯太太今天看点什么？"

宋燕芳向首饰店的大玻璃柜看了看，随之就对伙计说道："看着合适的，给孩子选一件。"

伙计听过宋燕芳的吩咐，立即走过来向杏儿问道："不知道小姐想要玉的，还是要钻石的？"

不等杏儿说话，宋燕芳又对伙计说道："孩子在家里戴着玩的。你看着给选一件好了。"

"既然是在家里戴，侯太太看看这件好不好？"说着，伙计取出一件红宝石胸针，还摆在杏儿的胸前试了试，果然高雅大方，杏儿真的像是一个小姐了。

"我可是不敢收这么贵重的东西。"杏儿后退了一步，对宋燕芳说着。

宋燕芳也没有再劝说杏儿，就向首饰店的伙计说道："就是这件吧。"说罢，首饰店的伙计就把红宝石胸针包好，宋燕芳也没有付钱，就领着杏儿一起从首饰店走出来了。

也许有人会问，杏儿就是再少见识，看着宋燕芳买过首饰不付钱，就走出了首饰店，她也会感到惊奇的呀？其实，杏儿早就看惯了这种事了，侯家大院里的人出去买东西，没有自己身上带着现钱的。侯家大院在天津几十个大字号里，常年有购物的折子，随时买过什么东西，店家就只在折子记下一笔账，每年三大节，店家到侯家大院来结账，一分钱不差，大账房按店家报上来的数目付钱。

宋燕芳既然在塘沽有了公馆，店家自然也要和她建立这种关系的，她出来买东西怎么能够自己带钱呢？那样不就太丢侯太太的份儿了吗？

宋燕芳带着杏儿回到公馆的时候，我老爸已经回来了，他正胆战心惊地等着杏儿呢。我老爸虽然是侯姓人家的长门长子，按道理说，他是一个家族权力的象征，那是全家族的人都要敬畏着他的；可是我老爸的人缘儿没有混好，到如今不光是侯家大院里的人没有一个人怕他，他还怕侯家大院里的每一个人。我老爸怕我爷爷、怕我奶奶、怕我母亲，怕芸姑妈、怕他的两个弟弟，他连我姐姐和我哥哥都怕。甚至于他怕吴三代，他更怕桃儿和杏儿，他连我们家的老猫都怕。有一次我亲眼看见，我老爸正往外面走，才走到我奶奶的窗檐下，正赶上老猫要从房檐上往下跳，我老爸立即向老猫摆了摆手，暗示它不要在此时此刻惊动我奶奶，老猫倒是也善解人意，它果然就没往下跳，眼看着我老爸从前院溜了出去，老猫才从房檐上跳下来。

杏儿知道我老爸怕家里的人，不等我老爸询问，就先对我老爸说起了我母亲派她到塘沽来的原因，听过之后，我老爸放下心来，当即就对杏儿说："好办好办，我还当是又出了什么事呢。"说完，我老爸还拭了拭额上的汗珠。

不过呢，我老爸说，日本船一个星期一个往返，要等到下星期才能够买到药，告诉家里放心，下星期我老爸一定能把这种药送回家去。然后，我老爸又询问了我芸姑妈的身体情况，还问了家里的种种情形，这时候看时间不早了，我老爸才说送杏儿去车站回天津,到了火车站,我老爸还对杏儿说:"这儿的情形,回去别跟人们说。"我老爸也没说清楚是别对哪些人们说,反正他的意思,就是让杏儿替他保密。

回到天津之后,杏儿当然不会向我母亲打小报告,就算杏儿是我母亲的亲信,可是我老爸和我母亲的关系更近,今天她可以向我母亲打我老爸的小报告,明天她就可能向我奶奶打我母亲的小报告。做奴婢的精明,就在于你要时时摆对自己的位置,还要知道怎样尽忠尽心,心计用错了地方,不光没有功劳,还可能毁了自己的前程。

杏儿对我母亲说我老爸下星期就会把药买回来,再没有说什么话,回身就往外面走;倒是我母亲把杏儿唤回来,向她问起了塘沽的情形,杏儿才又对我母亲说道:"杏儿想,大先生在塘沽也应该有一处住房了,总借着人家的房子住,也不是个长久之计。"接着,杏儿就说起了她在塘沽看到的一切,她说,我老爸和宋燕芳虽然住在一处大公馆里,但是这处公馆是人家的房子,过不了多少时间人家就会回来的,到那时还不知道我老爸和宋燕芳要住到什么地方去了呢。

"这些年住在府里,总觉着皇帝老子们住的地方也不过就是这样的了,可是到了塘沽一看,才知道是少了见识,这塘沽的大公馆,看着就吓人,才走进大厅,就让人觉得似进了宫殿一般,看着那个气派呀,杏儿还真是没见过呢。一比起咱们侯家大院来,就显得寒碜了,还是人家洋人会享福,怎么就建成这么好的房子来了呢?姑奶奶以前在英租界的房子,杏儿也去过,可是比起这次杏儿在塘沽看见的这处公馆,那就又差着远了呢。"

我母亲听着，没有说话，她只是向杏儿问起宋燕芳的情形。杏儿回答说："姨太太自然是和住后跨院时的情形不一般了，摆起姨太太的架子来了，骂用人们走路的声音像擂鼓；幸亏杏儿没跟她到塘沽去，真到了塘沽，她还不得把杏儿折磨死呀。光是每天晚上侍候她打牌，就要活活把杏儿累坏的。"

"她还打牌？"我母亲向杏儿问着。

"做粗活的老女人说，昨天晚上的牌局直到天亮才散的呢。"杏儿如实地对我母亲说着。

"她可是自由了。"我母亲自言自语。

"她还想收买杏儿呢，这不，还给我买了一只首饰呢，说是哄着我好玩的，也不是什么贵重的东西。"说着，杏儿就把宋燕芳给她买的红宝石胸针拿了出来。

我母亲拿过红宝石胸针来看看，确实不是什么值钱的东西，也就是一小块石头罢了。我母亲对杏儿说，既然是给你买的，你就收下，杏儿说什么也不肯要，她说是要送给我姐姐玩，然后就出去了。

我母亲自然知道杏儿说话极有分寸，她绝对不添枝加叶，只是把她看见的一切如实地对我母亲述说了一遍，既不加分析，也不做任何想象，一是一，二是二，她就看见了这些，也就对我母亲说了这些。

过了一个星期，我老爸高高兴兴地回天津送药来了，他自以为是有功之臣，坐着洋车就进了胡同，走进大门，他才要向吴三代询问我爷爷的情形，没想到"哗啦"一声，吴三代又把大门关上了。

我老爸当即就愣了，"怎么我一回家，你就关大门呢，怕我跑了不成？"我老爸向吴三代问着。

吴三代不敢大声说话，只是向我老爸凑近了一步，悄声地说着："老祖宗吩咐下的话，说是等大先生一回家，就让老奴才把大院门关好。老奴才央求过老祖宗了，有什么话只管好好对大先生说，大先生是好人。"

"我怎么不是好人了？"我老爸生气地对吴三代说着。

"老奴才放肆，看着老祖宗一次一次地为大先生生气，老奴才也是心里不安的，老奴才对老祖宗说过了，老祖宗立家规，老奴才不敢多嘴多舌，老祖宗真是要动家法，老奴才愿意替大先生受皮肉之苦。"

越说越出圈了，怎么我爷爷居然要揍我老爸不成了呢？站在院里，我老爸做闪电式自我反省，想了半天，也没想出自己做下了什么出格的事。

"大先生，老奴才是看着大先生长起来的，大先生有长进，老奴才的脸上有光，老奴才想，男人么，有点什么出格的事，也不至于惹老祖宗发这么大的脾气，怎么这次老祖宗就把家法都拿出来了呢？"

这一下，事情严重了，前面说过了，我们家的家法，是一个硬木做的戒尺，据说打在手上是很可怕的。动用家法，那就是说这个人犯下了不可宽恕的重罪，我老爸到底是惹下了什么祸，竟然气得我爷爷要对他动用家法了呢？

想着想着，我老爸一阵脑袋发晕，一脚没站稳，立即就歪在吴三代的怀里了。"大先生,大先生,你这是怎么了?"吴三代招呼着我老爸,随之,放开声音他就向人们喊道:"快来人呀,大先生晕倒了!"

16

我爷爷远不像我老爸想象的那样可怕，当我老爸走进正房的时候，我爷爷还向他问了一声："你回来了？"

当时，我老爸向我爷爷解释说，一来是回家赶路心里着急，从塘沽乘火车，下了火车又坐洋车，太阳晒，出来的时候也没想到戴帽子，进得门来，又急着把药送到芸姑妈房里去，一时血脉上冲，就觉着有些头晕，扶着吴三代站了一会儿，此时已经好多了。

我爷爷说："那你就回房休息去吧，我也没有什么紧要的事问你。"

我老爸自然是个机灵人，他心想，没有紧要的事要问我，你何必还吩咐吴三代把大门关上？看来今天的这一关不好过。

不过，到此时，我老爸已经是胸有成竹了，就是刚才在院里站着的时候，他已经反省过自己近来的全部所作所为了。反省的结果，我老爸认为自己最近一个时期以来没犯什么大错，就是有一笔钱，一笔近乎是从天上掉下来的钱，一笔一辈子也花不完的钱，要向老爷子说清楚；不过这也算不得是什么大不了的事，钱多，还会有罪吗？

当然，我老爸也知道我爷爷的脾气。我爷爷对于孩子们读书，无论你考得多好，他也不认为你是尽到了最大的努力，我爷爷总拿那些先贤和我们这些孩子们比，人家怎么怎么样，只七岁，就能把一部《论语》倒背如流了。我们怎么可以和他比呢？他傻读书，除了背《论语》，他还会什么？他养的蛐蛐能把别人的蛐蛐咬掉一条腿吗？这不就结了吗，各有各的能耐就是了。但是，我爷爷对于他儿子、也就是对于我老爸的收入，最不放心。我老爸在大阪公司做事，每个月有固定的收入，有时候我老爸给家里买回来一件什么值钱的东西，譬如珍贵的皮货呀，丝绸呀什么的，我爷爷总是要问，用的是哪笔钱？我爷爷最怕我老爸在钱上不清楚。我爷爷有一种理论，他说一个人不可能不犯错误，类如后来说的"人无完人"，但一个人不能在两方面出事儿：一不能淫，二不能贪。不能淫，不是不能近女色，我老爸娶姨太太，我爷爷也就一眼睁、一眼闭了，我爷爷说的不能淫，指的是不可淫人妻女，也就是不能犯花案，犯花案，做缺德事，那是要有报应的。不可贪，也不是主张君子固穷，而且我爷爷还特看不起那些没志气的窝囊废，我爷爷认为一个人不肯做出大努力，就不可能有大出息。我爷爷说的不可贪，指的是不可贪不义之财，自己应得的钱，无论怎样花，都无可厚非，但是贪不义之财，一个人就不可救药了。

杏儿从塘沽回来之后，我母亲到我爷爷房里禀报说我老爸下个星期就能把药买回来，我爷爷听了之后，还夸奖了我老爸几句，说我老爸近来"顾"家了，也是三十多岁的人了，自然就有了责任感。但是，当我爷爷听我母亲说我老爸在塘沽借了人家一套公馆住的时候，脸色沉下来了。我爷爷向我母亲说道："你们总是这样糊涂，谁会把这样的大公馆借给别人住呢？有公馆的人自然全都是有钱的人，有钱的人不光是有钱，还全都有毛病，有的有钱人就是不许别人进他的房间，嫌别人脏，他宁肯把他的公馆空十年，也不会借给别人住的。美孚油行里的人们，有公馆的人家多着呢，谁也不到谁家去，有什么事情在外面约个地方去说，也不往家里留人。茹之在塘沽的公馆，一定是他买的。"

可是我老爸哪里来的这么多钱呢？这就是我爷爷今天要向我老爸问的事；而且我爷爷还想起近来外界的一些议论，美孚油行的同事们全对我爷爷说，有日本背景的公司近来全发了大财。

我老爸也没有等我爷爷追问，就主动地向我爷爷说，近来大阪公司的生意好。"怎么一个好法儿呢？"我爷爷向我老爸问道。

"就是从日本发来的船多呗。"我老爸理直气壮地回答。

我爷爷想了想，又对我老爸说："近来连美国油船都定不下泊位了，报关行说，日本船把塘沽所有的泊位几乎全占下了，美孚油行的油轮，在外港一等就是半个月，急得上海每天都向天津发电报，埋怨天津办事不力。"

对于报关行的事，我老爸不甚了了，但是我老爸对我爷爷说，有一天早晨，我老爸到大阪公司上班，一看账，我老爸吓呆了，就在我老爸的名下，记下了一笔惊人的数字。

"多少钱？"我爷爷问着。

"70万。"我老爸回答着说。

"这是一笔什么钱？"我爷爷打了一个冷战，立即向我老爸关切地问。

"收货方的提成。"我老爸支支吾吾地回答。

"你向日本买货了？"我爷爷继续问。

"我又没有公司，怎么会向日本方面买东西呢？"

"你不买东西，怎么会成为收货方了呢？"我爷爷一双眼睛盯着我老爸，直问得我老爸连汗珠都渗出来了。

在我爷爷的追问下，我老爸回答不上来了。

"钱呢？"最后我爷爷向我老爸问着。

"在宋燕芳手里了。"我老爸胆怯地回答着说。

"混账！"我爷爷一声喝骂，把我老爸吓得出了一身冷汗，"来历不清的钱，你怎么可以收下，还交到她的手里呢？"我爷爷狠狠地拍了一下桌子。

这世界怎么会有来历不明的钱呢？从侯家大院散伙之后，到今天已经有五六十年的光阴了，当时的小弟我至今都已经是六十岁的人了，积大半生的经验，我从来就没有得到过一次来历不明的钱，有许多次，本来有来路的钱，眼看着就要到手了，后来一个通知传达下来，就是暂时有点困难，咱也就跟着同舟共济了。而且从蒙受不白之冤，到重见天日，这些年扣下的工资，连句话也不说，就再也没有人提了。当时我们还想过呢，等扣发的工资补下来，一定先去吃顿烤鸭，结果还是泡汤了。

可是你们听听，我老爸居然有了一笔来历不明的钱，而且是 70 万,天爷,那年月买一所楼,不过才 1 万元,70 万,够买一条街的了。

这是一笔什么钱呢?

那天早晨,我老爸和平时一样,按时到大阪公司上班,走进办公室,拿过来当天下边送上来的账目一看,了得,就在我老爸的名下,多了 70 万元钱。

什么钱?

收货人:侯茹之。下边是年月日。

没有项目,没有说明,就是一个收货人。

我老爸到底是侯家大院出身的人,对于钱看得很淡,自己的名下多了 70 万元钱,他自然要去问个明白,但是当我老爸找到大阪公司日方总裁小野的时候,小野也说,在他的名下也多了几十万元钱。

世上有从天上掉钱的道理吗?既然这笔钱划到了你的名下,就一定有其中的道理,问来问去,似是问出些眉目来了,说这笔钱是日本陆军总部划过来的。

这一下,我老爸的汗珠子流出来了,日本大阪公司和日本陆军总部从来没有关系,怎么一夜之间,陆军总部就给大阪公司的中方经理和日方经理划过来这么多的钱呢?再一打听,说是昨天夜里,塘沽码头有一批日本货轮进港,一夜之间货物就卸下来,而且连夜又把这批货运走了。

这一进一出,日本陆军总部就把大阪公司作为收货方,而把运费的提成又划到大阪公司日方经理和中方经理的名下了。

那么日本陆军是把一批什么货物运到塘沽码头，而且还要连夜卸下货来，连夜运出去呢？

当然是军火。

九一八事件，到此时已经是六年了，日本军方要入侵华北的狼子野心已经是路人皆知，要发动华北战争，日本陆军就要往华北运军火，军火运到塘沽，到报关行去要泊位，总要有个收货方，日本陆军不能说自己是收货方，他们平日和大阪公司做过生意，于是日本陆军总部只好在大阪公司名下，报关这批军火。这样，大阪公司就成了这批军火的收货方，日本陆军总部再作为提货方，把这批军火运出去，这一倒手，白花花的银子，就流到大阪公司名下了。只是，也就在白花花的银子流进大阪公司腰包里的时候，神不知鬼不觉，一场入侵华北的军事行动，也就紧锣密鼓地准备停当了。

日本陆军总部以为，大阪公司还有不愿意做生意的道理吗？平白无故把几十艘船的货物报在了大阪公司的名下，大阪公司发了意外的财，那还要感谢日本陆军总部呢。小野是日本人，他被日本陆军指定为收货人，当然不敢反对，也不会反对，无论他是主张侵吞中国，还是主张亲善中国，反正他是给日本做事；但是，这对于我老爸来说，却太可怕了，被日本陆军总部指定为收货人，日后日本发动华北战争，我老爸就是那个为日本陆军总部买军火的罪人，无论你是自觉，或者是不自觉的吧，反正那笔钱落在你名下了，中国人就要把你当汉奸看，你说你不知道，只是盲目服从，但是国人不会原谅你，都说你是给日本人运军火的民族罪人。

我老爸到底是明白点道理的人，他没有为自己得了一笔可观的钱财而头脑发昏，当即就想到了可怕后果。可是我老爸倒霉就倒在没有当机立断，他回到在塘沽的家，立即把这件事对宋燕芳说了。

"天下会有这种事？"宋燕芳一听说发财了，立即就来了精神，这一下，她不缺钱花了，70万，她就是唱戏，一辈子也挣不到这70万呀。立即，自从进了侯家大院一直压在她心底如火的欲望，就燃烧起来了。"发财了，发财了！"她连声喊叫着。

"你先别高兴。"我老爸拦着宋燕芳说，"你知道这是什么钱吗？"

"什么钱也是钱。"宋燕芳激动万分地说。

"这是不义之财。"我老爸胆战心惊地对宋燕芳说着。

"怎么就是不义之财了？咱一没有偷，二没有抢，是他送到咱名下来的。咱为什么不收？把大洋钱往外推，那不成了大傻蛋了吗？"宋燕芳理直气壮地向我老爸说着。

"现在只有一个办法了。"我老爸对宋燕芳说道，"我立即到大阪公司去辞职，这笔钱，日本陆军是划到中国经理名下的，来日谁做了中国经理，这笔钱就归谁，我一走了之，来日为日本人运军火的罪名自然不会落到我的名下。"我老爸果然深明大义，在大是大非的问题上，他是一点也不马虎的。

"真是糊涂透顶了，出来做事，就是为了挣钱，真把钱挣到手了，倒反把你吓跑了，你这是叶公好龙。"宋燕芳有点小学问，她一句话就说到点子上来了。

"我不是叶公、这笔钱也不是龙，日本陆军若是往中国运白糖,在我的名下报关,我白得一笔收入,若是不要,我就是傻蛋;可是,你要知道,这是运军火呀,军火运进来,那是要杀中国人、要侵吞中国地盘的。"我老爸抖着一双手向宋燕芳解释。

"是你自己心甘情愿为日本人运军火的吗?"宋燕芳伸出一根手指,指着我老爸的鼻子尖儿,向我老爸反问着。

"以后可没有人问你是不是心甘情愿,你收下了这笔钱,就是心甘情愿,来日的史书上,就写着你是吴三桂。"我老爸学过历史,他知道历史是最无情的。一个人的人缘儿不好,得罪了人,遭人骂,可是骂你的人死了,下辈人也就把你忘记了。可是一个人若是做下了对不起国人的事,全中国的人一起骂你,那是一辈一辈往下骂,而且子子孙孙是没有穷尽的,那可就要遗臭万年了。

宋燕芳毕竟是一个戏子出身,她知道有钱有势力,挤进了侯家大院,还知道有一个名分;但她不知道还有一个节,还有一个义,她不知道"人生自古谁无死,留取丹心照汗青"。

为了要这笔钱、还是不要这笔钱,我老爸和宋燕芳之间产生了一点小小的分歧,我老爸自然是不肯要这笔钱的,而宋燕芳则主张要这笔钱。甚至我老爸还向大阪公司写下了辞职书,但辞职书被宋燕芳发现,扔到炉子里烧掉了,没有办法,我老爸被宋燕芳强行推到大阪公司来上班,他有生以来第一次做下了违心的事,我老爸心想日本人拿我做挡箭牌,我也就只能顺水推舟了。

敌不住小老婆宋燕芳的磨缠,我老爸掩耳盗铃地默认下了他名下的那一笔巨款,而且任由宋燕芳把这笔钱支出来,买了公馆,还每天打麻将,那多年来在侯家大院被压抑的欲望,又在宋燕芳心里燃烧起来了。

　　"茹之,你是一个读书人,怎么会做出这种愧对祖宗、愧对父母、愧对手足、愧对儿女、愧对子孙后人的事呢?"

　　如此教训我老爸的,不是我爷爷,而是我母亲。

　　当杏儿上气不接下气地跑到我母亲房里来的时候,她早已经吓得脸色发青了,杏儿的嘴唇哆嗦着,直到跑进房来,也还是说不出话来。倒是我母亲向杏儿问着前院里出了什么事,这时杏儿才向我母亲说道:"少奶奶,可是大事不好了,老祖宗正和大先生发火呢,此刻吴三爷爷正跪在院里替大先生求情呢!"

　　"大先生不是回家送药来的吗?怎么就惹恼了老祖宗呢?"我母亲一面向杏儿询问着,一面匆匆地往前院走。杏儿只是跟在我母亲的后边,也说不清楚老祖宗到底是为了什么事情发这么大的火。

　　我母亲匆匆赶到前院,只看见吴三代正在院当中跪着,还一迭声地向正房里的我爷爷央求着说:"老祖宗,看在老奴吴三代的面子上,有什么话,您老只管对大先生说,万万不能动家法呀。"听得出来,我爷爷已经是举起戒尺要打我老爸了。我母亲来不及细问,只对杏儿说了一声:"快搀吴三爷爷回房去。"然后就一步走到正房里来了。

　　正房里,我爷爷气得全身发抖,我老爸吓得只站在墙角里,我奶奶一声不敢出,早吓得抖着双手,一声一声地念着"阿弥陀佛"。

"芸之的药买到了？"我母亲只当是没看出来正房里的变化，还是和颜悦色地向我老爸问着。

我老爸抬眼向我母亲望了望，没有回答，他还是倚在墙角里站着，不时地向我爷爷瞟上一眼，看我爷爷有没有什么好转的迹象。

看见我母亲走进到正房里来了，我爷爷的火气也就消下一点去了。我爷爷一生不和三个人着急，一个人是吴三代，无论什么事，也不对吴三代发脾气，吴三代是我曾祖父时候的用人，家有皓首老仆，是一个家庭吉祥的象征，再说吴三代大半辈子，忠于自己的职守，在侯家大院里是一名有功之臣，我爷爷对他极是尊重。我爷爷在侯家大院里第二个不发脾气的人，是我母亲，我母亲先侯姓人家之忧而忧，后侯姓人家之乐而乐，在侯家大院里是一个忍让的象征，是一个和睦的象征，我爷爷和我母亲从来就没有伤过和气。我爷爷在侯家大院里第三个不发脾气的人，是我，我什么事也不懂，发脾气也没用，说好话我还不肯听呢，一发脾气，我就跑了，你还得想出个法儿来哄我，何必呢，算了，我爷爷也就不和我发脾气了。

我母亲看看我爷爷，又看看我老爸，感觉出事情已经僵住了，但此时此刻又不便多问，只能向我老爸问买药的事。我老爸不敢回答，怕我爷爷半路上不知会说出什么话来，就只是向我母亲望着，等我母亲出来解围。

这时，倒是我奶奶在一旁说了话："你看，倒把最重要的事给忘记了，芸之还等着用药呢。"

"马大夫说过了,这种药只要是一送到家里来,立即就给芸之服用,马大夫说,早用一时这种药,就对心脏早有一时的好处,芸之的身体要紧,快把药送过去吧。这许多日子你还没看望芸之呢,芸之早就说过,等茹之回家来,让他到后跨院去说话呢。"我母亲出来解围。

"那我,我……"我老爸胆怯地向我爷爷问着。

我爷爷没有说话,只一屁股坐在了太师椅上,深深地出了一口长气,叹息道:"你真气死我了。"

我奶奶向我母亲使了一个眼神儿,我母亲又向我爷爷说了几句关于芸姑妈身体的话,然后就引导着我老爸从上房里走出来了;我母亲和我老爸走到院里,正房里还传出来我爷爷的声音:"事情还没有了结,回来我还要问你。"

我老爸回到我母亲的房里,先把芸姑妈用的药交给杏儿,让杏儿立即送到后边去,这时,我母亲才向他问起我爷爷发火的事。

一五一十,我老爸把塘沽的事,对我母亲如实地说了一遍。我母亲听过之后,就对我老爸说:"事到如今,后悔也没有用了,你若是听我的话呢,我出个主意,你一一去做;若是不听我的话呢,要么你永远也别回这个家,要么我带着孩子搬到外边住去。"

"我听你的话,我听你的话。"我老爸忙着对我母亲说。

"你若是听我的话,第一,向大阪公司写辞职书,理由由你去想,就说是二老双亲身边需要你侍奉,或者你再想个别的借口,反正塘沽是不能去了;第二,派侯家辉去塘沽把宋燕芳接回来,塘沽的房子、家具全都不要了。大阪公司中国经理名下的钱,咱们原数给人家归上。"

"她打牌已经输掉好多钱了。"我老爸着急地向我母亲说。

"无论输了多少钱,告诉她只管回来,欠人家的赌债,开个清单来,我替她还了;只是有一条,回到侯家大院之后,就再不许她迈出大门一步。"我母亲极是严肃地说。

"我的事,我全依你的话去做。"我老爸乖乖地说。

"她的事她不依,那就得和你散,不过就是散了,那笔钱也要给人家大阪公司归上,一分钱也不能少,那不是咱们家的钱。"

"我听你的,我听你的,她不听你的,我也听你的。"我老爸连连说着。

我母亲立即引着我老爸回到前院来,果然我爷爷还在等着他呢。我母亲没等我爷爷说话,就先对我爷爷说起了她的决定,我爷爷听后又补充了一条说,宋燕芳回到天津之后,后跨院已经由芸姑妈住下了,她就住在前院,和我爷爷、我奶奶住在一个院里,前院里有一间西厢房,正好她一个人住。我老爸回到我母亲的房里去,彻底割断我老爸和宋燕芳的联系。最后,我爷爷还对我奶奶说:"她不是你的干女儿吗,你就天天看着她吧。"

侯家辉乖得很,莫看他如今在比德隆公司已经是一个人物了,可是侯姓人家派到他头上的差事,他还是要乖乖去做。于是,这一天,侯家辉带上我老爸给大阪公司的辞职信,又带上我母亲的吩咐,就动身到塘沽去了。侯家辉一去三天,到了

第四天侯家辉回到侯家大院，那个宋燕芳也乖乖跟着侯家辉一起回来了。

侯家辉给我爷爷带来了大阪公司对我老爸的挽留信，信上说，我老爸自从在大阪公司任职以来，勤于职守，精于事业，是大阪公司全体职员的楷模，此次虽然因家中老人需要侍奉不得不离职回津，但大阪公司方面更时时盼侯老太爷和侯老太太身体安康，大阪公司为侯茹之先生保留中方经理的空缺，时时恭候侯茹之先生复职，云云。除了大阪公司的挽留信之外，侯家辉还带回来了宋燕芳欠下的赌债，一笔一笔，清清楚楚，不多，3万元。

我母亲一看宋燕芳欠下的赌债清单，"扑哧"一下倒先笑了，我母亲当即就说道："这个宋燕芳还真知道疼人呢，她若是再多输一元钱，我也是没有东西好往外拿了。"因为我母亲把她全部的细软都拿出来，也就是折了3万元，拿到塘沽，就把赌债全还清了。

从此，我老爸开始在家"赋闲"了。后来我老爸写自传，每写到这两年的情况时，就总是写"在家赋闲"，指的就是这段时期他的生活。

我老爸在家赋闲，特老实，什么也不做，就是看武侠小说，他看过之后，信手抛掉，我拾起来，就糊里糊涂地也跟着看，所以我从一识字就看武侠小说，对于忠孝仁义、哥们弟兄、横行天下、除暴安良那一套传统美德，特熟悉。

严格说起来，我老爸只是住在我母亲这边院里，而不是住在我母亲的房里。我母亲院里好多间房子，我老爸单独有他自己的房子,他的房子没有人进,有时候我进去和他说说话,其实是给我哥哥找武侠小说,找到书,我就出来,也不和我老爸说再见,过后,我哥哥再派我去找,我就又进去了。

我老爸很自觉,每次到前院正房去,就是从宋燕芳房间窗户下边经过,也绝不向里面张望,有时候在前院我老爸也能看见宋燕芳,可是从来也不打招呼,就像不是一个学校的学生似的,谁也不认识谁。我老爸到前院去,也没有别的目的,他就是想问问今天晚上我奶奶到哪里去看戏,有好戏,他好跟着一起去看,到底他在家里待着也是闷得慌。

我老爸是个好人,只要不做荒唐事,他就心里总惦着他人。在家里住了一个月,他几乎每天都要询问芸姑妈的身体情况,有时候桃儿到我母亲房里来,就告诉我老爸说,姑奶奶这半年来心脏情况也算还好,吃饭也觉着香了,面色也比从前健康多了,姑奶奶虽然是每天做佛事,读经、抄经,可还是时时问起外面的事,姑奶奶好几次问到大先生的情形呢。

听到这里,我老爸就万分感慨地说:"我和芸之感情最好,真应该到后边去看看她。"

我老爸这样说着,还就真向我奶奶提出了"申请"。他说他想芸姑妈,要到后跨院去看看芸姑妈。我奶奶就说,既然芸姑妈身体好些了,也就应该让她和外边有些接触了,到底人家是梁家的人,我们总把芸姑妈关在后跨院里也不是个事。这样,我奶奶就和我母亲商量,问让不让我老爸去后跨院看望芸姑妈。我母亲问过桃儿,桃儿说这几天芸姑妈的情绪极好,几乎已经又恢复到发病之前的情形了。这样,我母亲才批准我老爸到后跨院去看望芸姑妈，时间没有硬性规定，只提出了一个模糊概念："说句话就出来。"

我老爸高高兴兴地来到后跨院，见到芸姑妈，两个人亲得不得了。芸姑妈倒是没激动，只是向我老爸问东问西。我老爸看着芸姑妈，连声地说着："你可把我吓坏了，怎么就又犯病了呢？这次好了，这种日本药有特效，服一片，能够保持一天的稳定，等哪天外面有好戏，你服上一片药，我带你出去看戏呢。"

"还带上景福。"我芸姑妈补充着说。

"是呀是呀，咱们这个家，多亏了景福呀。"我老爸良心发现地感叹着。

"你明白就行。"芸姑妈停了一会儿，又对我老爸说着，"就说说你自己惹下的这件事吧，若是换了别人，还不得打得地覆天翻？"芸姑妈这里说的，指的自然就是我老爸和宋燕芳的事，芸姑妈还不知道最近我老爸从塘沽回来的事呢。

听过芸姑妈的话，我老爸连连点头："我一辈子也没法报答景福对我的恩德，我对不起她呀。"说着，我老爸的眼窝还真就有点红了。

"人生在世，谁都难免会做下什么荒唐事。"我芸姑妈劝解着我老爸，"这也是你有责任心，有许多人在外面做下了伤害人的事，摇头不认账的多着的呢。我想景福也是看着这点，才成全下这件事情的。"

接着我老爸又和芸姑妈说了些外面无关紧要的闲事，这时芸姑妈就向我老爸问起梁月成的事，我老爸告诉芸姑妈说，梁月成现在经营着比德隆公司，据说生意做得还不错，好像是又买了房子呢。

"我也该回去看看了,家里还有两个孩子呢。"芸姑妈感叹地说着。

"那边的事,你放心好了,先把身体养好是大事。"说到这里,我老爸看时间差不多了,也就推说还有事情要做,就从后跨院出来了。

我老爸从后跨院一出来,我母亲立即就把桃儿唤来询问芸姑妈的反应。据桃儿说,芸姑妈倒是很平静的,感情上一点波动也没有,这样,我母亲才放下心来。

说芸姑妈惦着梁家的两个孩子,这于情理上也是极自然的事,像芸姑妈这样的人,把自己的责任看得极重,就算是做了填房,可是前窝留下来的孩子,也永远是自己的责任。把两个孩子丢在家里,自己一个人回到侯家大院来做佛事,除非是真落发为尼,就断了和红尘世界的牵缠,否则,芸姑妈无论如何也不会忘掉梁小月和梁小光的。

梁小月和梁小光近来思想有些变化,和芸姑妈在一起生活,他们和芸姑妈隔着心;芸姑妈离开了他们,把他们扔给梁月成,他们反而觉得自己孤单了。梁月成说比德隆公司的生意忙,常常要到夜半才回家,把两个孩子扔在空房里,梁小月只有 15 岁,而梁小光只有 8 岁,他们自然又想念起芸姑妈来了。

梁小月每次到我们家来,都向我母亲打听芸姑妈的事,她不止一次地对我母亲说,她对于自己做过的事,感到非常内疚。有一次她竟然哭着对我母亲说道:"舅娘,怎么一个人做过的错事,就再也得不到原谅了呢?我只是想向母亲道歉,让母亲在她觉得身体好些之后，还回到我们家里去。爸爸生意上有了一点起色，我们又租下新房子了，虽说不如以前的房子好吧，至少再不是大杂楼了。"

我母亲见梁小月是真心实意对自己做下的事感到后悔，于是就和我奶奶商量："要不就让梁小月看看芸之？到底也是母女呀。"

我奶奶想了想说，这要先问问芸姑妈，她若是不想再见到这个恶丫头，那最好还是少让她给芸姑妈添堵。我母亲一想也是，就吩咐桃儿找个机会向芸姑妈渗透一下梁小月想看她的事。桃儿聪明，一天见芸姑妈情绪好，就似说闲话一般地对芸姑妈说："小孩子家一时犯混，过去之后，她自己还真是解脱不开呢。"

"你这是说梁小月呀。"芸姑妈一听，就听出桃儿的话有所指，当即就向桃儿问着。

"梁小月每次到府里来，见过老祖宗之后，一定要到我们少奶奶房里来说话，有好几次，梁小月对我们少奶奶说，她就是对不起母亲，也就是说对不起芸姑奶奶。她就怕母亲不原谅她呢。说起来孩子也可怜，少年丧母，好不容易有了姑奶奶这样的好继母，梁月成又在外面惹下了祸，家道一下子就败落了。富里生富里长的习惯了，一时过不惯穷日子，难免就不管是谁地说些不三不四的话，孩子嘛，过去之后，她自己也就明白了，何必和她一般见识呢？"

"我早就原谅她了，她不是已经向我道歉过了吗？"芸姑妈说着，"你到前边再见到梁小月，就把她领到我这里来，我还想向她问问家里的情形呢。"

回到我母亲的房里，桃儿向我母亲说了芸姑妈想见梁小月的事情。这样在梁小月又到我们家来的时候，我母亲就把她叫到房里来，对她说要到后跨院去见她的母亲。

梁小月一听说是要去见母亲，高兴得直跳，似是又要犯神经病。这时，我母亲就嘱咐她说，到了后跨院不要多和你母亲说话，就是说些平安话罢了，而且是只许报喜，不许报忧，只许说那些让她听了高兴的事。

梁小月满口答应着，就随我母亲和桃儿一起来到了后跨院。芸姑妈一听见梁小月唤她母亲，眼泪就忍不住往外涌。这时，我母亲就在一旁向芸姑妈说："说好了的，见着孩子不许太动感情，怎么就又不听劝了呢？"

经我母亲一说，芸姑妈感情也平静了下来，她苦涩地向众人笑了笑，说道："真是恍如隔世呀！怎么就得了这样一场病，让你们都一起跟着担心了。"

"都是我一个人的不对，才惹得母亲生了气。"梁小月低着头对大家说着。

"瞧你说的，谁还会和你生气？"我母亲拉着梁小月的手说，"你舅娘的孩子不讲理的时候也多着呢。不提这些了。快对你母亲说说家里的情形吧。"我母亲把话题转移开，让梁小月说她们家这些日子的可喜变化。

"爸爸最近的生意不错，他自己也有了精神，就是每天忙得不可开交，爸爸总嘱咐我要常常到母亲面前来问安，只是听说母亲身体还没有完全恢复，所以我每次到舅娘房里，也只能是请舅娘向母亲转告问候罢了。"

"你们惦着我，你舅娘全对我说了，我听了心里高兴。"

"这些日子，我不在家，你们的日子是怎么过的？"过了一会儿，芸姑妈向梁小月问着。

"一开始自然是困难得很了，可是没过多少日子，爸爸就给我们雇了一个用人，我们吃饭穿衣的事，她就全包下来了。最近，爸爸说公司的生意很好，赚了些钱，爸爸说再不要在那个大杂楼里住了，我们就租下了一处房子，虽说不如原来的好吧，可是房子也足够住的了，弟弟说要早把母亲接回去呢。"

"你们母亲的身体已经是明显好转了，等到了春天，看着身体好了，你外婆说，就让你母亲回去看看，能住下呢，就和你们一起住些日子。"我母亲在一旁说着。

"那真是太好了，一个家庭怎么可以没有母亲呢？"说着，梁小月的眼圈有些红了。

"小月是个好孩子，和母亲的感情深。"我母亲对芸姑妈说着。

"小月做过许多错事。"梁小月又向芸姑妈说起她惹芸姑妈生气的事，"母亲不和小月计较，小月心里就感激不尽了，小月到舅娘房里见过姐姐哥哥和小弟，舅娘房里的姐姐哥哥和小弟可知道努力读书呢，比起来，我和小光真是不懂道理了。小月想了，母亲回家之后，舅娘如何管教舅娘房里的孩子，母亲就怎样管教我们。我和小光说过了，一定要改掉原来的恶习，做知道上进的好孩子。"

"也是我过去没有尽到做母亲的责任，总是看着你们失去了亲生母亲可怜,有许多事情也就放纵了,说起来,你们身上的许多事情,我是看不惯的。就说上学坐车这件事吧,舅娘房里的孩子,哪一个上学坐过车子?家里明明有车,但舅娘说,如果一个人连读书都不肯走路,这个人也就不必读书了。"

"母亲放心,我和小光上学早就不坐车了。"梁小月骄傲地向芸姑妈说着。

"这就好,这样,等到了春天我就回家去看看,我也舍不得离开你们呀。"芸姑妈脸上绽开了笑容。

这是芸姑妈得病以来头一次脸上有了笑容,桃儿第一个发现芸姑妈笑了,立即就在一旁拍着手向大家说道:"你们看呀,咱们姑奶奶笑了。谢天谢地,老天爷保佑着姑奶奶的病就除了根儿吧。"

17

芸姑妈回梁家,比国家元首出国访问还要隆重。

桃儿负责芸姑妈的随身衣物,还带好了当天的用药,中药、西药,我母亲嘱咐桃儿一定要把那种日本救急的药放在手边,怕万一有了什么意外,好立即抢救。桃儿自然知道此事非同一般,一件一件经我母亲看过之后,还到我奶奶房里去,请我奶奶再过目查看。我奶奶当然知道桃儿的用意,桃儿怕万一真有了什么事,我母亲也负不起这个责任。

我奶奶虽然平时对于家里的事不甚细心,但这次她查看得十分仔细,一件件一桩桩地全看过之后,我奶奶夸奖着桃儿道:"亏了这孩子心细,该准备的全都准备了,莫说是只去一天,就是住下半个月,我也放心了。"

有了我奶奶的话,我母亲才敢安排芸姑妈回家去看望。

我母亲安排芸姑妈回家做的第一件事,就是把侯家辉找来,向他详细询问梁家的变化。我母亲问侯家辉,梁月成这次是不是还做那种买空卖空的生意?侯家辉回答说,不是了,绝对不是了。以前梁月成如何做生意,侯家辉不知道,但这次比德隆公司,却有雄厚的资金。而且从开业到如今整整一年的时间,生意上只赚不赔,当初我老爸出钱给梁月成注册这个比德隆公司时,资金只有几万元,如今比德隆公司账下的现金,就是 20 万。而且侯家辉还让我母亲放心,比德隆公司再不会倒闭了,从此之后,梁月成就一天比一天地发旺了。

我母亲向侯家辉询问的第二件事,是梁月成的个人品德。芸姑妈到底已经在我们家住了大半年时光了,梁月成不是一个老实人,他真就那么规规矩矩地和两个孩子过日子?侯家辉说,梁月成保证没"事儿"。侯家辉对我母亲说:"梁月成是一个多鬼的人呀!他绝不会像我大哥那样被一个人缠住的。当然了,做生意嘛,难免有个应酬,去个舞厅呀什么的,连我都要奉陪呢,一个男人,在这方面有点小花销,也算不得是什么了不得的事。"

"梁月成在外边的事,我不管,只要芸之回家那天,别让芸之看出什么事来就行。"我母亲对侯家辉说着。

"大嫂放心,这件事包在我身上,我立即就到梁家去,把里里外外全查看一遍,一定让芸姑奶奶高兴而去、高兴而回。"

有了侯家辉的保证,我母亲还是不放心,一定还要把梁月成找来,向他交代芸姑妈回家的事。梁月成一听说芸姑妈打算回家看看,当即就高兴得不得了。梁月成对我母亲说:"芸之总在侯府里住着,我也是于心不安的,当然大嫂知道,我那里乱一些,不宜养病。如今芸之身体好些了,先回家看看,等身体再好些,芸之也就该回家了,空空荡荡的一所楼,日子可是过得没有一点乐趣。"

"姑奶奶的身体虽说是好些了吧,可是她的心脏还不能和健康人一样,她要回家看看,也是常理中的事,可是千万不能让她精神上有什么刺激，家中的一切一切都要事先检查过的。"

我母亲向梁月成做的暗示已经够明白的了，实在也是不能再往深处说了。我母亲怎么能够对梁月成说，这半年倘若你有什么不规矩的地方，千万可要在芸姑妈回家之前，把事情了断清楚，而且房里也不许留一点迹象。梁月成当然明白我母亲指的是什么事，他满口答应着，就回家"检查"去了。

做过了梁月成的工作，我母亲再去做芸姑妈的工作，我母亲对芸姑妈说，回家是一件高兴的事，如果身体不好，老祖宗能允许芸姑妈回家吗？所以，到了家里，就只看那些高兴的事，半年不在家，梁月成带着两个孩子，生活上不可能有条理，什么衣服放得不是地方呀，房间没有整理呀，愿意说，就说两句，也别往心里去，来日方长，整理的日子在后头呢。

我芸姑妈也是满口答应，向我母亲保证，回到家里，无论看见什么也不动感情，活着就是最大的快乐，能和亲人团聚，就是最大的幸福。芸姑妈说自己能够活到今天，而且还能够回家去看看亲人，一切都要感谢我母亲的辛苦，自己就是再不懂事，也不能再给大嫂添麻烦了。

一切一切都准备好了，选定了一个好日子，没有风，没有雨，不冷不热，我母亲吩咐吴三代备下三辆车子，就让芸姑妈回梁家去了。芸姑妈自己坐一辆车，随行的桃儿坐一辆，另一辆车子谁坐呢？我母亲。我母亲要亲自陪同芸姑妈回家。

出门之前，我母亲陪着芸姑妈、带着桃儿到我奶奶房里来辞行，我奶奶又查看了一遍随身带的东西，芸姑妈和我奶奶撒娇地说:"老娘也是太唠叨了,大嫂和桃儿早查过好多遍了,比皇帝出巡还要费神呢。"

随之,我奶奶又嘱咐了芸姑妈好多好多话,说得芸姑妈都有点不耐烦了,这时看着天色不早了,我芸姑妈说,还要赶回家来吃晚饭呢,再不走就赶不回来了。我奶奶一听这个"赶不回来",心里就一沉,后来我奶奶逢人就说,那时候我不放她走就对了,怎么她就说是"赶不回来"了呢?

芸姑妈、我母亲和桃儿已经坐上车子了,这时候吴三代匆匆地跑了出来,对我母亲说着:"老奴才到老祖宗面前讨到示下了,老奴说姑奶奶回家,只由少奶奶和桃儿护着,老奴才在家里不放心,怕有什么一时唤不到人的时候,老奴才央求老祖宗,让吴三代跟着车子一起护送姑奶奶回家。老奴才也不进梁公馆的大门,就在楼外恭候着。"说着,吴三代就跟在车子后边,一起往梁家去了。

梁月成果然早做好了准备,家里井井有条,看着就让人从心里高兴。芸姑妈一行人的车子才拉到楼门外,梁小月和梁小光就一起跑了出来,她们姐弟两个站在门外的台阶上欢迎芸姑妈。梁小月今天还穿了一件新裙子,梁小光也穿得体体面面,两个孩子见到芸姑妈亲得不得了,一起上前唤着:"母亲回家来了,母亲回家来了。"随着一左一右地就领着芸姑妈往楼里走。

梁月成呢,自然早就走出来了,他先向我母亲问过好,又问过芸姑妈身体情况,还和桃儿说过了话,这时候侯家辉也迎出来了。我母亲对侯家辉说:"你也在这儿?"侯家辉说:"姑奶奶回家,我敢不来侍候着吗?"说得大家全笑了。只有桃儿沉着脸,看也不看侯家辉一眼,只搀着芸姑妈往房里走。

梁月成新租下的楼房很阔气,三层楼,一楼是客厅,好大的一间房,四周是菲律宾木的围墙,大理石地面上铺着地毯,大沙发,立灯,还有一架钢琴;梁月成指着大钢琴对芸姑妈说:"你不在家,我就每天和这架钢琴一起过。"芸姑妈没有说话,嫌他当着众人的面和自己套近乎。

往楼上走的时候,梁小月和梁小光扶着芸姑妈在楼梯边上休息了一会儿,走上二楼,好大的一个中厅,只有两间住房,梁月成推开一间房的房门,回身对芸姑妈说道:"这是咱们的住房,孩子的房子在三楼。"

芸姑妈随众人走进房来,住房很舒服,一张大软床,几件沙发,房间显得极宽敞,芸姑妈坐在沙发上休息了一会儿,说是先不上楼看孩子们的房间去了,这样,大家就围坐在沙发上随便说话。

看着梁月成又恢复了元气,芸姑妈就对梁月成说:"这次好不容易又开了一家洋行,生意上可是要小心了。"

梁月成当即就回答道:"吃一堑,长一智,上次我被他们坑了,这次我再也不会上当了。这次无论是和谁做生意,我是不见钱不放货,而且更是一接钱就发货,免得日后出麻烦。"

这时,我母亲就对梁月成说:"生意上的事,我们不懂,什么买呀卖的,听着就烦人。你快说说你是如何把日月安排得这样有条理的吧,看着这家里的样子,可真是累了你了。"

这时,一旁的侯家辉说起了话,他对大家说道:"咱们姑老爷可真是累苦了,白天在公司里做生意,晚上早早地就回到家来料理家务,两个孩子的衣食住行,样样都要姑老爷亲自操心。"

"我有什么本事,就是出钱呗,雇了一个老用人,很能干的,早晨来,晚上走。她听说芸之要回家,早在三天之前,就把房子收拾好了。这阵,她正等着见芸之呢。"

"那还不快把人家请上来。"芸姑妈连声地说着。

梁月成让梁小月下去把老用人请了上来。走进房来一看,是一位60多岁的人,南方老太太,带着一副能干的样子,走路时脚步极重。老妇人见到芸姑妈,施了一个礼,随之就对芸姑妈说:"我也是照顾不仔细了,怕有不称心的地方,奶奶尽管说就是了。"

芸姑妈向这位老用人说了好多感谢的话,随之就让老妇人下去,做她的活儿去了。后来我母亲就常常对人说,芸姑妈进了梁家的门,头一件事,就是要看看老用人,这就是她对梁月成不放心。

在二楼的卧房里,我母亲陪着芸姑妈和梁月成说了一会儿话,我母亲说是要上去看看两个孩子的房间,说着就和桃儿一起上楼去了,二楼的卧房里,只留下了芸姑妈和梁月成两个人。在三楼,梁小月和梁小光领着我母亲走进他们的住房,让我母亲和桃儿坐下,把他们的考试成绩拿出来给我母亲看。梁小月还算努力,成绩也算得是中等水平了;梁小光贪玩,考得不怎么样。我母亲说下学期努力吧,梁小光点了点头。

中午,梁月成从饭店叫来了饭,摆了好大一桌。梁月成说昨天一听说芸姑妈回家,立即就在聚合成饭庄订下了一桌饭,还特地要了一道我芸姑妈最喜欢吃的清煮比目鱼,说是全天津卫,这道菜只有聚合成饭庄里的一位老厨师烧得最好,就为了给我芸姑妈烧这道菜,今天他家娶儿媳妇,都没准他的假。

"你可是替我欠下人情了。"芸姑妈听后对梁月成说着,"快嘱咐送菜的伙计,回去要好好感谢这位厨师才是呢。"

我母亲也说了感谢的话,还特意留下了一份赏钱,让送饭的伙计带回去,赏给那位厨师,还嘱咐送饭的伙计,就说是美孚侯家的赏钱,下次再有什么事,侯家大院一定到聚合成饭庄订桌。

饭桌上,侯家辉对我母亲说:"大哥也不能总在家里闲着呀,我到府里去,每次都看见大哥无精打采地躺在床上看武侠小说。"

我母亲对侯家辉说:"你大哥的事,我不管,依我看,他若是在家里好生地收几年性,也许来日还能有点前程。"

"我听说,你们比德隆公司原来是大哥出钱注册的,怎么就不能把大哥请到你们比德隆公司去做个挂名的董事呢?"芸姑妈这时向着梁月成和侯家辉说着。

"不行,不行,我们比德隆公司可不能和大哥有关系。你就好好养病吧,外边的事,你不懂。"梁月成立即给众人让菜,这才把关于我老爸的话题岔开。

饭桌上,梁月成看芸姑妈和我母亲这样高兴,心里自然很是得意,他先是向我母亲敬了一杯酒,感谢我母亲对芸姑妈的细心照料,随着,梁月成还向桃儿敬了一杯酒,感激桃儿在他

"没辙"的时候,对他们家的种种关照。桃儿自然谢过了梁月成,说,"那是我们少奶奶的旨意,如果有点什么功劳的话,也是要记在我们少奶奶的名下的。"她自己不过是尽力做事罢了,在哪里做活还不全是一样?

芸姑妈说:"在侯家大院里养病,心里惦着梁家的事,再过个把月身体恢复了,真回到梁家来,最舍不得的人,就是桃儿。"

我母亲对芸姑妈说:"你也别跟我绕着圈说话了,无论你如何花言巧语,也休想把桃儿哄到你们梁家来。咱两个人也算得是自小一起长大的姐妹了,什么事我都让着你,只是你休想在桃儿和杏儿身上打主意。就是伤了姐妹的感情,我也是不答应你的。"说着,我母亲和芸姑妈一起笑了。

这时候,梁月成也接着说道:"侯府里的福分,不光是主子的福分大,三分也是奴婢们的福分大。怎么天津卫这么多的大户人家,就再也找不出第二对像桃儿和杏儿这样的孩子呢?"

"这是满天津卫的两朵花儿,就让我们老祖宗给摘来了。"芸姑妈看着桃儿,对大家说着。

"姑奶奶再不要夸奖我们了,我们只怕自己心拙手笨惹得姑奶奶心烦呢。"桃儿一旁忙着对芸姑妈说着。

午饭之后,梁小月和梁小光要去学校上课,向我母亲和她们的母亲辞别之后,就匆匆地走下楼去了。芸姑妈和我母亲站在楼上的窗子旁边向下看着她们,果然没有坐车,姐弟两个互相关照着高高兴兴地走过马路,到了马路对面,他们还回身向楼上的芸姑妈招了招手,然后就走得没影儿了。

芸姑妈转过身来，向屋里的人说："难道这就是委屈孩子了吗？那样坐着车子去学校，才是不光彩呢。"

梁月成听着立即答话说道："都是原来宠成的坏毛病，芸之把侯姓人家的好教育带到了梁家来，孩子们才有了出息。"

桃儿帮助老用人收拾好餐厅，又照料芸姑妈躺在床上休息，我母亲到孩子们的房里休息去了，侯家辉说是要到公司去，就先自己走了，临走时还对芸姑妈说了好些好好养病的话。侯家辉走了之后，梁月成在楼下的客厅里说，还要料理些生意上的事，这样大家就都休息了一会儿。看着到了下午 3 点，桃儿说该回家了，怕老祖宗不放心，这样我母亲和芸姑妈才整理整理衣服，准备回家。

当我母亲和芸姑妈往楼下走的时候，梁月成在一旁和芸姑妈说话，芸姑妈对梁月成说："你也不容易，千万别把身子累坏了。尤其是生意上兴旺了，各方面更要检点，万不可惹出什么麻烦来，日后大家的日月都不好过。"

芸姑妈的意思是嘱咐梁月成要保持冷静头脑，芸姑妈不在家，梁月成又正在年轻，万一做出了什么荒唐事，像我老爸那样，大家的日子就都过不成了。

梁月成听着，笑了笑对芸姑妈说道："芸之真是想得太多了。"

这时，我母亲也在一旁插话说着："所以才要再好好歇歇心的。"

梁月成听着我母亲的话，讨好地对芸姑妈说道："现如今没有那种惹麻烦的事了，不会再有人像茹之大哥那样做傻事了，三几千块钱，就把人打发了。我的茹之大哥才是一个大好人呢。"说罢，梁月成哈哈地笑了起来。

芸姑妈听了梁月成的话，当即就愣住了，她回头向梁月成看了看，然后又问道："真是这么容易？"

"不容易又怎样？事在人为，想容易就容易，不想容易就容易不了。说这些和咱们没有一点关系的事做什么？"梁月成似是发觉自己言多语失了，便忙把话题岔开。

芸姑妈还是想着梁月成说的话，叹息了一声，随之说道："真是人心不古了呢。"

几个人一面说着话，一面就走出楼来。梁月成看着我母亲和芸姑妈坐上了车子，还嘱咐芸姑妈不要惦着家里的事，几时身体养好了，几时再回家。然后梁月成又向我母亲说了好些感激的话，这样吴三代才操持着车子走起来，一行人这才离开了梁家的小楼，往回家的路上走去了。

我母亲说桃儿这孩子天生的灵性，她也不怎么就要争着上第二辆车。来的时候，芸姑妈坐的第一辆车，我母亲坐在第二辆车上，第三辆车才是桃儿坐。可是走出梁家登车的时候，桃儿一步就抢过来，在芸姑妈登车之后，抢在我母亲之前，桃儿坐上了第二辆车。我母亲知道桃儿是一个最知礼貌的孩子，她抢着坐上第二辆车，就一定有她的理由，所以也就不和她计较，自己坐上了第三辆车。

车子走得很稳，吴三爷爷就走在车子的旁边，再三嘱咐拉车的人捡平坦的路面走，车子已经走出租界地，眼看着就要进旧城区了，这时候也不知桃儿看见了什么，只听她喊了一声

"停车"，没等车子停下，她就从自己坐的那辆车上跳下来，一步就登上了芸姑妈的车子。

桃儿登上芸姑妈的车子之后，我母亲看见她匆匆地从衣袋里掏出了带在身边的药，用力地扳开芸姑妈的嘴，急急忙忙地就往芸姑妈嘴里塞了一片药，然后紧紧地抱住芸姑妈，让芸姑妈依在她的身上。

我母亲看桃儿忽然往芸姑妈的车上挤，估计一定是桃儿看着芸姑妈有了什么不好，还没容我母亲询问，这时就只见吴三代也跑了过来，一把就扶住了几乎从车上跌下来的芸姑妈。

"姑奶奶，姑奶奶。"前面的车上，桃儿一迭声地唤着芸姑妈，但是芸姑妈已经倒在桃儿的怀里，一点声音也发不出来了。

我母亲才走下车来，正要往芸姑妈前面的车子走过去，这时吴三代从前面跑了过来，万般惊慌地向我母亲说着："少奶奶，姑奶奶的情形不对。"

我母亲向吴三代吩咐说："去马大夫医院。"

吴三代指挥着车子掉过头来，直奔马大夫医院跑去，这时听见桃儿在车上几乎是变了声地连声喊着："姑奶奶，姑奶奶！"

听见车上桃儿的喊声，我母亲急得心都要跳出来了，只是向前面的桃儿连声地问着："桃儿，桃儿，姑奶奶怎么样？"

这时，桃儿回过身来，我母亲看见桃儿的脸上满是泪水。

"桃儿，快说，姑奶奶怎么了？"我母亲着急地问着。

这时，桃儿强忍着泪水，向我母亲说着："姑奶奶，没有了。"

"怎么？"我母亲一阵头晕，抬手扶住了车子，半天才苏醒过来。

车子跑到马大夫医院，芸姑妈早已停止了呼吸，桃儿和吴三爷爷一起把芸姑妈从车上抬下来，马大夫匆匆从医院里跑出来，撩开芸姑妈的眼睛看了看，然后向我母亲摇着头说："人早就完了。"

在医院里，马大夫也做了抢救，但是毫无反应，芸姑妈静静地躺着，脸上没有一点痛苦，就像是睡着了一样。

没有人知道芸姑妈真正的死因，人们都说芸姑妈死于心肌梗死，有人说那天芸姑妈太累了，也有人说芸姑妈那天看见家里的情形太高兴了，但只有我母亲才知道芸姑妈那天死于绝望，她看到了人世间最丑恶的灵魂，看到了罪恶。

"真是人心不古了呢。"我母亲听见芸姑妈说的最后一句话，她对人世不再存任何希望了。梁月成告诉我芸姑妈，像我老爸那样的傻人没有了，只要三几千元钱，就把人打发了，人世间还有什么情义？人世间还有什么圣洁？我老爸到底是侯家大院里的人，他做了荒唐事，自己对此永远负有责任；我母亲更是深知妇德，她为我老爸一时的荒唐，牺牲了自己的一切，使一切一切还维持着一个表面上的仁义道德。而如今，三几千元，就把一件无法了断的事，永远地了断了，永无干涉，人变成了一头野兽，世界也随之变得黑暗冷酷。

芸姑妈在我们家养病，她不放心她自己的家，她最怕的事情就是梁月成生意好了，有了钱，说不定就不安分了，万一他做下了什么荒唐事,像我老爸那样,家里就不好办了;但梁月成告诉她,世道变了,只要三几千元,就可以把事情了断得干干净净。梁月成自认为比我老爸聪明,他不会给芸姑妈惹麻烦。

只是,芸姑妈突然心脏病发作,死在了回家的路上。

芸姑妈的丧事,是在殡仪馆里办的。梁月成倾其所有,为芸姑妈办了一堂丧事。柳木的棺材,设着一个大灵堂,梁小月和梁小光承服守灵;两个孩子对母亲的感情极深,梁小月几次哭得昏倒在灵堂里,人们再三地抢救,她才又哭出声来。

我母亲一直守在芸姑妈的灵堂旁,我母亲只是无声地落泪,桃儿守着我母亲,她知道我母亲心里难过,就一再对我母亲说:"奶奶心里难过,就放声地哭出来,千万不可闷在心里。"只是我母亲就是哭不出声来,她眼里总噙着眼泪,一句话也说不出来。

我老爸赶到灵堂,还没走进灵堂就嚎啕大哭。我老爸拍着棺材喊着我芸姑妈的名字:"芸之,芸之,你怎么就走了呢? 哥哥一肚子的话,还没对你说呢,芸之,芸之,你怎么就走了呢?"

六叔萌之和九叔菽之来到灵堂吊唁,他两个人立在芸姑妈的遗像前抱在一起放声痛哭:"姐姐,姐姐。"那哭声让人听着撕心裂肺。

宋燕芳也赶到了灵堂,才走下车子,刚看见灵堂门外的丧幅,她就一扶墙壁几乎跌倒了,人们把她扶到灵堂里面,她一骨碌跪在了芸姑妈的灵位下面,放声地就哭出了声来:"芸之妹妹,咱两人没好够,没亲够呀!"

桃儿向我母亲撇了撇嘴,故意不去劝她,任她一个人跪在地上哭。

我爷爷和我奶奶没有到灵堂来,白发人不能送黑发人,也是怕他们过于伤心,家里就留下杏儿守着我奶奶。我奶奶坐在家里只是连连地自言自语:"我早就听出她那句不祥的话了,怎么就赶不回来了呢?"说着我奶奶又抽抽地哭了起来。

哥哥、姐姐和我自然都到灵堂来了,我和芸姑妈好,也一阵阵哭得劝不开。

马家自然也来了人,舅舅和姨姨在勤姑的陪同下到了灵堂,向芸姑妈的遗像鞠了躬,勤姑还极有分寸地落了一阵眼泪,随后舅舅和姨姨回去了,留下勤姑送芸姑妈下葬。

下葬那天,每个人一辆马车,是那种轿子马车,车前结着黑布,马头上也戴着黑布花。梁小光由两个人扶着走在路上,扛着"西方接引"的长幡;梁小月坐在一辆车里,她哭了一路;后面的一辆车,是我母亲;我母亲的马车后面,是六叔萌之和九叔菽之的马车;哥哥和姐姐坐在他们后边的一辆马车上,最后面的车里是勤姑、桃儿姐姐和我。

坐在车里,我只顾着东瞧西望,心里虽然也十分沉重,但那种悲痛的感觉没有了,芸姑妈的葬礼,梁月成算得上极尽铺张之能事了,光是哀乐队,就是一百多人,坐在马车里,也能听得清清楚楚。哀乐队后面,是长长的送葬大队,据说天津市稍稍有些名望的人物全都来了,他们慢慢地跟在哀乐队的后边,一步步地走着。

走过了一段路程，送葬的人们散去了，我趴在车窗上看，梁小月跪在地上向送葬的人们致谢。看着梁小月着孝服的样子，真是十分可怜，这时，对于梁小月身上的坏毛病，我也就原谅了。

就在看着外面热闹时候，我突然发现桃儿姐姐倒在勤姑的怀里哭了起来。桃儿紧紧地搂着我，勤姑紧紧地搂着桃儿的肩膀，桃儿就在勤姑的怀里哭得全身打颤。我从来没有看见桃儿哭过，更没有看见什么人像桃儿这样哭过。这是一种从灵魄里流出来的眼泪。在我母亲的身边，桃儿不敢哭，她只能把眼泪藏在心里，此时坐在车里，她就再也控制不住自己，任由自己哭出来了。

"你也别太难过了，这些年在姑奶奶身边，你也尽到了心。如果没有你的照顾，只怕姑奶奶也未必就会有这样的寿数。人生一世，寿数是由天定的，我听我们老祖宗说，活一百岁的人和只活一岁的人，寿数都是一个样的。姑奶奶这样的好人，早早地走了，那是上天召她到极乐世界去了，留下我们这些人，是因为我们还有没赎完的罪。"勤姑抚摸着桃儿的头发，一句句劝说着她。

桃儿姐姐一句话也不说，只是嘤嘤地哭着，哭得那样痛心。我偎在她的怀里，听见她的心在哭。

"你也不是小孩子了，姐姐对你说句贴心的话，早早的也应该有个打算了，我们姑奶奶是天下最好的人，她一定会把你当亲生女儿一样嫁出去的。"勤姑还在劝说着桃儿。

勤姑越是劝说，桃儿也就越是哭得痛心，到最后她索性双手将勤姑紧紧抱住,放开声音哭起来了。

"唉,你这孩子,也是太重情义了。"勤姑搂着桃儿姐姐的肩膀,自言自语。

车子走了一路,桃儿哭了一路,有时候,我感觉到桃儿的身子在剧烈地颤抖着, 她哭得太可怜了, 我就在她怀里劝她说:"不是人已经死了吗?你再哭,芸姑妈也是活不过来了。"可是桃儿不听我的劝告,还是无声地哭着。

桃儿在车里哭芸姑妈的情景,给我留下的印象太深了,至今我还记忆犹新。她哭得太伤心了,连不懂事的我,都感到可怜。大半生的时间,有时我就想,桃儿为什么哭得那样伤心呢?芸姑妈的病情,她是知道的,从梁月成家出来,她还抢着上了第二辆车,可以想象,她已经发觉芸姑妈的情形有些不好了,我想桃儿当时一定也听见了芸姑妈说的那句话:"真是人心不古了呢。"她知道这句话对芸姑妈的刺激实在太重了。

所以,在为芸姑妈送葬的路上,桃儿哭了一路,她是在哭自己的命运。桃儿是在我母亲房里长大的,又看护过芸姑妈养病,还陪芸姑妈在佛堂里做佛事,后来有人说,桃儿在暗中和六叔萌之要好。这一切使桃儿预感到自己的命运要发生变化,她哭了,在为芸姑妈送葬的路上,桃儿整整哭了一路。

芸姑妈去世之后,侯家大院里的朝气没有了,那种欣欣向荣的气象云消雾散了。芸姑妈在后跨院养病的时候,我们在前院里玩,总怕喊闹声惊扰了芸姑妈。如今芸姑妈没有了,我们再在院里玩,也喊不出来了,大家都无精打采,高兴不起来了。大人们也是如此,芸姑妈在世时,人们出出进进,总怕惊扰了芸姑妈,如今芸姑妈没有了,人们也不走动了。各房各院里的人们一见面就是说芸姑妈的事,说着说着,人们就掉下了眼泪,凑到一起就掉眼泪,大家也觉着没意思,于是人们也就很少走动了。侯家大院里安安静静,再也不见了昔日的欢乐景象。

外面的时局,也正在发生变化,我爷爷去了一趟美国,回来之后对家里人说,美国已经做好了华北沦陷的准备,美国方面说,只要日本一天不向美国宣战,美孚油行就在天津开张营业一天。所以,我爷爷说,别人无论谁家南迁,我们也是南迁不了的,我们就坐在家里,等着日本人占领天津吧。

但这时,出现了一个问题,六叔萌之怎么办?南开大学已经开始准备南迁了,头一批学生已经南下了,六叔萌之虽然在辅仁大学读书,但他在南开大学读书时和日本人结下的怨仇,日本人不会忘记,六叔萌之自己更不会忘记。留下来,日本人一旦占领天津,六叔萌之首当其冲,肯定会有一场灾难。东北三省血的教训人们不会忘记,许多反对日本侵华的学生,在日本军队占领东北之后,都被日本人杀害了。所以,绝对不能让六叔萌之落到日本人的手里。

如此,当有一天六叔萌之向我爷爷提出,要随南开大学南迁的时候,我爷爷一点也没有吃惊。我爷爷把我母亲叫到上房去,对我母亲说:“萌之要走了,有什么应该说的话,你对他说说;有什么应该准备的,你也为他准备一下吧。”

我母亲操持六叔萌之南行的事,那才是费尽了精神。我母亲给马姓人家在南方的亲人一一写了信,拜托他们万一我家的六叔萌之有什么事情，请他们到时多关照。我母亲还给六叔萌之准备出了一笔钱，嘱咐他这笔钱千万不要随便用，说万一华北打起仗来，六叔萌之和家里断了音信，身边没有钱是不行的。此外至于衣服，日常用的东西，那就准备得更多了，连六叔萌之都说我母亲想得太周到了。

除了物质上的准备之外，我母亲还和六叔萌之谈了好几次话。我母亲嘱咐六叔萌之一个人在外面要谨于言，慎于行，无论出现什么情况，也一定要把大学读下来。天下兴亡，匹夫有责，爱国是应该的，可是爱国不一定就要涉足政治，不要进这个党呀、那个会呀什么的，更不可投笔从戎，冲锋陷阵不是我们家的人做的事，兴邦强国，更需要科学家、工程师。

嘱咐过了外面的事，我母亲更对六叔萌之说道："至于家里的事呢，萌之也不是小孩子了，你说这个大家族还能维持多久呢？你还看不出来吗，表面上看，侯家大院还是兴旺发达的一个大家族，但是骨子里面，这个大家族早就成了一个空架子了。别的院是个什么样子，不关咱们的事，就说咱们这道院吧，你说还是一户人家吗？你大哥自己不自爱，前院里还住着一个宋燕芳，你不觉得我们这个大家族每时每刻都有崩溃的可能吗？所以，你到了外面，也不必过于惦念家庭，待回来的时候，如果还有这个大家族，你也不必高兴，就是这个大家族树倒猢狲散了，你也不必难过。反正我想，只要老祖宗在一天，这个大家族就要维持一天；至于老祖宗天年之后，这个大家族会是什么样子，反正这样对你说吧，不到实在忍受不下去的地步，大嫂就一定把这个大家族维持到你回来的那一天。"

六叔萌之听着,说了许多感激我母亲的话,六叔萌之还问我母亲,有没有什么要对我老爸说的话,要他去转告。我母亲对六叔萌之说,她已经没有什么话好对我老爸说的了,我母亲说,只要我老爸老老实实地在家里待着,就是到了树倒猢狲散的时候,我母亲也能够出去做点什么事养活他。

六叔萌之自然对我母亲说了许多宽心的话,说他到南方之后,一定好好读书,他不是那种救国救民的材料,所以他是不会从政的;如今国难当头,热血青年们盟誓投笔从戎,那也是可以理解的,请大嫂放心,他知道自己应该怎样做。

最后,六叔萌之对我母亲说:"家里的事,我没有放心不下的,我也不是那种可以使家道中兴的人。我走了之后,只有一件事求大嫂帮助,那就是大嫂万万不要把桃儿送回乡下去,等日本人走了,我回来。"

我母亲听后,对六叔萌之说:"你的事,我什么都管,只有你和桃儿的事,我不管。桃儿要走,我不能拦;桃儿不走,我也绝不会撵。不过,我还是要劝你两句话,桃儿的事,你万万不可过于痴情,你们自小在一起,虽说一个是主,一个是仆吧,可是你们年纪小,心里也没有那种区分。但是,如今你们长大了,这种区分就一天天地变得无情了,你年青,思想激进,一时的感情冲动,你可以做出不顾及人言的举动来。可是,这到底是终身大事……"

我母亲的话还没有说完,六叔萌之就抢着对我母亲说道:"大嫂以为我是一个不忠诚的人吗?我不是轻易地就做了这种选择的,这许多年大嫂对我的教育,这许多年大嫂在我思想里树立起来的信仰,只有桃儿才是活生生的现实。桃儿是世上最完美的人,桃儿是我的理想。"

说着,六叔萌之还真就犯起了神经病,挥着双手就像是要和谁拼命赛的,也正好桃儿这时到母亲的房里来,向我母亲说为六叔萌之做准备的事, 这时六叔萌之就突然对桃儿说道:"桃儿,我有一句话要对你讲,我要走了,可是还要回来,我希望回来的时候,你还在我们家里。到那时,世界也变了,我们的理想也实现了。"

对于六叔萌之突然说的疯话,桃儿一点也不感到吃惊,她看也没看六叔萌之一眼,只是低着头,向我母亲问道:"少奶奶还有什么吩咐吗?"

我母亲不回答桃儿的问话,仍然让六叔萌之对她说着。

这时,六叔萌之对桃儿说:"你总是不相信世界会有光明的一天,你更不肯相信我们会得到属于我们的幸福,我也知道世界总要慢慢地变,但我相信,我们这代人一定能等到那一天的。"

"六先生南去之后桃儿就有一个希望,希望六先生在外面吃饭要有定时,再不要像在家里那样,一读起书来,就连吃饭的事全忘记了,总得桃儿再三催促。"桃儿对六叔萌之说着。

"你光说那些没用的话,今天当着大嫂的面,我发誓,为了你,我一定回来。"六叔萌之斩钉截铁地说着。

桃儿不回答,脸也没有红,就像是什么也没听见似的。

"我说的话,你听见了没有?"六叔萌之急切地问着。

"这一去,谁知道要到什么时候才能回来呢?"桃儿似是自言自语地说着。

　　"就是回来的时候六十岁,我的心也不会变。"六叔萌之说得那样坚定,他连说话的声音都变得像石头落地的声音一样了。

　　"无论谁在谁不在吧,只要是世道变好了,不是就比什么都好吗?"桃儿回答着六叔萌之。

　　桃儿说话的感情十分平静,但我母亲的眼窝却有点红了,我母亲对六叔萌之说:"你看看,你读了这么多的书,哪有桃儿说的这句话有分量?只要是世道变好了,就比什么都强,我们忍辱负重地活在世上,为什么呢?就是盼着世道会一天天变好,就是这一代变不好,我们也希望下一代会变好,父一辈让人绝望了,子一辈还给人希望。小到家庭,几辈子能出一个才子,也就够光宗耀祖的了;大至国家,多少年能出一个圣人,也就是万众的福气了。至于个人的福祸,那全都是小事情了。"

18

侯家大院的败落，是送芭蓝花的冯婆子最先感知得到的。

一连多少年，每天早晨冯婆子走进侯家大院，才一到二道门的影壁墙，吴三代就向满院里喊了起来："送花的婆婆到了。"喊声未落，桃儿和杏儿就急急忙忙地最先跑了出来，先给自己选下，再给"我们奶奶""我们姑奶奶""我们老祖宗"们一一选下，还给我姐姐选下，这样要一直闹好半天，直闹到冯婆婆喊着："花儿没有了，花儿没有了。"众人才放冯婆婆出去。

但是，自从芸姑妈去世之后，冯婆婆进到侯家大院来，再也不敢张场了，只是立在二道门的影壁墙外，把一束一束的花儿放在一张张的宣纸上、再把放花儿的宣纸放在高高的石头台阶上，然后自己就悄悄地走出去了。冯婆婆是个细心人，她怕惊动我奶奶，惹她伤心。过去，冯婆婆总是把最好的花留给我的芸姑妈，如今芸姑妈没有了，再花呀朵呀地闹，我奶奶一定要想她的女儿。惹得老祖宗天天掉眼泪，冯婆婆担不起这个罪名。

芭蓝花放在石头台阶上，已经放"锈"了，也不见有人出来取，有许多天，好好的花儿愣是"锈"死在了石头台阶上。我母亲怕我奶奶不高兴，怎么这日子就过不下去了呢？就对杏儿说："你年纪最小，应该梳妆得体面些才是，外面来了什么人，看见侯家大院里一片死气沉沉，也是不吉祥。"杏儿口头上答应着，可总也没有什么兴致，三天两头的，也不见她头上有花儿。这时候，还是人家宋燕芳会来事儿，她把台阶上的花收起来，一一送到各房各院里去，还把杏儿叫到她的房里，给杏儿头上插一束花。宋燕芳几乎是央求着杏儿说："好杏儿，看在姨太太的面子上，把这束芭蓝花儿戴上。正是花儿朵儿的时候，怎么连朵花儿也不戴呢？万一被外人看见，一准说是府上拿孩子们不当一回事了。"说着，宋燕芳就选了一束最好的芭蓝花给杏儿戴在了头上。

回到我母亲的房里，杏儿一把就将花从头上扯了下来，随之，还嘟嘟嚷嚷地说着："宋燕芳明明是想讨老祖宗的好，就编派着让我们戴的什么花儿。你有那份打算，我还没有这份闲心呢。"说着，杏儿就把芭蓝花扔在桌上了。

倒是我母亲把芭蓝花拾了起来，拿着花对杏儿说："不看在宋燕芳的面子上，那就看在我的面子上吧。这府里也实在是太冷清了，出来进去的连个戴花儿的人都看不到了。这次就从我这儿带个头吧，你们不肯戴，我就先带起来。"说着，我母亲就把那束芭蓝花戴在自己的头上了。

看着我母亲戴上了花，杏儿也随着戴上了一束芭蓝花，果然，侯家大院里又有了花香。我母亲看着杏儿戴上了花，便对杏儿说："走，咱们到后跨院找桃儿去，给她也戴上花。"

"若说起来,桃儿姐姐才应该戴朵花儿呢,南院的奶奶们说了,自从六先生走了之后,桃儿姐姐怎么就一点兴致也没有了呢?"杏儿和我母亲一起向后跨院走着,还一面对我母亲说着。

"那些嚼烂舌头的人就会胡编派,怎么桃儿就没了兴致?这几天,她忙着收拾后跨院,自从姑奶奶没有了,后跨院还是老样子,让人看着总是凄凉。"

我母亲和杏儿说着话,就走进了后跨院。后跨院果然是一片死气沉沉,芸姑妈在的时候,本来改做佛堂,就已经没有朝气了,如今芸姑妈没有了,后跨院里就更是一片晦气了,让人一走进院来就觉着似有一股寒气袭来,不由人不打冷战。

走进后跨院,透过大玻璃窗,我母亲看见桃儿正在房里做着什么。杏儿便也没打招呼,拉开房门走了进去,只是桃儿一发觉有人进来了,似是吓了一跳,她腾地一下就跑了出来,万般惊慌、不知所措地连话都说不出来了。

杏儿看着桃儿惊慌的样子,还在说玩笑话:"哟,我的桃儿姐姐做什么背人的事了?"

杏儿低着一看,正看见桃儿手里握着一支毛笔,不等桃儿回答,杏儿就又对桃儿说道:"桃儿姐姐在练习写字呀,是得用心读书了呢。"

只有我母亲没有笑,她不仅看见桃儿手里握着毛笔,还看见就在芸姑妈抄写经文的案子上,正铺着一张黄绢,桃儿抄经的墨迹未干,她正在抄写经文呢。

立即,我母亲就沉下了脸。自从桃儿来到我母亲的房里,我母亲还从来没有对桃儿沉着脸说过话,但这次,我母亲的脸色变了,变得让人看着害怕。

"你做什么了?"我母亲冷冷地向桃儿问着。

我母亲的声音把杏儿吓了一跳,她立即收敛了笑容,向我母亲望着:"少奶奶这是和谁发脾气呀?"

"没有你的事,我在问桃儿。"我母亲一挥手打断杏儿的话,还是万般严肃地向桃儿问着。

桃儿低着头,就像是做了什么见不得人的事似的,不敢正视我母亲。

"我在问你话!"我母亲声色俱厉地说着。

桃儿还是不回答,只是低头站着,手里还握着那支毛笔。

杏儿看事情僵住了,就向桃儿走过去一步,抬手推了桃儿一下,悄声说:"奶奶问你话了,你怎么不回答呢?"说罢,杏儿又向我母亲走过来,劝解着我母亲说着:"桃儿姐姐也就是在练习写字罢了,有话奶奶慢慢对桃儿姐姐说。"随着,杏儿又给我母亲搬过来一把椅子,让我母亲坐在了椅子上。

我母亲坐下之后,极是严肃地对桃儿说道:"这几天你说是要把后跨院收拾收拾,我也没问你都在后跨院做了些什么。芸之抄经,是为了养病,谁想到小小的年纪,你怎么也学着抄写经文了呢?"

桃儿被我母亲问得没了办法,这才吞吞吐吐地对我母亲说着:"原是姑奶奶抄的《四十二章经》,还剩下几十个字,桃儿就想把经文抄齐了。"

我母亲看了看案子上的黄绢,她才不肯相信桃儿的话;这时，我母亲就对桃儿说道："这府里的人，上上下下、没有什么对不起你的地方……"

"少奶奶，您多想了。"桃儿抢着对我母亲说着。

"少奶奶知道你的心，你一是怀念芸之，二是这一阵心事沉重。可是少奶奶平日不是总对你们说吗，你们年轻，那个人人盼着的好时代，到你们长大的时候，是一定要到来的，你怎么就想起像芸之那样抄写经文了呢？"

我母亲向桃儿问着，桃儿不回答、也不解释，更为可怕的是，桃儿竟然一反常态，连一滴眼泪也没有掉，只是冷冷地沉着脸，一点表情没有，只是毫无反应地听着我母亲的教训。

"月有阴晴圆缺、人有旦夕祸福，此事古难全。可是再难全，也要等着能全的那一天，这样难全，那样也要全。人生在世，不是全都希望会有美好的一天吗？好桃儿，听少奶奶的话，把笔放下，把黄绢收起来，等庵里的仙姑再到府里来，让她把姑奶奶没抄完的经文带走，以后这府里再不许有抄经文的事了，你也给我少到后跨院里来。"

桃儿木呆呆地站在我母亲的对面，一句话也不说，她似是没有听见我母亲说的话，手里还握着那支笔，正在微微地颤抖。

"我说的话，你听见了没有？"我母亲向桃儿问着。

桃儿不点头，也不回答，她只是喃喃地说着："桃儿就是想把这剩下的几行经文抄完，姑奶奶怎么就这样匆匆地走了呢？"

"人的气数，那是由天定的，芸之走得这样干净，难道不正是芸之的福气吗？就算是芸之的身体养好了，可是芸之再回到梁家去，不是也要和那个不成器的梁月成生气吗？早走的人，是早走人的福气，留下的人，自然还有留下来没受尽的苦难。能够把这些看明白了，也就没有什么想不开的事情了。好桃儿，听少奶奶的话，你现在放下那支笔，和我们一起出去，我还想和你们好好说说话呢。"

我母亲耐心地对桃儿说着，可是桃儿就是不肯放下那支毛笔，她总是说还差着几行，就抄完了，一卷没抄完的经文，看着实在是太可惜了。

我母亲还在劝告，桃儿就是不肯服从，这一下我母亲生气了，重重地拍着桌子，几乎是下命令地对桃儿说着："放下笔，收起黄绢，你和我一起回到前边去，以后再不许你到后跨院来。"

无论我母亲怎样对桃儿呵斥，桃儿也不肯和我母亲一起走，这时，我母亲再也忍不住了，挥着手几乎是要向桃儿打过去，手没有落下，我母亲自己反倒落下了眼泪："桃儿，你不听话，你真是气死我了。天呀，这侯家大院里，怎么人人都要和我过不去呢？"

杏儿看着我母亲落泪，心里万分难过，她一步走过去，用力抢桃儿手里的笔，桃儿不松手，杏儿就用力地抓着桃儿的胳膊，杏儿还连声地向桃儿喊着："死丫头，你疯了，你怎么连奶奶的话都不听了呢？你让我着急了。"说着，杏儿放声地哭了起来。

我母亲和杏儿正在后跨院劝说着桃儿，前院里传过话来，说我奶奶请我母亲到正房里去一趟，有要紧的话说。留下杏儿在后跨院劝说桃儿，我母亲匆匆地来到正房，走进正房一看，原来是侯家辉在房里坐着呢。

我母亲一看见侯家辉，就知道没有什么正经事，便和侯家辉招呼了一下，问我奶奶有什么要紧的事。

"你对你大嫂说吧。"我奶奶对侯家辉说着。

"是这么一回事。"侯家辉对我母亲说着，"土肥原那里给大哥送来了一封请柬，说是要请侯先生和侯太太赴宴叙旧。"

"怎么土肥原还记着侯先生呢？"我母亲向侯家辉问着。

"大嫂一定还记得，原来六弟萌之在南开大学时写文章得罪了日本便衣队……"侯家辉向我母亲提醒着说。

"那怎么会忘记了呢？不是让你大哥和宋燕芳去过了的吗？"我母亲回答着侯家辉说着。

"大嫂知道，这日本人是很重感情的，像土肥原那样的人，还最爱和有名望的中国人交朋友。上次见土肥原，是我在塘沽找人接上的线儿，这次又是那边送来的请柬，只怕不去是不好的吧？"侯家辉说着，一双眼睛还躲避开我母亲的注视。我母亲自然觉出这件事有点蹊跷，就故作镇静地向我奶奶问着：

"老祖宗看这件事应该怎么回复呢？"

"我原说等你公公回来再回复他们，可是说下午人家就来车接；我想，不外就是再给那个什么原送份礼呗，上次他帮过忙，一年了，咱们也该再孝敬点心意了。东西也别送得太重，让他看着，就像咱们还有多厚的家底儿似的。"我奶奶糊里糊涂地说着。

"既然老祖宗说了,那就告诉宋燕芳准备着吧。"我母亲答应着,就从上房出来了。

吃过午饭,下午3点,汽车就接我老爸和宋燕芳来了,吴三代走到前院,禀报说是"接大先生的汽车到了"。然后我老爸就和宋燕芳一先一后地登车走了。

我老爸和宋燕芳走了之后,我母亲正在房里和杏儿说这件事,我母亲对杏儿说:"怎么土肥原又想起那件事来了呢?六先生已经南去了,日本便衣队也找不上侯家大院的麻烦了,土肥原还要打什么算盘呢?"

我母亲这里正在寻思这件事,这时就听见门外传进来吴三代的声音:"少奶奶,老奴才若是想说句话,您老方便吗?"

我母亲听见吴三代要和我母亲说话,当即就向门外说着:"吴三爷爷,有什么话您进来说吧。"

闻声,吴三代走进来,抬头看见杏儿,就先向杏儿说道:"杏儿姑娘也在这儿?"

杏儿知道吴三代没有要紧的事,是不到我母亲房里来的,她怕吴三代有背人的话,就对吴三代说:"我正要出去做事呢,吴三爷爷您坐。"说着,杏儿就走出去了。

"吴三爷爷,您有话说吧?"我母亲向吴三代问着。

"老奴才放肆呀。"吴三代对我母亲说着,"也是老奴才的本分,咱们宅院里无论谁出门,历年留下来的规矩,老奴才总要亲自备下车子的。就是外面来的车子接府上的人,老奴才也总要看看车子,问清楚了去什么地方,还要亲自看着主子登上车子走了,老奴才这才放心。"

"这些年,满府的人都说吴三爷爷心细的呢。"我母亲对吴三代说着。

"刚刚,来了一辆汽车,说是接大先生和那个宋燕芳的。老奴才自然也不敢大意,就过去和开车的人说了几句话,不也是府上留下来的规矩吗?就是抬轿、牵马的人,主子进了正院,老奴才也要敬他等一碗粗茶的。"

"老祖宗总是说吴三爷爷给侯家大院积下了人缘儿呢。"我母亲连连地对吴三代说着。

"这次,老奴才也是按着规矩过去给那个开车的送了一碗粗茶,老奴才就问他是谁家的车子?他说是李记车行的汽车,临时雇了来,接府上的先生太太到惠中饭店去的。"吴三代向我母亲说着。

"哦。"我母亲吃惊地"哦"了一声。

"上午,老奴才听说一个什么日本人要接大先生和宋燕芳吃饭去的,可是等车子来了一问,原来不是日本人的汽车,这个李记车行,就是一个汽车行,咱们府上接姑奶奶不也是向李记车行要车的吗?"

"我知道了,吴三爷爷您歇着去吧。"我母亲没有再细问,就吩咐吴三代回去了。吴三代临走出门来,还对我母亲说了一句:"我也是老了,办事总是怕粗心,应该问的不应该问的,就乱问,少奶奶也别当是一回事。"

我母亲又说了些感谢吴三代的话,就看着吴三代走出院去了。

我母亲是个何等精细的人呀,也用不着再深究什么了,这还不够明白的吗?什么土肥原?人家早就把那件事忘到脑袋后边去了。可是不用土肥原的名义,怎么好请我老爸和宋燕芳一起出去呢?这个侯家辉也真是太鬼了,可是到底他只是侯家大院里的食客,主子留下的老规矩,他只知其一不知其二,他只看见你来我去的坐车,他就不知道,侯家大院里的出来进去,无论谁坐车,都有吴三代要问个详细。他说是什么土肥原的车,吴三代一问,就问出是李记车行的汽车了,而且还要把人接到惠中饭店,那是个什么地方,我母亲还不知道吗?

只是,毕竟我母亲知道的事是有限的,我母亲只想到这是梁月成和侯家辉串通一气把我老爸和宋燕芳接出去会面,比德隆公司到底是我老爸出钱给他们注册的,如今赚了钱,他们自然要报答我老爸。如何报答呢?也就是把我老爸和宋燕芳接出去成全好事罢了。但我母亲还不知道事情的另一面,这另一面才是最见不得天日,也才最是把侯家大院推到崩溃边缘上去的呢。

晚上7点,我爷爷还没有下班,我老爸和宋燕芳就回来了。我老爸全身轻飘飘,就像驾云一样,宋燕芳满脸春风,连眼睛里都闪着光。他两个人走进院来,也没互相说话,才到前院,宋燕芳就走回她自己的房里去了。我老爸回到我母亲院里来,眉飞色舞地就要向我母亲说"土肥原"请客吃饭的事,这时候,我母亲就对我老爸说:"外边的事,你也就别说了,下次什么时候再来汽车,你们就蔫遛儿地只管走,回来也别说外边的事,文过饰非,言多语失,爷爷那里,万一你自己惹出祸来,你自己去搪。"

"你瞧你瞧，明明是土肥原请客的么，你们总是不往好处想，真也是让人没有办法了。"说罢，我老爸就从我母亲房里走出去了。

"土肥原"重感情，果然未出一个月，就又派下车来接我老爸和宋燕芳赶宴去了。连我奶奶都觉得有点奇怪，临走之前，我奶奶就向我老爸问着："这个土肥原也是闲得太难受了，有酒有鱼地不会自己吃，怎么一定还要把你们两个人请去吃着才有味道呢？"我老爸回答不出来，就只是忙着上车。我老爸走到院里，还咳嗽了一声，这时，宋燕芳也匆匆地跑了出来，跟在我老爸的后边，出门登车，到"土肥原"那里去了。

不过，这次算他们不走运，才走了一会儿，还不到我爷爷下班的时间，我爷爷就从美孚油行回家来了。一进家门，立即就让人把我母亲唤到上房，说是有重要的事情要对我母亲说。

我母亲来到上房，我爷爷已经坐在了他的太师椅上，我母亲向我爷爷道过安好，就向我爷爷问着说："今天真是难得清闲半日了。"

我母亲是说，美孚油行难得有半天的清闲，这一连多少年，我爷爷从来没有早回过家一次，怎么今天就早早地回家来了呢？

我爷爷没有说美孚油行的事，而是对我母亲说道："今天下午，警察局的曾局长到行里去了。"

"又是我们家的事吗？"我母亲紧张地问着。

"若是平常的小事，他就到家里来了。"我爷爷回答着说。

这时，我母亲感到事情有点严重了，就向我爷爷说道："六弟已经从南方有信来了,他确确实实是到了南方。"我母亲以为警察局还是追问我六叔萌之的事,怕他没有到南方去,而是留在了天津做什么宣传抗日的事。

"不是萌之的事。唉,真若是为了萌之的事,我倒觉得脸上光彩了呢。"我爷爷叹息了一声说着。

"菽之年纪还小。"我母亲是说九叔菽之不会惹事的。

"别提了,这才真是败坏名声的事情呢。家门不幸呀!"摇了摇头,我爷爷这才对我母亲说起曾局长到美孚油行找我爷爷的事。

也就是在两个小时之前,警察局的曾局长来到美孚油行,走进我爷爷的写字房,还问过了我爷爷安好;我爷爷知道警察局曾局长是无事不登三宝殿的,便向曾局长问着,是不是我们家的哪个孽障又在外面惹下了事?

"真是多事之秋呀,我这个警察局局长也实在是不好当了。说起来,这些年天津市面平静,警察局还不是全靠几位贤达的关照吗?所以,我曾某人自从就职以来,凡是事关名门望族的麻烦事,一定要事先给各家打个招呼。"

"上次,我家萌之的事,已经蒙曾局长关照过了,我们全家对曾局长的偏袒,那是感恩不尽的呢。"我爷爷当即就对曾局长说起了我六叔萌之的事,以为这次曾局长又是为那件事找我爷爷来的呢。

"那件小事,实在是不足挂齿了。"曾局长摇摇手说着。

一听曾局长的话,我爷爷心里就沉了一下,怎么我们家还有比六叔萌之鼓动抗日更大的事?

不等我爷爷再问，曾局长就说了起来："刚刚局里接到民国政府的一道旨令，也是为了平息事态吧，侯老太爷知道，近来时局吃紧得很，到处声言，有中国人在暗中给日本人运送军火。"

"是啊，民族危难之时，国贼当诛。"我爷爷愤愤地说着。

"民国政府，也是怕落下一个不抗日的罪名，所以就下了一道命令，着天津市查封几家暗中为日本人运送军火的公司。"

"美孚油行总不会给日本人运送军火吧？"我爷爷向曾局长反问。我爷爷当时还以为曾局长是来诡诈，给美孚油行扣上个暗中和日本人勾结的罪名，好向美孚油行敲一笔钱。

"侯老太爷容我慢慢说。"曾局长也是忍着性子地对我爷爷说，他心里想，这事若不是和你们老侯家有关系，我早就下手抓人了。曾局长看我爷爷做好听他说话的神态，这才又对我爷爷说了起来，"民国政府下达的旨令中，开出几家和日本人做军火生意的公司，明文指定，当即查封，并将当事人扣留查问。"

"应该应该。"我爷爷连声说着。

"可是，侯老太爷知道，在这些家公司当中，有一家比德隆公司。"曾局长向我爷爷说着。

"比德隆公司是一家什么公司？"我爷爷向曾局长问着。

"比德隆公司的经理是梁月成。"

"啊！"我爷爷大吃一惊，只是停了一会儿之后，我爷爷又对曾局长说道："那你还不把他抓起来？"我爷爷恨透了梁月成,听说他又在做非法的生意,当即就要曾局长把他抓去法办。

"不过呢,这家比德隆公司只是一家空头公司,他和日本大阪公司有着暗中的关系,日本人运送军火的轮船,在塘沽进港,收货人就是大阪公司的两位经理,一位是日本方面的经理,另一位就是中国方面的经理。"

"我家茹之已经离开大阪公司多日了。"我爷爷说起他强迫我老爸离开大阪公司的事。

"侯茹之先生虽然离开大阪公司了,可是账目还没有离开大阪公司。"曾局长对我爷爷说着。

"我不懂。"我爷爷向曾局长问着。

"民国政府的旨令里已经查明,说是大阪公司侯茹之作为军火收货人得到的收入,全部转到了比德隆公司的名下,比德隆公司代替侯茹之先生做了日本陆军总部军火的收货人。"

"孽障!"我爷爷当即就大喊了一声,美孚油行里的人还以为是我爷爷和曾局长发火,大家一起围了过来,就要把曾局长轰出去。

我爷爷发觉自己发错了火,便向众人致歉地说着:"对不起,对不起,家丑不可外扬,是我自己教子无方,才做出了这等见不得人的事情。"说罢,我爷爷向曾局长说了好多感谢的话,不等下班,我爷爷就和曾局长一起从美孚油行走出来了。走到美孚油行门外,我爷爷对曾局长说:"谢谢曾局长的关照,至于公事上的事,曾局长该如何处置、就如何处置,那个比德什么公司,封了它就是,至于我家的茹之,我自会有办法的。"

听过我爷爷的述说，我母亲当即就对我爷爷说道："这件事，也是媳妇的疏忽了，当初爷爷把茹之从塘沽找到家里来，就竟然没想到要让他自己回塘沽去办未了的事情。只是派了个侯家辉到塘沽去了，没几天侯家辉就带着宋燕芳一起回家来了，想必是侯家辉和宋燕芳在外面做好了安排，人先回来，大阪公司方面的钱，全部转到比德隆公司的名下。"

"这叫'洗钱'。就是把不应该得的钱，转一个地方收下，变成合法的钱了。"我爷爷向我母亲解释。

"媳妇当时粗心，没想到他们会做出这种事来。"

"唉，你呀，你呀，无论什么事总是全揽在自己头上，委曲不能求全，姑息必然养奸，我看倒是你的宽容，把他们一个个全宠坏了。"我爷爷说着，我母亲再也不知应该说什么话好了。

停了一会儿，我爷爷又对我母亲说："如今只有一个办法，才能推卸掉茹之的责任，那就是把比德隆公司花掉的钱，全部归还到大阪公司中国经理的名下，茹之再正式和大阪公司断绝关系，这样，为日本人运送军火的罪名就再也不至于落到侯姓人家的名下了。"

"媳妇照办就是。"我母亲答应着，心里就盘算着这要用多少钱。我母亲想起梁月成租下新房的事，又想起梁月成和侯家辉这些日子的花销，天知道这要多少钱。

我母亲答应着，就想回房来合算一下，这时我爷爷对我母亲说："有件事，我还想对你说，这次，我是绝对再不能原谅茹之了，如果我一时在气头上，对茹之动了家法，你可千万不要再为他求情了。这个孽障呀,他伤透了我的心。"

我母亲没有再说话,只是向门外走着。我母亲才走到院里,正巧,我老爸和宋燕芳高高兴兴地从"土肥原"那里回来了,才走进前院,正好我爷爷在窗里看见了我老爸,一声霹雳:"孽障,你给我滚进来!"当即,我老爸就傻了。

"爸爸,您这是唤我?"我老爸站在院里哆哆嗦嗦地向屋里问着。

"给我把家法拿来!"

我爷爷的喊声惊动了吴三代,他慌慌张张地急忙向前院跑了过来,一面跑着,还一面问着:"老祖宗,您老这是和谁生气呀!"

吴三代跑到前院来一看,我老爸正立在院里犯傻,吴三代当即就明白过来了,向我老爸说着:"大先生,怎么又是您惹老祖宗生气了呢?"

"我没干什么事呀,我不就是刚和宋燕芳从惠中饭店回来的吗,那是梁月成和侯家辉做的圈套,说是土肥原请客,其实不是那回事,他两个就是把我和宋燕芳鼓捣到一起,我我我,我也没做什么事呀……"

我老爸正站在院里想走坦白从宽的道路,这时就听见正房里一声喊叫,随之,咕咚一声,我爷爷就倒在正房里了。

我爷爷倒下之后,再也没有说出一句话来,就是躺在床上,微合着眼睛听我母亲向他述说一桩桩事情的了断情况。

我母亲向我爷爷说,外面的比德隆公司已经被查封了,梁月成因贩卖军火案,已经被拘留了;找到侯家辉,问清了他们花掉的钱,我母亲已经如数将钱凑齐,归还到了大阪公司中国经理的名下。我老爸已经在报纸上登了声明,和大阪公司脱离关系了。

我爷爷听了之后,连连点了好几下头。我爷爷还用尽力气把双拳抱在一起,向我母亲连着做了几个大揖,我母亲当即就对我爷爷说:"父亲万不可这样,媳妇担待不起的,为侯姓人家做点事,是媳妇的本分。父亲放心,为日本人运送军火的罪名,是绝对不会落到侯姓人家的名下的。"

听说大阪公司的事情办完了,我爷爷松了一口气,过了一会儿,我爷爷又抬手向窗外指着,似是要向我母亲交代什么后事。我母亲想了想,到底是想唤什么人呢?当即我母亲就向我爷爷问着:"父亲是想唤吴三爷爷吧?"

我爷爷点了点头,这时我母亲就让桃儿传出话去,把吴三代唤进来。

吴三代走进门来,先是强做出一副欢颜,伏到我爷爷的床前,说:"侯姓人家好福气的,怎么老祖宗这样快就康复了呢?奴才们还想赖着老祖宗的福分享几天福呢。"吴三代虽然这样说着,但他知道我爷爷大去之期已经是不远了,他眼里噙着眼泪,强忍着不哭出声来,还在我爷爷的面前说高兴的话。

我爷爷用力支撑着,想坐起身来,但他实在是没有一点力气了,便只能躺在床上,把双拳拢在一起向吴三代作了一个大揖,吓得吴三代只对我爷爷说:"老祖宗万万不可这样的,奴才尽心尽力做点应该做的事,不就是盼着侯姓人家兴旺吗?如今两位叔叔已经成人了，小爷们儿的学业也好，侯姓人家兴旺的日子在后边呢。"

我爷爷没有再说什么话，只是向着我母亲比了一个手势，我母亲当即也就明白了，我爷爷最不放心的一件事，就是在我爷爷去世之后，吴三代如何交代？此时，我爷爷已经说不出话来了，所以只能向我母亲比手势，让我母亲为吴三代做出安排。

我母亲当即就向我爷爷问道："如今乡下的地价是八元钱一亩良田，给吴三爷爷八十元钱，让吴三爷爷回家买下十亩良田种田养老吧？"

我爷爷点了点头，还强做出一点笑容，表示他对于我母亲的安排极是满意。

"咕咚"一下，吴三代跪在我爷爷的床前了，老泪纵横地向我爷爷说："老祖宗万不要想得这么多，吴三代还要好好侍候老祖宗几十年呢，到那时，老祖宗只用八十元钱，怕还打发不走吴三代呢。"

我爷爷又向吴三代点了点头，表示他对吴三代这些年的辛苦付出表示感谢，随之，吴三代就流着眼泪从正房里走出来了。

我爷爷在床上躺了三天，我老爸就站在门外听着我爷爷的消息，有好几次我老爸想溜进房里来，向我爷爷做检讨，再定出改造计划。我母亲怕我爷爷看见我老爸再生气着急，便一次次地把我老爸拦在了门外，也没和我老爸多说什么，只是说："看在你我夫妻一场的情面上，你就别让我们看见你了。"

我爷爷去世之后，在家里停灵四十九天。我母亲一手操持，为我爷爷办了一场隆重无比的丧事。

侯家大院门外的善人坊，披挂上白纱，从善人坊到侯家大院，足足有半里路，一路的雪柳，一路的白帐。灵堂设在前院里，满院的花篮、花圈、挽联。每天两堂经，和尚、道士、尼姑每天做一堂佛事。前来吊唁的，有天津市长、商会会长、警察局局长、各界贤达，有英国人、美国人、日本人、法国人、德国人，还有犹太人。

我老爸为我爷爷守灵，在我爷爷的遗像前哭得捶胸顿足，他一面哭着一面数说着："爸爸，我对不起你呀！"

每次有人来吊唁，侯姓人家的男子自然全出来陪祭，这时候我老爸和我母亲就跪在最前边，我老爸的身后，有一个空位置，那是因为我六叔萌之不在家，只能在那个位置上放上一套孝服，再放上一顶孝帽。六叔萌之的空位置后边，跪着九叔菽之，再后面跪着哥哥和我。我爱看热闹，一次次听见前边传来哀乐声，就匆匆地往前跑，跑到灵堂前找不到自己的位置。急中生智，我就想出了一个办法，我用滑石猴在我应该跪下陪灵的方砖上写下了四个字："二孙之位"。这一招果然有效，再听见哀乐声，我跪过来，一跪就正跪在我应该跪的地方，连杏儿都夸奖我聪明呢。

吊唁的人一走，我自然就又跑开看热闹去了，这时，杏儿就把我母亲搀回房去。我母亲也不管我老爸，只把他一个人扔在院里，好在有一位专门侍候孝子的"博士"照看着我老爸，这样才在大家都走开之后,将我老爸扶回房里来。

后来,据我母亲对我们说,就是在为我爷爷办丧事的时候,我母亲就发现桃儿的情形有点不对头。桃儿本来是一个极富同情心的人,她只要一看见我母亲掉眼泪,不问原因,她立时就陪着一同掉眼泪。可是这次,我母亲几次在我爷爷的灵堂前哭得断了声,桃儿就是在一旁站着,竟然一滴眼泪也没掉。而且我母亲还说,人们也都在说桃儿的脸色怎么变得那样呆板,她站在我爷爷的灵堂旁边,看着大家哭得死去活来,而她却没有一点反应。

果然桃儿有了自己的打算,一天下午,刚有几十位尼姑为我爷爷做过佛事,就在尼姑们走出院门的时候,忽然前边传来了杏儿的喊声,杏儿竟然喊得变了声音,她只是向着远处喊着:"桃儿姐姐,桃儿姐姐。"只是杏儿的喊叫得不到回答,桃儿就随着做佛事的尼姑们一起走了。

听说桃儿姐姐随着做佛事的尼姑们一起走了,我奶奶掉了一阵眼泪,我奶奶叹息着对我母亲说:"这孩子心高,就让她去吧。"

我爷爷下葬之后,先是吴三代走了,他回到乡下买了十亩良田,回来之后,他还说他家的一个近亲侄子正要说亲,他问杏儿愿意不愿意和他一起到乡下去看看。就这样,杏儿和吴三代一起到乡下去了,再也没有回来。

其实,杏儿本来可以先不走的,只是她和宋燕芳闹翻了脸。这侯家大院,她再也待不下去了。

那是后来大家说起桃儿落发为尼的事，宋燕芳多嘴，埋怨着桃儿说："桃儿真是多此一举了，我们六弟说过一定要回来的，好好在府里等几年，还愁等不到名分？就算是六弟不知道什么时候回来，等到回来的时候怕又未必没有什么变化。只是侯姓人家不会错待你就是了嘛，等不来正位，还等不来偏位吗？"

杏儿当然听不下宋燕芳的话，反唇相讥，冲着宋燕芳说着：

"唉，姨太太到底不愧是个梨园女子，怎么就把事情看得这样透彻呢？我们桃儿姐姐好歹似姨太太这样明白一点，也不至于就走上落发为尼的路。什么正呀、偏呀的，桌面上坐着和桌底下卧着不全都是一个样的吗？就是桌底下卧着，不也是卧在侯姓人家的桌子底下吗？姨太太是好命呀，蔫溜儿地神不知鬼不觉的就挤进侯家大院里来了，后跨院里忍几年，不也侯太太、侯太太地出过几次世了吗？细想起来，比我们奶奶还强着呢。我们奶奶名分再正，也就是在侯家大院里支撑着一户人家，是人不是人的气全都要受，依姨太太看来，名分正不正的有什么关系？跟着侯姓人家享荣华富贵就是了，这不也熬出头来了吗？老太爷归天了，姨太太的名分也有了，也该轮到人家伸伸腰儿了。这不是吗，才想着和几个野男人合伙也开个公司，也赚上个百八十万的，怎么着就连累上了给日本人运送军火的罪名？杏儿记得陪老祖宗看戏的时候，还看过姨太太唱过一出戏叫《桃花扇》，上了妆姨太太倒也是个刚烈的女子，怎么到了台下，就连那个烟花女子出身的人都不如了呢。人哪，可不能光看做派,骨子里是哪路货色,那是至死也改变不了的。如今姨太太说桃儿姐姐想不开,可是我们桃儿姐姐真像姨太太这样想开了,她也就不是我们的桃儿姐姐了。不是人人都长着一副下贱骨头的,姨太太自然不会明白,有志气的人是怎么活着的。既然进了侯家大院,那就慢慢地也长长见识吧。杏儿说句粗话,也真是狗眼看人低了。"

骂过之后,杏儿打点打点,就跟着吴三爷爷到乡下去了。

爷爷没有了,桃儿和杏儿也相继走了,这时候,我母亲找到我老爸,对我老爸说道:"抚养老祖宗,供九弟上学读书,我没有这份能力了,你也知道,为归还大阪公司的钱,家里的钱已经用光了,只剩下的一点钱,你看着好生过吧,我是要走了。"

我母亲早就想着要到我的一个姨姨家里去住,我的一个姨姨嫁给了一个山西人,如今她随丈夫回到山西住去了,想接我母亲去那里养养身体。

我母亲把要出走的事和我奶奶商量,我奶奶对我母亲说:"这个家,你想出去换换心情,我也不好拦你,只是你只能带走一个孩子,哥哥和姐姐要留在家里。把他们都带走,你也是照顾不过来。"

我母亲当然明白我奶奶的想法,我奶奶是怕我母亲把三个孩子都带走,从此就断了和侯姓人家的来往,留下哥哥、姐姐,我母亲一定能够回来的。

只是我奶奶没有估计到,我母亲一到山西,立即一场大病就倒下了,没过半年,我母亲就死在了山西,母亲咽气的时候,身边只有我一个人。

　　这就是我母亲的故事,也是桃儿和杏儿的故事。桃儿随着做佛事的尼姑们走了,一去没了消息;杏儿随吴三爷爷去了乡下,我和母亲去了山西。那个侯家大院从此就冷落下来了。

　　我母亲去世之后,我的九叔菽之到山西把我接回天津来,那时候我已经十三岁了。后来有一天吴三爷爷回到侯家大院来,看望我们大家,吴三爷爷告诉我奶奶说,杏儿到了乡下,本来说是要和他的一个侄儿成亲的,可是忽然一场大病,杏儿病倒了,没过多久,杏儿就也去世了。

　　"这孩子,她怎么就这么大的气性呢?"听着,我奶奶叹息地说着。